三生三世
步生莲·贰

唐七 —— 著

Wherever Step Goes,
Lotus Blooms

人民文学出版社

图书在版编目(CIP)数据

三生三世步生莲.贰,神祈/唐七著.—北京:人民文学出版社,2021
ISBN 978-7-02-017076-0

Ⅰ.①三… Ⅱ.①唐… Ⅲ.①长篇小说—中国—当代 Ⅳ.①I247.5

中国版本图书馆CIP数据核字(2021)第053665号

| 策划编辑 | 胡玉萍 |
| --- | --- |
| 责任编辑 | 李　宇 |
| 装帧设计 | 李思安 |
| 责任校对 | 刘佳佳　王筱盈 |
| 责任印制 | 宋佳月 |

| 出版发行 | 人民文学出版社 |
| --- | --- |
| 社　　址 | 北京市朝内大街166号 |
| 邮政编码 | 100705 |
| 印　　刷 | 北京中科印刷有限公司 |
| 经　　销 | 全国新华书店等 |
| 字　　数 | 310千字 |
| 开　　本 | 890毫米×1290毫米　1/32 |
| 印　　张 | 11.625　插页4 |
| 印　　数 | 1—100000 |
| 版　　次 | 2021年6月北京第1版 |
| 印　　次 | 2021年6月第1次印刷 |
| 书　　号 | 978-7-02-017076-0 |
| 定　　价 | 55.00元 |

如有印装质量问题,请与本社图书销售中心调换。电话:010-65233595

## 目录

**第一章** …… 001
瑶池中有一种莲叫作舞妃，通体雪白的花盏，只是一点娇红染在花瓣的边缘，这时候的她，便像极了那种花。

**第二章** …… 027
皇帝的圣命下来，十花楼最痛苦数成玉，最高兴数朱槿，介于两者之间的是姚黄。

**第三章** …… 041
二十日前连三离城，乃是因黑冥主谢孤栖遣冥使呈给了他一样东西。

**第四章** …… 081
齐大小姐亦望向天边月，心想季明枫竟同她说了这样多的心事，可见是醉了。

**第五章** …… 103
他不是凡人。一场凡人之间的玩闹般的战争，并没有让他放在眼中，亦不会让他身涉险境……

第六章 …… 123

皇帝命钦天监测算和亲之期……腊月十七，戎玉离京的这一日，平安城又降大雪。

第七章 …… 149

作为季明枫时，他便极不喜他，而今往日记忆复归，情敌相见，更是眼红……

第八章 …… 181

四面都是洪涛，送亲队近千人就像是被兽群包围的羊羔……

第九章 …… 195

戎玉失踪的消息是入夜传至皇宫的。戌时末刻，来自蓟郡郡守的一封八百里加急奏疏呈上了皇帝的案头。

第十章 …… 211

送亲的驼队一路向西而去，按照舆图，再行两日便能到达被誉为沙漠之心的翡翠泊。

第十一章 ...... 229
「人神相恋，为九天律法所不容。」青年突然道，声音有些哑，含着一丝轻微的自嘲……

第十二章 ...... 247
望了一眼胡杨树下缠绵相拥的一对身影，敏达转身牵马，独自向着来时的雪路行去。

第十三章 ...... 275
三殿下醒来之时，感到了冥识之中无声笛的轻微震动，立刻意识到了此时他们是身在小杪椤境中……

第十四章 ...... 295
三殿下到北极天柜山受刑，天君都没来，帝君却陪送着一道过来了。

第十五章 …… 317

少女没有立刻发怒，慢慢地从雪地上坐了起来，欣赏着成玉一边痛呼一边挣扎的惨状……

第十六章 …… 345

光神祖媞复归，八荒震动，慈正帝以观火镜探查光神复归降临之处，发现是北极天柜山。

# 第一章

乞巧节那夜的后半夜,连三领着他们一行人自冥司回到了凡世。他们是如何回来的成玉记不大清了,因她是在睡梦中被摇醒带回来的。

刚从冥司出来时她醒了一小会儿,稀里糊涂觑见竟是国师一路背着她,连三则一个人走在他们前头。

她蒙了一会儿,两下挣开国师,急跑几步上前一把抱住了连三的手臂。她整张脸都埋进了连三的胳膊,没瞧见连三的表情,只在混混沌沌的意识里,听到连三沉声问国师:"不是告诉你让你看好她?"

国师很委屈:"是郡主她突然挣开我,我着实没有预料到,有些猝不及防。"解释完这一茬,国师对她的行止还提出了一点看法,"是不是郡主觉得靠着将军更加安全?"分享完了这个看法国师还挺感慨,"郡主即使在睡梦中也这么谨慎,了不起啊。"

国师絮絮叨叨说着话,她打了个哈欠,只觉睁不开眼,头一点一点直往连三身上靠,困意极盛,又迷糊起来。

她记得自己好像嘟囔了一声"困",连三有点冷淡,没搭理她。但下一刻,他的手却伸过来揽住了她,停了一会儿,他还将她抱了起来,让她能够枕在他的怀中好好安睡。

次日她在春深院中醒了过来。

那之后她便没在曲水苑中见过连三了。

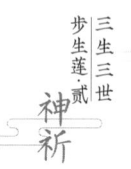

　　梨响打探来的消息，说是大将军已离开曲水苑回京郊大营练兵去了，成玉私底下失落了一阵，也就罢了。

　　自冥司归来后，成玉又恢复了往日的活泼，皇帝和太皇太后都没看出什么。

　　自那日击鞠赛后，西园明月殿前的鞠场便一直没被封上，齐大小姐没事就找成玉去鞠场玩些新把戏。皇帝看在眼里，除了教训过她们一句要折腾也别顶着烈日折腾，别的倒没有再拘束成玉什么，因此她日子过得还挺愉快。

　　成玉同齐大小姐蹴鞠时季明枫也总来，刚开始只在场边看着，后来齐大小姐邀季世子赛了半场，惊艳于季世子的球技，便做主将他纳进了她们这个小分队。故而时不时地成玉也同季世子一道玩。

　　马球打了七八日，成玉对明月殿前这方豪奢鞠场的热情渐渐消退，越来越想念起连三来。盼了几日碰到国师，听国师说连三因军务太过繁忙之故，不大可能再回曲水苑伴驾了，她又开始见天地琢磨着溜出去。溜了三次，被皇帝逮着三次，跪了两次，关禁闭关了一次。

　　待从禁闭室中出来，已过了处暑，暑气渐消，整个行宫都在为还京做着准备，她可高兴坏了，想着没两天就能重返十花楼重获自由，难得安生了几日。

　　她琢磨着连三也该练兵回来了，打算一回城就去他府上找他去。

　　结果回城先撞上了小花。小花说找她有急事。

　　小花的意思是，她新近看上了一个和尚，但她也知道出家人戒情戒欲，戒嗔戒痴，不大会愿意同她好，她十分苦闷，不知该怎么办，一直在等成玉回来，想找她谈一谈心，诉诉情伤。

　　成玉听小花说明来意，沉默了片刻："你不是喜欢我连三哥哥吗？

我记得上上个月你还同我说我连三哥哥品貌非凡不容错过。"

小花也沉默了片刻："哦，连将军……连将军他已经是今年春天的故事，眼下已是秋天，"小花远目窗外，给了她一个很诗意的回答，"每个季节，都应该有每个季节的故事。"

小花的理论成玉不太明白，也不想明白，她只是很为小花发愁。因小花毕竟是个妖，成玉觉得，但凡是个正经和尚，看到小花的第一反应都该是把她给收了或是镇了，就像法海把白素贞给镇了一样。

为了让小花迷途知返，成玉带小花去听了一下午小曲，小曲的名字叫《法海你不懂爱》。

去大将军府这事只能顺延到次日。

结果次日，她满腔期待去到大将军府，还是没能见到连三。天步出来迎她，说将军他仍在京郊大营，不知归期。

翌日、第三日、第四日、第五日、第六日……成玉日日都去一趟大将军府碰运气。天步一再同她保证，说若是连三回府，定然第一时间同他禀报她来寻他这事。但即便如此，不知为何，成玉却总觉难安，非要日日都过去看看。

后来有一次，天步语含深意地叹息："郡主如此，倒像是十分思念我家公子。"

她没听出来，挺老实地也叹了口气："是很想连三哥哥，我们好久不见了。"

天步带笑看她："郡主为何如此想念我家公子、想见我家公子呢？"

为何如此，她没想过，或许想念连三，同想念亲人也差不多，她回道："就是老见不着他吧，心里有点空落落，还有点着急。"说着便又感到了那种空荡与失落，有点烦恼地道，"唉，既然今日他还不在，那我明日再来吧。"说着就要转身。

天步却拦住了她："郡主等等。"待她疑惑停步，天步认真地看了她一眼，"若是公子他一直不在呢？郡主你会每日都来吗？"

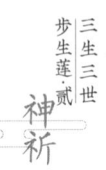

她有点诧异："他为何会一直不在啊？"

天步道："假如呢？"

她蹙着眉头想了想："我当然要来的，他不会一直不在的，即便又有什么战事需连三哥哥他率军出征，也需他回城行出征仪，那时候我总能见上他一面吧。"

天步有点无奈："我说的不是……"但她没有将这句话说完，顿了一下，摇了摇头，笑道，"没有什么，今日我同郡主说的话，郡主都忘掉吧。"那笑容中含着一丝怜悯。也不知是对谁。

不过成玉没有看出来。

成玉去将军府的时辰不定，有时候清晨，有时候日暮，但没有在晌午前后去过。

这几日里，季明枫日日来邀她游湖游山，晌午时分她几乎都跟着季明枫在城外闲逛，并不在城中。其实若只是季世子一人邀她，她也就拒了，但季世子回回都带着齐大小姐。齐大小姐是个不大爱交朋友的人，竟能同季世子走得这样近，着实难得；看齐大小姐兴致这样高，他们来邀她，她也就跟着一道去了。

成玉印象中，季明枫是个很沉闷的人，没事就爱在书房待着，但近来跟着他和齐大小姐出城瞎逛了几日，才发现原来季世子也挺有情趣。比起她来可能差点儿，但比起一说找乐子就只会赌球和上青楼喝花酒的小李大夫，真是强了不要太多。

譬如季世子带她们去过小瑶台山半山腰的一片桂花林。秋阳和煦，桂香缠绵，季世子带了一整套酒器酒具，就地采了山梅在桂树下给她们煮酒，她和齐大小姐蹲在树下耍骰子玩牌九，一整天都很开心。

譬如季世子还带她们去过大瑶台山背后的一条清溪。秋风送爽，溪流潺潺，季世子取溪中水给她们烹茶，还砍了果木生火给她们烤溪鱼,她和齐大小姐蹲在烤鱼的火堆旁耍骰子玩牌九,一整天都很开心。

再譬如季世子还带她们去访过一位深山隐士。天朗气清,山鸟和鸣,季世子同隐士一边谈玄论道一边在菜园子里挑青菜给她们做素宴,她和齐大小姐蹲在菜园子旁边一边听他们说话一边耍骰子玩牌九,一整天都很开心。

跑了几日,成玉觉得跟着齐大小姐和季世子出门,的确比她一个人闷在城中要有意思许多。

齐大小姐自觉自己是个粗人,但就算她是个粗人,她也察觉出这些日子成玉有心事。自然,同她一道玩乐时成玉她也挺高兴的,但可能她自己也没有注意到,时不时地她就会突然走神。

成玉、连三和季明枫三人到底是怎么一回事,齐大小姐虽然不太明白,但成玉为何会走神,她却大致猜得出。

这些日子,成玉一直惦念着连三。

此事旁观者清。

连三待成玉如何,齐大小姐不清楚,不过季世子一看就是对成玉有意。而成玉,傻不愣登的什么都不知道,因此总当着季世子的面提连三。

季世子带她们去桂林,成玉拾了一地桂花,说此地花好,要带回去给连三,供他填香;季世子带她们去溪畔,成玉灌了一葫芦溪水,说此地水好,要带回去给连三,供他煮茶;季世子带她们访隐士,成玉她还拔了隐士菜园子里一把青菜,说此地青菜爽口,要带回去给连三,让他也尝尝鲜。

每当这种时候,季世子就很神伤。

齐大小姐有些同情季世子,还有些佩服季世子,觉得他见天被这么刺激还能忍得下去,是个不一般的世子,同时她也很好奇季世子能

忍到哪一日。

答案是第八日。可见真是忍了很久。

但季世子即便发作起来，也发作得不动声色，大约因天生性格冷淡，情绪再是激烈，也像是深海下的波澜，只他自己明白那些汹涌和煎熬，旁人无论如何也看不真切。

"他不值得你如此。"季世子说。

彼时成玉正和齐大小姐叨叨猎鹿的事。齐大小姐听清季世子这七个字，明智地感觉到应该把舞台让给身旁二位，一言未发，默默地勒了马缰绳自觉走在了后头。

成玉也听清了季世子的话，但她静默了片刻，似是想了一会儿，才开口："世子刚才是说连三哥哥不值得我如此是吗？"她抬起头，"季世子的意思是，连三哥哥他不值得我如何呢？"

季世子座下的名驹千里白行得比成玉座下的碧眼桃花快一些，多探出一个头，但他并没有回头看成玉："不值得你总是提起他，"他道，"亦不值得你从不忘带礼物给他，更不值得你每日不论多晚都要去将军府一趟打探他的消息，还不值得无论何时、何地，你……"看似平静的语声中终显了怫郁之色，似乎他自己也觉察到了，因此突然停在了此处，没有再说下去。千里白停下了脚步，走在后侧的碧眼桃花也跟着停了下来。季世子静了好一会儿，终于回头看向成玉："你将他放在心中，但他又将你放在了何处呢？"

成玉单手勒着缰绳骑在马背上，一张脸看着挺镇定，但此时她整个人都有点蒙。她觉得无论是她每日去找连三还是她总记得给连三带点儿什么，这些都是不值一提的小事，因为她闲着也是闲着，说连三不值得她如此着实小题大做。但季世子他为何如此小题大做？她想了会儿，记起来季世子好像同连三不大对付，可能他不太喜欢她没事总提连三吧。

她就点了点头，并没有太当这是个什么事，双腿夹了夹马腹，一边催着碧眼桃花走起来一边道:"那我明白了,以后我就不提连三哥哥了吧。"

季明枫却调转马头挡在了她面前:"你什么都不明白。"季世子一瞬不瞬地看着她,那看似平静的一双眼眸中有一些极深的东西她看不真切,但他的语声她却听得真切,"他骗了你。"他似是有些挣扎,但最终,他还是再次向她道,"连三他骗了你。"

成玉不解地眨了眨眼,季明枫没有再看她,似乎他要告诉她的是一桩极残忍之事,故而不忍看她的表情。他低声问她:"你今晨去大将军府,他们是否告诉你连三他仍不在?"

的确有这么一回事,今日一大早她前去大将军府,此次出门迎她的并非天步,却是个从未见过的小厮。倒是个秀气的小厮,生得很秀气,说话也很秀气,告诉她将军不在,天步也不在。

听到她的回答,季明枫静了一会儿,蹙着眉头道:"连三他昨夜便回府了,你今晨去他府上探问时,他其实就在府中。"他抬手揉了揉眉心,依然没有看她,"我知道你想说什么,所有辜负你的人,你都愿意为他们找借口,你想说或许他太忙没空见你,又或许他的侍女忘了向他通传你每日到访之事。"

他顿了一顿,似是接下来的言辞难以为继,但终归他还是将它们说出了口:"但今晨你走之后,烟澜公主便带了绘画习作前去将军府向他请教,那位公主并没有被拒之门外,而后,他又领了那位公主去小江东楼喝早茶,他看上去不像没空。"

成玉没有出声,她走了会儿神。

她听明白了季明枫的意思,说的是连宋在躲着她。如若连三的确昨夜就已回府,那这个做派的确有些像在躲着她。但,为何呢?

她还记得同连三在一起的最后那夜,明明那时候还好好的。她虽然曾经从季世子身上学到过一个人会突然讨厌另一个人,没有原因,也没有理由,但她想那不会是她和连三。连三的确有时候喜怒

无常,难以捉摸,但他从来待她那样好,那些好都是真的,他会在她哭泣时擦干她的眼泪,在她疼痛时握住她的双手。连三是绝不会伤害她的人。

回神时她发现季明枫正看着她。她蹙着眉头,无意识地扯了扯背在身侧的那把弓箭的弓弦,绷紧的弓弦发出极轻微的一声颤音,她抬头看向季明枫:"可能真的有什么误会?侍女没有呈报给他也好,小厮误传了也罢,或许他真的不知道我在等他呢。"

季明枫安静地看着她:"阿玉,他不值得你对他的那些好。"


烟澜没想到今日竟能同连三一道来小江东楼喝早茶。

自乞巧节后她便不曾见过他,算来已一月有余。除了连三领兵在外的时节,她其实很少有这么长时间见不到他,因此昨夜在太后处听闻皇帝提及连三回府之事,今晨一大早她便寻了借口跑来找他了。

半路上她也想过连三这一整月都在京郊大营,那大约正事很忙,此行她说不准见不到他。不承想,到了大将军府不仅见到了人,连三还主动开口领她出门吃早茶。

那时候烟澜觉得他今日心情应该是好的。

但此时,烟澜却不这么想了。

竹字轩中她同连三对坐弈棋,不过数十手他便将她逼得投子认输,从前这种情形是没有过的。自然她的棋艺同他相比不值一提,但过去他总会花点心思让着她,不至于让她输得太过难看。

一局棋毕,第二局起手时连三让了她二十四子,可她依然很快便败在了他的凌厉剿杀之下。他今日不想费心让她了。第三局依然如此。

总输棋的是她,却是连三皱着眉头先行离开了棋桌:"让天步陪你下吧。"他今日话也少,像是觉得下棋也好,在这房中的她和天步也好,都让他心烦。

烟澜其实不想和天步下棋,但她不敢辩驳,只好一边敷衍着天步,一边悄悄看他。

小江东楼的竹字轩正对着碧湖金柳，一派大好秋色。几步之外，烟澜见连三倚窗而坐，的确将目光投在窗外，却并非闲坐赏景的模样，他一直蹙着眉头。她有些忐忑，不知他今日怎么了，为何连这窗外的碧湖白汀也无法取悦他，又或许，他根本就没有将目光放在那些美景上头？这样的连三让她感到不安。

楼下忽有喧嚷之声传来，小二推门进来添茶，侍女问及，才知是一帮蹴鞠少年在一楼宴饮，少年人好热闹，故此有些吵嚷。

听小二提起蹴鞠二字，烟澜猛然想起上回同连宋一道来小江东楼时，也是眼前这小二来给他们添茶。彼时这健谈的小仆还同他们介绍了一番这些民间的蹴鞠队伍以及他们之间的可笑争执。她对这些是不感兴趣的，但她记得连三那时候认真听了，不仅听了，还下楼去会了会小二口中盛赞的一位蹴鞠少年。那少年似乎叫作什么玉小公子。

想到此处烟澜心中一动，开口叫住了欲离开的小二，轻声问道："开宴的是你们开源坊的那位玉小公子吗？"她是这么想的，今日连三心烦，若那蹴鞠少年就在楼下，带上来作陪，说不定能取悦连三。

小二不知她心中算盘，只以为她也被他的偶像玉小公子的魅力折服，立刻挺高兴地回她道："贵人也知道我们玉小公子啊。"又撇了撇嘴，"不过楼下的宴会不是我们玉小公子办的，是安乐坊的老大办的，上回的蹴鞠赛我们十五比三把他们踢哭了，安乐坊一心报复，最近他们新请了两个蹴鞠高手，意欲一对一单挑我们玉小公子，楼下这个宴会是给新请来的两个高手接风洗尘的。"

小二回话时，烟澜一直偷偷看着连宋，但见他仍瞧着窗外，并没有对他们的谈话显露出什么特别的兴趣来。她心中失望，再同小二说话时便有些敷衍："对手请了帮手，那你们玉小公子定然很烦

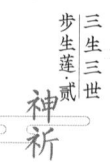

恼了。"

小二笑道："贵人说笑了，我们小公子有什么好烦恼呢？平安城一百二十坊，每年想单挑他的人没有一百也有八十，但不是他们想同我们小公子单挑，就能单挑得成的，还得看小公子愿不愿意接他们的战书。"又道，"我们小公子一般是不接这种单挑战书的。"

烟澜这时候还真是有点好奇了："为何呢？"

小二挠了挠头："我听说小公子的意思是，大伙儿一块踢还成，遇到踢得烂的队，反正对方有十二个人，他对于他们的愤怒也就分散了。但是一对一，这就太挑战了，要是那个人踢得太菜，万一他控制不住自己动手打人怎么办，要被禁赛的，因此算了。"

烟澜愣了一愣，笑道："轻狂。"

小二有点心虚地点了点头："的确也有人说他这是轻狂，"但他立刻很坚定地补充，"可我们小公子的球着实踢得好啊，他又长得好看，因此他这样说，我们只觉得他可爱，并不觉得他轻狂。"

烟澜不再言语，她今日带出门的小侍女却是个好强的性子，听完小二的一番夸赞，很不服气："我们小姐说他是轻狂，他就是轻狂，好看又怎么样了呢？再说又能有多好看。"

烟澜抬头看了侍女一眼，小侍女立刻闭了嘴，但眼神却还是不服气。小二居然也是个不认输的人，挺较真地辩驳道："姑娘还真别说，我们玉小公子的好看，整个平安城都晓得，那小人是没读过多少书，形容不出有多么好看。不过，"他想了想，"不过最近我们玉小公子交了一位同样长得很俊的公子做好友，他们日日一同出游，从我们楼前路过时，我们掌柜倒是有过一句很文气的形容，说他们二人站在一处，活脱脱是一对璧人。"他挺高兴地总结，"所以我们玉小公子就是像璧人那么好看了。"

小侍女没忍住，喊了一声："一对璧人指的是男女很般配好吗，"嘲讽道，"那他俩到底是谁长得比较娘气，因此你们掌柜才这样说呀？"

小二一张脸涨得通红,着急道:"胡说,我们玉小公子虽然长得是俊,但堂堂七尺男儿……"

小侍女像是觉得他气急败坏的模样有趣,转了转眼珠,窃笑:"那既然都是器宇轩昂的男子,却被称作一对璧人,想必是他二人虽同为男子,彼此间却……"

"够了。"小二惊讶地看到落座在旁的公子竟突然开了口,一时忘形胡言的小侍女被吓得双膝一软,立刻跪倒在地。小二惴惴站在一旁,大气也不敢出。

烟澜愣了一下,天步低垂着眼睫自棋桌上起身,向她施了一礼,并无别话,利落地将那跪倒在地的小侍女拖带了出去。

小江东楼常有贵人莅临,贵人发怒是什么样小二也见过,眼下这种场面他却从来没经历过。他甚至不知道发生了什么,只隐约听得室外传来低声:"你们家小姐身体不好,没有心力管教你们,你们自当管教好自己,怎么就能这样大胆,小姐还在跟前,就什么样的龌龊言语都能脱口而出呢?"明明是亲和又温柔的声音,他觉得茶楼里掌柜责骂他们时比这个何止凶狠十倍百倍,但那小侍女却像怕极了似的不断哭泣求饶。

小二并不知王公贵戚这种大富之家的规矩竟森严至此,今日见识一番只觉骇然,而此时两位贵人都没有让他离开,他也不敢随意离开,即便骇然,也只能战战兢兢杵在原地。

好一会儿,他听到棋桌旁的那位小姐试探着开口道:"是我们太吵闹了,令殿下感到心烦了吗?"又轻声自辩,"我以为那位玉小公子是殿下的熟人,殿下愿意听我们说起他,并不知道会惹得殿下更加烦心。"

那倚窗而坐的公子并未回答,只是站了起来:"我出去走走。"

他大着胆子微微抬头,看见那位小姐咬了咬嘴唇,在那公子经过棋桌时伸手握住了他的袖子。她微抬了眼帘,眼睛微红的模样极为美

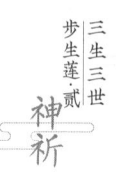

丽,也极惹人怜爱,她的芳音也甚为温柔:"我同殿下一道去,可以吗?"

成玉并不觉得季明枫会骗她,也想不出他为何要骗她,因此季明枫说连宋昨夜便回了府,今晨还带了十九公主烟澜去小江东楼喝早茶这事,她觉得应该都是真的。

不过季明枫猜测连三在躲着她这事,她思考完,却觉得这必定是一篇无稽之谈,并且立刻就要打马回城。

她挺耐心地同季世子解释:"我觉得今晨真就是小厮误传了。你看连三哥哥他,京郊大营一待就是一个月,看来真是很忙了,说不定只有这半日有空,下午就又要回营呢,所以我得赶紧回去。"说着她真心实意地羡慕起烟澜来,"唉,烟澜真是好运,正好被她赶上连三哥哥空闲的时候,我没有这么好运,只有努力看看赶紧回城能不能见上他一面了。"

季世子显然是被她面对此事时的清奇思路给震撼了,一时无话可说,脸色很不好看。齐大小姐完全能够理解季世子,有点同情季世子,还想给季世子点个蜡。

三人所驭皆是良驹,因此回城时不过午时初刻。

碧眼桃花载着成玉直向小江东楼而去。她原本所有心神都放在开道快奔上,却不知为何,从子阳街转进正东街时,分神向左边一条幽深小巷望了一眼。一道白色身影恍惚入目。

可恨碧眼桃花跑得快,待她反应过来勒住缰绳时,胯下骏马已载着她跑到了三四个店铺外。

她也不知自己那时候在想什么,碧眼桃花还没停稳便从它身上翻了下来,因此跌了一跤,但她完全没在意,爬起来便向着那小巷飞跑过去。

急奔而至时,她却愣在了巷子口,并没有往里走。

巷子狭窄,夹在两座古楼之间,即便今日秋阳高爽,阳光照进去也不过只到半墙。

青石碎拼的小路掩在阳光无法抚触的阴影中,延向遥远的尽头,令整个巷子看上去格外深幽。数丈开外,方才令成玉惊鸿一瞥的白衣青年立在这一片深幽之中。

她没有认错人,那的确是连三。

但他并非一人站在巷中。他怀里还抱了个姑娘。是横抱的姿势,一只手揽住了那姑娘的膝弯,另一只手撑着她的背部,姑娘的双手则妥帖地环着他的脖颈,似乎很依恋似的将脸贴在了他的胸口。因此成玉看不清那姑娘的脸,但从她那身衫裙的料子判断,她觉得那多半是十九公主烟澜。

的确是烟澜。但烟澜却没注意到成玉。方才从小江东楼出来,她陪着连三闲逛了一路,因连三今日心情不好,她跟在他身旁也有些神思不属,不过街上忽然响起马蹄声时她还是听到了,但还没反应过来,便被连三从轮椅上揽抱起来闪进了首饰铺子旁的一条小巷中。

刹那间她只猜出来连三是在躲着谁,但到底他在躲谁,打他抱住她的那一刻起,她已经没有心思去探究和在意。

成玉站在巷口处,目光在烟澜身上停留了好一会儿,她无意识地皱起了眉。

突然得见连宋的所有雀跃都在瞬间化作了一块冰砖,毫无征兆地压在她心头,有点冷,又有点沉。

她早知道连宋是烟澜的表兄,因此并不惊讶连宋会带烟澜出来喝早茶,但她从来没想过他们是这等亲密的表兄妹。因为她同她的堂兄表兄们并不亲密。

原来连宋还有另一个他会去体贴疼爱的妹妹,她想,他此时抱着烟澜,就像过去的无数种场合,他拥抱着她一样。那是否烟澜哭泣时他也会为她拭泪？烟澜痛苦时他也会握住她的手？

她突然感到一阵生气。但她又是那样懂得自省，因此立刻明白这生气毫无理由。

连宋正看着她。明明隔着数丈之遥，且她身后便是熙攘的长街，但目光同他相接之时，她却感到了寂静。眼尾微微上挑的凤目，似乎很认真地注视着她，但她并未在那眼神中看到任何期待。就像他从不期待会在此地同她相遇，或者从不期待会和她再次相遇。那目光中的漠然令她有些心慌。

是因一月未见，所以他对自己生疏了吗？她立刻为他找出了理由，往前走了两步，祈望着拉近一点距离便能消除那令人不适的隔阂感。却在她迈出第三步时，她看到他的目光蓦地移开了。

她停住了脚步，压在她心头的冰砖更沉了，她不明白他为何如此，踟蹰了一下想要叫他，却见他像是猜测到她的用意似的皱了皱眉头。就在她开口之前他转了身，像是打算离开。

她怔住了，愣怔之中她听到了极轻微的一声铃铛响。

她失神地望过去，看到左侧古楼伸出的檐角上挂了一只生锈的旧风铃。一阵风吹过，风铃欢快地响起来，却因为老旧之故，声音很是沉郁。

连三便在这时候抱着烟澜离开了，转瞬间身影已消失在小巷尽头。

巷子很快空无一人，半空中只留下了风铃的轻响。

成玉站在那儿，脸色有些发白，就像旧风铃那些沉郁的响声敲在她的心上，终于敲碎了压在她心头的那块冰砖，那些细小的冰碴儿顺着血液流往四肢百骸，在片刻之后，令她难受起来。

成玉独自难受了片刻，却还是在午膳后又去了一趟大将军府。因在她冷静后的深入思考之中，并没有找到该对连三生气的理由。

的确，他没有理她，让她很不开心。但她又想，或许方才连三同烟澜有正事，譬如说烟澜也有什么心结，需要连三帮她开解一二，这种时候，她上前打扰的确挺没有眼色的。她越想越觉得可能，因为烟澜是个自幼就居住在皇城里的公主，而常年生活在皇宫里的人，心理是比较容易出问题，像太皇太后、皇太后，甚至皇帝，大家多多少少都有一点毛病。

但问题在于即便想通了此事，她心中的难受却并没有因此而减少半分。她懵懂地有些想到原因，但立刻将闪现在脑中的那些原因抛诸脑后了，因为她觉得自己不至于那样荒唐。

将军府上，仍是天步出来相迎，同成玉解释，说连三他的确昨夜就回府了，但此时十九公主在府上，因他同十九公主有约在先，故而今日不便见她。又传达了一下连三的意思，说若成玉有急事，可明日再来找他，不过他这几日都有些忙，不大有空，若她没有什么急事，其实不必日日过府候他。

成玉心里咯噔了一下，她静了半晌，向天步道："连三哥哥他觉得我有点黏人了，是不是？"

天步看上去有点惊讶，却只道："公子的意思……奴婢不敢妄自揣度。"

成玉就咳了一声："哦，那、那你帮我转告连三哥哥我这时候过来也不是……"她违心道，"也不是一定想要见他什么的，我就是刚才在街上碰巧看到他了，然后顺便过来一趟想和他打个招呼，"她努力想装作随意一些，却无法克制声音中的落寞，"但既然他有其他客人，那、那就算了吧……"

天步有点担忧地看着她。

她拿食指揉了揉鼻子，掩盖住蓦然涌上心间的委屈，佯装正常地道："既然他忙，我这几日就不过来了。"

却听天步突然开口询问她："郡主的手，是怎么回事？"

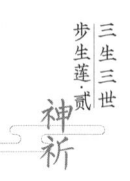

　　她愣了一愣，看向自己的左手，发现袖口处有些斑驳。将袖子拉下来一点，她抽了一口气，才觉出疼，发现小臂处不知何时竟多了老大一片擦伤。可能是方才拉扯衣袖时布料擦破血痂之故，伤口又开始流血。

　　天步立刻伸手过来，想要查看她的伤口，她却赶紧退了一步，冒冒失失地将衣袖放下去遮住那片可怕伤痕，想了想，解释道："可能是刚才没注意摔了一跤，没有什么。"又佯作开朗，"姐姐回去同连三哥哥复命吧，我也回去了。"说着便利索地转了身。

　　将军府内院临湖有一棵巨大的红叶树，树下有张石桌，连三坐在石桌旁雕刻一个玉件。烟澜在不远处的湖亭中抚琴。天步对凡世的琴曲不大有研究，因此没听出她抚的是什么曲，只觉调子忧伤，听着让人有些郁结。

　　近得连三身旁时，天步有些踌躇，她不大确定连三是想要立刻听她回禀有关成玉之事，还是不想。犹豫了片刻，感觉也并不能揣摩透她家殿下此时的心思，就沉默着先去给他换了杯热茶。

　　新换上来的茶连三一直没碰过，只专注在手中的雕件上。那是块顶部带了红沁的白玉，连三将它雕成了一对交颈之鹤，那红沁便自然而然成了鹤顶一点红，虽只雕了一半，鹤之灵性却已呼之欲出。

　　天步在一旁听候，直待烟澜抚过三支曲子，才听到连三开口问她："她怎么样了？"

　　天步轻声："郡主她是明白事理的郡主，听完奴婢的话，并没有为难奴婢，很听话地自己回去了。"

　　"好。"连三淡淡，仍凝目在手中的玉件之上，仔细雕刻着右边那只鹤的鹤羽，像方才不过随意一问，其实并不在意天步都回答了他什么。

　　"但郡主看上去并不好。"天步斟酌着道。便见连三的动作顿了一顿，但只是极短暂一个瞬间，刻刀已再次工致地划过玉面，便又是洁白的一笔鹤羽。

天步低声："她以为殿下您不喜欢她太黏着您，因此让我转告殿下，她并没有那么黏人，只是今日在街上碰巧遇到您，因此顺道过来一趟和您打个招呼。"

湖亭中烟澜一曲毕，院中瞬间静极，红叶树下一时只能听见连宋手中的刻刀划过玉面的细碎声响。

天步继续道："不过奴婢不认为那是真的。"她垂眼道，"她来时气喘吁吁，满头大汗，像是急跑过，或许在追着殿下回府时不小心将手臂摔伤了，半袖都是血迹，她却没有发现，直待奴婢告诉她时，她才觉出疼似的，但也只是皱了皱眉。"她停了一停，"可当奴婢说殿下不能见她时，她看上去，却像是要哭了。"

玉石啪地落在石桌上，碎成了四块。天步猛地抬眼，便看到那锋利刻刀扎进了连宋的手心，大约扎得有些深，当刻刀被拔出来扔到一旁时，鲜血立刻从伤口处涌出，滴到石桌上，碎玉被染得殷红。

天步轻呼了一声，赶紧从怀中取出巾帕递上去，连三却并未接过，只是坐在那儿面无表情地看着掌心。良久，他随意撕下一块衣袖，草草将伤处包裹起来，抬头向天步道："再取一块玉石过来。"就像什么事都没有发生过。

成玉一路踢着小石头回去。她中午也没吃什么东西，但并不觉着饿，路过一个凉茶铺时，突然感到有点口渴，就买了杯凉茶。今日凉茶铺生意好，几张桌子全坐满了人，她也没有什么讲究，捧着茶在街沿上坐了会儿。

她蹲坐在那儿一边喝着茶一边叹着气。

她简直对自己失望透顶。在天步告诉她连三因烟澜之故而无法见她时，她终于明白了，她真的就是那样荒唐。

她在嫉妒着烟澜。

她今日之所以会难受，会不开心，很大一部分原因，是源于她突然意识到，连宋待烟澜似乎比待她更好。

但这嫉妒其实很没有道理，因烟澜才是连三有血缘关系的表妹，他们自幼相识，感情更深一些也无可厚非，连三待烟澜更好，实乃天经地义。虽然她叫连三作哥哥，但其实他并非真的是她哥哥。若有一天他不再想让她做他的妹妹，她同他便什么都不是。她其实从来就无法同烟澜相比。

意识到这一点时，她心中竟瞬间有些发寒，因此喝完凉茶她又要了杯热茶，想暖一暖身。

喝完茶她踢着石头一路往回走，眼见得十花楼近在眼前，才想起手臂上的擦伤，又调转头向小李大夫的医馆走去。

她踢球时也常常这里擦伤那里擦伤，因此小李大夫并没有多问。但小李大夫是个见过大世面的人，不断只胳膊缺条腿的，在他眼中都不算伤，故而给成玉包扎完伤口后，看她坐那儿发呆像是挺闲，还让她帮忙抄了两百个药方子。

成玉觉得小李真是没有人性，但她也很对不起小李，因为她一边想着心事一边抄着药方子，结果两百个药方子没有一个抄对。太阳落山时小李来查验她帮忙的成果，打死她的心都有了，但注意到她的脸色，小李克制住了自己。平静下来后，小李坐到了她身边，问她是不是有什么心事，她点头嘟哝："算是吧。"

她同小李本是无话不谈的朋友，但她嫉妒连三的亲表妹这种事，连她自己都觉得不成体统，小李一定会觉得她神经病，因此她也没有同小李细谈的意思。

小李挺感慨："哦，我们阿玉也到了拥有不能和我分享的心事的年纪了。"

成玉皱着眉头看着他："你就比我大两岁。"

小李大夫非常自信："但是花酒却比你多喝了许多顿。"

成玉不服气："也不见得。"

小李想了想："你那种去青楼找花魁涮火锅，或者青楼的花魁去十花楼找你涮火锅，都并不能算作喝花酒。"

说着将她领入了仁安堂的酒窖中，很仗义地提了两坛子好酒送她，并且豪气地指点她，说人长大了，是容易有心事，但没有什么心愁是喝两坛子烈酒还浇不灭的，如果有，小李又提了两坛酒给她，道："那就喝四坛。"想到成玉一向的酒量，感觉四坛也不是很把稳，干脆又再送了她两坛凑成了六坛，挺满意地道，送礼就是该送六六顺。又告诉她今日朱槿去庄上收租了，明日才会回来，她今夜可以自由发挥。

因此当夜，成玉就自由发挥了，然后她就喝醉了。


成玉的毛病是，一醉得狠了，她就爱爬高。

上次小江东楼的醉清风她喝到第三坛，她爬上了楼外一棵百年老树的树顶，因方圆一百丈内就数那棵树最高。这次小李送她的烈酒也是喝到第三坛，她爬上了十花楼第十层的正脊，因方圆一百丈内就数这座楼最高。

她晕晕乎乎地跷着脚坐在屋脊上，白日里的烦心事早已忘得差不离，只觉坐得这么高，差不多能俯视整个平安城，真是畅快。同时小李送她的酒又这样好喝，小李真是好朋友。

她坐在屋顶上喝得酒坛子见了底，一时也没想到楼下还有三坛，瞧见不远处的街道上有几个幼童提着灯笼玩着追影子，觉得很有趣，就扔了酒坛子自个儿在房顶上蹦蹦跳跳地追逐起自个儿的影子来。她自幼蹴鞠，有绝佳的平衡力，因此虽瞧着每一步都摇摇晃晃像要摔下去的样子，但每一步她总能稳住自己。

她自顾自玩耍了一会儿，目光掠过楼下鞠场时，却捕捉到鞠场旁

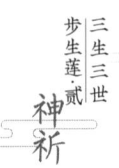

那株参天古槐的树干后隐现了一片白色衣袂。此时并非槐树的花期，那不该是古槐的衣袂。

她的目光定在了那处，一片浓云突然遮蔽了月色，那白色的衣袂也很快消失在了黑暗之中。待浓云移开、月光再现之时，却什么都没有了。

若没有喝醉，大约成玉会疑心自己眼花，但她今夜毕竟醉了。喝醉的成玉完全没有怀疑自己的眼睛。她站在屋檐边上想了一会儿，转了个身，将右腿对准了没有瓦当承接的虚空，右手放在左手手心里敲着拍子鼓励了一下自己："一，二。""二"字出口时她闭上了眼睛，右脚一脚踩空，跌了出去。

在成玉的设想中，她应该会像一只受伤的白鸟，倏然跌进夜风之中。但来人的动作却比她预想的还要更快一些，虽然右足踏空令她失去了平衡，但她的左脚还没能够离开屋檐，那人便接住了她。

鼻尖传来似有若无的白奇楠香，就像今夜的月光，幽寂的，静谧的，带一点冰凉。果然是连三。成玉就笑了。

尚来不及睁眼，连三已抱着她在屋檐上重新站稳，然后他松开了她。

"你在做什么？"那声音也像头顶的月色，带了秋夜的微凉。并且，那是一句责问。但她酒醉的大脑并没有接收到他语声中所包含的怒气，只是纯粹地为能见到他而感到开心，故而挺高兴地同他分享起来："哦，我猜是连三哥哥你在那里，我想如果是你的话，那你一定会接住我的，我就跳下来啦！"

她无愧于心地看着他。目光落到他紧锁的双眉上，再移到他的眼睛，才终于看清了他沉肃的容色。他也看着她，琥珀色的瞳仁里没有任何温暖情绪。这是冷淡的，并不期待见到她的连三。

白日的一切忽然就回到了她的脑海中，委屈和惶惑也遽然涌上心头，她愣了片刻，突然就伤心起来："为什么连三哥哥一见到我就生气?"

他并没有回答她的问题,只是蹙眉道:"你醉了。"

"我没有醉。"她立刻道,但想想自己的确喝了很多酒,就比出了三个手指头,"嗯,喝了四坛。"她又再次强调,"但是没有醉。"脚下却突然一软。

他伸手撑住了她,扶着她再次站稳,她仔细地分辨他脸上的神色:"连三哥哥不想看到我吗?"

他依然没有回答她的问题,却道:"如果不是我呢?"

她虽然不愿承认,但她的确醉了。不过虽然醉了,她的反应却很快,几乎立刻明白了他在说什么。十花楼一共十层楼,她指着七楼处突出的一个望月台,很是轻松地回答他:"那我就摔到台子上啦,也不高,又摔不死。"

"是吗?"

她这时候脑子比方才要清楚一些,因此灵敏地察觉到了那声音中的冷意,她有些疑惑地抬起了头,正好接触到他同样冰冷的目光。

他冷淡地看着她:"只要不会摔死,摔断手脚也无所谓是吧?我以为你长大了,也懂事了。"

她静了一会儿,低声道:"你在生气。"突然抬头非常严厉地看向他,"为什么一见我就生气,"看来是又想起了方才令她难过,却因为他转移了话题而被她短暂遗忘了的重要问题,她又是愤怒又是伤心地看向连三,"你见烟澜你就不生气!"

他淡淡道:"因为她不惹我生气。"

听了他的回答,她像是要立刻哭出来似的:"烟澜是不是比我好?"

他静静看着她:"你为什么要和她比?"

她摇了摇头,没有回答他,可能她自己也不知道自己为什么摇头。她只是感到有点累,因此坐了下来,想了一会儿,她捂上了眼睛:"那你就是觉得她比我好了。"她没有哭,那声音却很轻,也很疲惫,然后她悲伤地叹了一口气,"你走吧。"

她觉得他立刻就会离开了。她还觉得今夜他根本就不想见到她,他为何不想见到她,她也问出了理由,因为她总是惹他生气。因此他白天的态度也全有了答案,就是她惹他烦了吧。

今晚她偶尔脑子不太灵光,因此根本想不起来自己曾做了什么令他不快,可他一向比她聪明,那他说什么就是什么吧。她也不知该如何挽回,只是感到一阵沉重。她责备着自己为什么要想起那些不开心的事,本来她已经忘了,忘了的时候她就感到很快乐。

她等着他离开,但预想中的脚步声却迟迟没有响起。

巨大的月轮照亮了整座平安城,夜已深了,整座城池都安静下来,唯有远处的街市还亮着若有若无的明灯,像是自夜幕中降落的星辰。风也安静了,却还是冷,游走过她身边时令她打了个喷嚏。

有什么东西递到了她面前,她抬眼看过去,却是一件白色外裳。"穿上。"那本该离开的青年低头看着她。她看了一眼他手中衣衫,又看了一眼他,然后她偏过了头,她没有理他,只专注地凝视着脚下自己的影子。

他顿了一顿,便坐在了她身旁,那外裳也随之披上了她的肩头。她吃惊地转过头来,正好容他握住她的右手穿过展开的衣袖,她呆住了,任他像照顾一个稚龄幼童一般为她穿好他的外衣。

她愣愣地坐在那儿不知该如何反应,最后她觉得她应该有点骨气,于是挣扎着就要将那已然被他穿得规整的外衫脱下来,却被他制住了:"不要任性。"他皱着眉道。

今晚她已听够了他的指责,因此毫不在意,挺有勇气地同他嘟囔:"我就是要任性,你管不着!"挣扎得更加厉害。

他突然道:"是我不好。"

她眨了眨眼睛,他将她已挣扎着脱掉一半的外衫重新拉上来合好,看着她道:"是我不好。"

她的眼睛突然就红了,她努力地咬了一下嘴唇,大声道:"就是你不好!"却没有再执着地要脱下那件外衫。她低着头给自己挽袖子,挽了会儿就开始历数他的罪行:"你不理我,你也不见我,你还凶我,你还说烟澜比我好!"却因为说得太快又太愤怒,自己被自己呛住了。

连宋的手立刻抚上了她的后背,他似乎有些无奈:"我没有那样说过。"

她就回忆了一下,但脑子里一片糨糊,着实也记不得他方才说了什么,因此她点了点头:"哦,那就不是你说的吧。"

但烟澜比她好的这个印象一时间却令她悲从中来,她红着眼眶问连宋:"烟澜有我好看吗?"却不待他回答,自己斩钉截铁地摇了摇头,"我觉得根本没有我好看!"

又问他:"烟澜有我聪明吗?"依然不待他回答,自己斩钉截铁地摇了摇头,"我觉得根本没有我聪明!"

再次问他:"烟澜有我体贴吗?"这一次她终于给了他时间回答,但他却并没有回答,他只是看着她,他的容色终于不再冰冷,但那堪称完美的容颜里究竟包含了什么,她看不明白。她从来就看不明白连三,因此并不在意,她只是想,哦,这个问题他不想要回答。她就自己想了一阵,但关于体贴这一点她却不是那么自信了,因此有些犹豫地道:"那……我觉得我们可能一样体贴吧。"

她还想问得更多:"烟澜有我……"却烦恼地摇了摇头,"算了。"

在她安静下来时,他握住了她的手:"你不用和她比。"

但这似乎并没有安慰到她,她低着头,看着被他握住的双手,良久,轻声道:"其实烟澜会弹琴,会唱歌,画也画得很好,她会的那些,我都不太会。"她努力地吸了一下鼻子,鼓起勇气向他坦白,"我、我特别不像话,我不喜欢烟澜,是因为烟澜其实是个好妹妹。"

"她是不是一个好妹妹,又怎么样呢?"他问她。

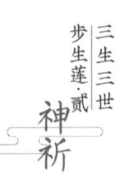

她突然扑进了他的怀中,她的手臂用力地环住了他的肩膀,她的脸紧紧贴住了他的胸膛,她哽咽着说出了内心最深处的恐惧:"因为我害怕我不再是你独一无二的那个人,我害怕你早晚有一天会离开我。"

有一瞬间,连三屏住了呼吸。他不记得这世间曾有一个人,光靠一句话就能让他失了心绪乱了方寸。良久,他闭上了眼睛。却没有回应她的拥抱。

是的,他早晚会离开她。因此她需要早一点习惯。

今晚已然太超过了,这样下去对她没有任何好处。

他今晚根本不该来这个地方;或者就算来了,也不该出现在她面前;或者就算出现在她面前,也不该再给她亲近的错觉;或者就算他控制不住亲近了她,这个拥抱他也绝对不能回应——这一切都必须到此为止。

他握住了她的手臂,想要将她推开,却在此时,她抬起了头。那么近。

他再一次屏住了呼吸。

她像是要哭了,眉梢、眼尾、鼻尖,都染着樱花一般的红意,是温软的、鲜活的、带着悲伤的红,那红巧妙地点缀在雪一般的肌肤之上,令人无法移开目光。瑶池中有一种莲叫作舞妃,通体雪白的花盏,只是一点娇红染在花瓣的边缘,这时候的她,便像极了那种花。她漆黑的眼睛里蓄了泪水,含着孤寂和悲郁,就像是晖耀海的最深处。

她的眉梢眼底皆是情绪,是悲伤乞怜的意思,可她的脸上却没有任何表情,本能地维持着她的自尊。她只是那样看着他,她不常如此,或者她自己都没有意识到此时自己是这个模样,但那悲郁的美和那同样悲郁的柔弱却几乎令他无法抗拒。

但他终于还是在屈服之前推开了她。

可他忘记了她的固执,在他还没反应过来时她已再次抱住了他,身下的瓦楞一阵轻响，失神中他被她压在了身下。匆忙之中她的嘴唇扫过了他的颊边，是冰冷的唇，却像是一点火星烧过他的脸庞。

他蓦地看向她，她却没有注意，一只手撑着他的胸膛，另一只手放在他的肩侧，她依然没有哭，脸上也依然没有什么表情，却用力地咬住了嘴唇，固执地看着他："连三哥哥，你不许走，我们还没有……"

他猛地握住她的衣领将她拉了下来，然后他吻住了她的嘴唇。他感到了她身体的陡然僵硬，但这一次，他没有再放过她。

他的左手扣住了她的腰，使得她的身体紧紧贴住他，那亦使得她无法反抗，但她也没有反抗。他想她是被吓呆了，但她不能说话，因为她的唇被他堵住了。

他吻得有些用力，因此那红润却冰冷的唇瓣在他的唇舌之下很快变得温暖起来，亦变得柔软起来。她唇齿间有酒香的气息，更多的却是花香的气息。随着热吻的加深，那花香蓦地浓郁起来，她本能地喘息，换来的只是他更用力地咬着她的唇瓣，纠缠着她的唇舌。

在他的缠吻之下，她僵硬的身躯舒缓下来，脸上那悲郁的、樱花一般的红也变得冶艳，甚至整张脸都透出了粉意，像是一朵出水的木芙蓉花。手掌之下，他能感觉到她的身体亦在一点一点升温。她全身上下唯一理智的似乎只有那双眼睛了，那带着泪意的眼底像下了一场大雾，含着茫然和惊颤。

她喝醉了，他是乘人之危。他猛地停了下来。

月光安静地照在他们身上，照在银白的屋脊上，附近的树上，街道上，远处的街市上……远处街市的灯笼也灭了。整座城池都跌入了睡梦之中。

成玉不明白是否自己也跌进了一个睡梦之中，她呆呆地从连三身上起来，手指抚过自己红肿的唇，抚过自己的心脏，眼中满是震惊："为什么……我不明白……"她轻声喃喃。她根本没有搞懂这是什么状况。这不能怪她。今夜她喝醉了，清醒时的她亦未必能掌控眼下情形，遑论她此时。

她看向连三。他仍躺在瓦楞之上。她的连三哥哥从来都那样坚定可靠，可此时他望着天上的银月，神色间竟出现了一丝脆弱，良久，他道："我也不明白。不过，"他低声道，"你不用明白。"

"为什么？"

"因为，"他闭上了眼睛，"这只是个梦，这所有的一切，明早醒来，你就会全忘了。"

## 第二章

成玉抱着宿醉后头疼的脑袋在床上坐了半日,也没想起来昨晚到底发生了什么。

显然她是喝醉了,但怎么喝醉的她全无头绪,不过她一向如此,喝醉了就老断片儿,倒也罢了。

用过早饭后她习惯性就要去一趟大将军府,出门才想起来昨日天步的转告,就又折转了回来,无所事事地在后院溜达了一圈,捡了一堆小石片,蹲在一个小湖塘旁,一边拿小石片打着水漂一边想心事。

没扔多久,听梨响来报,说皇帝突然宣她入宫,沈公公的那个机灵徒弟小佑子已在小花厅候着了。

大熙朝的皇帝成筠是个没什么兄妹爱的皇帝,这一点可以从他对他们家兄妹关系的定义上看出。相见不如怀念,是他对他自己和他那百十个亲妹子之间关系的定位……成玉因出嫁不大需要成筠备嫁妆,他对她的抗拒倒不至于那样强烈,还能时不时召她见见。

巳时一刻,成玉入了宫,未时初刻,一脸愁容地回了十化楼。

成筠赐了她一套笔一张琴。笔是白玉紫狼毫。漕溪产砚,西蕲造笔。据说这套白玉紫狼毫凝结了西蕲笔庄老庄主毕生的心血。琴则是

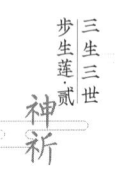

岭上柏。岭上柏,石中涧,不闻山音惹飞泉。这句诗说的是天下四大名琴,而如诗所述,岭上柏排在四大名琴之首。

成筠将这两件无价之物下赐给她的当口,成玉就有不祥的预感。果然,伴随着这两样东西,成筠还给她安排了一位画师和一位琴师做她师父,教导她弹琴作画,同时还指了一位女仪官,要将她的礼仪也再固一遍。

成筠的意思是,往日因他没空,故而对她疏于管教,一天天的任她胡闹,眼看她也长大了,到了要议亲的年纪,琴棋书画总要过得去才成,如此一来,出嫁后方不至于辱没皇家体面。赐她好笔好琴,也是希望这两件灵物的灵气能感染到她,令她在师父们的指点下早日学成。

一听说那两位师父并那位仪官日日都会来十花楼督促她,成玉当场心如死灰。她完全没搞明白像成筠这样一位日理万机、连老婆死了都没空再讨一个的皇帝,为什么会有空关心她的德言容功问题。他那么有空他不如先去讨个老婆对不对?!

成玉很是头大。

并且她也觉得皇帝说得没道理,因她即便要嫁,照老道给她推演的命格来看,大抵也是和亲。和亲去边地,大家都大口喝酒大口吃肉,人喝酒都不是拿杯盏而是拿海碗,压根儿不知道世间还有风雅这两个字,她琴棋书画学得再好又有什么用,她还不如去学个马头琴,这样起码大家围着篝火跳圈圈舞时她还能有用武之地。

她当场就和皇帝分享了这个看法,成筠凝视了她片刻,揉了揉额角:"那就琴画照旧,再加个马头琴。"成玉有生以来第一次感到自己真是聪明反被聪明误。

皇帝的圣命下来,十花楼最痛苦数成玉,最高兴数朱槿,介于两者之间的是姚黄。朱槿觉得琴画礼仪课见天地这么给成玉排下来,她应该没时间再在外头惹是生非了,着实给他省心,因此高兴。姚黄是朱槿的挚友,因此为朱槿高兴,但同时他敏锐地意识到成玉要是没时间出门瞎逛,那就是也没时间带他去琳琅阁找花非雾了,因此又为自己感到痛苦。

接下来的几日,对于成玉来说,是她同三位琴画老师外加一位仪官斗智斗勇的几日。

仪官在第二天就撤了,因成玉的礼仪其实没有什么问题,问题只在于她想有礼时她可以当典范,她不想有礼时她就是一个灾难。仪官深思熟虑之后觉得这不是一个礼仪问题,而是一个心理健康问题,应该归太医院管,她一个搞礼仪的她当然爱莫能助。

古琴师父比仪官多撑了一日。古琴师父至情至性,刚开始也想好好教导成玉,然他空有一颗赤诚的教化之心,却难敌成玉指下魔音灌耳。这倒也罢了,他努力忍一忍也不是忍不了,但成玉居然还用他的女神、天下四大名琴之首、自诞生日起便只奏大雅之音的岭上柏弹奏青楼小艳曲儿,师父就崩溃了,当场吐了三升血,抱病遁去了。

马头琴师父和绘画师父因为没有古琴师父那么至情至性,最重要的是他们并没有什么女神,因此幸运地坚持了下来。

好在有两个师父出局,每日除了上课以外,成玉还能摸着点儿闲暇出去放个风。每天上课,她都感到天要亡她,出门放风时,又感到一时半会儿她可能还亡不了,因此也没有怎么努力反抗,将日子这么稀里糊涂地过了下去。

这些日子里,成玉碰到过连三一次。是在怀墨山庄。

怀墨山庄是成玉她姑母大长公主在城西的一处宅子,大长公主膝下无儿无女,却好热闹,因此每年入秋都在怀墨山庄办义武会,令贵族少年少女们在此相聚斗文比武,胜者总有珍宝相赐。

按照成玉自己的说法,她因是个有定力的郡主,因此最缺钱的时候她也没参加过大长公主的文武会。但据梨响对她的了解，觉得这应该是由于大长公主下赐的皇家珍宝民间当铺根本不敢收，变现很不容易的缘故。不过听说今年大长公主准备把前朝才子沈砚之的书法大作《醉昙四首》作为奖品奖给射柳获胜之人，而《醉昙四首》的好处在于它算不得皇家宝贝，可以轻易变现，故而今年大家很荣幸地在怀墨山庄的射柳竞赛上看到了成玉的身影。

射柳是比骑射。

一般来说需寻一阔大场地，场上插柳枝一行，以利刃剥去柳枝上部树皮，使其露白，以露白处为靶心；然后百丈外列出一行十人，待锣响时御马而行，搭箭射柳，以能射断柳枝且手接断柳者为胜。

自牵马站到起点线跟前，成玉就感觉有人盯着她。

她长得好，去哪儿都有人偷瞧，对注视自己的目光早习以为常，加之今日场中拢共十位参赛者，但算上她一共就三个姑娘，被人看可以说是必然的。但她依稀觉得，凝在她身上令她有所感的那道目光并不是来自围观群众，因为她并没有察知到好奇和探究。可要说那视线是她因紧张而产生的幻觉……在明知真正骑射好的少年们早入了三军四卫，此时场上参赛的都是些半吊子的情况下，她有可能会紧张吗？她自问是不可能的。

所以，到底是谁在看她？

这个问题在铜锣敲响她打马飞奔挽弓射箭并以利落手法俯身捞得断柳之时，有了答案。在全然放松后朝着面前高台的不经意一瞥间，成玉看到了连宋。

这根本是意想不到的一件事，因高高的观赛台上，照理说，此时落座的该是大长公主。

匆忙将断柳扔给尽头的执锣太监，成玉再次望向台上，发现那的确是连宋。方才她惊鸿一瞥之间没有看到坐在他身旁的烟澜公主，此时抬眼，正见得一身白裙的烟澜探身同连宋说话，连宋微微偏了头，正聆听着她。

成玉只能看到他的侧面。他手中那把黑色的折扇懒懒置于座椅扶臂，带着一点漫不经心。

那是她所熟悉的连三。她的目光凝在他身上好半天，他却并没有看向她，她又有点怀疑方才那视线可能并非来自他。

成玉抿着嘴唇垂了头，此时才听到人群中的喝彩之声，接着被谁猛地拉了一把，她转头一看，竟看到抄着手向她微笑的齐大小姐。见到齐大小姐乃是一桩惊喜之事，心中的不快被她暂且抛在脑后，翻身下马时，齐大小姐给了她一个大大的拥抱。

喝彩声持续了好长一段时间，人群望着成玉，皆是叹服之色，成玉一时有点蒙。每年都来这儿闲逛的齐大小姐难得兴奋地向她解释，说射柳这个竞赛自开办以来，一直保持着惨不忍睹的水平，一场比赛能有一两个参赛者将箭头准确射进柳枝而不是什么别的地方，就已经很不错了。群众本来没有抱什么希望，但今次成玉居然能将射柳、断柳、摘柳这三道程序一趟揽齐活了，因此大家都疯了。

从前这个竞赛有多么令人不忍卒睹，可以参见今次那另外九位参赛者的表现：有两位射中了柳枝，可惜射中的是别人的柳枝；有三位射空了，就连别人的柳枝也没射着；还有两位马已经跑过柳枝了，结果手里的弓却还没挽起来……不过齐大小姐认为这七位不算最差的，因为比起最后那两位将箭枝直接射进了观众席的英雄，他们至少做到了比赛第二安全第一……

齐大小姐难得一次说这么长一段话，不禁口渴，从怀里掏出了一个橘子，发现成玉也挺渴，就将橘子递给了成玉，说自己再去前头庭院里摘两个，让她在原地等着。

成玉目送齐大小姐离去，又见围观群众也三三两两散去其他竞赛场了，她踌躇了片刻，飞快地又看了高台一眼。

可惜什么都没看清。

然后她想起来连宋不理她很久了，他不太理她，她却还这样惦记他，她感到了自己的没用，一时间有点生自己的气，因此努力控制着自己不再抬头，只闷闷剥起橘子来。

而变故，正是发生在这时候。

一匹惊马突然冲出了赛场，一路带翻好几个还没来得及离场的围观者，如离弦之箭，嘶鸣着直向成玉所站之处突奔而来。

成玉第一反应是赶紧闪一边儿去，却忘了她手里正缠着碧眼桃花的缰绳，她方才想心事时无意识将缰绳缠在手中绕了好几圈，千钧一发之际当然无法脱身。

碧眼桃花被眼看就要冲过来的疯马吓得长嘶了一声，立刻撒蹄子开跑，成玉还没反应过来，已绊倒在地被狂奔的碧眼桃花给拖了出去。

身体狠狠擦过沙地，身后似乎有人喊着"阿玉"，但再多的就没听到了，鼓胀的太阳穴处像是被安上了两面巨鼓，将外界的一切声音都挡在了耳外，唯留如雷的鼓声轰隆着响在脑海中。

碧眼桃花是朱槿给她找来的宝驹，有千里追风的雅号，撒开了跑绝不是闹着玩儿的。成玉只蒙了一瞬，立刻反应过来她得赶紧自救，否则早晚交待在这儿。便在此时，眼前突然闪过一道寒光，缰绳断为两截，猛拽着她的拉力陡然消失，成玉在地上滚了两圈，被人握住肩膀时她还觉得头晕。

她按住突突跳着疼的太阳穴，听到那人询问她："怎么样了，有没有受伤？"

她本能地要与人道谢，声音出口才发现嗓子是哑的。

那人握住了她的手，她嘶了一声，那人赶紧将她放开："很疼吗？"

成玉眨了眨眼睛，此时她模糊的视线才稳定下来，终于看清了单膝跪在她身旁一脸担忧看着她的恩人。竟然是季明枫。

她心中惊奇季世子居然也在此地，但一想大长公主的文武会名气的确挺大,季世子过来见识,这也不足为奇。

到此时她才后知后觉感到疼痛,全身都火辣辣的,季世子白着一张脸将她抱起来时她疼得颤了一下,季世子整个人都僵了,语声里居然透出了无措:"你忍忍,我带你去找太医,"还哄着她,"太医就备在隔壁院子,太医看了就不疼了。"

季世子的反应让成玉蒙了一会儿,她觉得能让这位见惯生死的冷面世子如此动容,那可能是自己快死了。可她此时除了全身疼,连个血都没吐,那应该还死不了。她暗自镇定了一下,忍着疼痛抽抽着安慰了一下季世子:"也、也不是、很疼,你、你、走慢点、颠得慌……"

去内院找太医,必定要经过射柳场地前那座观赛高台。

成玉自己都没搞明白,为什么在季世子抱着她经过那座高台时,她会又朝台上望一眼。她也没想过她究竟在期待什么,或者她希望看到什么。她只是没忍住。

摇晃的视线中,连宋仍在高台之上,却像是完全没有注意到方才碧眼桃花拖着她制造出来的骚动。他此时已从座椅中起身了,握扇的右手虚虚搭在烟澜的轮椅侧,左手则握住了那张红木轮椅的椅背,是要推着烟澜离开的姿势。

烟澜微侧了身仰头看着他,不知是在同他说话还是如何,他没有俯身,因此瞧着和烟澜有一段距离,但视线却低垂着,应该是看着烟澜。

两人皆是一身白衣,又都长得好看,因此那画面分外美丽,衬着高台之侧的巨大金柳,是可堪入画的景致。

可如此宁静美好的画面,却让成玉在一瞬间难受起来。

那一刻她终于有些明白她其实在期待着什么。

她在期待着连宋的关怀。

她虽然也没觉得自己方才的遇险和之后的受伤是什么大事,但是她也希望他能紧张，然后她可以像安慰季世子一样安慰他，她其实也没有多疼，只是他走得太快了她颠得慌。

是了，她其实隐秘地希望救了她的不是季世子，而是连宋。而为何她会这样期望，她自己也说不清楚，大约在她心里他就该这样。

可他却没有这样。

一时间她心中发沉。他是不再喜欢她、不再关心她了吗？

人与人之间的关系就是那样微妙，有时候一个人的确会没有理由地不再喜欢另一个人，她其实早就知道。她只是固执地认为她同连三该有些特别，他们不该属于此列。但为何他们不该属于此列？她竟从未思考过这个问题，此时想来，她这个结论其实是站不住脚的，在这一瞬间她感到了前所未有的迷惘。

高台上那白色的身影很快便要消失在她眼中，季明枫抱着她拐过了一座假山，在那最后一眼中，她似乎看到连宋终于抬头看向了她。但她很快意识到那不过是她的幻觉，因那样远的距离，他于她不过一个白色的影子罢了，她其实根本不可能看到他的动作。

也许是她太想要让他注意到她，因此幻想他注意到了她。她真的很没用。身上的伤口在那瞬息之间百倍地疼起来，但她咬住了牙齿没有出声。她不想让自己显得更加没用。

那之后成玉在病床上养了好几天伤。她的至交好友们全来十花楼探过病。连仅在冥司有过短暂同行经历的国师都晃到十花楼来瞧过她。可连宋没有来过。

梨响说最近夜里照顾她，每天晚上都能听到她在睡梦中轻声哭泣。成玉却并不记得自己曾在梦里哭过。但梨响不会骗她。

梨响很担忧她，然她也没有什么办法缓和梨响的担忧，因她并不知道自己每夜哭泣的原因。

她唯一知道的是，这些时日，她的确一直都不开心。

屋漏偏逢连夜雨。成玉在床上躺了四天，第五天终于能够下地，正迎来了大长公主的赏赐，却并非沈砚之的《醉昙四首》，而是一套头面。

说是成玉在数年无人建树的射柳竞赛中轻松拔得头筹替皇家长了脸，大长公主高兴坏了，觉得沈砚之的书法作品根本配不上她的好成绩，在家里翻箱倒柜好几天，找出了睿宗皇帝当年赐给她的一套孔雀头面。大长公主深感唯有这套珍品能够表达她对成玉的欣赏之情。

这套头面的确华贵，七宝点缀，一看就价值连城，问题是大熙律例，孔雀饰品唯有公主郡主可佩，试问拿出去典当，哪个当铺敢收下来？成玉气得差点重新躺回床上去。

更要命的是大长公主还喜气洋洋地将此事报给了皇帝，希冀为她再求一场嘉奖。

大长公主的初心是好的，但她不知道的是，这段日子是皇帝拘着成玉学画学琴的日子，照理成玉她根本不该出现在她的文武会中。因此很自然的是，皇帝立刻知道成玉逃了课……赏赐没有，罚她禁闭七日的圣旨倒是在她下床之后第一时间送到了十花楼。成玉简直要气晕过去了。但朱槿当夜高兴地邀姚黄喝了二两小酒。

禁闭，成玉倒是被罚习惯了，有马头琴师父和绘画师父照常来上课，并且课量是平日二倍的禁闭，成玉从前并没有体验过。两日过去，感觉身心都受尽折磨。

季世子和齐大小姐闻讯来探望她。季世子运筹帷幄，心在天下，大事上头是有能耐，但如何劝慰一个厌学之人可说毫无经验，深思熟虑后只能建议她忍一忍。倒是齐大小姐半时诘屈不多，关键时刻却总能解她的心结。

齐大小姐这样开导她："难道你觉得你的两位师父日日对着你他们

便很开心吗？当然不，从前他们每日只需见你一个半时辰，还能有许多喘息空间，可如今被皇命压着需日日同你做伴，我看他们比你更不好过，你只需要注意一下你拉琴时那位马头琴师父脸上窒息的表情你就能够明白了。"

看成玉威胁地抬起了马头琴的琴弓，齐大小姐聪明地闭了嘴："哦你又要开始拉琴了吗？那我们走了。"

成玉后来倒是照着齐大小姐的建议认真观察了下她的两位师父，发现他们的确比她更加痛苦。想到自己并不是过得最艰难的那一个，她的内心得到了平静。

七日禁闭因此很快过去。

季世子做朋友的确很够意思，成玉从禁闭中出来后，季世子包了整个小江东楼为她庆祝。三坛醉清风下去，她醉倒在扶栏之侧时，瞧见了长街对面微雨中的两把油纸伞。

前面的那把伞很是巨大，后面的那把倒是正常大小，两把伞皆是白色伞面绘水墨莲花。她画画不怎么样，赏画却有两把刷子，见那伞面上的墨莲被雨雾一笼，似开在雨中，乃是好画，不禁多看了两眼。

执伞之人一前一后步入了对面的奇玩斋中。

前面那把伞的伞檐下露出了一截紫裙和半个木轮子，成玉半口酒含在口中，吞下去时被呛了一下。她捂嘴咳了两声，再望过去时见伙计已迎上去将那两把撑开的纸伞接了过去，伞下一行三人，果然是连宋和烟澜，还有天步。

他们并没有往里走，那奇玩斋铺面的右侧搁着一个架子，架上摆放了好些装饰面具。烟澜似对那些面具感兴趣，推着轮椅靠近了那个架子，纤纤素手自架上取下来一只黑色的面具，笑着说了句什么递给了连宋。连宋接过那面具，看了一阵，然后戴在了脸上。

成玉怔怔看着那个场景。

戴着面具的连宋突然抬起头看了过来，成玉赶紧蹲下身。她不知道他抬头是不是因他感知到了她的目光。若在从前她当然会笑着扬手同他打招呼，但今次，在意识到他抬头之际，她却本能地选择蹲下来将自己藏在了扶栏之后。

透过扶栏的间隙，她看到他微微仰着头，保持了那个动作好一会儿。

她这时候才看清那面具是一张人脸，轮廓俊雅，似庙宇中供奉的文神，却被漆成了黑色，并以熔银在面目上勾勒出繁复花纹，诡异又美丽。因今日有雨，不过黄昏时分天色已晦暗起来，伙计将店门口的灯笼点上了，微红的光芒裹覆住了连宋，那一身白衣似染了艳色，他戴着那面具站在红色的柔光之中，就像一尊俊美的邪神。

她不知道他是否看到了她。良久之后，他转过了身，然后摘下了面具。

奇玩斋的掌柜很快出来，将外间的三位贵客往里间引，屋檐很快便挡住了连宋的脸，接着挡住了他的整个身影。她只能看到灯笼的红光中，顺着黑色瓦当滴落下来的那些雨水。连雨水都像是染了红意，似带着红妆的女子脸上落下的泪，有婉转悲伤之意。

她觉得有点冷。

齐人小姐找到成玉时，发现她爬上了小江东楼的楼顶，此时正坐在屋脊上，双臂环着膝盖，将头埋在了膝中，像是睡着了。成玉一喝醉就爬高，经验很丰富，因此齐大小姐并不奇怪她如何上的楼顶。但今日自午时起落雨便未歇，虽只是蒙蒙细雨，淋久了也伤身。

扫了一眼成玉脚下的几个空酒壶，可见她在此坐了有一阵了，齐大小姐赶紧过去探了探她的后领和脖颈，发现她衣衫尽湿浑身冰冷，心中跳空了一拍，揽住她的后背便要将她抱下楼去找大夫。

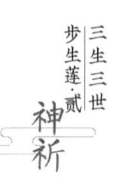

没想到她却抬起了头，扬手将齐大小姐的动作挡了一挡，挡完了才发现来人是齐大小姐，因此有点开心似的往旁边挪了一挪，声音也很欢快："哦，是你啊小齐，你来得正好，陪我坐一坐。"鬓发皆湿，一张脸却绯红，也不知是醉狠了还是发烧了。

齐大小姐抬手探向她的额头，秀眉蹙起："你发烧了，我们先下去。"

她却像没听到齐大小姐的话，自顾自道："你知道吗，我终于想起来了为什么我总在梦里哭。"是胡话。齐大小姐没有搭理她，只伸手为她擦拭那一头湿发。她并没有介意，只是继续道："因为我意识到了，"她的声音低了下去，"或许我从来就不是连三哥哥独一无二的那个人。"说完她抿了抿嘴唇，"我太伤心了。"

齐大小姐的动作就顿住了，良久，齐大小姐道："你喜欢交朋友，但你从来没想过要做谁的独一无二。"

她含糊着："嗯。"想了想又道，"不过连三哥哥不是我的朋友，他是我的哥哥。"说到这里愣了一下，"哦不，其实他也不是我的哥哥。"

细雨很快淋湿了她的额头，齐大小姐伸手替她擦了额头上的雨水，再次尝试着将她背起来，还说着话转移她的注意力："那他是什么呢？"

她陷入了思考中，果然温顺许多，齐大小姐终于将她背了起来，正准备飞身下楼时，听到她在她耳边低声道："他是特别的人。"轻轻的，像说给自己听，"很特别。"

此后，齐大小姐足有半个多月没再听成玉提起连宋。但并不是说连将军此人就此淡出了他们的生活。

事实上，半个多月里，他们碰到过连宋两次。

一次是在雀来楼门口，连宋带着烟澜正要入楼，季世子领着她俩刚好从楼上下来。

察觉成玉对连三的依赖后,齐大小姐私下打探过连三,因此烟澜是连三表妹这事她也知道。还听说连三一直对烟澜不错,烟澜腿脚不便,性子又沉郁清高,从前连三没事常带烟澜出宫闲逛。

齐大小姐目光扫过前面那一双表兄妹,又回头看方才一直走在她身侧的成玉,却没看到她人影,后来才知道她竟折回楼上从二楼背后爬了下去。这是在躲着连宋。

齐大小姐犹记得她不久前还见天去大将军府堵连宋,醉话中也说过连三于她的特别,为何突然开始躲起他来,齐大小姐感觉这事有点难以明白。

还有一次碰到连宋独自在藏蜜小馆买糕点,她俩坐在小馆里间饮茶。

旁观了这么长时间,齐大小姐觉得自己也看明白了,成玉和连三之间必然有事,而且他俩缺一个时机说明白,她认为此时正是二人说清楚的良机,因此拎着成玉就要出门去拦连三。

结果刚走出门,听见身后刺啦一声,手上一轻,回头一看,才发现成玉居然拿把小刀把被她握住的半幅袖子给割断了,退三步缩在墙角里态度非常坚决:"现在不行,我还没想好。"

齐大小姐心想她必须不忘初心将成玉拎出去,否则此事这么拖着成玉难受她也不自在,但她也着实好奇,没忍住握着那半幅袖子问成玉:"你这衣裳什么破玩意儿?割一刀破这么彻底?"

就见成玉小心地将那把匕首收进了刀鞘:"不是衣裳的错。"将收好的匕首插在腰间还用手拍了拍,"皇帝堂哥赐的好宝贝,百年难见的精铁锻成,吹毛可断,削铁如泥。"

片刻前刚刚发过誓要不忘初心的齐大小姐立刻忘了初心,探身过去:"欸给我看看。"接着两人就一同鉴赏起那把匕首来,鉴赏了整整一下午,回家后齐大小姐都没想起来她今天还有件事忘了没干。

当然，她也没注意到那天整个下午成玉其实都有点心不在焉，但如今的成玉已不再像她小时候，甚至她前一阵时那样什么情绪都放在脸上，她小心地掩饰了。

## 第三章

距小江东楼的那个雨夜，整整过去了二十五日。

说前几日皇帝突然想起来成玉跟着师父重新学画也有一个多月了，想看看她长进如何，因此四日前绘画师父特地留了她一道课业，令她十日内以秋日山水、林中花鸟、宫廷仕女为题各作一绘。

绘画师父比成玉自己还怕她发挥不好将作业交上去皇帝会责罚，这几日都没来十花楼，意欲使她专心作画。不仅他没来，他还将马头琴师父也劝退了。真是师门有情，大爱如山。

然后成玉花了两天时间就将三幅画都画完了。

此时她坐在书房中蹙眉看着摊在身前的三幅画，想着她要不要借请连三指导画作之名，再去一次大将军府。她听说烟澜就总以这个名目去大将军府，连三从没有拒绝过，她推测那他应该觉得画画也是一件正事。

前二十多天里遇见连宋时她总躲着，其实并非如她同齐大小姐所说，是她没有想好，早在小江东楼的那个雨夜，她就将一切都想明白了。一直以来，是她太过依恋连三，将他视作亲密特别之人，理所当然地以为连三也将她同等视之，所以当连三不再主动找她，她才会感到不安、失落、还难过。

可于连三而言，她或许从来就不是个多么重要的人物，也许他只当她是个普通小友，他闲暇时会邀认识的小友喝茶吃饭，看她可怜时还会顺手帮一帮，忙起来当然就再顾不得。就像她事情多的时候，也不会记得要去找他们蹴鞠队的湖生斗蛐蛐儿。

是她一直误会了自己同连三的关系，误以为他们是一对亲密无间的兄妹。

可这并不是连三的错。虽然刚开始是他要她做他的妹妹，但那或许只是句戏言罢了，因为后来他其实一直有提示她，他并不想做她的哥哥，是她一直没有当真。该当真时她没有当真，不该当真时她却当真了。是她的错。

想清楚这一切令她感到非常难堪，可更多的却是失望和痛苦。就像在风雨交加的夜晚，唯一用来照明的那支蜡烛不小心被吹灭了，四周突然涌来无边无尽的黑，和凄冷的风雨声，而片刻之前蜡烛带给她的温暖和光明，就像是一场她从未拥有过的幻觉。

那恐惧和痛苦如此强烈，令她不由得在想明白的那个雨夜里紧紧拽住了身上的被子，在黑暗中无声地哭泣，流了一整夜的泪。

她不知该如何面对连三，因面对他就像面对一个破碎的美梦，这才是她不愿见连三的原因。

她最近时常怀念十五岁前的时光。和其他女孩子不同，她从来没有渴望过长大，可能那时候她就懵懂地知道了长大会有很多的烦恼。

她以为在想通这一切之后她能平静面对连三的冷淡，就像当初季世子说不想和她交朋友时，她的确难过了一阵，但没多久她也就平静了。她从小就不是强求的人，求不得的东西，她从来不执着。

可待时间一天天过去，当那白衣的身影真的在她的生活中越走越远时，她感到的却并非释然和宁静，而是巨大的恐惧。有生以来第一次，她想要强求。她甚至想，如果他不愿意她太过依恋或是依赖他，她会努力和他保持一个萍水之交应有的距离。

她不想让他走得更远。

她不能让他走得更远。

巳时初刻，成玉带着她的三幅画出了门。

大将军府上，国师正同连三汇报自他离开平安城后，这二十日来朝中的动向。三殿下刚回到府中，此时正在换衣。

这些时日，朝中其实也没有什么动向，最大的动向是国师抱病了二十日告假未朝，而国师抱病这事还是他们自己搞出来的：连三需出一趟远门，得留国师在京中假扮他上朝候召，扮了连三后国师分身乏术，他本人只好告病不朝。

皇帝习惯性日理万机，看上去依然很忙，但理的基本是一些鸡毛蒜皮的奏章。国师觉得根本没有什么好汇报，因此三言两语就说完了京城中的事，期待地望着三殿下，想听听他在远行途中有什么发现。

二十日前连三离城，乃是因黑冥主谢孤栦遣冥使呈给了他一样东西。

三殿下当日找谢孤栦要的是人主阿布托的溯魂册，但阿布托的时代距今已有二十一万年，便是冥主也不可能如此迅速地在二十一万年的浩繁卷帙中找出他的溯魂册来。因此彼时谢孤栦遣使相送的并非连三讨要之物，而是他母亲留下的一则笔记，笔记中亦提到了在阿布托活着的时代里发生的一些事。谢孤栦让冥使带了口信，说是正物送抵之前，先将此物借给三公子做参考。国师觉得谢孤栦真是很会做神了。

可巧的是，笔记中载录的正是当年祖娪神的四位神使助其列阵献祭混沌之事。

说祖娪虽在此世献祭，但欲使十亿凡世皆得恩泽，故而在献祭前列出了通衢之阵，此阵一旦发动，能将十亿凡世同此处凡世短暂地接连起来。而正因有了通衢之阵，当年祖娪神在此间的舍身献祭方能恩泽十亿凡世整个人间。

此阵有二十一个阵点，三个阵眼，列在二十四个地方，遍布这一

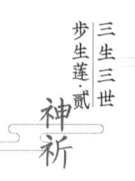

处凡世的五洲四海，阵点和阵眼均有灵物镇守。而尤为珍贵的是，谢孤州送来的这几页笔记上，竟还明明白白绘出了阵点和阵眼所在之处。

通衢之阵虽已废多年，但说不定阵点和阵眼处能有祖媞神去处的线索，这便是连宋拿到笔记后立刻便出了城的原因。

彼时当三殿下将京中之事全托给国师时，国师蒙了一刻，因为他记得最开始他只是拿着南冉的述史之书去求教了三殿下一个小问题，为何他就成为三殿下寻找祖媞神这事的得力助手了，他感觉有点云里雾里。但三殿下的意思是，九重天上他的元极宫中一直缺一个称手的仙伯，待他凡界之事毕，打算将国师带回他的元极宫，既然国师迟早要到他手下当差，现在就开始当和几十年后再当也没有什么分别。

甫一听飞升成仙后三殿下还要将他继续收在麾下，国师当场就哀莫大于心死了，对自己修道多年的意义产生了怀疑。

但这事也没有什么再商量的余地。因此在三殿下出城的二十日里，国师想通了一半，觉得无论如何，跟着三殿下寻到祖媞神，护佑神性尚未苏醒、不能自保的祖媞神不被神魔鬼妖四族觊觎这事还是很有意义的。况且三殿下也说了，待东华帝君出关后他便将这事转给帝君。他们其实也忙不了多少时候。

此时，连三的书房中，国师眼巴巴望着更好衣正在喝茶的三殿下："殿下这些时日，想是已将那二十四处阵点和阵眼查验完毕，可有什么收获？"

他问得直率，三殿下答得也直率："寻到了沉睡中的雪意。"

可问题在于，雪意是个什么，是个人，还是个物件，国师完全不明白，寻到雪意意味着什么，国师也不明白，国师脸上表情有点傻傻的。

三殿下看了他一眼："大洪荒时代，祖媞神自光中降生于中泽的姑媱山，一生点化过四位神使：槿花殷临、九色莲霜和、帝女桑雪意、人主帝昭曦。九色莲霜和栖在小瑶台山中，那正是通衢之阵的一处阵眼，帝女桑雪意则沉睡在第二处阵眼羌黎草原。"他淡淡道,"祖媞当年设阵时,应是以她的三位神使镇守三个阵眼,但是在第三处阵眼大渊之森里,我却未能觅得槿花殷临的影子。"

国师虽然完全不懂神族的太古远古史,但在先帝的栽培下……当然先帝也不懂神族的太古远古史,但先帝是个说话没有章法的话痨,因此国师的理解能力和应变能力都是一流的。国师立刻发现了连三话中的问题:"殿下何以断定第三处阵眼一定由神使镇守,且是由槿花殷临镇守,而非另一位神使人主帝昭曦呢?"

三殿下皱了皱眉。国师觉得这个皱眉应该又是在嫌他蠢。国师感到心塞,但是他撑住了。三殿下道:"人主是个尊号,你以为世间能得几个人主?"

国师脑中灵光一闪:"因此人主帝昭曦和人主阿布托……"

三殿下点头:"是同一人。南冉语中将人主称作阿布托,但在神族的史册记载中,唯一的人主叫作帝昭曦,是祖媞神的其中一位神使。"

国师恍然:"南冉古书上说,当年祖媞神献祭之时,人主率族众于祭台之外跪拜……既然当是时人主另有职责,那么第三处阵眼自然不可能由人主镇守。"

刚说完见三殿下单手将一张阵法图摊在了面前的书桌上。这种时候被三殿下拿出来的阵法图,当然只能是他根据谢孤栂送来的笔记亲自复原的通衢之阵阵法图了。

国师好奇地探过去,见三殿下拾起一支炭笔将其中的二十一个阵点连了起来,竟似两个相交之圆;而三只阵眼中的其中两只在两圆的圆心处,第三只阵眼则处于两圆相交的正中心,亦是整个图形的中心。

三殿下点了点最中间那一处:"此处便是大渊之森。太古远古之阵,若要以正神来守阵眼,以法力最高者镇守最重要的位置,这是常识。殷临是祖媞座下四位神使之首,既然这套阵法中其他两个阵眼是由霜和同雪意镇守,那这第三个作为中心的阵眼,除了槿花殷临以外,无

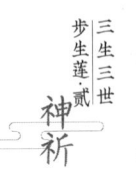

神可镇守。"

国师了悟地点了点头，却又立刻意识到了另一个问题："殿下方才说九色莲霜和同帝女桑雪意都在当年镇守的阵眼之处沉睡，可槿花殿临却不见踪影……殿下是怀疑这非因他故，而是同祖媞神的复生大有关系？"

就看三殿下静了好一会儿，方道："既然此世是当年祖媞神羽化的凡世，通衢之阵亦列在此中，包括神使们亦是在此世沉睡，若祖媞神由光中复生，你认为复苏在何处的可能性更大一些？"

国师想都没想："当然是此世。"

三殿下就笑了："可若祖媞神已复生，虽还未曾觉醒归位，但既是祖媞之魂，必然仙气磅然，你我身在此世，却没有半点感应，是为何？"

国师有些糊涂："……或许是她还未曾真正复生？"

三殿下就又笑了："'昭曦灭，霜雪谢，神主不应，槿花凋零。'这句话的意思是若他们的神主没有意识，那么昭曦之光将灭，九色莲霜和同帝女桑雪意当枯萎，且槿花殿临亦会凋谢。所以，若祖媞未曾真正复生，那我看到的霜和同雪意应当只是一簇枯谢的莲花和一丛枯谢的桑树，不大可能那样有生气，且原身为槿花的殿临也应该还凋零在大渊之森，而不是渺无踪影。"

国师想了想，恍然明白过来："殿下是说，很有可能槿花殿临已率先苏醒，寻到了复生的祖媞神且随侍在了女神的身旁，是因殿临动了什么手脚，您才无法感应到女神的仙泽，是吗？"

三殿下一边捏着炭笔在那张阵法图上补了两个字，一边道："孺子可教。"

国师虽然看着比三殿下年长一些，但在三殿下四万多岁的仙龄之前，的确可当一个孺子，因此也没有觉得什么，反而受到了鼓励，再接再厉道："那殿下是不是打算先去找殿临了？"

三殿下依然低头在那张阵法图上写写画画，随意道："寻找殷临和寻找祖媞同样困难。"

国师继续出主意："既然殷临已经苏醒了,那霜和和雪意说不定也能很快苏醒呢,他们又同为祖媞神的神使,说不定彼此间能有什么联系,好好看着霜和与雪意,待他们醒了说不定能带我们找到祖媞神?"

三殿下依然很随意："殷临比他们强太多,只要祖媞不灭,便只有一口气息在这世间,他也能清醒长存。但霜、雪两位神使,在祖媞归位前他们都醒不来,因此看着他们也没有太大意义。"淡淡道,"既然殷临已在祖媞身边,她的安危倒不用太过担心。如今之计,先等着谢孤栦的溯魂册吧。"

国师就很崇拜三殿下了："殿下曾说神族已没有完整记载祖媞神的史册了,但关乎祖媞神,殿下却似乎什么都知道。"

三殿下头也没抬："可能是因为我有那么一个常聊天的朋友,比祖媞神还大一些,却一直没有要羽化的意思,现在还好端端活在九重天上,被称为天宫的百科全书,四海八荒的活化石。"

国师表示有点羡慕。三殿下神色莫测地笑了笑："你证道之后若不喜在元极宫中当差,我可将你推荐到他处。"

国师先表示了一下这怎么好意思,又立刻表示他也没什么别的爱好,就爱吃个甜糕看看书,三殿下这位百科全书朋友,听这个名字他就甚是仰慕,若三殿下有此美意将他引荐给他,他又怎好推辞,之类之类的。

三殿下就意味深长地点了点头："好。"

多年之后的某一天,在太晨宫中给东华帝君当差的国师蓦然回想起这一幕,在夕阳中流下了追悔莫及的泪水。

但这时候的国师毕竟还年轻,年轻的时候总是天真,不知道人间有很多套路,还有很多坑……

天步步入书房时,国师和连三就通衢之阵正好谈到一个段落。国师倒是转头看了她一眼，三殿下俯身在书桌前握着炭笔正修改着什么，没有抬头。

天步走近两步轻声禀道："郡主有月余未上门了，方才却拿了三幅画作来求教，说是教她绘画的夫子留的课业，回头要呈给皇上查验，皇上若不满意，会更严厉地拘束她闭门向学。她已被拘得怕了，听闻殿下十分擅长丹青，因此来求殿下指点指点她，希冀在殿下的指点下这三幅习作能令皇上满意。"停了一停，"奴婢回郡主说殿下近日仍忙着，此事需得请示殿下，郡主现今正在东跨院的花厅中候着。"

天步边禀边观察着她家殿下的神色，却见连三犹自低头修改着摊在书桌上的卷轴，头未抬，笔也未停。天步心中便有了大致的计较。

在连三身旁伺候了数万年的天步其实从没费心思想过连三为何冷落成玉，因从前在九重天上，在连三身边最久的和蕙神女跟着他也没有超过五个月。因此当连三开始避着成玉时，她觉得这着实是一桩寻常之事，只是有些为那位小郡主叹息。

郡主日日来将军府堵连三那一阵，她觉得她家殿下对郡主颇有留恋，这倒有些不寻常，因从前三殿下是不会对从身边送走的神女有什么留恋的。但一个月过去，看眼下这个光景，天步觉得殿下倒又成了那个淡然无情的殿下，对成玉也像确然没什么心思了。

她在心底再次为那位小郡主叹了口气，见连三一时没有吩咐，忖度着道："那奴婢这就去回禀郡主，说殿下军务繁忙，着实抽不出空闲，请郡主另寻高人指点。"说着便起了身，刚退到门口，却听见她家殿下开口道："画留下来，让她回去。"

天步愣了好一会儿，不确定道："殿下的意思是……"

书桌前的连三仍没有抬头："问清楚皇帝对她的习作有何要求。"

天步领命退下时内心充满了惊讶和疑惑。让郡主将画留下，是想帮她的意思，却又让郡主离开，是不想见她的意思。天步彻底迷茫了，不知她家殿下对那位小郡主究竟怎么想的。

国师站在书桌旁若有所思。前些时候连三离京时曾提醒过他一句，让他扮作他时，无论何时遇到成玉，都离她远些。彼时国师只以为是三殿下不能忍受郡主同他这个冒牌货亲近，故而有此告诫，还腹诽过连三小气。今日瞧着，却似乎不是这么一回事。

方才那侍女禀出"郡主"两个字时，他离得近，瞧见三殿下原本和缓的侧颜蓦地收紧，手中的炭笔也在卷轴上停了一停。

连三同成玉一向多么亲近，国师也算见识过，但那侍女禀完后，却听到他下令将郡主送出去。这着实很不寻常。

国师本想问问他和成玉是怎么回事，正欲开口时想起来自己是个道士。一个道士，对别人的感情问题如此好奇，算什么正经道士呢？

忆及一个道士应该有的自我修养，国师讪讪地闭了嘴。

次日成玉起得很迟，因难得课业完成了，又没有师父来折磨她，她就睡了个懒觉。刚起床便听说半个时辰前有个姑娘来寻她，听说她还未起，留下三只竹画筒便走了。梨响将画筒放在她书房中。

成玉面无表情地推开书房门，见金丝楠木的书桌上果然并列放置着三只画筒，正是她昨日亲手交给天步的那三只。

连三既收了她的画，便不会原封不动还回来，想必那画筒中除了她的画以外，还有他的批注和指点。

昨日去大将军府，连宋只留下了她的画，却没有见她，彼时成玉虽感到失望，还有些灰心，但她安慰自己他既然很忙，不见她其实也没有什么，萍水之交嘛，就是这样了。她自个儿难过了一会儿也就好了。

但今日摆在书桌上的三只画筒却令她一颗心直发沉。

若连宋果真如他的侍女所说的那样忙碌，为何能在一夜之间便将她的三幅习作批注完毕？要么他的确很忙，却将她的事放在了首位；要么就是他根本不忙。

如今她当然不会再自作多情地以为答案是前者，但排除了前者，

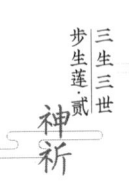

答案只能是后者了。

成玉终于意识到,或许季明枫开初时说的那句话是对的,连宋的确是在躲着她。

她从没有想过他是在躲着她。为何他要躲着她?他是讨厌她了吗?

前一月他对她的视若无睹忽然出现在她脑海中,一瞬间的冲击令她不得不握住门框撑住自己,那的确像是讨厌她的形容。

可若他果真讨厌她了,昨日,他又为何要接她的画?

成玉在门口站了好一会儿,片刻茫然后,她突然生起气来。

整整两个月。对于连宋的冷落和疏远,她患得患失了那么长时间,烦恼了那么长时间,难过了那么长时间,懦弱了那么长时间。她一直以为她的惆怅和伤怀全是因她误解了她同连宋的关系,是她自己笨,这一切其实和连宋无关,因此即便在最伤心的时刻她也没有生过他的气,只是感到不能再和他亲近的痛苦。

可若一开始便是他在躲着她,是他故意疏远她……他总该明白她并非是个石头人,这一切她都能感觉到,她会受到伤害。

她叫了他那么长时间连三哥哥,即便是她太过黏他让他烦厌了也好,怎么都好,若他当真不再喜欢她,不想再让她靠近他,给她一个当面知道这件事的机会,她总还是值得。

她既愤怒又伤心,但却没有哭,只是冷着脸,早饭也没吃,牵了碧眼桃花便奔去了大将军府。其实两座府邸相隔不远,她从前去找连三时总是溜达着去,今天打马而去,因她一刻也等不得,她要问个明白。

到得大将军府,却依然没见到连三。天步看她面沉似水,十分诧异,温温和和告诉她,她家公子今日大早便去了军营。见她面露嘲讽之色,天步依然和和气气的,保证自己并未撒谎,若郡主着实有什么了不得的大事急着见她家公子,亦可去军营寻他。说完安安静静看着她。

那一刻成玉突然感到泄气,兀自静了会儿,没再说什么,调转马头便离开了大将军府。

但她并没有去军营,也没有回十花楼,她骑着马在街上胡乱溜达了一整天。入夜时打道回府,看到梨响在楼前左顾右盼。

梨响瞧见她后匆匆迎上来,絮絮叨叨同她说了一大篇,她才知今日皇帝竟出宫微服私访了,顺便来了一趟十花楼,在书房等了她一阵没等到,居然没生气,拿着她的三只画筒就回去了。

成玉才想起来天步送回的那三只画筒她根本没打开过,又想想画筒中装的不过就是自己的习作和连三的点评,皇帝打开一看,就知道她拿着习作去找人指点了。但这除了说明她勤学不倦、谦虚好问以外,还能说明什么呢?因此她也不是很在意。至于皇帝为何将画筒带走了……她琢磨着,应该是皇帝觉得她画得还行,因此当她提早呈交了课业吧。

三日后,成玉奉诏入宫,被领去了御花园中临着太和池而建的水榭。

成玉同引路的小太监打听了两句,听说皇帝不仅收了她的习作,还收了好几位公主的画作,正巧今日得空,便将她们齐召在水榭中,打算一并将她们的画作评点了,好教她们知晓自个儿的画技中尚有哪些不足。

入得水榭,打眼瞟过去,见在座最小的是二十九公主,最大的是十六公主,十来位公主环肥燕瘦各有不同,唯一相同之处是都到了要议亲的年纪。成玉愣了一瞬,心想,好嘛,她还奇怪皇帝怎么突然关心起她的琴画造诣问题,原是在给这帮待嫁公主们做婚前培训时顺带想起了她来,她原来是被这群公主给连累了。

大熙朝重"六艺",公主们"射、御、数"这三项不行也就算了,

051

"书、礼、乐"不行，那的确挺带累皇家的脸面，可这关她一个迟早要和亲的郡主什么事呢？成玉觉得自己可太倒霉了，坐在那儿一边等着皇帝一边生着气。

其实，她又有什么资格生气呢？说起来这一大帮公主反而是被她带累的。

皇帝从来没有想过公主们出降后在书画和礼乐上有所不足可能会让他没脸这事，他一向觉得即便宫里将公主们养得粗陋些大家也应该理解他，毕竟一百多个妹子，真的太多了。他给成玉找琴画师父，也并非他此前所说，是怕她嫁出去带累皇家脸面。一切只在于他想将这位堂妹撮合给他的大将军，而听说大将军爱好的那款姑娘，正好擅琴擅画，且仪姿淑静风雅。

九重帝心，讲究制衡的权术，因此在皇帝这里，大将军成亲也是一桩国事。但问题是他的确是个勤政明君，他又是个真汉子，他这样一个铮铮铁骨的真汉子，见天琢磨怎么给人保媒拉纤扯红线，算怎么回事呢？他就将此事交给了沈公公。

沈公公细致了一辈子，明白皇帝存的是暗中撮合的心，并不想将此事搞得形于痕迹，叫外人看出其中的名堂来，否则事若不成，不仅让已被拒过一次婚的郡主再增尴尬，还伤了皇家体面。因心中横着这样一杆秤，故而在皇帝取回成玉的习作后，沈公公才同皇上出了这么一个主意：三天内收了近三十幅待嫁公主们的旧日习作，又于今日将她们齐聚到水榭之中，面上是为众公主们评画，实则不过找个机会，令爱画的大将军能一睹红玉郡主出色的画艺罢了。

皇帝也很配合。

申时初刻，皇帝终于出现在了水榭之中。他做戏做了全套，带来的并非大将军一人，还有翰林院的一位修撰，以及方才和他一同议事的左右相，户部和工部的尚书，并国师。

皇帝将诸位臣子带过来也带得很自然，议完事同众臣子随意道："今日朕着了廖培英随朕去评点十来位公主的绘画习作，众卿中不乏丹青妙手，正好和朕一道去指点指点公主们。"这提议着实没什么不寻常，因此就连老狐狸成精的左右相也没看出什么不对来。

众臣陪着成筠一道来到了水榭。

成筠入内，见水榭之中妙龄少女们跪了一地，一眼望过去，却根本没看见成玉在哪里，只瞧见因腿脚不便不能行跪礼的十九公主烟澜一枝独立。皇帝免了众公主的礼，令她们一一坐回去，这时候才发现成玉一个人坐在左侧尽头处的角落。

按照长幼尊卑排序，一来她最小，二来满座公主中只她一个郡主，礼法上她的确该坐最末。但皇帝关心的问题是，他给大将军赐座，自然要赐在他身旁，隔着这么大个水榭，红玉和大将军一个坐在座首一个坐在座尾，彼此看一眼还要采取远眺这个动作，要是眼睛不好那就算远眺都还看不大清……皇帝就揉了揉眉心："红玉，你坐过来，就坐在烟澜旁边。"

十九公主烟澜是在座唯一一个有封号的公主，身份比所有人都高，因此即便比十六公主小一岁，也坐在最上位。成玉虽为郡主，却是唯一一个有封号且有封地的郡主，皇帝在座次这种小节上给她这种恩典，不算出格。

成玉谢了恩，磨磨蹭蹭走过来。

室中一时只闻她身上环佩轻响。少女一袭广袖留仙裙，粉缎为底，外罩白纱，银底折枝花刺绣的腰封束出一截纤细柳腰，步履盈盈处，似随风而动的一株春樱。

对于成玉的脸，皇帝一直是满意的，他不动声色地看了眼大将军，却见在座全场的目光几乎都凝在了红玉郡主身上，唯独他那位大将军微垂着眼不知在想什么，皇帝皱了皱眉。

在水榭中遇到连三，其实让成玉有些始料未及。看到他的那一瞬，她脑子里一片空白，但一片空白中却有个声音突然清晰地响起："这倒是赶得很巧，成玉，你不是有话要问他吗？"

意识到今日终于有机会堵着连三问个明白时，成玉心中压了整三日的怒气和委屈立刻就涌了上来，巴巴地就想赶紧将这个什么水榭小聚对付过去，好拦住连三，逼也得逼他给她个答案。

她一向就是这样混，讨厌黏黏糊糊，也讨厌患得患失。

但，又是什么契机令她陡然失去了这个决心呢？

或许，是连三明明知道她在这里，却吝惜给她一个眼风？皇帝将她从角落里叫出来时，她可是从头到尾都用眼角瞟着他，因此她很清楚他从始至终都没有看过她一眼。

又或许，是烟澜主动同他说的那些亲密话？水榭中没安置那么多座位，小太监搬凳子过来的途中，皇帝将十六、十七公主的画作拿出来让诸臣子先行赏看，水榭中氛围一时有些放松。国师站在烟澜身旁，拿着十七公主的一幅瘦梅图邀他同赏，他便站了过来。

成玉听到烟澜柔声叫他："表哥。"他便微微俯了身，就着烟澜的坐姿听她说话。接着成玉听到烟澜轻声："我只将你亲自看着我画出来的那幅《秋月夜》呈给了皇兄，因为觉得那幅画得最好，别的姊妹似乎都呈了两三幅上去，若待会儿皇兄怪罪我，可要请表哥为我说两句好话。"

是了，成玉觉得，应该就是在那一刻，她突然什么话都不想再问连宋。就如同三日之前她一鼓作气地想要去大将军府找他理论，却依然被拒之门外，那时候她的泄气，明明白白地被复刻在今日；而此时，还增添了许多灰心和疲惫。

倏忽之间，心中生起一股颓然之感，让她觉得这一切都很没有意思。事实就是，连三他宁愿看着烟澜作画，却吝惜见她一面，无论如何，他待她不过就是这样罢了,又有什么好问的呢?

故而烟澜又同连宋说了些什么她也没再听,坐那儿发了一阵呆,感觉心里空落落的,喉咙还有点疼。但常年在太皇太后和皇帝跟前讨生活的本能却让她很快反应过来,即便她此时再怠倦空乏,她也不能老坐在那儿发呆,因此侧首从果盘里取了只蜜橘。

这时候她才瞧见十七公主和十八公主在咬耳朵,边咬耳朵边往烟澜和连宋处瞟。

她愣了一愣,反应过来时已往后坐了一坐,为她们的偷瞄让出了一个空当。却见十七公主惊讶地看了她一眼,转头又同十八公主嘀咕了一句什么。她一时奇怪,凝神听去,却听得十七公主附在十八公主耳旁:"亏得她今日还特地打扮了一番,不承想人家一眼也没看她,只同十九妹妹说着话,她今日可太没脸了。"

十八公主听闻此言谨小慎微地看了她一眼,发现她的目光时往后缩了一缩,估摸着她不可能听见,镇定了一下,又讨好地朝她笑了一笑。

成玉握着橘子掂了两掂,垂着头想了一会儿,再抬头时不动声色环视一圈,才发现果然有不少公主都盯着他们这一处。有看她的,也有看烟澜和连三的。

她其实都快忘了。十七公主和十八公主这番作态却让她突然想了起来,是了,她和连宋之间还有着一重关系:他是曾经拒过她婚的将军,她是曾经被他拒婚的郡主,今次算起来还是他们头一回一道出现在众人视线当中。

太皇太后悯恤她,严令宫中不许再提她和连宋的事,碍于太皇太后凤威凛凛,大家的确不敢说,但此时她们看向她的目光却含义丰富。

成玉懒得去分辨哪些人是单纯好奇,哪些人是嘲讽戏谑,又有哪些人是幸灾乐祸等着看热闹。都是熟悉的套路,她并没有感到被冒犯,也没有觉得多生气,宫里的日子不好过,她从小就很习惯各种各样的

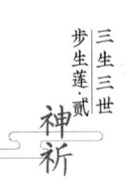

小恶意和小心机。

她将橘子放在手心又掂了两掂，一时觉得公主们很无聊，一时又觉得坐在这里想东想西的自己也很无聊。不经意间烟澜的声音又传入了她耳中："……十七姐姐这幅瘦梅图运笔很是清隽秀丽，是幅好画……"

话未毕，听到国师的笑声响起："公主今日竟如此宽厚，臣还记得去岁臣得了幅《岁寒三友》，前去将军府邀将军共赏，彼时评点《岁寒三友》的那句'匠心独运，偏无灵气'可是出自公主金口，将军你说是不是？"

连三没有立刻回答。

但无论连三说的是什么，成玉此时都不想听到，她就给自己找了点事做，偏着头一心一意剥起被她把玩了好一阵的蜜橘来。

她专心致志地理着橘络，以转移注意力，橘络刚理到一半，有个愣头青颠颠地跑了过来找她说话："臣翰林院修撰廖培英，久慕郡主的才名，听闻郡主一手行楷潇洒俊逸，得景公真传，臣亦爱字，不承想今日有幸能在此谒见郡主，下月臣母正要做寿，臣斗胆向郡主求一幅平安帖，不知郡主可否如臣之愿？"

翰林院廖修撰，这个名字成玉是有印象的，去岁高中的探花，是江南有名的少年才子，听说生得秀如美玉，为人却豪放不羁。成玉惊讶传言也有不虚的时候，这位廖修撰的确够不羁的，今日皇帝将他带来评点诸位公主的画作，那他对在座所有公主，包括她在内，就有了半师之名，却这么低声下气地跑到她跟前来求字，的确挺不拘一格的。

成玉认认真真看了这位廖修撰一眼，放下橘子擦了擦手才慢吞吞地谦虚回去："红玉的字其实普通得很，承蒙大人高看，那红玉便献丑了，三日后定将字帖奉至大人府上。"

廖修撰施礼谢过，又笑眯眯道："怎敢劳烦郡主差人送来，既是臣向郡主请字，自是臣三日后前去十花楼求取。听闻郡主的十花楼蓄养了许多奇花异草，臣早就心向往之，便是臣只能在楼前一观，也是一桩天大荣幸。"

廖修撰人长得好看，话说得也好听，俗话说伸手不打笑脸人，因此虽然成玉今日心绪不佳，他这么絮絮叨叨的她也没觉得多烦，正要回应，却听到几步外连三突然开口，淡淡道："廖大人，这幅瘦梅图你要看看吗？"

国师看了成玉一眼又看连三一眼，接着又看了廖修撰一眼，立刻道："是啊，皇上着廖大人前来评画，这倒是廖大人的正经差事，我等不过到此来闲站陪同罢了。廖大人，还是请你来点评点评吧。"说着笑容可掬地从连三手中接过那幅画，示意要交给廖培英。

成玉眼观鼻鼻观心，自始至终没有朝那边望一眼，只听廖培英尴尬道："却是培英失职了，多谢两位大人提点。"又听廖培英仓促中小声问了她一句："那臣三日后来十花楼向郡主取字？"她点了点头，重新拿起那只橘子剥起来。

不多时小太监们搬来了凳子，接着便是皇帝赐座，诸位大臣落座，当然也再不可能有人东站站西站站随意找别人聊天了。大家这才开始正经评起画来。

皇帝坐在最高位，特命宦侍立于一侧，将公主们的画作展开，如此一来坐在下头的臣子和公主们便都能瞧得见。

皇帝今日着廖培英来评议公主们的画作，因廖修撰实则是个被仕途经济耽误了的灵魂画师。当年廖才子未及弱冠，却能被评为江南第一才子，除开他腹有乾坤诗才傲人外，更重要的是因他那一手连画圣杜公都称赞过的精湛画技。杜公赞他"一笔穷万象之妙"，说他潜心十年，造化当大胜十己。

因此今日廖培英做了主评，列位臣子的话就很少了，稍不留神就是班门弄斧，还有什么好说的呢？大家都是要面子的人是不是。就只有国师觉得自己是个方外之人,可以不要面子,偶尔看到好玩的画作还会评点两句。

成玉压根儿没觉得今天水榭里这个阵仗和自己有什么关系,因此当评议开始,相较于公主们的严阵以待,她多少有点敷衍和抽离。

当廖修撰领皇命开始一幅一幅点评公主们的习作时,成玉再一次领会到了这位才子的任达不拘。好歹面对的也是公主们,皇帝的亲妹子,廖修撰却丝毫没想过要给皇家面子似的,二十来幅画作评过去,毛病挑出来一大堆,什么用墨过浓,有墨无笔,运笔无力,墨多掩真,就连烟澜的那幅《秋月夜》,也没能入得了他的眼。

当宦侍展开烟澜那幅画时,出于好奇,成玉认真看了两眼,只觉用笔绵远秀致,用墨浓淡得宜,这种技巧她再练个三四年兴许才能赶得上。但就是这么一幅品相不俗的佳作,廖修撰看了片刻,却叹了口气:"十九公主是一位好画匠。"烟澜当场就变了脸色。画匠二字,端的扎心。

这么一个小小修撰,将自己十来个妹子的画作全损了一遍,皇帝却一点没生气,只笑笑道:"廖卿如此严厉,公主们灰了心,明日纷纷弃了画笔可怎好?"

廖修撰不以为然,直言不讳:"《礼记》曰:'知不足,然后能自反也。'陛下花许多精力关怀公主们的书画教习,是希望公主们能知不足而后自反,而后自强。臣奉陛下之命评议公主们的画艺,便不能矫饰妄言,拖陛下的后腿。臣说话是有些直,但想必公主们也断不会因此而辜负陛下的苦心。"

皇帝笑骂:"你倒是总有道理,朕不过说了你一句,你倒回了朕四句。"接过沈公公递过去的茶喝了一口,状似不经意道,"公主们的习作你瞧着有许多不足,朕瞧着,也有许多不足。不过前几日朕从红玉那儿拿回来了几幅画作,倒是很喜欢,你不妨也评评看。"

成玉刚剥完的橘子滚到了桌子底下。她自个儿的习作是个什么水平她是很清楚的。皇帝这不是要让她当众出丑吗？什么仇什么怨？！成玉微微撑着头，感到难以面对，心里暗暗祈祷着廖修撰能看在自己答应了给他写字帖的分上口下留情。

画卷徐徐展开。室中忽然静极。身边传来倒抽凉气的声音。

成玉撑着额头垂着眼，心中不忿，心想有这么差吗，评你们的画作时我可没有倒抽凉气。

好一会儿，廖修撰的声音响起，那一把原本清亮的嗓音如在梦中，有些喃喃："先师称臣'一笔穷万象之妙'。臣今日始知，臣沽名钓誉了这许多年，若论一笔能穷万象之妙，臣，不及郡主。"

成玉一惊，猛然抬头。视线掠过宦臣展开的那幅画，只看到主色是赤色，但她的那三幅画两幅水墨一幅工笔，没有一幅用到了胭脂或者丹砂。她极为惊讶地看向皇帝："皇兄，那不是臣妹的画。"

皇帝愣了愣，无奈地摇了摇头，笑道："你的老师让你画仕女图，结果你却画了自个儿，这是终于觉出不好意思了？朕从你书房中拿出来的画，上面无款无章，不是你画的，又能是谁画的？"

听明白皇帝是什么意思的成玉震惊地看向方才被她一掠而过的那幅工笔仕女图，看清后终于明白适才满室倒抽凉气的声音是怎么来的。

那是一幅少女击鞠图。画上的少女一身艳丽红裙，骑着一匹枣红骏马，左手勒着缰绳，右手被挡住了，只一小截泥金彩漆的杖头从马腹下露出，可见被挡住的右手应是握着球杖。显然是比赛结束了。少女神情有些松懈，似偏着头在听谁说话，明眸半合，红唇微勾，笑容含在嘴角含苞欲放，整个人生动得像是立刻就要从画中走出。

成玉一动不动地盯着那幅画。那少女正是她自己。她最近是打过马球的。

是了，她在曲水苑中打过很多次马球，可她不记得自己什么时候穿过红裙。

事实上，她根本就没有那样一条以丝绸和绢纱裁成的烈火似的长裙。

所有人的视线都放在她身上,而她在愣神,皇帝说这画是从她的书房中取出,皇帝从她书房中拿走的正是天步送来的那三只画筒……

男子清淡的嗓音便在此时响了起来:"的确不是郡主的画。"

是再熟悉不过的声音,成玉脑中嗡了一声,猛地看向对面,便听到今日在这水榭中鲜少开口的青年再次开口:"那是臣的画。"

偌大的水榭在一瞬间安静得出奇。

国师坐在左侧上首,又将那幅画看了一遍。

早在宦侍将这幅少女击鞠图徐徐展开之时,国师就明白了那是谁的手笔,因此听到连三承认那是他的画作时,他并未像其他人那样吃惊。

时人虽知大将军爱画,亦作画,但其实没几个人见过连三的画,皇帝也没见过,自然看不出来整幅画无论运笔、用色,还是立意造境,满满都是连三的风格。国师佩服自己有一双毒眼,他还佩服自己有一个好记性。画中少女甫入眼帘,他立刻便想起了连三是在何时何地取下了这一景绘下的成玉。

应该就是在两个多月前,曲水苑里大熙与乌傩素大赛后的鞠场上。那时候他也在场,连三靠坐在观鞠台的座椅中,撑腮看向场中的红玉郡主,没头没尾地同他说了一句话:"她该穿红裙。"

是了,这幅工笔并非全然写实,画中的郡主一袭红衣绮丽冶艳,但那日的郡主穿着的分明是一身纤尘不染的白纱裙。

国师震惊于自己的发现,不由得看了一眼连三。这才发现他在下头心思转了得有十七八圈了,场上诸人的目光居然还凝在三殿下身上。左右相为官老道,年纪也大了,倒没有那样形于痕迹,但脸上的惊讶之色却也没有完全褪去。国师也很理解他们,毕竟大将军拒婚郡主这事过了还不到半年,发生了这种事,照理两人就算不交恶,关系肯定也近不了，哪里会想到大将军竟会为郡主绘像，绘得还如此精妙逸丽。左右二相乃辅佐国朝的重臣，辅佐国朝，讲究的是思虑缜密逻辑严谨，又不是街角写话本的，试问怎么能有这样天马行空的想象力？

皇帝显然也很吃惊，半晌，含义深远地问了连三两个问题："将军为何要绘红玉？此画，又为何在红玉那里？"

男子们为女子绘像，可能会有的含义，成玉不是不明白，但那个含义，似乎怎么也难以套用在她和连三身上。她又是震惊，又是疑惑，听到皇帝问连三的问题，以为皇帝因从她那儿拿错了画，当着众臣子众公主的面闹了笑话，因此生气了，是在迁怒连三。可这原本不是连三的错。

"不是连三……大将军的错。"在连三离座回答前她霍地站了起来。

不及众人反应，她已跪到了皇帝跟前："是臣妹将夫子布置的习作拿给大将军请他指点的，夫子布置的课业中有一题正是绘宫廷仕女，如今想来是臣妹画得实在太糟，没有在原作上改进的空间，因此大将军重画了一幅让臣妹揣摩参考，意在让臣妹另行再画。

"但来送画的侍女却没有说清楚，让臣妹以为是大将军将臣妹的画退了回来，因此也没打开看，却不巧画筒被皇兄取走了。"

她的急智只够自己将此事编到这里，但编到这里她居然意外地说服了自己，感觉八九不离十应该就是这么一回事了。她偷摸着瞄了皇帝一眼，眼见皇帝似笑非笑，倒也不像是在生气，胆子就大了一点："是皇兄自己没问清楚就把那三只画筒取走的，却不能再治臣妹和大将军欺君之罪啊。"

皇帝喝着茶，看了她一眼："你和朕的大将军倒是熟。不过朕挺奇怪，天下仕女那样多，大将军为何会画你，你倒是也说说看。"

这就是没在生气了，她松了口气，思索了一瞬："可能是因为我们比较熟，画起来比较容易。"

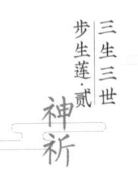

"是这样吗？"皇帝问。

她点着头："就是这样了。"

皇帝瞪了她一眼："朕问的是你吗？"

"哦。"她看了一眼已起身离座了有一会儿的连三，察觉到对方也在看着她，她立刻将目光收了回来，咳了一声，"那大将军还有什么要补充的吗？"

她能感觉到连宋的目光此时就落在她的侧脸上。她无法分辨那到底是冰冷的还是炽热的目光，因很早以前她就知道，烈日可灼人，寒冰亦可灼人。

当那视线逡巡过她的脸颊，她听连三道："没有。"短短两个字，其实也听不出来什么。

她抿了抿嘴唇，给了皇帝一个"你看果然如此"的眼神，怕皇帝看不懂，又自己翻译了一下："那就是这样了，因为大将军也没有什么要补充的。"

皇帝看了眼站在她身旁的连三，又看了一眼她，乐了："你倒是个小机灵鬼啊你。"教训她道，"大将军画功俊逸不凡，既然愿意指教你，那以后你便该多多向大将军请教，好好用功才是。"又看向台下诸位道："今日便到这里，希望诸位公主也谨记列位大人们的评议，下去后别忘了勤奋练习才好，散了吧。"

公主们跪拜领恩，目送着皇帝领着众臣子远去，这便散了。

而直到所有的公主都离开，成玉依然坐在水榭中。

日近黄昏，秋阳已隐去，失了日光的熏笼，风也凉起来。冷风一吹，成玉感觉自己的思路终于清晰起来。

她感到了连三的矛盾。

整整两个月，他躲着她，不见她，瞧着是想要疏远她的样子，可私下里却又那样地描画她。而无论他将描绘她的这幅画送回来是为了给她做仕女图的参考还是怎么，终归他将它送了回来。这又是什么意思?

她此前是灰心地想过,如果他想要和她保持距离,那便如他所愿两人就这样渐渐疏远,她也懒得再问他什么。可那时候她没有看到那幅画。

她坐在冷风中又剥了个橘子。她想,他们还是得谈谈。

国师今天成了个香饽饽。

先是烟澜在御花园的柳樱道拦住了他。烟澜脸色苍白地问了他一个问题:"三殿下和红玉郡主认识了很长时间,是吗? 近日他的反常,全是因红玉郡主,是吗? "

这一题国师会做,但忆及一个道士应该有的自我修养,国师生生按捺住了自己,冷酷地给了烟澜一个反问句加一个感叹句:"我怎么知道? 我是个道士!"

接着是廖修撰在凌华门前拦住了他。廖修撰吞吐却又急切地问了他一个问题:"大将军对红玉郡主……只是一厢情愿,是吧? 他二人之间其实不太会有那种可能……是吧?"

这一题国师碰巧也会做,但忆及一个道士应该有的自我修养,国师再次按捺住了自己,冷酷地给了廖修撰一个反问句加两个感叹句:"我怎么知道? 我是个道士! 妈的!"

然后是左相在宫外一个点心小铺前拦住了他。左相声东击西地问了他一个问题:"今日瞧着皇上倒很乐见红玉郡主同大将军亲近似的,不知将军这是不是想通了,终究还是打算同郡主做成一段良缘呢?"

这一题国师就不那么会做了,忆及一个道士应该有的自我修养……国师终于没有忍得住,他虚心地向左相求教了一个问题:"为什么你们都觉得我一个道士应该清楚这种事情呢? 你们到底对我们道士有什么误解?"

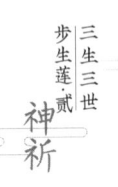

成玉在当夜爬墙翻进了大将军府的后院。

　　大熙朝民风开放，常有仲子逾墙的逸事，属于礼法上的灰色地带，其实只要不被当场撞破宣扬出去，大家也不当这是个什么事。问题在于一般来说都是公子哥儿们翻墙会姑娘，一个姑娘跑去翻相熟的公子家的院墙，这种事，就算在民风最为彪悍的太宗时期，大家也没有听说过。可以说成玉是这个领域的急先锋。

　　连三好清静，将军府原本侍卫就不多，后院更是压根儿没有侍卫守护，刚入夜那会儿成玉就让齐大小姐帮她打探明白了。

　　为了让她翻进去能顺利找到连宋的寝室和书房，跟着她老爹画军事地图出身的齐大小姐还给成玉画了张将军府后院的格局图。不幸的是，成玉拎着那张图走了半天，还是迷了路；幸运的是，她一心寻找的连三今夜也没在寝室或者书房待着。

　　更加幸运的是，她迷着路稀里糊涂闯进一片红枫林，居然就在枫林深处碰到了和衣泡在一座温泉池中的连三。

　　其时林中光亮不盛。天上虽有明月，然月辉终究昏弱，池畔贴地而卧的石灯笼中亦只透出些许微光，故而和池子有一段距离的成玉，只大约看到一个白衣青年靠着池壁闲坐在池中罢了，对方长什么样她是看不清的。

　　但自那坐姿看，由不得她认不出那是连三。

　　成玉往前走了几步，来到池畔，绣鞋踩在枯落的红叶上，发出嚓嚓的轻响。

　　夜极深，枫林又极静，那细微声响听来令人心惊。但在泉池彼端的青年却只是保持着侧靠池壁、手肘支在池沿上撑着头养神的动作。

　　他没有动，也没有抬头，像是根本不知道有人闯进了这座枫林中，或者他知道是谁闯了进来，却无视了。

　　成玉在泉池旁立定，站了好一会儿，看连三着实没有先理她的意思，皱着眉率先开了口："连三哥哥是觉得装作不知道我来了，或者装作没有看到我,我站一会儿就会自己走,是吗?"她停了停,"就像在大将军府的大门外,或者姑母的文武会中,你装作不知道我在那儿,我就算不开心也没有办法,最后只好自己走了。"

她也是在这时候才反应过来,这两月里每次她碰到连三时,他总像是没有看到她,其实并非是他未曾注意到她,他只是装作没有看到她,在无视她罢了。就像此时。

意识到这一点着实让成玉痛了一下,但她立刻装作并不在意,因她很明白她今天花大力气闯将军府是为了什么,这不是感情用事的时候。

"我其实,"她继续道,声音却有点哑,因此她咳了咳,清了一下嗓子,"我其实知道你在躲着我,你根本不想看到我,"大约是亲口承认这件事对成玉来说并不容易,因此话到末尾时她的嗓音又有点发哑,她就又咳嗽了一声,"可是,为什么呢?"

薄薄一层水雾氤氲在泉池之上,被石灯笼中的烛火渲染出柔软的色彩,却越显朦胧。成玉不由自主地沿着池畔走了好几步,她从来就不是知难而退的性子。她皱着眉头想,若连三今天仍然打定主意不回答她,那她绝不让他离开。

就在她离他仅有几步远的距离时,她听到连三开了口。"为什么。"他低声重复着她方才的疑问,她因此而停下了脚步。

青年抬起了头,声音很平静:"你那么聪明,不是已经有了答案吗?"

成玉怔了一下。连宋其实不常夸她,当她为自己的聪明而自得时,他也总是会戏谑她,不想难得一次主动夸她,却是在这时候。

你那么聪明,不是已经有了答案吗?

她没有答案。她是有过一些揣测,可,难道不是他亲手用一幅画就推翻了她的所有揣测?

是足够近的距离,因此成玉的视线终于能够确切地放在连宋身上,

她的眉头蹙得更紧："我没有答案，我很糊涂。"

她的右手手指无意识地曲起来，笼在过长的广袖中，扣在了心口，几乎是无意识地用了下力，才让她感到内心有那么一刹那的放松，她在这一刹那的轻松里深深吸了口气，继续道："蜻蛉曾经告诉我，一个人，有时候的确会莫名就不再喜欢另一个人。我有想过，是不是因为我太黏着你，让你感到烦心了。可是，"她看着泉池中青年冷淡的面容，充满疑惑地询问他，"如果我真惹了连三哥哥你讨厌，为什么你还要画我呢？"

青年也看着她，无动于衷道："我画过很多人，不止你。"声音依旧一丝波澜也无。

这样的答案是成玉未曾预料到的，她愣住了，良久才能发出声音："可……"却一时不知道该说什么。夜风吹过，有一片枫叶从枝梢跌落，擦过她的额头，她终于回过神来。"就算是这样好了。"她轻声道，"但我们画一个人，"她不那么确定地道，"难道不是因为挺喜欢她，不讨厌她，才会画她吗？"她艰难地吞咽了一下，"也许你画过很多人，那也只会画合自己眼缘的人，不会画讨厌的人吧？"

他没有再看她，觉得她的观点很傻很天真似的，淡淡道："景也好，人也好，不过随手一画罢了，顶多半个时辰的事，需要考虑那么多吗？"

摁在心口的指关节再一次无意识地动了动，像是要穿透胸肋去抚慰藏在那后面的生疼的心脏。成玉茫然了一会儿，像是才明白过来似的，将她今夜求得的答案重复了一遍："所以你说的所有这些话，都是想告诉我，我一开始的揣测并没有错，你是真的烦厌我了，才会一径地躲着我，是吗？"虽是个疑问句，询问的语气却像是不需要任何人回答。

因此连宋并没有回答她。

"既是无心绘之，那你为什么会将画着我的那幅画送回给我呢？"

沉默许久后她复又发问，声音里再次含了一点希冀，"你就不担心我多想吗？或者你潜意识里其实……"

"是天步拿错了。"

那一点希冀也终于熄灭，像烛火燃尽前的最后一个灯花，那一小点亮光，预示的并非光明，而是长夜。

成玉极轻地哦了一声。

林中一时静极。凉风又起，石灯笼中的灯火随着游走的夜风极轻地摇曳。一盏盏于暗夜中忽明忽灭的烛火，就像海里失了方向而晃晃荡荡随波逐流的舟子，姿态孤郁而悲戚。

成玉定定地看着那烛火，直到双眼被火光晃得蒙眬，才低声道："你没有骗我吧？"

就看到连宋蹙起了眉，像是有些不耐烦了，却还是回答了她："没有。"

她佯装不在意地点头，过了会儿，又道："你发誓。"

青年那一双斜飞的剑眉蹙得更深，有些意兴阑珊似的："这样纠缠不休，惹人烦恼，不像你。"

成玉的脸色蓦地发白，但即便青年说了这样重的话，她也没有离开。她低着头发了一阵呆，咬着嘴唇道："你不愿意发誓，所以你其实……"

像是对她的话感到了腻烦，青年毫不留情地下了逐客令："你可以离开了。"

成玉静默地站在那里，足站了一炷香的时间，见连宋再不发一语，她才轻声道："我明白了。"转身走了两步，却又停了下来。嗓音发着哑，却叹了一口气："可我还想再试一试。"意料之中连宋并没有理她。但她也没有回头，只是自衣袖中摸出个什么东西来，看了一会儿，小心地咬破自己的指尖，将一点殷红染在了那物之上。

她背对着泉池，声音小小的，像是撑在这里这样久，让她花光了力气："朱槿给了我这符，说发誓最为灵验，"她自言自语，"既然连三哥哥不愿发誓，就让我来好了。静夜良辰，诸神为证，连三哥哥方才但有妄言，便让成玉此生……"

但那毒誓尚未出口，指间的符纸猛地蹿起了火焰，几乎是同一时刻，她被一股大力蓦地拽进池水中，水花溅起。本能地伸手想要抓住池沿，腰部却突然受力，令她直接在水里转了半圈，而双手也立刻被制住，她被压在池壁上。

水珠顺着额饰滴落下来，模糊了双眼，她使劲眨了眨眼睛，才看清眼前是一副坚实的胸膛。

湿透的白色绸缎覆在那胸膛之上，圆领袍的衣领处以暗色丝线平绣了忍冬花纹，稍往上一些，是雪白的中单衣领，然后是青年的下巴，嘴唇，鼻梁，最后是眼睛。方才还意兴阑珊的一双眼此时满含愠怒，而方才还平静无波的声音此时也是山雨欲来："你究竟在想什么？"

成玉背靠着池壁，双手被连三一左一右牢牢按压在池沿上，那不是舒适的姿势，但她没有挣扎，她也没有立刻回应他的怒气，在那几近审视的目光中她垂下了头，许久，吐出了两个字："骗子。"

这两个字出口，她像是终于又找回了勇气，委屈和愤怒也在突然回归的勇气之后接踵而至，她猛地抬头看向连三："大骗子！"她大声道，"什么讨厌我才会躲着我，什么给我画画只是随便画画，全部是骗人的！因为如果这些都是真的，你根本不用阻止我发誓！所以你疏远我、不见我，根本就不是因为你说的那个理由！你为什么要骗我？！"

她一口气将胸中的愤懑宣泄而出，眼眶因愤怒和伤心而微微发红。她的皮肤是那样的白，因此泛出红意时便显得剔透。她今日未作眼妆，眉眼处还有方才水花溅落下的水痕。像泪一样的水痕，湿润的眼睛，一切都是天然雕饰。

但这一次，这天然的美在青年面前却似没了效用，并没有能够压制住他眉眼间越来越浓的怒意。

像是她的那些话大大刺激了他,他垂眼看着她,声音极沉:"你就是喜欢逼我,是吗?"有霾影掠过他的眼睛,那漂亮的琥珀色被染了一层黑。是幽深的瞳仁,冰冷的目光,和没有表情的怒极的容色。

成玉从没有体验过这样的压迫感,在那令她几乎喘不过气来的压迫感之下,她缓慢地思考着他的意思:用朱槿给的符发誓是逼他,愤怒地质问他真相亦是逼他……他突然的发怒便是因他不能容忍她逼他。为什么他不愿意将那个理由告诉她,难道她没有知道真相的权利吗? 或者只是……

她突然就有些冷静了。微微直立了身体,她迎着他的目光,一字一句:"故意疏远我、冷待我,却不愿告诉我原因,不是因为我不值得从连三哥哥这里求得一个理由,而是,那个理由不可以让我知道,对不对?"

她睁大了眼睛,不愿错过他一丝一毫的表情变化,而抓取到他神色间一闪而逝的晦暗时,她自顾自地点了头:"那就是了。"又仰着头看他,依然一字一句,"连三哥哥不用再下逐客令,既然已经猜到了这一步,不得到正确答案,我是不会走的。"

成玉不确定她说完这些话连三会如何对她,毕竟他此时正在气头上,说不定他会直接将她扔出将军府。想到此处她不禁伸手握住了他的袖子,才发现不知何时他已放开了她的双臂。

他垂目看向她牵住他衣袖的双手。好一会儿,他开了口,声音依旧低沉,怒意倒似退了一些,却好似带着一点破釜沉舟的疲惫:"知道我不想见你,还不够? 理由对你来说,就真的那么重要?"

她本能地答"是",不由得抬眼望他,却只看到了他的侧颜,因他突然俯下了身,嘴唇擦过她的耳郭:"那你不要后悔。"

她止在反应这六个字的意思,奇怪自己为何要后悔,身子忽然后仰,竟被他猛地推倒在汉白玉的池沿上。

来不及感到疼痛,他高大的身躯已覆盖上来,而当他温热的嘴唇

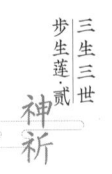

准确地贴覆住她的嘴唇时，成玉睁大了眼睛。

心跳都在那一刻停滞，而在蓦然高旷的视野里，她看到地灯笼昏弱的微光里，几片绯红的枫叶正随夜风飘零，像是蹁跹而舞的夜蝴蝶。

四周皆是枫树，唯有泉池上空没有枫叶遮盖，露出一方被月色笼罩的、半明半昧的天空。

这是个吻。

成玉当然知道这是个吻。

玉小公子虽然十二岁就开始逛青楼混脸熟，但其实大多时候她都在花非雾的闺房中同她涮火锅，只是偶尔会到主厅中去欣赏欣赏歌舞。

她当然知道亲吻是有情之人才会做的事，但她从没想过亲吻具体该是怎么样的。据她懵懂而浅显的认知，这件事，应该指的就是两人的嘴唇轻轻贴一贴，碰一碰，如此罢了。

直到今日，此时，成玉才震惊地搞明白，她对于亲吻这件事的理解，居然出了很大的问题。

根本不存在什么轻柔碰触，连三一上来就十分激烈。

他根本没有给她反应时间，在她因他贴上来而惊诧的瞬间，他的唇舌自她微微开合的檀口长驱直入。是完全不容抗拒的力道，几乎带着一点暴烈。

在那一瞬间的头脑空白中，成玉恍惚了一下，震惊地想这是她的连三哥哥，他是她的哥哥，但他居然在亲她，并且，亲吻居然是这样的？

她的头脑在那个瞬间失了灵，所幸她的身体本能地给出了自我保护的反应：在她能够有任何动作之前，她整个人先僵住了。

而他当然立刻就发现了。他停顿了一瞬。

她正暗自松一口气，却突然感到上唇被咬了一下，在那令她感到刺痛的吮咬之后，他的动作竟然更加剧烈起来。

这时候她才想起来应该反抗,应该伸手推他,或者用脚踢他,却发现双手被他牢牢地按压在地,而双腿亦被他抵住,稍一活动,换来的只是更为强硬的压制。

她因反抗不能而生气,思及全身上下只有一张檀口能动,脾气一上来就想张嘴咬下去,咬疼他。却发现在他那般用力的缠吻之下,她的唇舌酸软得根本不受自己控制。

她并非那些弱不禁风的文弱小姐,虽不会武,但她自小蹴鞠骑射,因此一向身强体健,臂力更是惊人。但就算是这样的她,此时面对他的压制,在这绝对的力量强逼之下,竟无丝毫反抗之力。

她才想起来,连三他虽长着一副比整个王朝的俊秀文官们加起来还要俊美的面容,琴棋书画又样样来得,但他实打实是名武将,是令敌国闻风丧胆的大将军,是七战北卫出师必捷的帝国宝璧。

她虽从未瞧见过连三在战场上的英姿,但无论是在小瑶台山的山洞中,还是在冥司的廊道里,他展现出的力量和威势却从来都是令人惧怕的。

她那时候竟然不怕他。

可她此时是真的怕了,怕得几乎要喘不过气。

就在她呼吸不畅几乎要晕过去的当口,连三终于放开了她的嘴唇。

她剧烈地喘息,想要斥责他。但当她终于能够开口时,却发现自己发不出任何声音;试着移动被他释放的手脚,手脚也是依旧不能动弹。

她惊愕地望向撑着手臂伏在她上方的他。却在此时听见有脚步声靠近,她紧张地偏头去看,隐约见得一道纤瘦身影隐在蕃庑的枫林中。

有人打扰,他是不是就会放开她?

这念头唰地浮现于脑际,还不曾停留一弹指,却见他右手一挥,指间飞出了几滴水珠。晶莹的水珠瞬息化作一张水雾似的穹庐笼罩住整座泉池以及近处最古老的几棵红枫。

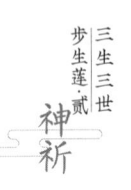

是结界。

虽只是几颗水珠结成,这乍然而起的结界却带着力量,起势时将整个泉池和几棵老枫带得一震。便见红叶簌簌而落,池水似纱而皱。

红叶翩飞之中青年竟再次压了下来。但这一次他没有再亲吻她的嘴唇。

那样近的距离,他高挺的鼻尖几乎与她相贴。

他看着她。那琥珀色的眼眸暗深沉,似藏着暗泉,就像他看着谁,那眸中的暗泉便会将谁引诱捕捉至泉中,再利落地将其溺毙似的。幽秘而危险,带着蛊惑。而此时,那双眼是在看着她。

成玉一直知道连三好看,她一直喜欢他那么好看,他方才那样对她,让她震惊,让她愤怒,让她惧怕,让她想要拼命反抗,可当他这样看着她,她却又立刻忘了那些震惊愤怒和惧怕似的。她只是,她只是想要逃。可她动不了。

就在她如此迷茫的时刻,他竟低下头极轻柔地在她嘴角吻了一下,再没有方才的那些残酷和暴烈。

那些暴力的、突如其来的亲吻令她想要反抗,可此时这样温柔的碰触,却令她心底发颤。像是山泉自高及低主动追逐着溪流的轨迹,那吻自她的唇畔滑过,流连至她的脖颈,像是羽毛的抚触,他空着的那只手也在此时轻滑过她的右腕。

她这时候才发觉她全身都被池水打湿透了,在池边躺了这么些时候,其实有些冷。可他印在她肌肤上的吻却是热烫的,他正抚摸着她的那只手也是热烫的,连同和她贴在一起的身体,亦是热烫的。

当他的手探入她宽大的衣袖中,当那带着薄茧的手掌顺着她的肌肤一寸一寸抚上去,当那些温柔的吻重新回到她的嘴唇上,她整个脑子已然成了一片糨糊。

热意自身体最深处升腾而起,就像是蒸糕点时蒸笼里会有的那种热烫的蒸气,随着他的吻和他的抚摸,慢慢地,慢慢地上升,在她的整个身体里扩散开来，让她变得酥软、温暖，且柔顺。

他吻着她，他的舌再次侵入她的口中，但再不复方才的粗暴，她感到了他温柔的吸吮。白奇楠香幽幽入鼻，迷乱了她的神智，本已变成一团糨糊的脑子此时更是浑噩，而他的手也更加令她无所适从。

那带着薄茧的手掌一只探入了她的短襦，置于她的腰际，而另一只，则顺着湿透的广袖来到了她圆润的肩头，再向后、向下，抚触到了她微微凸起的蝴蝶骨。

无论是腰际还是肩背，都是常年覆盖在衣料之下的、未曾有人碰触过的私密肌肤，此时与他热烫的手掌相贴，身体便本能地战栗起来。

就像鉴赏一块稀世美玉，他抚触着她，揉捏着她，而她在那抚触与揉捏之下颤抖着，感到身体各处袭来一阵又一阵的酥麻。

他的手掌其实只游移在她的腰部和她的肩背，她却感到有火种游走于全身的肌肤之下，烤得她喘不过气来，便是他依旧亲着她，堵着她的嘴唇，她也控制不住喘息。

那些令她感到既难堪又难受的喘息，却似乎格外取悦到他，在她的喘息声中他加重了唇舌挞伐的力度，她亦听到了他的微喘，他揉捏着她的手指也更加用力。疼。

那疼令她在浑噩的灵台中终于寻找到了一丝清明，却只有短短一瞬，下一刻，她就被他转移至她脖颈的吮吻离散了注意力。但在心底，她再次感到了害怕，甚至比刚开始他粗暴对待她时令她所感到的惧怕还要更甚。

但同时，她也更加感到快意，或者说正是因他亲吻抚触着她时给她带来的巨大快意，才令她在心底深处如此的害怕。太奇怪了。太诡异了。太可怖了。不要。

不要。但她的喉咙无法出声。

不要。内心如此纠结，身体却如此无助，她只能在心底绝望地呼喊，眼泪便在那一瞬间夺眶而出。她喘息着，流着泪。他一直闭眼亲吻着她，顺着脖颈向上，唇畔，颊边，眼尾，而后他蓦然停住了。缓缓睁开了眼睛。

良久，他放开了她。这一次是真的放开了她。他站起了身，居高临下地俯视着她。

到喘息复平之时，成玉不知道自己在白色的池沿躺了多久。像是过了很长一段时间，又像是很短暂。

脑子重新转起来时，她感到自己终于可以动了，因此伸手抹掉了眼中的余泪。暗色的夜空终于在她的视野中恢复了本来面目。她撑着池沿慢吞吞地坐了起来。

她的腰带松了，衣襟乱了，手足仍在发抖，但视野里站在她面前两步、前一刻还在她身上胡来的青年此时却衣冠整肃，脸色亦沉静若水，两相对比，显得她的失态既可怜又可叹，还有几分可笑。

内心中一片茫然，又不知所措，她能做的仅仅是拢住自己的衣襟，凭着本能问出一句："为什么要这样对我？"不可置信地低喃，"我们虽没有血缘，可，我们难道不是比寻常兄妹更加……"

"我们原本就不是兄妹。"他淡淡道。

青年垂眼看着她，对上她惶惑又无助的神色，语声平淡："你问我为什么不想看到你，你想知道理由，那我告诉你理由，因为看到你，我就想对你这样。"

她猛地抬头。目视她拢着衣襟本能地瑟缩，他突然笑了一下："害怕了？你原本可以永远不知道。我给过你机会。"

她失魂落魄地坐在那里。他是她在这世上衷心信赖之人，遇到难题，她总是本能地想要求教于他，而面对这道他制造给她的难题，她一时却不知该求教何人。从前，这样的时候，她总是想要伸手去握住他的衣袖，可此时她却不知该去握住谁的衣袖，她整个人都被凄惶压倒，眼前又再次蒙眬："怎么会是这样……"

他猛地闭上了眼，像是被她的话刺到，良久，他重复道："怎么会是这样。"他睁开了眼,那双琥珀色的眸子恢复了一贯的沉静,回答她的语声中却带着嘲弄,"的确,你从没有想过我们会有这种可能。"而后他伸手揉了揉额角,再开口时语调已变得极为平淡冰冷,"走吧,"不带一丝情绪,"以后别再靠近我,离我远远的。"

天步原是送温酒来泉池,不想却被连三的结界阻于枫林之外。

天步服侍三殿下数万年,自知此时该做什么,不该做什么,故而再没发出任何声音,只是托着酒壶躬身立于枫林之外待召罢了。

过了好些时候,见结界突然消弭,水雾似细纱飘散而去,而浑身湿透的红玉郡主失魂落魄地步出了枫林。

天步心中讶异,正在斟酌是入林送酒还是去追上郡主,突然听到三殿下在内里吩咐:"夜风凉,你追上她,给她换身衣衫。"天步赶紧应了。

初初追上成玉时,因月色朦胧,天步其实没太看清成玉的面色,直到将她请至厢房,服侍她在净房中泡浴时,在十二盏青铜连枝灯的映照下,瞧见她丰肿的嘴唇和腻白肩头的一片指痕,天步才恍然明白方才泉池中到底发生了什么,心中不由得一跳。

八荒都觉三殿下风流,但天步很清楚,再美的美人,其实于三殿下而言都不算个什么。只是那些美人们不相信,明知三殿下无情,却飞蛾扑火般非要将自己献祭到元极宫中,前仆后继,以为自己会是那与众不同的一个,能得到三殿下的爱,和他的真心。

然天步冷眼旁观了一万年,看得十足真切,三殿下没有在乎过她们中的任何一个人。他不在乎她们的思慕,不在乎她们的渴望,也不关心她们在想些什么,他将她们纳入元极宫时转瞬的思绪,不过就像欣赏瑶池中一朵四季花那样的肤浅罢了。

他从来懒得在她们身上费心,欣赏一朵花和欣赏一个女人,在他看来，别无不同。就像四季花的花期，即便以天水浇灌，也长不过五个月，他对陪在自己身边的美人们的耐性，也从来没有长过一个四季花的花期。

对一个美人上心，为她动念，乃至有了忧怒，于三殿下而言，是从来没有过的事情。

可这些日子的连三，天步回忆了一下，却惊觉他的确在面前这少女身上生了许多情绪，说上心动念，竟丝毫不为过。

天步不由得认真看了浴桶中的少女一眼，想要参透同从前连三身边那些美人相比，她究竟有何不同。

少女靠坐在浴桶中，似乎感到疲倦，因此闭上了眼睛。眉似柳叶，长睫微颤，鼻若美玉，唇绽丹樱。眉目间还含着天真，却因了嘴唇的鲜红和丰肿，透出了几分成熟的艳丽；鬓发沾湿在脸侧，又有了一点楚楚可怜之意。

寻常时候她脸上从不显露此种表情，此时灯下无意识地闭目蹙眉，再衬着一身欺霜赛雪似的肌肤，这张脸便显露出同被衣衫裹覆住时完全不同的风情来。

天步几乎屏住了呼吸。良久，才呼出一口气来。

不可否认，这是极其难得的色相，自己修为定力不够，在这色相面前不能平静便也罢了，但视世间一切为空的三殿下，岂不知色亦是空的道理，难道也会为色相所惑？

天步心中压着这个疑惑，心惊肉跳地帮成玉穿好衣服，一刻不敢停留地将她送回了十花楼。

夜深了，连三依然靠坐在泉池中，有很长一段时间，他什么都没有想。而当他终于能够开始想事情时，首先浮现在脑海中的，却是片刻前成玉被他压在身下胡来时，昏软灯光中那张惊惧、委屈、惶然，又带了一丝迷离之色的脸庞。

仙凡之别，有如天堑。他是天君之子，万水之神，仙寿漫长无终，而成玉的寿命却那样短暂，与他需要度过的十数万年乃至几十万年的仙寿相比，说一弹指亦不为过。她同他，就像萱草同明月，仅开一日的萱草花，怎能同亘古长存的明月相守？

诚然，若两人情到深处，誓要相守，也不是没有办法，八荒之中，确有多种助凡人长寿之途，但也不过增寿数百数千年罢了。一个凡人想要获得与天君之子相当的寿数，却不啻天方夜谭。即便侥幸令她得了那样的机缘，她也必先放弃凡躯，且要承受没有决心和毅力便根本无法承受的痛苦，才能铸得仙体，同寿于日月。然九重天上的规矩，凡人一旦成仙，必得灭七情除六欲，否则将被剥除仙籍，夺去仙体，再入轮回。

因此，即便他们两情相悦，即便她也真切地爱着他，愿为他吃苦牺牲，他们也很难有什么未来，更遑论她根本什么都不懂，既不知情为何物，也没有爱着他恋着他。她只是天真纯然地将他当作哥哥，一心亲近信赖于他。

但自他察觉了对她的情感究竟为何的那一夜开始，她那些单纯的亲近对他而言便全然化作了折磨。因此他渐渐疏远她，亦指望着她也能从此在他面前止步，让一切就此结束。可即便被他冷待和疏远，一次又一次受挫，她却固执，百折不挠，直至今夜，不惜翻墙也要追到他面前，问一句为什么。他的回答不能令她满意，她便逼他。天下之大，也只有她能逼得了他。那时候他是真的生气，为她故意逼他，也为他毫无犹疑的屈服。

恶意便在那一瞬间自心底生起，想让她后悔，亦想让她惧怕。

因此他将她掀倒在了池沿之上，吻下去的那一刻，心底藏着暴戾，恨不得让她怕得从此再不敢靠近自己。

是了，最初的开始，他吻她，是为了让她怕他。

在他强势的侵掠之下，她的脸上的确如他所愿，出现了惧怕的

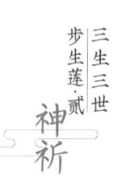

神色。

因惊惧而苍白的脸,没了血色点缀,倒更似皑皑春雪,白得近乎剔透,偏那两瓣经他肆意挞伐的薄唇红艳欲滴,覆着水色,在他身下微微地喘,直如冰天雪地中乍然盛开了一树红梅,虽冷却艳,我见犹怜。

那一瞬,他无法自控地停下来看她,注视身下这张动人心魄的芙蓉面,而施加于她的那些惩罚似的吻也不由自主地变了意味。

俯身温柔触上她唇角的那一刻,他几乎忘了自己在做什么。

他从来便知她有着如何出色的色相,他又岂不知色即是空。

天生灵慧的天君第三子,统领四海的水神殿下,自幼将东华帝君的藏书阁当寝卧,熟参宇内经纶、天地大法,当然不可能看不透什么是色相。便是因此,他身边的那些美人们,他有兴趣欣赏她们时,她们在他眼中是红颜,没有那等兴趣和时间时,她们在他眼中同枯骨亦无区别。

清罗君曾好奇他何以有此定力,彼时他笑了笑,回了他一句《法句经》中的佛偈,"此城骨所建,涂以血与肉,储藏老与死,及慢并虚伪。"点拨他道,"肉身似一座城,以骨所建,添以血肉,储藏着生老与病死、我慢和虚伪,这便是色相的本质与真实,看透这个,又有什么好令人迷恋的?"

再美的女子,来到元极宫时,他便透过她们的色相看过她们枯骨的样子,再出色的皮肉,不过也就是那样罢了,因此四万余年的漫漫仙途,他一次也未曾为色相所迷过。

可当他面对眼前的这个凡人少女时,他的那些刻骨认知,却仿佛再不能发挥半点效力。

他不是没有看过成玉枯骨的样子。

数日前的一个微雨之夜,他带着烟澜去正东街的奇玩斋取一幅镜面画，察觉到了她站在对面小江东楼二楼的扶栏旁看他。烟澜被木架上一只黑色的面具吸引，取下来递给他，在接过面具戴在脸上之前，他抬手在自己眼旁顿了顿。而后当他抬头隔街看向她时，看到的便是一具白骨迅速地蹲身而下躲在木制的扶栏之后。

他以为勘透她的色相，便能令自己解脱，他已在仅有他们两人的这一盘死局中煎熬了太久，以至于她若有若无的两道视线便能让他备受折磨。

可当看到那颤巍巍躲在扶栏后的白骨时，他脑中却蓦地轰然，因立刻就想到了这具凡胎肉体的脆弱：她很快就会死，会果真变成这样一副白骨，会枯腐，会消失；即便魂魄不灭，但她不会再记得这一世，过了思不得泉，饮了忘川水，她很快就会变成另一个人。

即便他找到她，与她来世再见，她也再不会软着嗓子叫他一声连三哥哥。

他所喜欢的她的美，她的天真，她的生动，她的善良勇敢和执着，她的那些总是让他愉悦的小聪明，都会消逝于这世间，再不会有了。

这便是流转生灭。世事世人，终要成空。他从前冷眼以待，此时额前却骤生冷汗。

他匆忙转身摘下面具，紧闭了眼眸，烟澜在一旁担心地问他："殿下，你没事吧？"他却半晌不能回答。

那一夜他终夜未眠。她的白骨并没有能够破除他的迷梦，还几成他的魔障。

他才真正明白，情之一字，何等难解。

便知红颜终成白骨，色即是空，若他爱上红颜亦爱这白骨，爱上这色亦爱这空，该当如何？他又能如何？

他什么都做不了，什么都不能做。

因他和她不会有任何结果。

这注定是个死局。

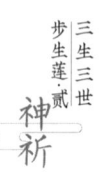

他只能让她离他远一些。

将成玉送回十花楼，重新回到泉池旁时，已是子时末。

天步见连三仍在泉池中泡着，先过去禀了声已将成玉平安送了回去，又问需不需要伺候他起来回房安歇了。听他道了个"否"字。

因想着今夜三殿下和成玉不同寻常，兴许此后对成玉的态度也将有所变化，天步斟酌着又问了一句："往后红玉郡主若再上门来寻找殿下，还需奴婢找借口拦住她吗？"这次却没有听到他再回答，就在天步暗忖着他兴许不会回答了，又琢磨着不回答是个什么意思时，他终于开了口。

"她不会再来了。"他靠着池壁，闭着眼，淡淡道。

## 第四章

是夜，成玉失眠了。

她一晚上都没回过神，盘腿坐在床上蒙了一整夜，天光大亮亦毫无睡意。

因她如今是个既要学绘画又要学马头琴的忙碌少女，不请假就没空发呆，因此差了梨响去同两位师父以病告假。没想到这事竟很快被通报到了皇帝处，宫里立刻派了太医来诊病，当然什么毛病都没诊出来。

皇帝震惊于她上个月才因逃课被关了一次禁闭，这个月居然还敢装病逃课，着实有胆色，佩服之下又关了她七日禁闭。

禁闭之中倒无大事发生，只是翰林院那位廖修撰来了十花楼一趟，取成玉答应了他的那张平安帖。

廖修撰打扮得风姿翩翩，就想再见一回成玉，可惜只在十花楼的一楼坐上了片刻，见到了些开得萱茂的花花草草，以及托着书帖出来的成玉的婢女。

平心而论，梨响觉得这次禁闭成玉平静了很多，面对二倍于平日的课业也没有一句怨言，不仅如此，日日晚饭之后，她还要坐在第七层的观景台上拉马头琴拉到半夜。这令大家生不如死，但又不能阻止她这样好学，因此能躲的都躲出去了，譬如朱槿就趁机带了姚黄和紫优茛跑去了郊外的庄子上躲清闲，徒留下作为贴身侍女的梨响在十花楼中直面惨淡的人生。

　　七日禁闭后，没两天小李大夫来看成玉，刚走进十花楼就被她铿锵有力的马头琴声给惊得愣住，哆哆嗦嗦将几封糕点交到梨响手中便捂着耳朵跑了。次日齐大小姐和季世子也来看她。齐大小姐和季世子不愧是习武之人，定力和忍耐力都远超小李大夫。她坐那儿心无旁骛地拉着琴，一对英雄儿女居然还撑着陪她同坐了一两曲，并且见缝插针地同她说了几个八卦。

　　里头唯一算得上是个事的，是季世子带来的消息。

　　说曲水苑伴驾时，季世子他爹季王爷听闻皇帝任命了兼任昭文馆大学士职的右相总领昭文馆，编纂一套集古人大成的文典史论，很是向往。季王爷觉得他们西南是个文化沙漠，他儿子在西南根本什么都没学到，同京城的王孙公子比简直是个半文盲，就想让季世子在文脉之源的平安城受点熏陶，故而临走前同皇帝哀求，愿将季世子留在京中，跟着昭文馆的学士大儒们修修文典，受教几年。皇帝允了。

　　所以季王爷虽已在前些时日踏上了返回丽川的归途，季世子却将长留在京中。而为示恩典，皇帝特地将季世子赐居在了现如今无王居住的十王所，和成玉一条街，做了邻居。

　　家学渊源之故，季世子三言两语，成玉同齐大小姐便明白了这并不是丽川王想要借京城文脉栽培儿子的事。西南蛮夷俱归，大事已成，皇帝龙心大悦，恩于季氏，令丽川王府统领督查十六夷部，还赐了封丹书铁券下去。皇帝施了如此大恩，放了如此大权出去，也说不好是试探还是信任，所以这事的本质不过是行事谨慎的丽川王借个由头将最为喜爱的儿子留在京中为质，以向成氏王朝表忠心罢了……

　　季世子和齐大小姐你一言我一语地说着话，成玉则撑着下巴在一旁发着呆。

齐大小姐注意到她神游天外，叫了她三声，她才有点恍惚地"嗯"了一声，齐大小姐皱着眉问她怎么了，她心不在焉地答没有什么。没一会儿梨响要将院子里一盆尤其大的花树搬进楼中，来请季世子帮忙。

在唯留下她二人的花厅里，齐大小姐又问了一遍成玉怎么了，这一回成玉沉默了半晌，迟疑道："我有个朋友，她最近遇到了一点事……"

齐大小姐混江湖也不是一日两日，很明白以"我有个朋友，她遇到了一点事"开场的故事，一般来说，都是发生在自己身上的事。

齐大小姐不动声色地"哦"了一声，佯作平静道："不知你这个朋友遇到了什么难事？"掩饰地咳了一声，"说出来也许我们可以帮她分析分析。"

成玉垂着眼又沉默了半晌："她、她也有个朋友，这个朋友……大她好些岁，"手指别扭地扣住琴弓，"那、那她一向将他当哥哥的嘛，但有一天，有一天、天……"说到这里突然结巴了。也不知是因结巴还是怎么，脸一下子变得通红，大概是自己也察觉到了那红热，她像是很难堪，又因那难堪感到生气似的，闷闷道了一声："算了，也没有什么。"就又要提起琴弓开始练琴。

齐大小姐虽在男女风月事上不甚灵光，但她毕竟不傻，闻言立刻就明白了成玉寥寥两句其实说的是她和连三。

齐大小姐有些惊讶，正要再问，门口处传来的男声却抢在了她前面："有一天，发生了什么？他怎么你了？"低沉的嗓音，含着愠怒。竟是去而复返的季明枫。

季明枫的去而复返显然让成玉也倍感吃惊，她呆了一会儿，皱眉咳了一声："不是我……是我朋友的故事。"不太自在地转移话题道，"季世子不是帮梨响姐姐搬花盆去了吗？"

季明枫剑眉紧蹙，并没有回答她梨响突然又觉得应该让那盆花经一经夜露,因此不需他帮忙了,只将方才那句话换个方式又重新问了一遍:"所以那一天怎么了?他对你朋友做了什么?"

成玉垂头拨弄着琴弓。那一天发生了什么,和齐大小姐说两句也就罢了,她不可能和一个男的聊这个。

"没有什么啊。"她慢吞吞地,试图将这个话题终结,"不是什么大事,季世子就不要再问了吧。"

季明枫静了一静,片刻的静默后他走近了她一步:"你不想说,那我斗胆一猜。"

他面无表情:"你方才是要说,你那位朋友,她一向将那个人当作哥哥,但有一天,那人却罔顾她的意愿唐突了她,对不对?"

她震惊的神色显然给了他的猜测一个绝佳答案。并不需要她的回答,他再近了一步,垂目看着她,眸中暗沉沉的:"你想问什么?想问他究竟是如何看待你那位朋友的,而你那位朋友从此后又该如何待他,是吗?"

成玉被那夜之事困扰了这么些天,心中最为困惑的的确是这两个问题。她没想到季世子竟能猜出她的未竟之语,更没想到他还能在这桩事上对自己的心事一击即中,震惊之下不由得失口反问:"你怎么知道?"

季世子脸色难看地抿了抿嘴唇,没有回答她。

她等了一会儿,见季世子仍不答她,含含糊糊帮他找补了下:"哦,你是因为成过亲,所以什么都懂是吗?"迟疑了一下,抛开顾忌诚恳地求问面前两人:"那你们觉得,我这个朋友,往后该如何待她那位朋友呢?"

齐大小姐觉得迄今为止的信息量都实在是太过丰富了,正在好好消化,乍听成玉说季明枫成过亲,不禁又是一震,目光微妙地看向季世子:"世子成过亲?"

季世子暗沉沉的眸色中现出一层惊怒,望向成玉:"我成过亲?"

眉心几乎打了个结,"谁告诉你我成过亲?"

成玉愣了愣,去岁在丽川王府的最后几日,她的确听闻仆婢说什么秦姑娘即将嫁进王府,而此次季明枫也的确将秦素眉带入了京中,她记得几个月前她同秦素眉在小李大夫的医馆再逢之时,她叫她季夫人,秦素眉也没有说她叫得不对……成玉莫名其妙:"秦素眉秦姑娘去年不是嫁进了你们王府吗?"

季明枫斩钉截铁:"我没有娶她。"

"哦,没有娶,那就是纳了当妾了。"她点了点头,"那也挺好的。"本想就此结束这个话题,却听季明枫沉郁道:"我没有娶妻,也不曾纳妾,若说王府去岁的喜事,只有一桩,是秦素眉的堂姐嫁给了季明椿。"

成玉愣了一下:"是吗?原来是大公子娶亲啊,那真是恭喜大公子了。"

季明枫深深看着她,没有说话。

成玉直觉这不是季明枫想要听到的回答,不过她只想快点结束这个莫名其妙的话题,三人赶紧说正事,因此也没有再探究季明枫的反应,只是又问了一遍:"所以你们觉得,我那位朋友,她往后该如何对待她那个哥……她那个朋友啊?"

季明枫像是有些窒息,头偏向一旁,冷冷道:"我不知道。"

齐大小姐了然地看了一眼季明枫,又了然地看了一眼成玉,但她在这种事上着实废柴,也只能坦白:"这种事,我其实也不太懂,"但她提出了一个建议,"不如什么时候你问问小花?"

成玉大感失望,小花嘛,她是很了解的,小花稀里糊涂的,想找个真心人,还要请她做军师,又能给她什么好建议呢。

季世子突然开口问她:"你呢?你希望你的朋友从此如何待那个男人?"

正是因为想不出来,很是混乱,因此才想要询问别人,成玉捏着琴弓:"我不知道啊。"她想了会儿问季世子,"那一般来说,大家遇到

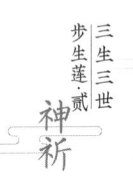

这种事，会怎么反应呢？"

季明枫看着她，缓缓道："会厌恶。"嘴唇绷成了一条直线，"会对那个男人厌恶。"他补充道。

这个答案让成玉有些怔然，好一会儿，她慢吞吞地回道："也没有必要厌恶吧……"

"不厌恶，那讨厌呢？"

成玉想起来那一夜，她有过震惊、惶惑、惧怕，或许还有许多其他难言情绪，但的确是没有想过要厌恶或是讨厌的。但是一般来说，遇到这种事，第一反应是应该讨厌吗？她皱了皱眉："那……一定要讨厌吗？"弱弱地反驳了一声，"也没有必要非得讨厌吧……"

说着抬起头来，却看到季明枫神色冰冷地凝视着她，接触到她的目光时，他突然闭上了眼睛，接着像是不能承受似的转过了身。

她有些疑惑地问了一句："季世子，你怎么了？"就见他背对着她抬手揉了揉额角，良久，他的声音有些嘶哑："我有些不适，先告辞了。"

三元街是自十花楼回齐府的必经之路。三元街街角上有个小酒馆，酒馆老板谢七娘小本经营，只招待熟客。齐大小姐便是这小酒馆的熟客，曾带季世子来此喝过一回酒。

黄昏时分齐大小姐离开十花楼，路过小酒馆时，被当垆的谢七娘瞧见。谢七娘急匆匆跑出来迎住她，说上回她带来的公子来此喝酒，要了她馆中的烈酒一坛春，一喝就喝了六坛十八碗，看着不像打算停的样子。那公子佩着剑，冷冰冰的他们也不敢劝，可再这样喝下去说不定就要出人命了。她方才派了丫鬟去齐府找她，却没想到在街上能碰到她，恳请她将她这朋友带回去。

齐大小姐熟门熟路踏上二楼，走进靠楼梯的一间阁子，果见季明枫靠着窗正执壶醉饮，身前一张榆木四方桌上的确已散倒了好几个酒坛。

　　齐大小姐自然明白季明枫为何在此买醉，但这种事，她也不知该如何劝。看了一阵，齐大小姐叹了口气坐下来，在一旁一边剥着花生米一边喝着茶，想着多少陪这个失意人一会儿。

　　季世子静静喝了片刻，偏头看了齐大小姐一眼，突然开口问她："我走之后，阿玉同齐小姐你闺中闲聊一些小女儿私话，应该不比我在时拘束，她有告诉你一些别的事吗？"

　　他走后她们的确闺中闲聊了一点别的，但应该算不上小女儿私话……

　　齐大小姐对自己的定位是个军中女儿。她这个军中女儿最近痴迷于火球改良不能自拔。成玉虽然在这上头不及她痴迷，但这样危险的东西她也很是喜爱。因此季明枫走后，为了让成玉醒醒精神，齐大小姐就和她分享了下她最近新设计的竹火鹞，还在梨响设置的结界里爆破了几个火鹞给她看。

　　季世子问她，成玉有没有告诉她什么别的事，成玉倒是告诉过她把竹鹞子里的卵石换成铁渣，火药爆破出的威力应该会更巨大……但她不太认为季世子想要听的是这个……

　　她谨慎地问了季世子一句："比如呢，世子认为阿玉应该会和我说什么事？"

　　季世子目视窗外，淡淡道："比如她也许会告诉你，她终于发现了，她其实是喜欢连三的。"

　　齐大小姐卡了一会儿，看季世子一脸愁闷，实在不好说她们刚刚没谈别的，只谈了谈造火药的事。同时她亦甚感惊讶，不知季明枫为何会如此悲观，思索了一阵，她道："我的确看不出来阿玉她喜欢世子。"这句话显然很是扎心，季明枫神色复杂地看了她一眼。齐大小姐定了定神："但也看不出来阿玉喜欢大将军，她对你二人……一位当作她的友人，另一位则当作她的兄长，她待大将军是有些特别

吧，但……"

可见齐大小姐对自己的认知何其准确，这种事上她的确当不了解语花，显见得季世子又被她切切实实扎了一刀，但齐大小姐并没有察觉，只是真诚地提出了一个建议："依我所见，阿玉她还不大开窍，因此你和大将军机会其实是一样的，我想你与其在此买醉，不如也趁这个机会，让阿玉她知晓你的心意，你觉得呢？"

季世子淡淡道："连你也看出了她待连三的特别，那便没有什么可说了。"齐大小姐隐约觉得这句话不太对，自己是不是被看低了，但来不及细想，只听季明枫继续道："连三唐突了她，她却没有生气，只是有些困惑和烦恼，我说不上多么知她懂她，却也明白这对她来说意味着什么。不明白的，或许只是她自己。"

季明枫一向话少，喝酒之后，话倒是能多一些。齐大小姐想了想，觉得他说的倒也有几分道理。季明枫闷了半坛酒下去，再次开口道："不是我不想让她知道我的心意，只是如今，我没有告诉她的资格，也没有那个机会。"

齐大小姐见不得一个大男人这么丧气，忍不住鼓励他："或许，你试试？"

但季明枫却像没有听见，只是提着酒坛屈膝坐在窗边，遥望夜幕中刚刚出现的天边月，仿佛有些发怔。半晌后他似又有了一些谈兴，低声道："去岁时有一阵，阿玉很是缠我，彼时我却执意推开她，有个人告诉我，若我推开她，有一天我或许会后悔，我不以为意。"良久，他笑了一声，"她说对了，我现在每天都在后悔，痛悔，悔不当初。"

齐大小姐抬头看向他，见他闭上了眼，脸上没有什么伤痛的表情，声音中却含着许多痛意。

齐大小姐亦望向天边月，心想季明枫竟同她说了这样多的心事，可见是醉了。若是他清醒时，绝不会对她说这些话。季明枫从来不是个愿意示弱的人，而这些话听着太可怜。她叹了口气，感觉是时候将他领出去送回十王所了。

自将军府那夜后,天步得以再次见到成玉,已是在九月二十八的乾宁节。

乾宁节是今上成筠的生日。是日,民间各家各户要围炉吃宴,夜里还有烟花可看。朝中的规矩更大些,一大早,文官之首的右相和武官之首的大将军便要率正七品以上的文武百官去大瑶台山的国寺敬神拜佛,为皇帝祈福;而后回宫中为皇帝上寿酒;接着还有礼部下头的教坊司排演了一个月的歌舞杂耍可看,晚上则留在御园陪皇帝一起赏花灯。总之节目安排很是丰富。

天步见到成玉,是在国寺的藏经阁之外。前一阵国寺住持慧行大师自机缘中得了失传近千年的《佛说三十七品经》,却不知是真经还是伪经,一直想请连三帮忙辨一辨。故而趁今日祈福事毕,天步便伺候着连三,陪同慧行和尚在藏经阁中耽搁了一时半刻。结果步出藏经阁,一眼便看见了一身郡主冠服静立在前头那棵老银杏树下仰望树冠的成玉。

国寺中这棵银杏树寿已近千,树干须以数人合围,树冠更是巨如鲲鹏,值此临冬时节,叶坠纷纷,似在树下铺了一层黄金毡,的确有一观的价值。蓝的天,金的树,青衣的少女,三种色彩皆纯粹鲜活,加之古树静穆,少女绝色,便更是一道不可多得的美景。

连三显然也瞧见了成玉。天步留意到他虽未止步,但在看见成玉的那一刻,脚步分明顿了顿。

慧行和尚在旁边引着路,正是向着那棵银杏树而去,渐近的脚步声令少女偏过头来。待看清走来的是谁时,那难得盛妆的一张脸上竟流露出了惊吓的表情,立刻背过了身。她身旁的侍女有些不解地看了他们一眼,然后低头和她说了一句什么,却见她摇了摇头,与此同时竟有些仓皇地提着裙子跑了出去,跨出门槛时还绊了一步差点摔倒,就像是在逃离什么洪水猛兽。

天步心中咯噔了一声，立刻想起那夜她送成玉回十花楼后，曾询问过连三，若郡主再上门来寻他，她当对郡主用什么态度。那时候连三回她说成玉以后不会再来了。

虽然连宋这样说，但天步其实是不相信的。自打入元极宫当差，肖想三殿下而一心想入元极宫的美人天步就见得多了，被三殿下看上却想方设法拒绝的美人，天步从来没见过。当然她也没见过连三主动看上谁就是了。

可那之后，正如连三所说，那小郡主竟真的再没来过将军府。且照今日的情形，瞧着竟像是事情摊开之后，郡主不仅对三殿下的心意持拒绝态度，还十分恐惧厌憎。

他们这位出生在晖耀海底、完美而骄矜、不将世事放在眼中的水神殿下，从来只有他挑剔别人的份儿，何时有人敢挑剔他？又有谁有资格能挑剔他？

但是成玉居然敢。

这么个凡人，她居然敢。

天步觉得自己真是长了见识，一时间简直不敢去看连三的表情。

另一边厢，因成玉常年跟着太皇太后来国寺礼佛的缘故，慧行和尚自是认得，眼见她仓皇离开，怕出什么事，便同连三告了罪，要跟过去看看。

天步这时候才敢重新看向连三，见他面无表情地点了点头，没有说什么，待慧行和尚离开后，继续不急不缓地走了一阵，来到那棵银杏树下，却停住了脚步。

他就站在方才成玉站过的地方，神色冷淡地抬头打量了会儿那高而巨大的树冠，看了一阵，一言不发地出了藏经阁的院门。

天步只感到自成玉出现后，连三整个人都极为疏冷，或许是成玉流露出的恐惧令他生了气。天步本能地感到他并不喜欢成玉的恐惧，或许还对此非常失望,但一切都是她的猜测罢了。所知的只是,那一整天三殿下脸上都没什么笑意,偶尔皱眉,似乎在想什么。天步却不知他究竟在想些什么。

毕竟是皇帝做寿,自打从国寺回来,宗室和百官今日都齐聚在宫中,平日不大碰得上面的人,在今日这种场合里碰上面的几率都平添了许多,因此当夜在御园的花灯会上,他们又碰到了成玉。那时候天步正陪着连三穿过那条花灯铺就的灯道,去前头的八角亭中见国师粟及。

连三挑剔,等闲的侍者合不了他的意,因此出入从来只带天步。但遇到需在宫中耽搁的场合,带个侍女跟着显然不像话,这种时候天步会根据情况扮成个侍从或者扮成个小厮近身伺候。天步入宫也不知入了多少次,朝中的官员她大半都识得,故而踏上灯道之时,便辨认出了站在前头的一组仙鹤花灯前、正和成玉聊天的那位,乃翰林院修撰廖培英。

廖培英乃是个孤高才子,天步见过数次,印象中是个落落寡合、同人寒暄都寒暄得很敷衍的青年。但今日的廖修撰却令天步刮目相看。虽然离得有些远,却也辨得出廖才子此时舌灿莲花,那热情洋溢、容光焕发的面容也和印象中的棺材脸很不相同。又见成玉面上带笑,不知廖修撰说了什么,她似乎有些吃惊,抬手轻轻掩住了嘴唇,手指纤细雪白,指尖却染着绯红的蔻丹。因是这样一个人、这样一只手做出了那样的动作,便让那动作显得有些天真又有些娇气,倒是很衬她。而她即便吃惊亦眉眼弯弯,笑意未减,显然和廖培英聊得还挺高兴。

大约感觉到有人向他们走过去,她漫不经意地抬了抬眼,瞧见来人是他们,一张脸立刻就白了。但这一次她居然没有立刻逃走,只是白着一张脸手足无措地站在那儿,目光左顾右盼,随着他们走近,终于凝在连三身上,却带着显而易见的惶然和不知所措,像是很怕他走近，却硬是撑着自己接受他的靠近。在彼此距离不过一丈远时，天步听到成玉极轻地叫了一声连三哥哥，褪尽血色的一张脸也随着这一声低唤而慢慢染上了一点红意。

虽然那声低唤细若蚊蚋，但天步自然明白连三听到了。可他却并没有停步，就像是没有看到她，面无表情地自她身边走了过去。廖修撰原本正要同他行礼招呼，见此情形有些发蒙，在后边低声问成玉："将军是有急事，没有看到郡主同臣吗？"天步亦难掩惊讶，踌躇了一下，见已被连三落在身后，只好赶紧跟上去。

天步没忍住瞧了一眼连三，见他脸色冷肃，是近日来的一贯表情。她悄悄回头，看了一眼成玉，却见那方才因连三的突然靠近而脸色乍红的小少女，一张脸复又惨白，眼中亦像是有些什么氤氲。夜色中花影寂寞，灯影如是。她愣愣地站在花灯的光影中，廖培英又同她说了一句话，她却像是没听到似的，只是呆呆望着他们的背影，似是根本不知道发生了什么。

大约在乾宁节过去的十天后，花非雾从琳琅阁的鸨母徐妈妈处听到了个令人震惊的消息。说玉小公子重出江湖，包了梦仙楼的红牌陈姣娘。姣娘擅舞，小公子醒时耽溺于舞乐之乐，醉后卧倒于美人之膝，醒复醉醉复醒，在姣娘身上砸了大把的银子，好不痛快。

须知外人看来，玉小公子自打十二岁那年在花非雾身上砸下九千银子将自己在烟花地砸成了个传奇之后，对捧姑娘这事就淡了心，反一门心思扑进了蹴鞠场中拔都拔不出来，只偶尔去琳琅阁寻花非雾一陪，因此他们觉得玉小公子已可算秦楼楚馆中五陵少年里的一个半隐退之人。

但琳琅阁的鸨母徐妈妈却不这么认为。徐妈妈一直对成玉寄予厚望，坚信着他还能在败家子这条道路上越走越远，因此每每嘱咐花非雾须好好笼络玉小公子，争取能让他天天都来琳琅阁砸银子。

万万没想到笼着玉小公子天天上青楼这事儿，花非雾没办到，却让梦仙楼的陈姣娘给办到了，徐妈妈内心的愤怒可想而知。

花非雾对此非常好奇，成玉从禁闭中解放出来了这事她知道，但她也听说了她课业依然很繁重。有朱槿看着，还有繁重的课业压着，成玉她竟还能拨冗包姑娘，花非雾不免对她心生敬意，但转念一想，玉小公子其实是个姑娘，陈姣娘也是个姑娘，一个姑娘，就算包了另一个姑娘，她能干点什么呢？

花非雾决定亲自去十花楼探一探。

结果来到十花楼，正赶上东窗事发。说朱槿听闻成玉在青楼里包了个姑娘这事，震惊之下气了个半死。而朱槿深知对于成玉这样一个十六年人生里可能有一半时间都是在禁闭中度过的人才，罚禁闭显然已经奈何不了她什么了，心如死灰之下，挥了挥手直接将她关在了静室中罚跪，说是膝盖跪肿了，体肤有痛，也许能让她长点记性。

花非雾入得静室时，见成玉在冰凉的大理石地面上跪得笔直，心中不忍，去楼上给她偷了个软垫下来。成玉从善如流地跪在了软垫上，瞭一眼见外头并没有人看着，骨头一懒便歪在了软垫上同花非雾说话。

和齐大小姐不同，小花傻归傻，却是天底下一顶一会聊天的人，没两句就问到了陈姣娘之事。

"哦，"成玉皱着眉回她，"我就是想看看，一个人要是真心喜欢另一个人，是什么样的。"她顿了顿，突然有点沧桑地叹了口气，"之前我有点怀疑，有个人他是不是喜欢我。"她从前和小花在一起，主要话题也是聊闺中秘事，因此在小花面前说起最近发生在自己身上的事，比在齐大小姐跟前放得开多了。

小花满面惊讶："所以你包了陈姣娘，是为了看那个人会不会吃醋？"不等成玉回答，小花习以为常地道，"哦，这个法子不错的，一般我们要试探一个人喜不喜欢我们的时候，都是这么干的，被考验的那个人要是喜欢我们，当然是要受刺激，要吃醋的……"分析到这里小花终于感到了一丝不对劲。"不对啊，"小花说，"照理说，要让对方吃醋，你不该去包个男的才行吗？"

不知想到了什么，小花突然脸色发青，接着她震惊地捂住了自己的嘴："你、你、你是怀疑齐大小姐喜欢你，你、你其实也有点喜欢她，所以才包了陈姣娘这么个美人，想、想刺激一下齐大小姐是吗？"

小花没撑住自己，顺着椅子滑倒在地，喃喃道："我的天哪！"

成玉比她更加震惊："……我和小齐是清白的！"想了想，紧张地补充，"我和姣娘也是清白的！"

成玉赶紧解释："姣娘同一个书生两情相悦，最近正在筹银子帮自己赎身，想同那书生双宿双飞，我去找姣娘时都会带着那书生。"她的逻辑听上去非常缜密，"那书生不是喜欢姣娘吗，我就想看看他俩是如何相处的，比照一下我和连……咳，我和某个人的相处，不就知道他是不是喜欢我了吗？我是这么想的。"

一心担忧成玉百合了的小花松了口气，一时也没觉着这个逻辑有什么问题，重新扶着椅子坐上去，关心地问："那你花了这么多银子，观察了这么久，你觉得那个人喜欢你吗？"

就见成玉突然有些失神，半晌，面色古怪地道："你知道吗，姣娘含羞带怯看那书生一眼，那书生就会脸红，多和姣娘说两句话，他居然还会害羞，还会结巴。"

小花结巴地道："我、我也是这样的啊，我见到喜欢的人，我也会这样的！"

成玉一副见鬼了的表情，静了片刻，闷闷道："所以那个人他根本不喜欢我，因为他见到我既不会脸红也不会害羞。"

所有的感情经验都来自话本子的花非雾，她觉得脸红是一件无比紧要的事，因此像个历尽千帆的过来人一样夸张地捂住了嘴，斩钉截铁地告诉成玉："是啊，要是真心喜欢一个人，见到他怎么可能不脸红啊！"她不可思议地看向成玉，"那个人他见你都不脸红的，你怎么就觉得他可能喜欢你了呢？你真傻，真的，"小花痛心疾首，"花主你可真是个傻姑娘啊！"

成玉一时愣住了，默了许久，艰难地论证自己并不是个傻姑娘："……可他亲了我。"

但沉浮欢场多年的小花根本不为所动，她很不以为然地摇了摇头，发表了一个经济学和哲学意味都很浓厚的观点："你听过一句话没有？说金银天然不是货币，但货币天然是金银。男人也是一样，他喜欢你，便天然地会亲你；但他亲你，却并不是天然地喜欢你。"说着说着脸上流露出了一线智慧的光芒。

成玉完全被震慑住了，干巴巴道："既然并不喜欢我，那他亲我，是为了什么？"

小花手一挥对答如流："当然是因为你好看啊！"

成玉想想竟然无法反驳，跪坐在软垫子上傻了半晌，满面颓废，目光缥缈地落在虚空中。

说累了的小花自己给自己倒了杯茶，又给成玉倒了杯，终于想起来生气，愤愤道："不过这人也忒胆大了，连花主的便宜都敢占，真是欠教训，"问成玉道，"朱槿可有代花主教训过他了？"跃跃欲试道，"若还没有，不如我代花主去教训教训他！"

成玉有气无力地回了她一句："不用了，"瞥了一眼她道，"你打不过他。"

花非雾很不服气："是哪路神仙，我居然打不过？"

成玉沉默了一会儿："连三。"

花非雾呛了一口茶："哦，那是打不过。"然后花非雾反应了一下，反应了两下，手一抖，啪，茶杯摔了。神游天外的成玉本能地往后跪了一步。花非雾震惊得兰花指都翘了起来，指着成玉道："花主的意思是，是连将军他他他他他亲了你是吗？"

成玉小心地拿手帕揩拭溅到裙子上的茶水，闷闷道："嗯，我知道的，你说得对，金银天然是货币，但货币天然不是金银，所以他亲我不是天然喜欢我，是我长得好看罢了。"她默了一默，"他经常逛青楼，琳琅阁快绿园戏春院都逛过，那应该是亲过你也亲过戏春院的剪梦和快绿园的金三娘了，其实没有什么特别的含义，都是我想太多。"她点了点头，颓废道，"我懂的。"

花非雾忍不住纠正："是金银天然不是货币，但货币天然是金银。还有连将军他也没有亲过我。"花非雾被这个八卦砸得还有点没反应过来，却激动地握住了成玉的双肩，"既然是连将军亲了花主，那花主你是可以多想一点的，他必然是因为喜欢你啊，信我，真的！"

成玉慢慢地看向她，微微眯起眼睛来："你不是说就跟金银天然不是货币，但货币天然是金银似的，男人喜欢你，便天然会亲你，但男人亲你，却不是天然喜欢你吗？"

花非雾佩服成玉的记性，但此时也不是点赞的时刻，她比出一根手指，轻轻晃了晃："对于普通男人是这样，但对于有洁癖的男人，这个定理是不成立的，你要知道连将军，"小花神秘地道，"他，是个洁癖，货真价实的。"

连三爱洁，成玉是知道的。犹记他们初见时，连三明明是自泥泞荒野中踏进了她所在的小亭子，然一双白靴却一渍也无，她虽然不知道他是怎么办到的，但她也记得她当时是很佩服的。

后来有幸见过两次连三干架的风姿，尤其是在小瑶台山他手刃巨蟒那一次，整个山洞都被他搞得血秽不堪了，他居然还能纤尘不染地站到个干净地儿沉静地挽袖子，这也给成玉留下了不可磨灭的印象。

因此她觉得可能连三的确是挑剔爱洁的，但要说到洁癖这个程度……成玉猛地想起来那夜大将军府中，连三不由分说将她推倒在温泉池畔就那么压了上来……

突如其来的回忆令成玉一张脸蓦地通红，但也正是这不受控制的回忆，令她对小花的话产生了怀疑。因为如果连三当真是个洁癖，他还能那么不讲究，直接将她压在地上就乱来吗？当然不能，他必然要在推倒她之前先认真地在地上铺上一层干净的毯子才不愧对他洁癖的英名……

小花并没有注意到成玉的思索，也没有注意到她思索后怀疑的眼神，信誓旦旦道："因为连将军他是这样一个洁癖，故而一向很厌恶他人的碰触，不要说主动亲一个女子了，主动靠近一个女子七尺之内都是不能够的。"

成玉就更加怀疑了："胡说的吧，据我所知，我、烟澜，还有天步姐姐，我们都近过他七尺以内。"

小花的思维与众不同，她点了点头："近身七尺，他却没有打你们，这说明他对你们很是不同。"

成玉打心底认为小花在胡说八道，揉着额头道："说连三哥哥厌恶他人碰触这着实离谱了，我没记错的话，他是个青楼常客，"她提出了一个发人深省的问题，"他要是真那么讨厌姑娘们近身，那他逛青楼做什么呢？"

这也是成玉将连三当作一个男人而非兄长看待后，第一次想起来，并且意识到，连三，他是个常逛青楼的花花公子。若他是她的兄长，这当然没有什么问题，但若他……这问题就有点太大了。

成玉呆住了。

小花并没有注意到她的神色变化，不自然地回道："连将军逛青楼做什么，这是一个好问题。"她踌躇了片刻，咳了一声，"本来，我是不想告诉花主你的，"她目视远方，神色肃穆，"因为毕竟我们花魁，也是要面子的。"收回目光来瞄了瞄成玉，"但是花主你毕竟是我的花主，既然是花主你的姻缘，那我是要帮助你的，"她决绝而坚定地道，"我是要撮合你们的！"

成玉听得云山雾罩。

下定决心的小花先是肯定了连三的确常逛青楼这个事实："连将军确然是我们烟花之地的一个常客，可以说在花主你之后，连将军便是琳琅阁中我们徐妈妈最为器重的客人了。"

成玉一时不知道该说什么。

回忆往事，小花百感交集："连将军也的确是位一掷千金的豪客，没有辜负妈妈们对他的期望。外头说他曾连宿快绿园三夜，爱宠琵琶仙子金三娘；又说他为戏春院剪梦小娘的风姿所迷，曾赠过剪梦一枚岫岩玉蛇行结的剑穗定情；外头还说连将军慕我歌喉，有一日盘桓琳琅阁竟误了早朝！"小花顿了一下，"连将军也的确曾在金三娘处宿了三夜，赠过剪梦一枚剑穗，还因为我误过早朝。"

"嘶——"身下的软垫被成玉撕开了一个口子，她眯着眼平静地看向小花："……你确定你是来撮合我们的，而不是来给我的姻缘路使绊子的？"

小花大喘气："但是，"她给了成玉一个"你不要如此着急"的眼神，"连将军他宿在金三娘处那次，我花了大力气打听，听说是那一阵将军他闲，谱了支琵琶曲让金三娘习会了奏给他听。"

小花娓娓道来："那曲子很难，三娘学会的那日开开心心派人去将军府请他，将军去了快绿园，听完却觉得这弹的是个什么破玩意儿，一怒之下便留在了快绿园，监督金三娘照着他给的指导重新练了三日。三娘每日只睡两个时辰，夜以继日练了三日，十个指头都是血，都是血啊！三日后终于神功大成，再次献艺，将军他才略略满意，放过了可怜的金三娘。"

小花心有余悸，凝重地总结："这便是连将军连宿快绿园三夜，爱宠金三娘的故事了。"

成玉："……"

小花给了成玉一个安抚的表情："不用怕，接下来剪梦的故事并没有那么血腥了。"

"剪梦小娘,剑舞跳得好啊,当世才子有一半都为她的剑舞写过诗。"小花比画,"且说大将军那一回上戏春院,点她跳剑舞,跳的是她的成名作《惊鸿去》。剪梦手持一柄轻尘软剑,身穿一袭雪白纱裙,端的倩影婀娜,风姿亭亭。鼓点起,剪梦舞起小剑,似流风回雪,又似惊鸿照影。但没舞个几式,将军他就叫了停,蹙眉说轻尘剑大红色的剑穗子和鼓点的节奏不够搭。"

小花神色木然:"将军让所有人都先停那儿,又让身边侍女现给编了十七个颜色不同、编法各异的剑穗,接着令乐师们奏起鼓乐让剪梦一个剑穗一个剑穗挨着试,足足试了两个时辰,最后终于选定了一个棕色的蛇行结剑穗令剪梦换上,才允许她重新登台,正式献舞。"

小花看向成玉:"最讲究的剑舞,也只是讲究所选之剑的类型和所跳之舞的类型搭不搭,没有听说过剑穗子的颜色还要和鼓点的节奏搭一搭的。"小花一言难尽,"我虽然在上个春天里也喜爱过连将军,但有时候,我真的觉得他是不是有病。"

成玉觉得在上个春天里还在喜爱着连将军,这个秋天里已经在喜爱着一个和尚的小花,其实并没有资格评判连三是不是有病。而逛青楼就是为了找花魁涮火锅的自己,也没有资格评判连三是不是有病。

但她听完这一切后,居然有点明白连三为何如此。连三,毕竟是个挑剔的连三,在什么事上他都挑剔。

成玉就歪在垫子上咳了一声,试着为连三解释:"毕竟平安城音乐和舞蹈艺术的最高成就都在你们四大花楼里了,连三哥哥他要求绝高,动不动就要求你们重新表演,大概也只是为了能欣赏到符合他期望的歌舞罢了。"

她想起了连三曾问她会不会跳舞唱曲,再次确定了一个想法,肃然坐直了,抱着双臂皱眉:"我想,他应该是真心热爱歌舞艺术。"沉默了一下,她将头偏向一边,"见鬼了,这些我都不擅长,我最会的居然

是马头琴。那我是不是应该去学一学？"

小花立刻恐吓于她："别，你要是会了，他一定会像折磨我们一样地折磨你。"小花脸上露出劫后余生的表情，她甚至打了个哆嗦，"我和连将军一起待得最久的一次，是有天一大早他来点我唱曲，结果我有几处没唱好，他听得皱眉，让我一遍一遍改，我重唱了十五遍他才满意，整整十五遍啊！"小花神色复杂，"他为我误了早朝的传言就是这样产生的。"

听小花将连三的风流之名澄清完毕，成玉心中一松，没忍住翘了翘嘴角，她跪那儿低头揉了揉鼻子，顺势用指关节将嘴角压了下去，说了声："哦。"

花非雾还沉浸在自己的世界中，认真地嘱咐成玉："今天我和花主你说的话，你真的不可以告诉第二个人。"小花一脸苦涩，"要让人知道连将军这么个大好男儿点了我们那么多次，却根本没有碰过我们，我们是没有办法做人的，不用三尺白绫结果了自己，也是要跳白玉川的。"小花泫然欲泣，"你可知，世人对我们花魁的要求，是非常严格的。"

成玉："……嗯。"

小花走后，成玉回忆今日同小花的交谈：她先时心情不大好，因此话不多，但就算如此，感觉同小花也聊得很热闹很开心。

小花她一个人，就是一台戏。

她可真是个小戏精。

小戏精虽然同往常一样不靠谱，话说着说着就忘了初衷，临走也没想起来她今日一说三千字是为了帮助成玉解决她的感情问题。但就是如此没有章法的一篇言谈，却让烦躁不安了近二十多日的成玉乍然通透。成玉感觉自己，悟了。

连三，他的确是喜欢自己的。

顿悟的体验，非常新鲜，就像是云雾顿开，天地一片月亮光，照得人眼里心底都明明白白；又像是窒闷气浪里，忽有倾盆雨落，浇得人从头到脚都爽朗通泰。她觉得，困扰了自己这么多天的这件事，眼下，她很明白了。

此前连三为何要躲她？

可能是因为他喜欢她，她却一直将他当兄长，让他生气，故而他不愿让她知道吧。

既然不愿让她知道，为何那一夜他又亲了她？

可能喜欢一个人，很难藏得住吧。

既然没忍住亲了她，那为何又叫她从此后都别再靠近他，离他远一些？

可能当时她表现出的惶惑和惧怕，让他认为她不能接受他，失望之下口不择言了吧。

成玉自问自答了片刻，越想越有自信，越感觉应该就是这么回事，忍不住嘴角再次翘了起来。

她喜欢这个解释，喜欢这样的逻辑，喜欢那些困扰她的疑惑里藏着的是这样的答案。因为在这二十多日对自我的窥测与探究之中，她一日比一日明白，她是喜欢连三的。

她不傻，她只是从来没有喜欢过一个人，因此不知道喜欢一个人该是什么样。但那日季明枫告诉她，当姑娘们被男子贸然唐突，当然应该感到厌恶；可无论多少次她回想起同连宋那一夜，当最初的惊惶像迷雾一般退去，回忆中她一次又一次感知到的，却只是慌张和羞怯时，她就依稀有些察觉，也有些明白自己在想什么。

她包下陈姣娘，想弄清楚一个人真心喜欢另一个人是什么样，她想知道连宋对她的心意，却也想知道她对连宋的那些执着和依赖，应该称之为什么。她告诉小花，姣娘心悦的那个小书生，每每见着姣娘便会害羞脸红，那应该就是喜欢。她甚至无师自通地知道，当姣娘那双含情目微微瞥过来时,脸红的小书生必定心如擂鼓。因为乾宁节那夜的花灯会中,她瞧着连三时,她就是那样的。

那一夜,花灯的光影中,她心如擂鼓,既无措于他的靠近,又期盼着他的靠近,自己也能感觉到脸颊因羞怯而一点一点变得绯红。而当他目不斜视与她擦肩而过时,那种如坠冰窟之感,并非只出于失落。

而今她终于明白,她是喜欢连三的,她只是有点笨,又有点迟钝。她早该知道,为何连三于她那样特别,为何她想成为他的独一无二,她根本就是喜欢他,想要独占他。到底是多么愚蠢,才能以为这是她和连三感情好,她和他兄妹情深? 她和与自己有血缘关系的成筠也不见得就这样情深了。

她和连三,他们本该是一对两情相悦的男女,却因她的愚蠢和迟钝,而在彼此之间生出了这样大的误会。

成玉一边穿鞋子一边飞快冲出十花楼时梨响正好从正厅出来,见此情形本能地跟过去拦人:"郡主你罚跪还没罚完啊,这当口要去哪里?"

她家灵巧的小郡主却已拍马远去:"顾不上了,我要赶紧去告诉连三哥哥,我们其实是天造地设的一对佳侣!"

梨响:"???!!!"

## 第五章

终于开窍的成玉一腔深情漏夜赶往将军府，爬墙翻进去，打算同连三表白，结果扑了个空。

连三不在将军府。连天步都不在。

得亏房门上的小厮认得她这个爬墙的小仙女乃是当朝郡主，护院的侍卫才没将她给扭送进官府。

小厮告诉成玉他们将军出征了。

回十花楼找对国运啊打仗啊之类尤其关心且有研究的姚黄一打听，才知大熙的属国贵丹国几日前遣使求援，道与之隔着一道天极山脉、多年来井水不犯河水的礵食国，趁着贵丹老王薨逝、幼主即位、朝堂不稳之时，竟跨越了天极山的屏障大举南犯，意欲吞灭贵丹国。

属国贵丹若为礵食所灭，大熙国威安在？面对礵食的嚣张南犯，少年皇帝，也就是成玉她堂哥，一时震怒非常。本着这一仗定要打得礵食国起码三十年不敢再撩大熙虎须的决心，皇帝派了身为帝国宝璧的连三出征。

因此五日前，连三便领了十五万兵马，东进驰援贵丹国去了。

听闻姚黄道完此事，成玉对坝头的阴差阳错感到了一瞬间的茫然。刚想明白她其实喜欢连三，而连三也喜欢着她时，如同每一个情窦初开的花季少女，她欢喜又欣悦，满含着对初恋未知的期待与好奇，心底雀跃得像是住了一百只小鸟。但不到半天,心底的一百只小鸟就全部飞走了,她觉得空落落的。

姚黄看她一脸怔然,咳嗽了一声,问她怎么了。她没有回答,隔了一会儿,像是不满自己眼下这种呆然似的,迅速抬手抹了把脸。姚黄疑惑地看着她,又问了一句你还好吧? 她点了点头。

两军对阵是何等严重紧要的大事,有天大的事她也不能此时去烦扰连三,找去不行,寄信也不行。他同她的误会,她对他的真心,这所有的一切,都只能待他得胜回朝后她再告诉他。此时,她在京中乖乖等着就好。

次日成玉主动入宫去向太皇太后请安,此后长住在了宫中,日日到太皇太后跟前尽孝。成筠心中,成玉就是只小猴子,让她在宫里待上三天就能将她憋得只剩半口气,他没想通为什么今次成玉要自投罗网,吩咐沈公公观察了七日,得知她每日里只是在太皇太后跟前读书抄经,没干什么坏事,也就罢了。

后来又听沈公公来报,说成玉此次抄经,甚为虔诚,日夜不息,就这么十日罢了已抄了五卷,一卷为太皇太后、太后和皇帝祈福,一卷为贵丹礌食之战祈福,十分有心。沈公公心细,向成筠道:"但郡主抄的另三卷经文却未写回向文,因此不知她是为何人何事所抄。"成筠并不认为这有什么要紧,没有再问。

战报一封一封送进宫中。

大熙的援军甫抵达贵丹边界之时,贵丹王都以北的半个国家都已沦陷在礌食铁骑之下,王都外城也被攻陷,徒留内城苦苦支撑,王都以南的几个要城亦被围攻,只在勉力保卫罢了。

礌食军队如一柄锋利巨刃划过贵丹版图,刀刃所过之处,俱是鲜血、人头与臣服。因所向披靡之故,礌食军士气极盛,而相比之下,整个贵丹国却透着一股日暮西山的丧气。

连宋没有考虑太久，定下了四路驰援的战略，将大部分兵力分给了增援王都周边要城的三位大将，以保证三路大军不仅能一举扼住礌食国进攻的嚣张巨刃，还能将这柄巨刃就地折断，将礌食的锐气挫个彻底。两军对战，士气很重要。而他自己只带了两万步骑，借用佯攻礌食辎重所在地之法，令围攻王都的礌食大将朱尔钟不得不撤军回防，又在朱尔钟回防之路上设下伏击，为这一场四城保卫战做了一个漂亮的收尾。

有大熙宝璧之誉的连宋领着大熙的军队刚加入这场战争，便将礌食的屠宰收割之刃调转了方向，挥向了礌食自己，这对礌食军的士气可说是个致命打击。二十五万礌食军自此节节败退。

到初雪降临平安城这一日，大将军不仅将礌食军赶出了贵丹，还领着大熙十五万军队越过天极山堵到了礌食家门口的战报，已送上了成筐的御案。

成玉下午时得到了消息，没忍住跑去了御书房，想跟皇帝打听几句连三的近况。哪知道皇帝正同礼部的官员议事，让她一边待着去。她在外头等了老半天，好不容易等礼部的两个官员出来了，刚来不久的左右相和兵部尚书又进去了。她就知道今天是得不着皇帝召见了，想了想，冒雪回去了。

经过御花园时，被个小宫女福身拦了一拦，说她们公主在那边亭子里温酒，看见郡主经过，想请郡主过去喝点暖酒说说话。

成玉抬眸，梅园中的亭子里的确有个人影，看不清面目，只能分辨出是坐在一张轮椅上。是烟澜无疑了。成玉同烟澜不熟，两人从未在私下说过什么话，她有点好奇烟澜要同她说什么，沉吟了一下，跟着小宫女去了。

"坐。"烟澜倚在轮椅中，裹在一张狐裘披风里，捧着一个手炉。

成玉应了一声，坐在对面。石桌上是个红泥小火炉，上面温着酒，侍女斟了一杯递给成玉，她抿了一口便不再喝，只是捧着暖手。烟澜将她邀来，除了一个"坐"字再无他言，也不知想干什么。成玉抿着唇，也不准备主动开口。

亭中一片静寂，只能听见异兽造型的温酒器中有沸水咕嘟咕嘟冒泡，将气氛衬得窒闷。成玉偏头看着亭外的雪景。她知道烟澜在打量她。

烟澜的确在打量她。

这是烟澜第一次这样近、这样仔细地看成玉。少女坐姿优雅，大红的云锦斗篷曳在地上，一双细白的手握着同样细白的瓷盏闲置于膝，风帽垂落，露出一张因雪中行路而被冻得泛红的脸。那红淡淡的，从雪白的肌肤底层透出，像是将胭脂埋入冰雪之中，由着它一点一点浸到冰面之上。

烟澜有些失神。

宫中人人都说红玉郡主容色倾城，其实过去，评说成玉"容色倾城"的这四个字，于烟澜而言不过就是四个字罢了。她不在意，也不关心。美丽的皮囊她不是没有见过，随着她记起的事情一日比一日多，九重天那些仙姝们的面目偶尔也会入她梦中。她记得最深的，是连三那时候最为宠爱的和蕙神女，同和蕙神女相比，人间皆是庸脂俗粉。

可连和蕙那样的美人，连三也不过宠了五个月便罢了。因此即便太皇太后曾赐婚成玉和连三，而成玉又是众人口中一等一的美人，她其实从未将成玉看在眼中。

她着实从没有好好看过她一眼。以至于那日御花园评画，看到连三居然画了成玉，得知他二人私下竟有许多交情，她才那样震惊。

这些日子，她为连三待成玉的不同而痛苦，但她又隐约地自信，自信成玉也不过只是过客，如同和蕙神女，如同过往连三身边来来去去的每一个美人；而在连三漫长的命途中，唯有长依，才是他独一无二不可取代的那个人。

她知道她不该总想着要分开连三和成玉，因即便她不插手，他们也不可能长久，三殿下从不是什么长性之人，何况成玉还是个凡人。可她没忍住。见成玉步入御花园，她第一反应便是让婢女拦住她。她也知道，有些话不应该说出口，可她同样没忍住。就像僧人犯戒，已犯了最重的杀戒，打妄语和行窃就都会变得很简单。

那些不该说的话脱口而出时，她竟如释重负。

"我知道你住进宫中，是为了方便打探贵丹的军情和我表哥的消息。我也知道你喜欢我表哥，可你们不合适。他心中有人，却不是你，你们不可能有什么结果。你做的这些事、有的那些心思，最好都适可而止，以免事了时徒伤怀抱。"她说。

成玉闻言抬头看了她一眼。

烟澜留意到成玉挑了一下眉，像是有些讶异，但那表情只维持了一瞬，接着她将瓷盏放到桌上，想了一阵，问道："这是一句忠告？"

烟澜愣了愣，她以为成玉会更关心连三心中的人是谁，这样她就能顺其自然让她知难而退，却不想她只是问她，这是不是一句忠告。

这当然不是一句忠告。

少女双眼澄澈，像是一眼就能看清，可只有烟澜自己知道，她根本不知道成玉此时在想什么。

她生硬地点头："我的确是为了你好。"

少女看了她一阵，似乎在分辨她的回答是否出自真心："但我有些好奇，十九皇姐是以什么身份，站在何种立场，对我提出这句忠告呢？"明明是讽刺的话，却因她没什么表情的脸，显得像是一句货真价实的疑问。

但这的确不是一个疑问，因为不等烟澜回答，她接着道："若只是连二哥哥的表妹，我觉得皇姐你管得太多了些。这不是皇姐你该管的事。"

虽然成玉说话时很冷漠，但她的态度其实并不如何咄咄逼人，可烟澜却立刻感到了被冒犯的不愉。她才想起来，即便成玉过去在她脑中心中都只是一个模糊的影子，她也记住了一些有关她的传闻，传闻里她从不吃亏。

烟澜按捺住了不悦，忽略了成玉冷静的还击，转而道："你是不是觉得表哥他画过你，因此对你很是不同？"她尽量让自己显得漫不经心，"其实那真的没有什么，你可能不知道，他画过很多人。你也不是他所画过的最美的那一位。"

成玉微微抬起眼帘，皱了皱眉。烟澜不确定她有没有被刺痛。少女目光落在她身上，突然冷不丁问她："你是不是也喜欢他？他是不是也画过你？"

烟澜怔住："我……"

成玉察觉了她的心思，让她无所遁形，她觉得非常难堪，手指用力握住了暖炉。她没有说话，默认了成玉的疑惑。她不知连三是否曾画过长依，但连三从未画过她，可她没有办法在成玉面前说"不"字，就像让成玉误以为连三画过她，她才能在她面前保住自己岌岌可危的自尊似的。

少女仔细观察着她的表情，好一会儿，点了点头："他画过你。"停了一会儿，又道，"我知道，你们关系很好。"她偏头看向亭外的雪景，突然烦闷似的皱了皱眉，生硬道，"那他亲过你吗？"

烟澜愣住了。大熙虽然民风开放，但一个大家闺秀也不该随意将这种轻佻言辞挂在嘴边。可这十六岁的少女问出这句话时，并没有任何的轻佻之态，那是一种纯真的求知口吻，她像是根本没意识到这话有什么不妥。可无论是这话本身，还是它背后的含义，无不让烟澜心底发沉，甚而有头晕目眩之感，她镇定了一下方能发声："难道表哥他就……"她终究还是没办法将"亲过你吗"四个字说出口。

成玉却像是完全明白了她的意思，她大概还看出了一些别的，因为她的口吻立刻变得轻快："那他不算喜欢你。"她说，又力求精准地补充了一句,"起码不是你想要的那种喜欢。"她想了想,笃定道,"你喜欢连三哥哥,他却不喜欢你。你想让我离开他,所以你才会拦住我,和我说这些话。"她对她感到失望似的抿了抿唇,又有些怜悯似的,"皇姐你这样做,其实有些不太好看。"说完这些话她就要起身告辞。

烟澜不可置信地直视着她,身体先于意识地拦住了她:"你以为我是嫉妒你吗?"

见成玉不置可否的模样,她突然火大起来:"我方才就告诉过你,表哥心中有人,但那人并不是你!"她努力地想要表达对成玉的漠视,因此用了一个糟糕的方法,"也许你感觉得没错,我是嫉妒着一个人,可我并不嫉妒你。"她弯了弯嘴角,并不真心地笑了一下,"你没有听说过吧?他藏在心底深处的那个人,长依。"

成玉不过是一个凡人,其实她不该在她面前提起长依,可看到成玉平静的面目被愕然占据,紧接着露出空白和茫然的表情,烟澜终于感到了一点居于上风的快意,也并不认为提及长依有什么糟糕之处了。她的自尊不能允许成玉带着得胜的骄矜和对她的怜悯离开。那怜悯狠狠刺痛了她:明明什么都不懂的是成玉,她又有什么资格怜悯她?

"表哥他是为了长依而来。"她看着她,一字一顿。

看到成玉的失神,她的心情乍然平静:"你知我封号太安,是因我甫一降生,便令平安城水患自退;而我自幼便能绘出天上宫阙,国师亦赞我身负仙缘;父皇却可惜我天生双腿不良于行,道若非如此,不知我能有多大造化。但可知我并不在意。因长依就是这样的。"

看到成玉的震惊,她愈加沉着:"水神爱怜她,故而她的出生便能平息水患。九重天是她的故乡,所以她能绘出天上宫阙。为了救人而被缚魔石压碎膝盖,因此她天生便双腿残疾。"

少女脸上流露出的不可置信令烟澜感到了满足。她想,这才是她应该有的表情,一个凡人,一个十六岁的少女,什么都不懂,什么都不知道,她不该那样平静傲然,成竹在胸。她笑了笑,向成玉道:"你

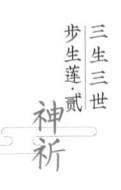

听出来了是吗?"

她换了个姿势,斜斜倚靠在轮椅中,像是同人分享秘密似的放低了声音:"没错,长依是我的前世,而表哥他并非凡人,他是水神,他来到这世间,是为了寻找入凡的我。"

若寻常人听到这样的言辞,免不了以为是疯言疯语,但烟澜知道成玉会相信:她并非那些视仙妖魔怪之事遥不可及的普通凡人。成玉靠着百花精气供养才得以存活于这世间,身边服侍的皆是得道之人,此事宗室皆知。

眼见着成玉一张雪染胭脂似的脸一点一点褪去血色,变得苍白,再变得寡白,烟澜明白,她们之间谈话的局势已全然扭转了。但只让成玉相信还不够,要让她十分确定,深信不疑,因为事实就是她所说的这样。

她半托住腮:"水神风流,四海皆知。从前在天上,表哥他身边也总围绕着各色美貌仙子供他消遣。可再好看的仙子,他消遣几个月也就罢了,所以你说他喜欢你……"烟澜叹了口气,"你若想那么以为,也可以那么以为吧。"她终于可以故作轻松地叹息,不用再像在这场对话的前半场,总要提着一口气,一点也不敢放松。

她看见成玉的眼睫很缓慢地眨了眨,像是一对受伤的蝴蝶,轻轻地、徒劳地挥动翅膀。

"至于他喜不喜欢我,"她接着道,"我不知道。但当年他为了救回我,曾散了半身修为。待救回我将我放到凡世休养,他又亲自来到凡世作陪。为了护佑我一路成长,他才做了大熙的大将军。"

那轻颤的眼睫凝住了,烟澜觉得成玉此时的神情就像是一则预言,预言着一对受伤的蝴蝶将死在即将到来的秋天,带着一点痛,一点悲伤。"听起来,他最喜欢长依。"她听到成玉得出这个结论,看到她怔了一会儿,然后听到她追问了一句,"你没有骗我吗?"

烟澜不知道成玉为何会问自己这个问题,因这太像示弱了,如果是她，绝不会这样贬低自己的自尊。可成玉却像是并没有意识到这样的追问会让自己在这场较着劲的交谈中居于下风似的，也不担心烟澜会因此而看低她似的，看她没有回答，她居然有些焦虑地又问了一句："你没有骗我吧？"

烟澜躺进轮椅中，用那种她极其熟练的冷淡而高傲的目光注视成玉："我为什么要骗你？你若不信，可以去问表哥。或者去问国师也可以。"

成玉没有再说话。她脸色雪白，唇色也泛着白，像受了重创。她端正地坐在那里，像个精致易碎的冰雕，良久才出声："你说你就是长依，可若你才是连三哥哥他心底所爱，那为什么他要来……"她停了停，像是不知如何定义连三对她的态度，也无法描述连三对她的行为，最后，她道，"为什么他要对我好呢？"

窒闷感突地袭上心头，烟澜不明白，为何被逼到这步田地，成玉依然能让她感到难堪。她烦闷地紧握住手中的暖炉："因为我不能完全想起前世，做不了他心底的长依，他对我非常失望。"

长久以来，她都真切地为这件事而感到痛苦，可看到成玉亦被她所言刺痛，身上的痛似乎也减轻了一些，她吁了一口气，伸出一只手来托着腮，突然发现了这桩事的有趣之处，她笑了笑："可他越是对我失望，越是不能接受这样的我，岂不是越说明，他心底的长依无可取代？"

她叹了口气，像很为成玉着想似的，安静而温和地劝慰她："放手吧，你和我们是不一样的，你只是一个凡人，和表哥的这场游戏，你玩不了，也玩不起。"

亭外飞雪簌簌，成玉的背影在漫天飞雪之中远去，很快消失在梅林尽头。烟澜倚在轮椅中，看着眼前银装素裹空无一人的园林，靠着熏笼和暖炉发呆。

与成玉的这一场交锋，她大获全胜，她以为她该觉得高兴，可心底却并没有多少愉悦，反而感到了一点冷意。她不知这是为何。莫名而突然地，她想到了长依。

　　关于长依的记忆凌乱而散漫，分布在烟澜的识海中。她其实并不记得长依到底是个怎样的人，但她有一种直觉，长依绝不会如此处心积虑去破坏连三同别人的感情。

　　她这样做到底是对是错？

　　她有一瞬间的恍惚，几乎要感到自己卑劣。但她很快为这不够光明磊落的行为找到了理由：她并没有欺骗成玉。她说的每一句话都是真话。她是在提醒成玉避开可能遭遇的情伤，其实是一件功德，是一桩好事。九重天上的长依不会做这些事，而她做了，也并不能说明她和长依性子上的差异，只是因那时候的长依，她没有像自己一样喜欢连三罢了。

　　她是长依，是连三唯一的特别之人，她喜欢连三，她这样做没有任何不对。

　　烟澜一杯接一杯地喝光了小火炉上的暖酒，感到了一点醉意。

　　夜至三更，万籁俱寂的时刻，成玉临窗而坐，一卷明黄的经本摊在膝头，膝前放了只炭盆。窗户半开着，廊檐上挂着只羊皮宫灯，昏光中可见夜雪飞舞，而院中的枯颓小景皆被冰雪裹覆，如玉妆成，不似人间之物。

　　成玉膝上摊开的是本小楷抄写的《地藏菩萨本愿经》。消灾祈福就该抄这本经。自住进宫中，成玉已抄了十卷，头三卷是她放了指血所抄，因听说以血抄经，许愿更灵验些。但抄到第四卷，她就因失血而时常犯晕，只能换成寻常的金泥墨锭。但大熙与礴食在贵丹国土上的最后一战前，她莫名感到心焦，就又开始以指血抄经，这一卷血经今晨才抄完，此时安放在她的膝头。

成玉在窗边发了一阵呆。静夜中传来积雪折枝之声，令她回神。她开始低头翻看膝上的经书，翻得很慢，饶有兴致似的，翻到她因心神不宁写坏了而重写的那几页，还停了停，认真看了几眼。但她没有翻到最后就将整本经书重新合上了，伸手将它递到了炭炉的火苗上。

这件事想想是有些可笑的。除了开先那两卷幌子似的为太皇太后、太后、皇帝和贵丹之战而抄的经，她住进宫里来抄的所有经书，都是为连三的安危而向神灵祈福。但连三其实根本不需要这些。他是水神。他不是凡人。一场凡人之间的玩闹般的战争，并没有让他放在眼中，亦不会让他身涉险境，当然，他也不需要她为他抄经祈福。

烟澜说的那些话，她没有全信。她从来不是偏听偏信之人。烟澜说她不信的话，可以去问国师，的确，与连三走得最近的人便是国师了，因此她冒雪去拜访了国师。

国师以为她是想借他的神通来探问贵丹礵食此时的军情，如临大敌，不及她开口，便斩钉截铁地拒绝她，说人间国运自有天定，他们修道之人能顺势利之导之，却不能以道法干涉之，千里之外摄取军情这就叫以道法干涉了，要遭天谴的，劝成玉不要再想了。

到成玉道明真正来意，国师倒抽了一口凉气，表示被天谴可能还要更容易一些，要么他还是选择被天谴吧。看成玉绷着脸不做声，国师沉默良久，叹了口气："今夜将军约了我谈事，郡主这些疑问，或许可以亲自问问将军。"

连三当然没有从礵食赶回来，他同国师谈事，用的是国师府中的一方小池。

池水结了薄薄一层冰，国师在一旁提了盏应景的夜雪漫江浦灯笼，灯笼的微光里，冰面上逐渐映出一方水瀑和一个人影。国师率先上前一步，成玉听见国师唤了声三殿下。从前国师当着她的面唤连宋时，一直称的是大将军。

殿下。并不是什么人都可以被称为殿下，何况是被国师称作殿下。人间并没有连姓的殿下。这其实已很能说明一些问题。又见国师让了一步使她露出身影，口中勉强道："傍晚时郡主……"

她开口替国师解释："我来问连三哥哥几个问题。"

她着实许久没有见过连三了。抬眼望向冰面时，她花了些时间，用了些勇气。但也许因这夜色之故，也许因这夜雪之故，她并不能看清冰面上连三的面目。所见只是一个白衣的身影静立在一方水瀑之前罢了。但那的确是连三。可他沉默着没有回应她。

她今日来此，也并非是想从他身上追忆或者找寻过去的温柔，因此她也没有太在意，深吸了一口气，开门见山问他："你是水神，是吗？"

片刻静寂后，"为什么这么说？"他反问她。

他似乎没有太多惊讶，像是他早做好了准备她总会知道他的身份，又像他觉得她只是一个无足轻重之人，因此她知不知晓他的身份都没什么所谓。

"你是的。"她自己给出了一个答案，而她知道这是真的。她恍惚了一下。

他没有否认，也没有解释，只是道："你应该不止有这一个问题。"

"是啊，我还有问题。"她尝试去弯一弯嘴角，好让自己的表情显得不那么僵硬，但没有成功。

"第二个问题是关于长依。"说出这个名字时，她自己先恍了恍神，然后她认真地看了一眼冰面，妄图看到连宋的表情，却依然只是朦胧，但她觉得她看到他持扇的手动了一动，像是忽然用力握了一下扇柄的样子。

"有个叫长依的人，哦不，仙。你曾为了救她一命而散掉半身修为，是吗？"

他们相隔千里，冰鉴中着实看不出他是何态度，只能分辨他的声音。良久，他道："是。"

成玉猛地咬了一下嘴唇，抿住的嘴唇挡住了牙齿的恶行，口腔里有了一点血腥味。

"哦。"她无意识地应了一声，想起来今日烟澜还同自己说了什么话。她打起精神继续发问，"烟澜是长依的转世，你来到我们这里，假装自己是个凡人，是为了烟澜是吗？"她不动声色地舔了舔受伤的内唇，"你做大将军，也是为了她，对吗？"

或许是因这个问题比刚才那个问题容易一些，又或许是因它们其实是类似的问题，开初的那一题既有了答案，这一题就不用浪费时间了，他回答："是。"

"是吧。"成玉无意义地喃喃，想了会儿，纯然感到好奇似的又问他，"你过去在天上，是不是有过很多美人？"

静了一会儿，他再次答："是。"

她站在那儿，不知还有什么可问的，一阵雪风吹过，她突然有点眩晕，有些像她今晨抄完那部血经的最后一个字，从圈椅中站起来时眼前蓦然一黑的样子。她想她今天可能是太辛苦了，又在雪中站了这么久。

走神了片刻，她想起来她还有最后一个问题。"我是像她们一样的存在吗？"她问，"像你曾经有过的美人们那样，我也是一个消遣吗？"可几乎是在问题刚出口时她便立刻叫了停，"算了你不要回答。"

"这个问题我收回。"她抬手抹了把脸，手指不经意擦过眼角，将泪意逼退，她表情平静，"我没有问题了。"抬眼时见国师担忧地看着自己，她自然地搓了搓脸："好冷，我回去了。"

冰面上始终没有什么动静，她从国师手中接过灯笼，转身时没有再看那泉池一眼。她问出那样自我轻贱的问题，只是问出那问题，便让她感到疼痛，又很难堪，因此她让连宋别回答她。若她不是一个消遣，他当然要否定她，要给她一点尊严的，可他什么都没有说。明明回答她其他问题时都那样干脆利落，偏偏这一个，他连一句似是而非都没有。

她想，幸好她收回了那个问题，没有让他回答。

她又想，烟澜说的居然都是真的，她居然一句话都没有骗她。这位水神大人，他风流不羁，身边曾有许多美人来来去去，如同过江之鲫。但那些人都不过消遣罢了，他心中至爱，是位叫作长依的仙子。

其实早在烟澜告诉她之前，长依这个名字，她便是听说过的。南冉古墓外的那棵古柏曾嫌弃她对花木一族的历史一窍不通，故而前一阵机缘巧合之下，她找姚黄探问了一下那些过去，因此长依的生平，她全都知晓。

她一点都不怀疑连三对长依之情，毕竟在姚黄同她讲起水神和长依的渊源过往时，连她都认为水神是深爱着长依的。彼时她还为那兰多神发过愁，因在她和古柏的那一段交谈中，她知道那兰多神也认定了这位水神做夫婿。她还暗自感叹过这段三角恋的复杂。

不想最终，她竟也在其中扮演了一个角色。

烟澜说她只是一个凡人，和连三的这场游戏，她玩不起。的确，她一个小小凡人，不过是个消遣，实在不够格在水神的人生中占有一席之地。连三会有他的轰轰烈烈，或许他爱着长依，将来却要被迫迎娶那兰多，和长依不得善终；或许他无法违逆天道，终究还是移情了那兰多，最终和那位古神成为眷属。但这一切，和她这个凡人是不会有什么关系的。同他们比起来，她这个凡人的存在，的确是轻若尘埃。

初雪的平安城的夜，真是太冷了。


雪夜冷寂，幸而房中地龙烧得暖，轩窗开了半夜，也不如何冻人。

火苗舔上手指时，成玉猛地颤了一下，从回忆中醒过神来。经书从手中滑落，长长的一卷，摊开了跌进炭盆中。血抄的经书，字迹凝干后便不再是鲜红的颜色，红也是红的，却带着一种暗沉的铁锈般的色泽，躺在火中，就像是一个锈迹斑斑的老物件被火苗吞噬了，让人无法心生可惜之感。

两万多字的长经，化灰不过须臾，封面和首页因耷拉在炭盆外而逃过一劫。成玉弯腰将落在地上的残页捡起来，正要扔进炭盆中，目光无意中落在"如是我闻"几个字上，一时停住了。

半晌，她怔怔地落下泪来。

喜欢一个人有什么好呢？她想。

是夜，成玉五更方入眠。她睡得不太踏实。闭眼许久，渐渐昏沉，她不太清楚自己是不是睡着了，只是脑中次第回游了许多画面，像是回忆，又像是在做梦。

一会儿是青铜鹤形灯的微光之下，连宋面色温柔，拇指触到她的眼睛，像对待一件宝物，细致地为她拭泪。一会儿却是怀墨山庄的高台，他站在烟澜身旁，当她缠在缰绳里被碧眼桃花拖行出去时，他别开了目光。一会儿又是枫林深处的温泉中，他神色冰冷地告诫她："以后别再靠近我。"最后是国师府上的泉池旁，冰鉴上他的面目清晰起来，当她问他"我也是一个消遣吗"时，他蹙了蹙眉，有些凉薄地反问她："不然呢？"其实他没有说过那样的话，她不知道她为何会想象出他说了这样的话。

她像站在一处断崖旁，猛地被人推下去，一瞬的失重之后，她飘在半空中，身周都是迷雾，身体空落落的，心也空落落的。她大概有些明白自己在做梦了。

迷雾中紧接着出现了坐着轮椅的烟澜，微微垂着眼皮，有些怜悯地看着她："你只是一个凡人，你和我们是不一样的。"

然后她轰地坠落在地。想象中的痛感却并没有到来。她呆了一会儿，攒力从地上爬起来。眼前仍是一片白雾，脚下亦是一片白雾，脚底触感柔软，不似实地，像踩在棉花上，又像踩在泥潭里。她深一脚

浅一脚地向前走,只是一味地走,并不知道自己要去往哪里。

就在这时候,雾散去,前方有光,光中出现了一双人影,她听到了说话声。

"自墨渊封锁若木之门迄今,已有七百年,他不愿你打开那道门,所以七百年来,你想尽办法也开不了那扇门。他是想留住你。"说话之人距她数十丈,背对着她,一身明黄衣裙,个子高挑纤丽。她觉得那背影有些熟悉,声音也有些熟悉。她感到了一丝怪异,却难以分辨这熟悉和怪异从何而来,只是听那人继续道:"父神之子,他若不想争,便能做到与世无争,他若想争,你也看到了,不过七百年,他便结束了这乱世,一统四族,而若非因你之故,五族皆已入他彀中。他想要留住你,他便一定会留住你,你便是来找我,你我合力,我们也无法打开那道门将人族送出去,不如就如此吧。"

那人之言成玉句句听得清晰,却全然不知她所言为何。而那人话毕,站在她对面的白衣女子方抬起头来,容成玉看清她的容貌。她从没见过那张脸,因那样美的一张脸,若她见过,便必然会有印象,即便是在梦中。

她不由自主地近前,靠得那样近了,交谈的两名女子却并没有发现她。

"你已经许多年不再做出预言了。你看到了那个结局,是吗?"白衣女子开口,眼尾轻轻一弯,弯出一点笑意。她原本是极为美又极为疏冷的长相,仿佛一身骨肉皆由冰雪做成,兼之一身白衣,便是乌发上的唯一饰物也是一支白宝石攒成的凤羽,望之令人只想到冰魂雪魄、冰天雪地。可偏偏她的眼睛不是那种冷淡的长法,眼尾有些上挑,一笑,便勾魂摄魄地妩媚。

"你知道我找到了打开那道门的方法,可你不想我死。"白衣叹出一口气,"但没有人可以违抗天命。"像是无奈似的,"你是光神,亦是真实之神,聪颖慧伦,可见天命。你最知道了,天命注定如此,无人能改变它，你不能，我不能，"她目视不可见的远方，"墨渊，他也不能。"

然后她很快地转变了话题："我来找你，是因我知道你的使命是何，你自己也知道吧。这十万年来，你隐在姑媱山中不问世事，不就是因为你已看到了最后的终局，在心无旁骛地等待着我来找你吗？"她微微挑眉，眼尾亦挑起来，冷意里缠着柔媚，却又含着锋锐，"为什么这时候，你又反悔了？"

天地间只闻风声，良久，黄衣道："我是不忍。"

白衣诧异似的笑了："竟是不忍，有何不忍呢？"她忽然将手搭在对面之人的肩上，手指掠过黄衣鸦羽般的乌丝，靠近了笑道，"世间最无情便是你了，自光中诞生的你，不知七情为何，亦不知六欲为何，此时你却不舍我赴死吗？"冰冷的眉眼间竟有风流意态，"八荒六合皆无人能得你不舍二字，我能从你这里得到这两个字，此生无憾了。"

黄衣无视她的调笑，拂开了她的手："果真无憾？对墨渊呢？"

白衣脸上的笑容渐渐消失，良久，道："他……我没想过遗不遗憾。"她退后一步，坐在了一旁的石凳上，手指抵上额头，没什么表情，这样看起来倒有了十分的冷若冰霜之感。许久，她道："我不能遗憾，也不敢。"

随着白衣的一句不敢遗憾，浓雾再次铺天盖地而来，方才还在成玉近前交谈的两名女子倏然消逝于迷雾中，天地一片茫然。成玉亦感到有些茫然。但这一次她没有再深一脚浅一脚于这迷雾之中乱行，她干脆坐了下来。不多时，雾色再次破开，她看见了一个月夜。

一轮银月之下，一处屋脊之上，亦是方才那两名女子，正一坐一躺，对月醉饮。屈腿坐在屋脊上的是白衣女子，躺在屋顶上的是黄衣女子，因是侧躺，成玉依然难以见到黄衣真容。

白衣单手执壶，遥望天边月，声似叹息："便是明日了。"

黄衣道："听说七日后墨渊将在九重天行封神之典重新封神，你我明日开了若木之门，他的封神之典不知还能不能如期举行。"

白衣托住腮，似是自言自语："天地既换了新主，便该重新封神，这是不错的。"却没有再发表更多的意见。半晌，百无聊赖似的用右手转了转酒壶："我听说筹备封神之典时，他曾邀过你，想请你兼任新神纪之后的花主？"

黄衣淡淡道："我并没有答应。"

白衣执着酒壶喝了几口："万物自光中来，仰光而生，他考虑得没错，你是最适合成为花主的神，八荒中再无神比你更适合这个神位。"那酒应极烈，几口下去，便将那张雪白的脸激出一点粉意，但她的目光却极清明。她含着笑，垂头看向黄衣："虽然被你拒绝了，可花主这个位置，他定然不会再封给他人。新神纪初创，易动荡，最好各位有其神，各神在其位，这样他也好做些，你帮帮他。"

黄衣依然淡淡："我既择了你，又要如何帮他，花主也不是多么重要的神位，即便不封，也动摇不了他对八荒的统治，"她突然翻身而起，"不，你该不会是……"

白衣打断了她的话："你最知道我了，我做事一向爱做得圆满。"她将手中饮尽的酒壶抛起来又接住，"我没记错的话，这还是盘古和父神创世后，天地第一次大封神，总要所有神位上诸神都齐全才算圆满。"她笑了笑，笑容很平静，"你也知明日起事后，我不可能再有什么生机，没有生机，留下仙身又有什么用呢？"

突如其来的浓雾再次将一切掩去，明月不再，清风不再，青瓦高墙不再，醉饮闲谈的二人亦不再。只是眨眼的一个瞬间，眼前又换了场景。仍是夜，天边仍挂着月，却是一盏绛红色的月轮。红月之下，荒火处处，天地似一个炉膛，目视之处寸草不生，皆为焦土，令人心惊。

令成玉奇怪的是，她却并不感到惊心似的，也并不害怕。她身前似站着一个男子，而她在同他说话。

她听见自己开口，说出她完全无法理解的言辞："一位神祇死亡，便是油尽灯枯时，仙体中也自会保留一丝仙力用以修复和护持仙身，可少绾她以涅槃之火烧毁若木之门时，却将己身之力全给了我，连那丝保她仙身的灵力也没有留下，因此我献祭混沌后，必然还有一口灵息可以留存。"她听到自己的声音有些哑，向着面前她看不清面目的男子，"那口灵息会化作一枚红莲子，昭曦，届时你将那枚红莲子送回神界，交给墨渊上神。"停了一停，她道，"就告诉他，那是少绾神以灰飞的代价为他换来的他的新神纪的花主，将莲子种下，以昆仑虚上的灵泉浇灌，便能使其早日化形，修得神位，胜任花主之职。望他……"她停顿许久。

被她唤作昭曦的男子低声道："望他……如何？"听声音是个少年。

她低声一叹："望他珍之，重之吧。"

少年昭曦沉默片刻，问道："那这口灵息是谁，又将化成谁？是尊上您，还是少绾君？"

她听到自己淡声回答："她便是她，不是我，也不是少绾，她将修成她自己，成为新神纪的花主。"

同少年的每一句话都是她亲口说出，成玉却无比惊讶，那些言辞如泉水一般自她口中娓娓道来缓缓流出，可她不认识每一个她说出的人名，没有去过任何一个她脱口而出的地方。她口中的每一个字她都无法理解。她心中困顿又急切，极想问站在她对面的少年这是为什么，耳畔却不经意传来一阵吵闹。

荒火、焦土、红月连同面前的少年都猛地退去，成玉突然惊醒。

屏风外留了支蜡烛，蜡炬成泪，堆叠在烛台上，燃出豆大一点光。微光将帐内映得似暗非暗，成玉有一瞬间无法分辨这是梦是真，自己

是否依然是个梦里人。

宫女闻声持烛而来，告诉她是附近的福临宫走水了，宫人奔走呼救，故此方才有些吵嚷，但此时火势已被制住了，不再蔓延，因此不算危险了。

成玉闻言起身，披衣来到院中，视线高过拦院红墙，看见不远处一片火光，便是走水的那座宫殿。瞧着火势仍有些大，但因距离不算近，遥遥望着，只觉火势虽盛，却并不可怕，像一头力竭的猛兽，只是在徒劳地挣扎。她隐约觉得这场景有些熟悉，像是方才的梦中也见到了这样的火焰，细想却又很模糊，想不出什么。

她站在那里，回忆了好一会儿，却也只想起昨日同烟澜喝了几杯酒，说了几句话，夜里又见到了连三，问了几个问题，知道了一些从前不知道的事。她觉得自己可笑，烧了那卷血经，然后就睡了。睡得可能不算好，也许做了梦，因她现在有点头痛，可到底梦到了什么，她并不记得了。但醒来后心中却隐隐有一种过尽千帆历尽千劫的沧桑之感。

她记得入睡时，她还有许多怔然和疼痛，可此时，心中却并没有太多悲欢，倒有些无悲无喜起来。

右手莫名地捂住胸口，她不知这是为什么。

## 第六章

自入宫以来，成玉总是卯中就起床，梳洗后去太皇太后处候着，伺候祖母早膳。然次日卯末了，成玉还未起身。宫女撩帐探看，见郡主裹在被中发抖，口中糊涂着说冷，脸上却烧得一片通红。宫女惶恐，立刻禀了太皇太后。太皇太后急召了太医院院判前来问诊。

太医院曾院判悬丝诊脉，得出的结论是郡主昨夜着了风寒。然一服重药灌下去，成玉却依然高热不退，人还愈加糊涂。太皇太后忧急，想起她的命格，以为她这是在宫中住了太久，失了百花灵气润泽所致，念及她重病不好挪动，便下了懿旨召朱槿、梨响入宫，又令他们从十花楼里多挑些有灵气的花花草草搬进来，看能否为成玉驱病。

朱槿领旨，花花草草里挑拣了一阵，挑了前几天终于化了形能跟他聊天的姚黄和紫优昙。

成玉一病就是多半月，生病之初，她昏睡的时候多，清醒的时候少。梨响守在病榻之侧，为成玉擦汗掖被铺床单、递水喂药换衣衫，忙得不可开交。朱槿、姚黄和紫优昙三个男人坐在外间，也做了一点力所能及的事情：在成玉清醒的时候关怀了她要盖好被子多喝热水。

因为也找不到其他事情干,朱槿做主去搞了面一人高的铜镜安在外间,给铜镜施了法。后来的情况就是梨响一个人在里间照顾成玉,他们仨挤在外间,从铜镜里观看千里之遥的贵丹之战战况实录。看就看了,时不时还要发表一点意见,发表意见也就罢了,意见相左时还要吵起来。朱槿比较沉稳,也比较包容,但是姚黄和紫优昙不行,他们俩动不动就要辱骂对方。这种情况下,成玉十有八九会被吵醒,看成玉醒了,三个人会暂停片刻,安抚成玉,安抚的方式是吩咐梨响:"你去给她倒点热水来。"

梨响觉得他们三个人别说这辈子,下辈子下下辈子三生三世都不可能找得到老婆了。

大概第五天时,成玉从床上爬了起来。梨响本以为成玉爬起来第一件事就是把外面无所事事的三个花妖驱逐出去,但成玉没有这样做。她裹了一领厚实裘衣倚在门帘处,神色复杂地凝望外间铜镜中的情景,认出那上面是什么时,像是十分惊讶朱槿他们还有这样的本事。站了片刻,她走过去加入了他们。

在成玉加入朱槿他们围着铜镜一起观看贵礧之战这一日,战争形势发生了严峻的新变化。

皇帝当日会派素有帝国宝璧之称的连宋率军驰援一个小小贵丹,为的并非只是将贵丹从礧食铁蹄之下救出,更是为了将礧食这一潜在劲敌狠狠弹压于天极山之北。故而礧食全线溃败退出贵丹之后,大熙并没有善罢甘休,十五万兵马反而越过天极山侵入了礧食,一举拿下了他们肥美的夏拉草滩。

而趁着大熙三分之一的兵力都在东南战场同礧食作战时,自四年前新主登基后一直被连宋压着打的北卫感到一雪前耻的时机到来了。北卫举倾国之力,集结了五十万兵马开往熙卫边境。成玉坐在铜镜前看到的第一个画面,便是姚黄从礧食战场上切过来的熙卫边境的情景:

北卫向大熙宣战。

为了帮助军事知识最为薄弱的紫优昙看懂当下局势，朱槿还去搞来了舆图。舆图上可见，北卫同大熙交界处，西为难涉水泽，东为崎岖山地，只纵跨大熙两个郡的淇泽湖以北乃是一片平原。姚黄分析，北卫举倾国战力，趁着大熙兵力分散时南侵，打的便是以"投鞭足以断流"的兵力优势迅速突破淇泽湖的湖口防线，以打开大熙国门，向东南深入腹地，直取大熙国都的主意。

湖口乃是国门，连宋以十万精兵于此布下重防，防线坚固，可称铁壁铜墙，然再是牢固，也难以抵挡北卫五十万兵马突然发难，全线压上。

湖口郡连失重镇，仅五日，淇泽湖以北全部失陷。

从地理上看，大湖以东乃是一片靴形平原，平原以东乃是山地，湖山之间正好镶了靴形平原的那只靴筒。卫军自湖口开进，与熙朝守军在靴筒处来回争夺了十日，最终以靴筒失陷、大熙两万残兵退至大湖南部的巨桐县为大战的第一阶段做了结。

湖口防线宣告崩溃。

五十万军队对上十万军队，这种溃败其实也是必然。不过大熙边关告急的军情传达得及时，平安城中皇帝的军令亦下得果决，卫熙之战爆发的第六日，大熙十七卫共二十万兵马已领军令火速整装，依托运河之利走水路奔赴淇泽湖驰援了。

守卫湖口的残兵退到巨桐县的次日，便有三万军队先行抵达与其会合，五万兵力迅速整合，组成一道新的防线，将北卫大军阻于巨桐县之外。而防线之后十里处，淇泽湖最南端的淼都县开了一个大工程，二十万民夫开始修建一道西起大湖东至高山的屏障般的防御工事来。

千里之外战火纷飞，平安城里依然很平安。成玉在宫中养病养了大半月，太皇太后派嬷嬷来探病，嬷嬷回去一禀，说郡主大有起色。

太皇太后深信这是被朱槿带进宫来的那几盆花花草草的功劳，看成玉能挪动了，就做主让她回十花楼继续养着去。成玉没有什么意见，姚黄和紫优昙却很不舍，因十花楼里找不着宫里这样大的铜镜，这二十来日他们看惯了宫里的大铜镜，内心里已经很看不上十花楼的小铜镜了，离宫时不禁一步三回头。

一人四妖回到十花楼的次日，大熙二十万援军陆续抵达了淇泽湖以南的焱都县。姚黄足足叹了十八口气，神色晦暗地将身前半身高小铜镜的画面切回到久未关注的礧食战场。由大将军连宋亲自督战的东南战场竟已止兵休战，追溯过去，大家才发现援助贵丹的大熙军队主力十几日前便从天极山以北撤回，借了贵丹海船，利用顺风季穿越南海，自西南登陆回兵大熙，现在已在直达淇泽湖的运河上了。

紫优昙目瞪口呆，掰着手指算了好一会儿，问朱槿："我见识浅薄，对于他们凡人来说，这回兵速度是不是太快了点儿？"又道，"我方才晃眼掠过贵丹，似乎看到了粟及，他们这是战势太复杂紧急，逼不得已将粟及派去贵丹给需要回撤的大熙军队施法了？"

姚黄立刻就想给紫优昙上一堂课，课名就叫"一个千年花妖入凡时必须知道的十件小事"。但朱槿还在跟前，不好和紫优昙较这个真，姚黄花了大力气克制住了自己，听朱槿好脾气地回答紫优昙："凡世的这些战争，无论大小，皆关乎国运，乃是上天注定，谁也不能以仙术道法之类干涉之，因哪怕用上一丁点法力，也会被反噬，严重的还会被天惩，别说一个小小国师了，便是九天之上战神临世，面对这场战争，也只能以凡人的办法打一场硬仗。天罚不是闹着玩的。"

紫优昙居然还似懂非懂，天真地问朱槿："居然没施法吗？那他们怎么做到这么快的？"

姚黄感觉紫优昙他可真是太蠢了，听不下去他那么蠢，无法控制地赶在朱槿前面将这事掰碎了同他解释："贵丹战场上这十来万军队回兵是很快,但这和神通道法没什么关系,主要是靠他们大将军决策果断,安排得当,又懂天相,知道这个季节东风自南海上来,造海船借东风西下由水路回大熙,能比陆路行军快一倍。"实在没忍住白了紫优昙一眼,"什么都不懂,你是怎么当花妖的?"

紫优昙当场就要冲过去和姚黄干起来,被坐在中间的朱槿拦住了。

成玉将凳子移了移,离他们三个都远一点。此时铜镜上的画面又回到了熙卫战场,是一个自高空俯瞰的视野:自淇泽湖南畔的淼都县起,直至东部山地之间的那条大防线已构建完毕,似一道黑色的闸门,封住了整个靴形平原的靴筒拐弯处。淼都防线构建成功,守在前方十里处巨桐县的五万兵士便不再恋战,且战且退,退到后面新建成的防线,正好与新驰援来此的十七万大军汇合。

二十二万大军镇守的第三道大防线似从天而降,又似拔地而起,横亘于四十来万卫军之前,强势地抵挡住了他们的攻势。

两军呈对峙之状。高空俯瞰,并不见战火硝烟,一切都是静止。雾色一挡,似一张有些朦胧的舆图。

成玉皱眉看了好一会儿,手指轻点铜镜,问出了一个比紫优昙专业多了的问题:"我们回军虽快,兵士们急行军赶来驰援,可辎重都压在后面,少说还要十来日才能押送过来。这一条二十二万人构建的新防线看似牢固,武器却有限。我们调兵遣将如此迅捷大约令卫军惊讶了一番,但他们定然也明白武器是我们的短板,这几日怕是会强攻不断。武器不足,即使有二十二万兵士,我们也不一定守得住这道防线。"

朱槿还拦着一心要和姚黄拼命的紫优昙,一时难以分神回答成玉。

姚黄给朱槿面子,最主要可能也是因为打不过紫优昙,没有再和他一般见识,闷闷地站在角落里拿着个冰袋抬着额角上的一片乌青,幽幽回答成玉:"熙朝的这位大将军不容小觑,淇泽湖的三道防线都是他亲手设计,你看,就算他不在,当北卫倾全国之力同熙朝宣战后,淇泽湖的守军们也没有乱起来。无论是抵抗还是撤退，都能条理明晰，从容地等到十七卫的援军到来，建起第三道固若金汤的防线与卫军对峙。"姚黄抬了抬眼皮，"这样严密谨慎且运筹帷幄的将领，如何会犯你所担心的那些低级错误。"说着轻轻拨拉了一下铜镜，镜面立刻被碧绿的淇泽湖所占据，数条大船点缀其上，士兵同民夫们分散于船头船尾，正卖力地从湖中打捞起一捆又一捆包裹严实之物。姚黄指了指浩淼幽深的淇泽湖："北卫估计死也想不到，湖底是个武器库。"他带着一点欣赏，"谁能想到我们这位熙朝的大将军，早在数年之前，便秘密在湖底藏满了弓箭和劲弩呢。"

朱槿终于制住了紫优昙，听姚黄提及连宋，接话道："从贵丹回军的海船上，似乎没有见到连将军。"停了停，他面上现出疑惑，"贵丹十五万精兵难道并没有全然回到大熙增援焱都防线，还有什么新的我们没有注意到的战略吗？"他挑了挑眉，向姚黄道："你试试看能不能找到连将军现在人在何处？"

姚黄凝神试了半晌，又半晌，面对着仍是一片幽深湖面的铜镜有些不解："难道是粟及跟着他，因此我的法力难以使他在铜镜中现身？"

朱槿腾出手帮了姚黄一把，两人合力也没有什么效用。紫优昙个子小小，性情很真，看朱槿和姚黄在铜镜跟前捣鼓半天，铜镜却不听使唤，替他俩生气，伸手打了镜子两下，结果把铜镜给拍成了一个卷儿。

姚黄被紫优昙给惊呆了，反应过来后立刻火冒三丈，成玉看姚黄不长记性，又要去揍紫优昙，赶紧先撤了。刚替他们关上门，就听见里边一阵乒乒乓乓。

梨响过来送茶，瞧见在外面透气的成玉，有些欲言又止。连宋同成玉之事，三个男人不知道，她却清楚。虽然跟着朱槿他们于铜镜中观看战事的十来日里，成玉从没有主动提起过连宋，也没有表现过对他的担忧，但梨响一直记得那日成玉对她说起她和连三本应是天造地设的一对佳侣时，眉眼中那藏不住的灵动色彩。

有时候成玉的确会那样，心中越是慌张，面上越是镇定。梨响琢磨着，郡主这些时日里镇定如斯，内心中也不知如何忧惧不安。她一时为成玉感到难受，一时却又隐隐有些害怕，害怕成玉有朝一日会难以克制，为助连宋一臂之力，而将铜镜中看到的军情传给皇帝。

虽然郡主一向是知轻重之人，但不是说情爱之事惯会将姑娘们都变成傻子吗？

梨响纠结了片刻，觉得她还是应该开这个口。她靠近了成玉，一边观察她的神色，一边踟踟蹰蹰："有件事朱槿忘了嘱咐郡主……"

成玉转过头来看着她。

梨响吞吞吐吐："镜中那些军情，郡主……看便看了吧，最好不要透露给凡人们啊，"说着定了定神，"因天机不可扰乱，若扰乱天机，后果非朱槿、姚黄他们三个区区花妖能承受，"看成玉愣了愣，立刻道，"当然我知道郡主向来是知轻重的，我只是……"

成玉明了似的笑了笑："我知道，你是怕我忍不住帮他。"

"你不用担心。"她说。

梨响看到她的嘴角勾出了一个嘲讽的弧度。成玉不常做出那样的表情，因此一旦做出，便格外令人惊讶。那是个笑，却是个嘲讽的笑："他用不着我帮他什么。"她淡淡道。

梨响狐疑地点了点头，又疑心是自己看错了，想了想，自顾自地安慰她："连姚黄都说连将军他厉害，那他就一定很厉害了。姚黄主天下国运，当世名将他也没几人能看得上。所以即便不用郡主扰乱天机帮连将军，他也一定不会有事，郡主不用担心。"

少女听到她如此言语，微微偏头，似乎失神了一会儿，良久，意味不明地笑了笑。"是啊。"她很赞同似的，然后有些意兴阑珊地望向远处街景，过了一会儿，她轻声道，"他也用不着我帮他什么，天下有什么能难得住他呢。"她微垂了眼睫，又笑了笑，"我一个凡人，从前种种，不自量力罢了。"停在嘴角的那个笑有些轻软，还有些娇，是很好看的，但她的眼睛里却一片清明，没有温度。

梨响心中咯噔一声，隐约觉得有什么地方不太对，一时却也不知道不对的是什么。

正如成玉所料，面对熙朝二十二万大军固守的淼都防线，北卫打的是趁大熙的军械补给到达之前密集强攻，以求快速攻破此道防线的主意。北卫信心十足，原以为大熙顶多能撑三日，却不想第四日了也不见守卫防线的军士们有弹尽粮绝之态，反倒是他们自己在第五日因后方补给不力而不得不停战休整。而在次日，自贵丹战场撤回的十万兵马也到达了淼都，让北卫冲破淼都防线的算盘落了空，这一场大战终于进入了双方势均力敌的对峙阶段。

前线双方对峙的第三日，平安城中成玉被皇帝召进了宫。

得知皇帝传召成玉，紫优昙如遭雷击，心都揪了起来，因为在将十花楼的铜镜拍成个卷儿，被姚黄打了之后，他觉得这次的确是他没理。他是个有想法的妖，反思之下觉得自己应该弥补，就跑去皇宫里将那面大家都很喜爱的一人高的铜镜给姚黄偷了回来。

宦侍来传成玉，紫优昙第一反应是宫里发现铜镜失窃，皇帝将这事算在了成玉头上，召她入宫是要罚她。他说什么也不愿让成玉替他受过，非要跟着她一起去宫里自首。姚黄看紫优昙傻得愁人，告诉他区区一面铜镜，就算被发现失窃了，这事也不归皇帝亲自管，毕竟一个皇帝一天事也还挺多的。

紫优昙将信将疑，找朱槿求证，但朱槿却像没有听到他的发问似的，只出神地看着换好衣裳出来的成玉，眉间有些忧虑。

直到成玉坐上马车离开，朱槿依然蹙着眉，良久，他叹息了一声：

"这一日终于还是来了。"

一旁的姚黄怔了怔:"你说的是……"

朱槿目视着消失在街道尽头的马车,苦笑道:"她的第三个劫数。"

成玉的第三个劫数,是情劫,应的是远嫁和亲。

姚黄看着朱槿,慢慢皱起了眉头:"我总觉得这一世,你心里存了许多事。"

朱槿淡淡一笑:"你是说关于郡主的这三劫?"

姚黄沉默不语,忽然道:"其实从很早以前我就有些奇怪,你似乎一直在躲着一个人。"

朱槿挑眉,有些好奇似的看向姚黄:"哦?我在躲着谁?"

姚黄看着他:"连大将军。"

便见朱槿愣了一愣。

"我说对了是吗?"姚黄凝着眉头沉吟,"说来这位大将军和天君幼子同名,所以该不会他便是……"

朱槿笑了,那笑容有些感佩,又有些无奈似的:"你猜对了,他确实便是那位水神。这一世,这凡间很热闹对不对?"

姚黄一惊:"怪不得你一直躲着他。"却又有些不解,"可你不是说过,尊上临去之前加持你,所以这世间除了洪荒之神,没有谁能看透你的真身吗。即便水神有心窥视你,你在他眼中,也不过一个得道的凡人罢了。而郡主身边的侍从皆是有道之人这事,宗室几乎全晓得,你又怕什么呢?"

说到这里,他微微思索了一下,仿佛乍然明晰,有些了然地看着朱槿:"我知道你在担心什么了,你担心若然相逢,即便水神看不出你的真身,但万一他怀疑你的来历,以至于最后连累尊上,便不好了,是吧?"他不以为然地笑了笑,"可纵使水神他颖慧绝伦,又能举一反三,怀疑了尊上非是等闲之人,然托第一代冥主之福,尊上如今肉体凡胎,无一丝一毫仙泽神性,的的确确就是个凡人,他又能怀疑什么呢？若是神仙，即便仙泽被压制，仙体终归也是仙体，和凡体是不同的，但尊上今世既有这样一副凡体护佑她，可谓万无一失的，你又何需如此谨慎呢？"

对于他这一番难得的推心置腹之论，朱槿并没有反对，甚至极为赞同地点了点头："你说得都没错。"他轻轻叹了口气，"但为何要如此谨慎……或许是因水神降生之后，我在南荒待过一段时日，不能确定那时候他是否见过我吧。"

姚黄哑然，万万没想到是这个原因，想了想，那愁绪笼罩的一张脸上现出了一点光："对了，我还有一个想法。"

朱槿表示愿闻其详。

姚黄思忖着道："八荒之中这些后来的神祇虽不知晓，可我们却明白，当然你也明白，水神和尊上是有命定之缘的，既然水神恰巧也在此世，也许我们并没有必要一定要让郡主去和亲，兴许水神可以化解……"

但话未完便被朱槿沉声打断。一贯稳重的青年此时竟有些疾言厉色，眉目间弥漫了沉肃的冷色："连你也糊涂了吗？这劫，我们是不能插手的。"他静静望着远天，"我的使命便是令她顺利渡劫、顺利归位，将水神引入此事之中，势必再生事端，我不能冒险。"

"可……"姚黄有心反驳，但看着青年那无比严峻认真的神色，一时竟也无语。

成玉坐在御书房里捧着个茶杯慢吞吞地想，皇帝召她来要谈的事，大约是和亲。

其实来路上她就有些猜到。御书房中同皇帝行礼问安后，皇帝又给她赐了座，她就差不多确定了。因往常她来御书房听训，要么站着要么跪着，皇帝无处安放的兄妹爱几乎全安放在了她身上，爱得深，管得严，给她赐座这种事，皇帝从来没干过。

前一阵熙卫之战，局势甚为紧张，大约在战事上用了许多精神，皇帝瞧着瘦了些许。他先关怀了下成玉风寒可好了没有，从头到脚打量了她一遍，令沈公公去给她拿了个手炉，才进入了正题："乌傩素的四王子前些日向朕求你，说今夏曲水苑避暑时，他曾于鞠场见过一次你的马上英姿，自那以后便将你记在了心中，倾心于你，不能自已，希望能求娶你做他的正妃，以结两国之好。"

成玉知道，此时最合宜的表情便是惊讶，因此她做出了一个惊讶的表情。但她心中其实并无讶异。熙卫正是战时，此时遣宗室女和亲，和亲之国必定是皇帝考量的于此战最为有益的可结盟之国。乌傩素在大熙之北北卫之西，与两国均有交界，正是结盟首选，故而若要她和亲，远嫁之地十有八九是乌傩素，她来路上便想过了。

乌傩素的四王子成玉没有见过，至于成筠说这位四王子曾在曲水苑同自己有一面之缘，别后便情根深种，这些言语，她并没有放进心中。

皇帝咳了一声，沈公公适时递过去一杯参茶，皇帝喝了两口，将茶杯放在桌上，看了出神的成玉片刻，道："四王子敏达乃是乌傩素王太子胞弟，自幼与太子感情极好，其人一表人才，清芷爽朗，文武兼全，他既向皇兄求了你，皇兄左右考量，亦觉他乃良配，也有意将你许他，"成筠停了停，抚着手中一柄镇纸，目光凝在成玉脸上，语声和缓，"但毕竟远嫁，皇兄不愿迫你，因此召你入宫，也想听听你的意见。"

虽然皇帝将此事叙述得如同一场寻常议亲，且还因是一位英俊皇子求娶一位美丽王女，而使这场议亲带了几分浪漫，但事实当然并非如此。

实际上，成筠刚得到北卫宣战边境告急的消息，便飞信传书与连宋商议，定下了同乌傩素结盟之计，挑选了使臣出使。但此非常时刻，

谈判交涉耗时越短越好，为使结盟万无一失，成筠便召了今夏随兄长出使大熙后并没有随使离开，而是留在平安城游学的乌傩素四王子入宫密谈。

这场密谈是桩交易，成筠希望敏达能回国一趟，帮助大熙使臣游说他的父王和长兄，尽快促成两国结盟；而与之交换的是成筠亦可应敏达一事，允他所求。天子之诺，乃重诺。敏达若有野心，在此时提出要大熙将来助他夺嫡登大位，成筠都有可能答应，但这位四王子却爱美人不爱权柄，用这一诺提出了求娶红玉郡主成玉为妻。

这当然是不用考虑的事。成筠答应了。

敏达的确才能卓著，昨夜大熙使臣便有密信送至成筠的御案，解开密码，信中说结盟已成，还说当此信送出之时，自礴食战场上撤回的四万军队已抵达乌傩素边境，是夜便将秘密进入乌傩素国，执大将军之令，于乌傩素和北卫的北部边境发起进攻，在北卫国空虚的大后方点一把火。皇上收到信时，北卫应已分兵回防，救援失城去了，淼都防线的对峙局面当已被打破，战势自此将朝着大将军所预估的局面顺利过渡，请皇上不必挂心。

结盟既成，乌傩素国那边新开辟的西战线也进展顺利，这固然是可喜之事，但也意味着将成玉送去乌傩素的时刻到了。

故而成筠才会召成玉入宫。

成筠早已答应敏达的求亲，这已是一桩无可转圜之事，今日同成玉提及这桩事时，他却说不愿迫她，要听听她的意见，不过是他不能担一个强迫之名，要让成玉自己点头罢了。

他不大有把握他的大将军对成玉到底是个什么态度，固然从前他有心撮合他二人，但此一时彼一时。若连三亦心慕成玉，他却强硬下令送她和亲，说不得便会令君臣生隙，但若是成玉自己答应，那便不一样了。

他知他这位堂妹聪慧，不用他点拨，亦能明白这桩亲事的重要，她一向胸怀大义，她会自己点头。

他并不是不疼爱她，往日里听她自己颠颠倒倒说什么"我们当公主郡主的姑娘，说不定哪一日就要去国离家，和亲远嫁，学什么琴棋书画啊，反正那些异邦人也欣赏不来，还不如学个他们当地的马头琴"时，他还气过她总胡说八道，也曾想过他怎会让她去国离家和亲远嫁。

那时未料到终有一日她所言成谶，而他竟没有怎么犹豫就选择了牺牲她。可他一朝为君，抚四方，牧万民，肩有重责，他只能如此选择。

天子这条路，走得好的人，必要做孤寡之人。

成玉静静地坐在一张杌凳上，她听懂了皇帝的态度，也听懂了他虽然告诉她可以发表意见，但实际上他并不希望她有什么意见。生在皇家，该懂的她都懂，且她行过千里路，也读过千卷书，还起码帮京城中不学无术的贵族少年们代写过上百份时政课业，因此她也猜出了这桩亲事背后的波澜暗涌。

皇帝问她对和亲有何意见，固然皇帝不喜欢她有什么意见，不过她其实也真的没有什么意见。从前老道算出的那道病劫和那道命劫她都应过了，她不觉得这第三道劫数她还能有不应之理，她只是一直没有去想它罢了。

老道说她一旦和亲，小命休矣。她从前的确很抗拒这件事，这花花世界如此烂漫多姿，她是想要活着的，谁不想要活着呢。但舍她一人远嫁，可使万民早日脱离战火，尽管和亲说不定会令她殒命，她也无法说不。

她被大熙的黎民奉养长大，即便为他们而死，也是死得其所。这命运虽然残酷，但或许是她早料到了有这一日的缘故，她并无自怜，也无哀伤。

她去过冥司，知道了人死后将有幽魂归于地府，渡思不得泉，过断生门，饮忘川水，上轮回台，入往生树，然后像一张白纸一样投身到一个新的地方，做一个新的人。那似乎也没有什么可怕。

去往乌傩素，何尝不是去往一个孤独的新地方，斩断前尘，做一个新的人，那同身死入冥司又有什么大区别呢？

因此她并没有告诉皇帝当年老道对她的谶语，她抱着手炉，想了一会儿，回答皇帝："皇兄既认为这是一桩好姻缘，那必定是一桩好姻缘了，臣妹但凭皇兄安排。"

回到十花楼，已是傍晚时分。午后下了一场雪，此时雪虽停了，天色却仍不好。院中亮起灯笼，彩灯白雪，倒是别有一番风味。

穿过照壁，成玉一眼看到梨响坐在一棵云松下掩面低泣，姚黄则站在一旁柔声安慰。这个组合太过新鲜，让成玉愣了一愣，好奇心驱使她过去问。

按理说她一进门他们就该发现她，但因梨响沉浸在悲伤中，而姚黄刚化形不久，对身体的掌握还不够熟练，以致成玉都走到附近的廊下了，两人都没发现，还在自顾自说着话。

梨响边哭边道："我同朱槿说，我们找个没人认识她的地方，陪着她安稳度过此生罢了，可没想到朱槿他居然还是那样冷心绝情，问我'你可还记得，每一世，到了最后的时刻，你总会如此求我，但我的答案始终如一'，"梨响恨得声音都沙了起来，"我当然记得，过去的七世，每一世的最后都是他杀了她！"

姚黄拍着梨响的背帮她顺气："你这是气话，"他道，"她原本无情无爱亦无欲，复生后入凡转世，这一世又一世的，本就是为了习得凡人的喜怒哀乐爱恶欲痴。习得一种情感，那一世她的历练也便结束了，再多待不仅毫无意义，实则还是在耽误她，朱槿那么做其实无可厚非。"

梨响绞紧拭泪的丝帕，滴滴垂泪："可这一世她不一样，这是最后一世，她带着从前习得的所有情感来到这一世，有了喜怒哀乐，那样灵动可爱，朱槿他怎么舍得，怎么能眼睁睁地……"

姚黄打断了她的话："朱槿亦是不舍，可这一世她来到这世间，就是为了完成这三道劫数。为了获取一个完整人格，她已经历了十六世修行，若是避了这道劫，完成不了今世的学习，她还需得再重来一世。可当年初代冥主只为她做了十七具凡躯，若这一世不能成功，以朱槿和我们之力，又去何处帮她寻一具不会被旁人看破身份的凡躯？下一世我们又怎能保得住她在人世平稳修行，不被人看出端倪，不被人争夺觊觎？到时会生出多少事端，只怕我们根本无法掌控。"

梨响拭泪："我也知道……我只是舍不得，这一世的她和修行完毕归位列神的她还是一个人吗？在我眼中不是啊，我也不奢求能陪她几十年，哪怕让我再多陪她几年……"

姚黄轻声一叹："前两次劫数，应了，也化了，兴许这一次亦能化解也未可知。别再埋怨朱槿了，若这第三道劫数亦能最终化解，而不必她以性命相付才能学得那些知识……"他边转身边道，"那，待她习得凡人的背负为何、忧惧为何，爱为何、爱之甜蜜与苦痛又为何，完成这一世的修行，我保证朱槿绝不会再像前几世那样。你要知道他非铁石心肠，他也不忍，所以你会有时间陪她……"姚黄突然噤声，一双锐目蓦地睁大了，"……花主。"

不远处的廊檐旁，雪光映照之下，少女一张脸惨白，凝视他们片刻，低哑道："你们方才，说的是我？"

八个字似巨浪打来，牡丹姚帝见惯了世面，向来从容，此刻也禁不住慌乱起来，声音失了镇定："花主听岔了，我们……"一时却不知该找个什么借口。

梨响赶紧帮忙，但她一向没有什么智慧，而这次她急智下的发挥也没有超过平常水准。她编了一套匪夷所思的说辞："我们是在谈论紫

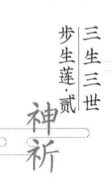

优昙罢了,紫优昙他也同花主你一样,他也有三道劫数,但因为他情商不是很高,所以他要学习凡人的……"

姚黄感到绝望。

正当他预感天可能要塌了时,朱槿无声无息地出现在了成玉身后,手轻轻一抚,少女已倒在他怀中。朱槿沉着脸,面向梨响,没好气道:"你觉得你这套说辞她会相信吗?"

姚黄沉默不语,梨响自知闯了祸,但担心朱槿对成玉做什么,鼓起勇气抽抽噎噎:"你、你消除掉她方才的记忆就好,不要再做别的。"

朱槿正欲为成玉消除记忆的手顿了顿:"你以为我会对她做什么?"

梨响缩了缩。

朱槿将人事不知的成玉打横抱起来,走了两步,又折回来,叮嘱他二人:"她必须作为凡人经历此劫,那些事绝不可让她知道,你们以后万不可再如此大意。"

眼见朱槿将成玉抱回楼中,姚黄捂着额头也想回了,不料紫优昙突然冒了出来,一脸震惊:"方才你们说的我都听见了,"他先是不赞同地看了一眼编派他情商低的梨响,而后牢牢望定姚黄,发出了感叹,"天哪,我们的花主,她居然并不是一个凡人吗,她明明形魂体魄都和凡人一个样啊!"

姚黄忍不住捏了捏眉心,他又想给紫优昙上课了,课名就叫"辅佐花主的每一个千年花妖都必须知道的十件小事"。他忍了又忍,没忍住,问紫优昙:"你什么都不知道,你到底是怎么被朱槿选进十花楼的?"

紫优昙今天脾气好了很多:"真的,我确实没有问过朱槿这个问题,他到底是怎么把我选进来的?"他回忆了一阵,皱着眉头说。

姚黄不想再和他说话,感到太糟心了,就捏着眉心走了。

红玉郡主即将和亲至乌傩素国的消息，没两日传遍了朝野。

齐大小姐很快上了门，却被告知成玉不在十花楼中，而是去了冰灯节。冰灯节为迎冬至而办，就办在正东街旁的那一方碧湖畔。

天阴风大，且明日才是亚寒，后日才是冬至正日子，还不到共庆佳节的时刻，因此节会上人不多。齐大小姐沿着湖畔走了一个来回，穿过座座精美冰雕，遥遥望见前方一个小亭中坐着个白衣少女，像是成玉。少女身旁的侍女看身量也有些像是梨响。二人一坐一站，面前的石桌上放着个炉子，似乎是在行温酒赏雪的雅事。

古诗有云"绿蚁新醅酒，红泥小火炉"。阴雪天如此正是应景。齐大小姐想着走了过去，待走近时，亭中少女也正好抬起头来，一眼看到她，有些惊讶，但立刻眉眼弯弯地招呼她："小齐你怎么来了？"手中的玉箸还杵在小火炉上头的银锅里，"你要和我们一起涮火锅吗？"转头吩咐梨响："快给小齐添双筷子。"

齐大小姐："……"

成玉看齐大小姐一时没有言语，想了起来："哦，你不太能吃红锅。"解释道，"没想到你要来，所以没准备鸳鸯锅。"

梨响在一旁提议："可以在锅里先涮一涮，然后过水吃，那样就不太辣。"

成玉沉吟："这种吃法，对火锅不太尊重吧？"

梨响犹豫："还好吧，过水吃红锅总比吃清汤锅对火锅更尊重？"

"那倒也是，"成玉点头，转头问齐大小姐，"那就给你倒碗白水，你拿水过一过？"

齐大小姐心急如焚来此，本以为所见的将是一位因即将被远嫁而忧虑无比的郡主，她们也将在一个严谨肃穆的氛围中郑重地商谈如何挽回此事。若成玉是在对着凄凉湖景喝闷酒，那也罢了，万万没想到两主仆在这儿热火朝天地涮火锅。

齐大小姐一腔言语不知该从何说起，茫然坐下接了筷子，随波逐流地涮了两筷子，在成玉指着锅中一味香料对梨响道"回头去乌傩素，得多带点这种调料，他们那儿八成没有"时，齐大小姐终于回过神来："所以去乌傩素和亲之事，你是自愿的？"

成玉正涮着一片牛肉："也说不上什么自愿不自愿。"她慢吞吞道，将涮好的牛肉放在一旁的白瓷小碟中，"不过，我的确是同意了。"

齐大小姐听出她话中之意："你是说，皇上并未迫你，给了你选择，你自己选择了和亲？"

成玉点了点头，接着低着头小口小口吃涮好的牛肉。

齐大小姐看着成玉的发顶，感觉一口气上不来，灌了半壶茶水，将心火浇熄，才能开口："乌傩素确是西北重地，国亦不弱，但其国朝立于一片高寒之地，环境恶劣，气候亦严酷，四季中有三季皆为隆冬，土地不沃，物资不丰，衣食住行远比不得我大熙。且你虽体健，但终归不是在乌傩素长大，于彼高寒之地生活，别说似你在大熙这般骑马射箭蹴鞠了，多走几步路便喘气都难。这些你想过吗？"

想是都想过的，成玉煮了片莲藕，盯着咕嘟咕嘟的浓汤，回齐大小姐："这些都可以克服。"

齐大小姐窒了一窒："好，就算这些你不在意，"她蹙起眉头，"乌傩素蛮夷之国，不习礼乐，不遵礼教，兄死，弟娶寡嫂，弟死，兄收弟媳。便是你与那乌傩素四王子真能相依到儿女绕膝又如何呢，父若死，儿子还能娶除生母之外的诸母。你若真嫁过去，这一生等待你的将是无尽的磋磨，这些你又想过吗？"

这些成玉没有想过，因为这些事都着实太遥远了，她或许根本挨不到那种时候。

齐大小姐止住成玉手中的玉箸："你去陛下面前告诉他，你后悔了，你不想去，你并非真心愿意远嫁去乌傩素。"

成玉静了一会儿，收回筷子，置在一旁的白釉梅纹筷托上。她抬头看向齐大小姐，目光明澈："此事已定下了，是别无转圜之事，你便不要再费心了。这些时候我们倒可以多待一待，往后怕是也没有机会了。"

定下了，只能是皇帝将此事定下了；别无转圜，是说此事其实主要是皇帝的意思。齐大小姐立刻便听明白了，因此也静了片刻。

"不可能没有转圜的。"良久，齐大小姐道。

"我打听过。"齐大小姐凝眉，一字一句，"当日乌傩素王太子率使臣出使我朝，陛下于曲水苑招待诸使臣，行宫之中，并非只四王子瞧上了你，王太子亦看上了烟澜。大约四王子亦知王太子心意，明白大熙绝无可能将两位贵女远嫁乌傩素，因此藏了心思。而王太子率使臣回国后，乌傩素王亲自来信，为王太子求娶烟澜，彼时皇上亦有心促成此事。"齐大小姐停了停，"若那时事成，乌傩素与大熙早已是姻亲，此次根本无需将你远嫁。"

成玉愣了愣："竟有此事。"端起茶杯，复又放下，"那也不必可惜烟澜当日没有嫁过去了。若送我和亲是件不幸之事，那让烟澜去亦是一件不幸之事，让谁去都是一件不幸之事。"

齐大小姐道："我并非可惜当日烟澜没有嫁成，是听闻彼时驰军前去贲丹的大将军临走时将烟澜托付给了国师照看，而乌傩素王求亲之信送来之时，正是国师力劝了皇上，皇上听从了国师的意见，方那样干脆地拒绝了乌傩素王的求亲，所以我想……"

"你想的，"成玉打断了她的话，但说完那三个字后，她却像有些失神似的，有一阵没有开口，待齐大小姐唤了她一声，她才回神似的道，"你想的，恐怕不行。"

齐大小姐沉吟："我知道如今是非常时刻，即便让国师相帮，劝说陛下，也不会像上次烟澜之事那样好劝。大熙和乌傩素是必然需要一场联姻的，但国师非一般人，劝动陛下在宗室中另择一人送去联姻，亦未可知。"

成玉问她："那你说，换谁去呢？"不待齐大小姐回答，她把玩着

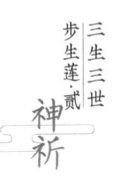

一个空杯子笑了笑,"怕是只能换烟澜去,才能叫乌傩素满意。"

齐大小姐思索片刻:"若要在烟澜和你之间择一人留下,陛下会择你。"

成玉依然在玩那个空杯子,微微偏着头:"但连将军不会择我。将军不会择我,国师便不会择我,皇兄便不会择我。"

齐大小姐犹记得上回见成玉还是月前在宫中,彼时成玉还在虔诚地为出征的连三抄经祈福,眉眼弯弯又有几分害羞地告诉她,说她觉得连三是喜欢自己的,她也喜欢连三,他们是两情相悦。那之后,齐大小姐因外祖想念而去了一趟河西,再回京城,便听闻成玉将和亲远嫁之事。直至今日,亲耳听闻成玉说连三不会选她,而她也再未叫连三一句连三哥哥,却疏冷地称他连将军。

齐大小姐一时茫然,沉默了片刻,问成玉:"将军不会择你……此话怎讲?"

成玉托着腮,平静地看向不远处的冰湖:"烟澜才是连将军要保护的人,我不是。"

齐大小姐一时怔然:"是否……有什么误会?"

"有什么误会呢?"那白瓷杯终于不堪把玩,啪一声摔在地上。成玉"啊"了一声,似是感到可惜。梨响赶紧过来收拾。成玉微微往旁边挪了挪,避开碎瓷,没忘记继续回答齐大小姐的问题:"我问过他,他是这样说的。"

齐大小姐仍不能信,秀眉蹙起:"我知道连三待烟澜向来不错,但皆是出于兄妹之情,他对你才是从一开始就……"

"我只是一个消遣。"成玉打断了她的话。用这样令人感到屈辱的言辞来形容自己,齐大小姐听得难受,她却并不在意似的,很是云淡风轻地总结道:"所以你想的法子行不通的。"

齐大小姐闭了闭眼,颓然地抬手撑住额头,眼眶一红:"再没有别的办法了吗?"

梨响退去了一旁拭泪。

良久，齐大小姐感到一只手覆盖住了自己放在石桌上的那只手的手背。那温暖而柔软的触感令她颤了颤。她抬眸看向成玉。银锅之上升起一团热雾轻烟，少女的神色隐在雾色后亦真亦幻。她难以分辨，也难以看懂她脸上表情，只听到她轻声对自己说："天下没有不散的筵席，小齐，我们总是要分别的，所幸今天不是分别之期，你不要难过。"

面对这安抚和宽慰，齐大小姐一时哑然，喉咙哽痛，久久不能成言。

小亭建在湖边，她们背后蜿蜒着一道长长的湖岸，间杂着矮小的冰灯和积雪的枯树。

是一片空茫而孤独的银白世界。

国师不在京中，皇帝命钦天监测算和亲之期。钦天监副监正观七政之星四余之曜，测定腊月十七乃成玉离京的吉日。太皇太后不舍成玉，召她入宫陪伴，又听闻齐大小姐乃成玉手帕交，格外开恩，将齐大小姐也宣来了慈宁宫小住。

宫中日月，并无什么特别。太皇太后夜得一梦，这日闭门礼佛，无须成玉和齐大小姐侍于身侧，两人便领着梨响和一众宫女在慈和殿前的小院里堆雪人。不多时，院中就多了两只雪做的仙鹤。齐大小姐端详一阵，领了梨响去御膳房，说去要几粒黑豆为这一双仙鹤点睛，让成玉再修一修仙鹤的羽翼。

成玉正拿着把凿子围着雪鹤细凿鹤羽时，烟澜来慈宁宫给太皇太后请安。听闻太皇太后今日礼佛，却也没有立刻离开，在廊下停留了会儿，目视着院中，片刻后让伺候的宫女将她推去了成玉近旁。

成玉没有招呼她。烟澜又在旁边看了会儿。"我那日，不该对你说那些话。"她主动开口道，"前些时候我见皇兄，亦向皇兄提说了，乌

傩素不似大熙文脉昌盛，藏书欠丰，你又素喜读书，当多备书册陪嫁予你，也方便你闲暇时解忧解闷。"

听起来是一段示好。话罢她凝视着面前的少女。

少女一袭碧霞云纹衣裙，碧纱层层叠叠，做成裙尾，顺着腰肢一路往上，即便冬衣，亦裹出了玲珑体态。她微微躬身在仰天似啸的雪鹤身前，执了玉凿的纤白素手自衣袖中露出，仿佛全神贯注于手中工事，并没有立即应答。烟澜身前的宫女沉不住气，欲要上前，被烟澜一个眼神止住，不甘地低头。

成玉凿完了最后一笔鹤羽，将凿子递给了端着乌木托盘上前的侍女，又拿帕子擦了擦手，方转身看向烟澜："皇姐其实从未后悔过当日之言，今日又何必来此对我说这些违心话呢？"

得知成玉将远嫁至乌傩素，烟澜不愿面对的那些关于成玉的情绪立刻便少了大半，因此后来她的确出于好意同成筠建议过和亲陪嫁礼单。直至今日，她心绪愈加平和，故而忽然得见成玉，她斟酌片刻，才过来同她说了那些话。她们两人之间其实原本便不该有恩怨，在成玉离京之前，能化干戈为玉帛，也是一桩好事。

她只是没想到她温言示好，成玉却表现得这样冷漠锋锐，不禁叹了口气："当日我的确是为了你好，但说话的方式却有欠稳妥，是我的错，我少不得自省。"

成玉看了她好一会儿，突然意味深长地笑了笑："皇姐今日这样和善，是因为我将西去和亲，此生再不得归京了吧？"

事实虽然如此，但这番因果被成玉如此不加掩饰地直白道出，极令人难堪，烟澜忍了忍，终是没忍住："我好意同你道歉，你不要不知好歹。"

成玉方才凿着仙鹤，穿着斗篷不好活动，此时静站在那儿同烟澜说话，只一身碧裙显是太过单薄。宫女送来了一件白狐毛镶边的云锦斗篷伺候她穿上，她一边穿着斗篷一边漫不经心："皇姐可知，这世上有许多人，明明是为了私欲而行不端之事，却偏要给私欲冠上一个冠冕堂皇的借口。譬如朝堂之上党同伐异者，必要给敌人冠上一个不义之名，如此一来迫害他人便成了义举；又譬如窃国者，口口声声自己是为天下苍生谋利，如此一来窃国也就成了善行。"宫女已退到了一旁，她整理着袖子，语声戏谑，"区别只在于有些人能承认自己的虚伪，有些人却不能，皇姐，你是哪一种人呢？"

烟澜怒极："你什么意思？"她并不是真的不懂成玉是什么意思，她明白她是在嘲讽她虚伪。她真的虚伪吗？她并不愿深思，只是本能便想驳斥，但似乎又无话可说。她最不喜成玉便是这一点，她不明白为何她总能三言两语便激起她的怒意，让她失控，因此她冷声道："论口齿我比不上你，你口齿既如此伶俐，怎不去皇兄面前逞能，让他打消送你和亲的意图？"看成玉依然一副云淡风轻的表情，恶意突然就关不住，自胸腔激涌而出，她笑了笑，"我好意想同你消除误会，你却如此敌视我，是因知晓乌傩素其实有意于我二人，最后被送去远嫁的，却只你一人，是吧？"

便看到少女果真收敛了所有令她不悦的表情，面上一片空白。

烟澜不明白为何每次和成玉的交谈都像是一场战争，但敌人鸣金收兵，她便忍不住进攻："所以，你是嫉恨我。"她缓慢地、痛快地、恶意地道。

少女垂下了眼睫，像一张空白的纸，缓缓染上不同的色彩，她的唇抿了抿，就抿出一个笑来，但那笑极为短暂，掠过唇角，像一只蜻蜓匆忙路过初夏的荷蕾，令人难辨意味。"是啊，我嫉妒皇姐有连将军的保护和看顾，是他的掌中宝。"她还叹息了一声，像是很真诚似的，然后添了一句，"今日若我说的话让皇姐不舒服了，你便当我是嫉妒你好了。"她看着烟澜，消失的笑意又重回了她的唇角，却分明带着漫不经意的戏谑。

烟澜心中一惊，面前的少女只有十六岁，她从前对她了解不多，但传言中也常听闻她的天真纯稚。他们说她像是一只稚嫩的雀鸟，在太皇太后的羽翼下无忧成长，养成纯善和不解世事的性子，是宗室中最为幸运的少女。可眼前这唇角含着戏谑笑意的女子，哪里是纯稚而不解世事的？这已是一只换了羽的成年鸟雀，拥有了华美的羽翼和锋锐的爪子，优雅地栖息在高高的枝头，叫人难以看懂，也难以忽视。

好在，她要去和亲了。

十日后，太皇太后才将成玉放出宫。回十花楼后，得知她要去国远嫁的小李大夫来找她哭了两场，花非雾来找她哭了两场，她开解完小李，再开解完小花，然后将十花楼的花花草草收拾收拾，就到了腊月中。

腊月中，熙卫之战以大熙大捷告终。朱槿、姚黄、紫优昙又先皇帝好几步得知此消息。因是意料之中，也并没有什么惊喜。但姚黄贴心地将成玉因陪太皇太后和开解小李、小花而错过了的后期经过给成玉补全了。

说当日他们未在贵丹回军的海船上见到连大将军，原是因大将军并未一力寄望于大熙与乌傩素结盟以解淇泽湖之困。说安排大熙军队自贵丹撤离时，连宋并不曾随行，而是留下了三千精兵，领着他们自礑食国翻越了横亘在北卫和礑食之间、许多年从未有人成功翻越过的天极山主山脉。

就在淇泽湖熙卫两军进入对峙阶段，而大熙和乌傩素的军队已集结在乌傩素与北卫边境、意图发起强攻时，连宋率领的三千精兵突然自天极山麓从天而降，令守备空虚的北卫猝不及防。

这一支精兵由主帅带领，先克北卫东方重镇，再据王都要津之河桥，北卫王都一时告急。同时西北边境亦有乌傩素发起强攻，连占北卫数城。更可怕的是，淇泽湖以东，北卫与大熙以天极山一条东西余脉划山而治，而此时，大熙却极有可能趁势控制天极山的两处隘口，长驱直入北卫腹地。

北卫三地告急，然如此情势下，若从主战场退兵围救三地，淇泽湖畔，大熙三十万军队铁蹄所向，等待北卫的将是全线溃败。

最终，北卫以四座城池数万珍宝的代价，向大熙求和。

姚黄点评这场战争，用了"布局精彩"四字，又将大将军夸赞了一番。

梨响在一旁听了半日，别的没太听懂，只听懂了连宋打了胜仗，战争已经结束。她闷闷问了句："那他快要回了吗？"

姚黄不明就里："谁？"

梨响看了成玉一眼："大将军。"

姚黄沉吟："按道理是的吧，走得快，还能先赶回来过春节。"

梨响又看了成玉一眼。成玉在一旁喝着茶，从始至终都在耐心地倾听着他们的谈话，但从始至终都没有给出什么反应。

她原想着无论如何，成玉喜欢过连宋，若两人能见上最后一面，道个别，那也好。但突然又想起那日风雪亭中，成玉对齐大小姐说："连将军不会择我。"

"我只是个消遣。"又感窒闷。

或许见不着也好，见不着，那也罢了吧。梨响在心中叹息。

腊月十七，成玉离京的这一日，平安城又降大雪。

风雪漫漫中，数十兵士执着洒扫用具在前开道，后面跟着长长的仪仗队。明明是送亲的队伍，在这阴冷昏沉的雪天里，却令人感受不到丝毫喜庆。成玉坐在朱红色的马车中，当仪仗队穿过城门时，她撩开绣帘，最后望了一眼身后的平安城。

她原以为她会流泪。但是她没有。

城门旁有一棵半高的枯树。她记得那是棵刺桐。她这才发现，她对这座城池其实很是熟悉。这是她的家。但她今生再不能回来。

有一只蓝色的鸟停在刺桐的枯枝上,被仪仗队惊动,喳地叫了一声,惊飞起来,消失在风雪之中。

身后的平安城亦消失在了风雪之中。

## 第七章

礌食国的夏拉草滩之西，临近天极山主山脉之处，有一片密林。此林隐在迷雾之后，四季常青，凡人不可得见，便是当年祖媞神献祭混沌时所列的通衢之阵的一处阵眼，名曰大渊之森。

林中有一中空巨木，其干大若斗室，内中置一阔大寒冰榻，冰榻之上一人仰躺，一人趺坐。仰躺之人一身黄金盔甲，首掩黄金面具，似沉睡着，又似死去了；趺坐之人白衣素裳，双目闭阖，面极英俊，双手结禅定印，气度渊渟岳峙。

如此场景，乃是三殿下正对人主阿布托施展禁术藏无。

而国师粟及则在冰榻之外护法。

月余前，冥主谢孤栴阅尽冥司二十一万年的浩繁文书，终于将人主阿布托，也就是帝昭曦的溯魂册给搜了出来，亲自来凡世交给了连三。

厚厚一本溯魂册，载录了人主入凡后的数万次转世，最后一页，记的便是他的今世之名。没料到人主今世竟是个熟人。溯魂册最后一页堪堪载了八个字：熙国丽川季氏明枫。

据溯魂册的追载，季明枫正是人主阿布托在凡世的第七千七百二十四次转世。

面对如此结果，国师十分惊讶，三殿下亦沉吟了片刻，却并未说什么。

当是时，北卫向大熙宣战并强占了湖口诸县的消息正好传到连三的军帐，身为主帅，他一时脱身不得。国师觉着，布兵打仗上，他除了升坛作法、烧烧符纸、求九重天上天君一家子多多赐福，他也干不了别的什么，然今次这场战争将由天君的小儿子亲自挂帅督战，试问他还升什么坛作什么法烧什么符纸呢？他就想着做点别的为连三分忧。

听闻国师有心将恢复季明枫记忆之事全部揽到自个儿身上时，连三是很惊讶的。虽然国师在他跟前当差当得还可以，但基本上都是被他逼的。像今日这样主动提议要包揽一件危险又复杂的差事，从不是国师行事的风格。

送完溯魂册后，在军帐中一时也没离开的谢孤栦乍闻国师所欲，对他刮目相看，一边咳嗽，一边指点他："如此，你可先去醉县山南冉古墓，那是人主之墓，他的仙身便存放在那里。你入墓寻得人主仙身，将他带去一个灵气丰沛之处暂存，"他停了停，"需得注意，那古墓为守人主的仙身，墓中机关重重，你要倍加小心。"又缓声，"而后你需来我冥司取忆川之水，纵然土伯和冥兽无需你再去驭伏，但守护忆川之水的蝰犬、獦狚二兽仍需你降服，它们乃本君年幼时自北号山所驯之兽，有些凶猛，你需小心。"

国师蒙了，因为他根本没有料到这事是这么复杂的，他看向连三："这事⋯⋯难道不是我将季世子他捆来，然后冥主送我点儿忆川水，我再给季世子他灌下去⋯⋯这事就成了吗？"

三殿下点头："步骤，是这么个步骤。"

孤栦君恍然明白了国师今日缘何如此义勇，收回了对他的刮目相看，并且不由得就要教导他一些做神的基本常识："季明枫如今乃一凡躯，岂能承受近万世的记忆回归？若将那许多忆川水灌入一凡躯，届时他承受不住爆体而亡也未可知。你们既要寻他的第一世记忆，此事无有人主仙身，断做不成。"

国师悔之不迭，暗恨："可三殿下当初明明说……"

三殿下笑了笑，把玩着手中的一只军令："我当初说了什么？难道告诉了你不同的做事步骤？"

国师蓦然想起来当初三殿下是如何说的。三殿下说，这桩事其实很简单，通过溯魂册找出人主，给他灌上几碗忆川水，红莲子去了何处便可得知。是了，步骤的确就是这么个步骤……

国师想死，补救性地同谢孤栖打商量："人主之墓贫道或可一闯，但忆川之水……冥主既已将人主的溯魂册借了我们，何不再做个人情将忆川之水也赠我们几瓶？"

孤栖君半点不讲情面："无规矩不成方圆，冥司有冥司的规矩，此事本君却做不得人情。"

国师求助地看向连三。

三殿下鼓励地对他笑了笑："我信你，你去吧。"

国师心如死灰。

孤栖君忽想起一事，找连三说话："说起来，若让人主之魂回归他遗留下来的那副仙体，无异于是让他自无尽轮回中彻底苏醒。"他皱眉向连三，"虽然神族遗留下的史册中并未记载当日凡人在凡世安居后，人主为何要舍弃仙身步入轮回，但如今凡世已再不是当初的凡世，凡人们有了许多君王，他再不是人族之王，让他苏醒，可会于凡世有什么妨碍？"

三殿下并不以为患，神色如常道："无妨，终归他早晚会醒，这时候让他苏醒，也不算太早。"

谢孤栖静了一静："二公子心中有数便好。"

而后一个月，国师历尽千辛万苦，取回了人主仙体，拿到了忆川之水，还将季明枫本人药昏了从平安城中虏了来，发掘了自身的无穷潜力。考虑到清醒着的季世子会有什么疑问，国师日愁夜愁，最后他选择了让季世子一直昏下去醒不来。

一具仙尸，一位道士，一个昏睡之人，在大渊之森的树洞里待了十五日，等待着三殿下结束掉天下大事，来为人主换体凝魂。

连三在北卫求和的次日回到了大渊之森，用了七夜，将季明枫的魂魄自凡躯剥离，放入了那具金甲仙体之中，又以金丹催使魂魄与仙体相接，成功了。

次夜，国师盛来忆川之水，取下黄金面具，意欲灌入人主之口。

历经岁月沧桑流变，不知过了多少万年，其实黄金面具后就算是个骷髅国师也不会太吃惊，可偏偏面具揭开，那张脸却年轻而鲜活；如玉雕成的一张脸，同季明枫一个模样，像他从未逝去，只是睡着罢了。

国师大为震惊，三殿下倒不以为意，接过国师手中的忆川水，代他灌入了人主之口。三壶忆川水灌下去，三殿下决定趁人主未醒，先去他记忆中看看。

故而才有了大渊之森里这树洞之中，金甲勇士与白衣青年一躺倒一趺坐，一个凝眉定神专心施法，一个无知无识安然受之的情景。

卯时，闭眼趺坐的白衣青年重新睁开了双眼，国师赶紧上前："殿下，可看到什么了？"

连三微微蹙眉："被他发现了。"他瞥了冰榻上似在沉睡的青年一眼，揉了揉额角，"他应是快醒了。"他起身离开冰榻，立在一张玉桌之侧，执壶为自己倒了杯水，却只握着那水杯，半晌也没有饮下。

国师在他身后迟疑着唤他："殿下。"他亦恍若未闻，只是想起了方才在季明枫，不，帝昭曦，他想起了在帝昭曦内心中的所见。

大约因忆川之水唤醒了人主沉睡的记忆，但人主本人却暂时未醒之故，潜入他的识海，无需三殿下操纵藏无突破他的心防，便自有久远记忆似浪潮般袭打而来。

是个黄昏，阴沉的天幕似口铁锅，笼住下方的原野。原野之上的一个部族刚经历了一场残酷的屠戮，四处皆是血、尸块和荒火。一个极小的人族孩子从那被荒火燎了一半的主帐中窸窸窣窣爬了出来。

孩子约莫三四岁，一脸脏污，抱着一把小小的弯刀。甫钻出帐子，他便发现了不远处有一头孟极兽正埋头啃咬新鲜血尸，孩子立刻僵住了。那灵敏的猛兽亦察觉了他，倏地抬起头来，一人一兽隔着荒火和硝烟对视。小小的孩子紧张地抿着嘴唇，慢慢举起了手中的弯刀，野兽似被激怒，嗷地吼叫一声猛扑过来。眼看那孩子就要命丧于孟极兽之口，半空中倏然出现了一道光，撞进光里的猛兽竟在刹那之间化作了灰飞。

一双少年自光中走出，均是秀雅的好样貌，白衣少年抬眼四望，叹息道："又一个被带累的人族部落。"

青衣少年撇了撇嘴："人族弱小，向来依附于神族，如今神魔妖鬼四族征战不休，小小人族，又岂能独善其身，被带累是必然，不过照这样下去，他们离灭族倒真是不远了。"

白衣少年瞧着不远处戒备地望着他们的孩子："尊上说过，只要救下这孩子，人族便不会灭族。"

青衣少年也将目光投向那孩子，手抚着下颏揣摩："真是他？尊上没有算错吧？对了，怎么尊上还不来？"

白衣少年垂眸："父神又来姑媱山邀她入水沼泽学宫，兴许应付父神耽搁了。"

青衣少年仰头望天："父神怎么还没放弃呢，被拒绝了得有十来次了吧，尊上她不喜欢上学，他来苦劝一百次，她也不会去的。"又叹息，"其实我觉得，她不如去上上学得好，也好转移转移她的注意力，毕竟将所有精力都花在收集八荒异花异草上,越干越痴迷,这也不是个事,太过宠爱那些花木,容易让他们骑到她头顶上。"

白衣少年责备道:"成天胡说些什么。"

青衣少年摸了摸鼻子:"我哪有胡说,莫不是你忘了尊上以玉罩覆其面、天下皆不识其颜的原因了? 当初就是因她一心想将菁蓉从她的蟠冢山老家移到我们姑媱山来,可菁蓉她却嫉她美貌,恨她长得比自己好看,非要她立誓今生不以真颜示人,才肯到姑媱,她竟然也答应了……"

白衣少年咳了一声:"别那样说菁蓉,她不过性子娇了些。再说,尊上至今依然最喜爱她,你如此说她,若让她知道了,怕要将整个姑媱都闹得翻过来,尊上听了亦会不喜。"

青衣少年踢着脚下的石子,郁窒道:"所以我说尊上她不如听父神的话去上上学,她在姑媱,满山的刁蛮花草尽仗着她的喜爱在我头上作威作福……"

忽而有风起,青衣少年立刻闭了嘴,女孩子清脆的嗓音响起,又凶又娇:"臭霜和,你又在说我什么坏话呢!"随着那声音落地,一身玄衣的美貌少女在半空现出真形。青衣少年退后一步,嘴硬道:"我和雪意闲聊两句罢了,你哪只耳朵听到我说你坏话来着!"

被称作雪意的白衣少年无奈地看了斗嘴的二人一眼,目光转向几丈开外那孩子。孩子身前不知何时站了位黄衣人,那人背对着他们,黄衫宽袍大袖,笼住纤长身量,发似鸦羽,未绾,亦未束,故而仅看背影,颇有些雌雄莫辨。雪意上前几步唤了声:"尊上。"

终于停止斗嘴的青衣少年霜和与玄衣少女菁蓉亦随之上前,那人自然听到了,却只是微抬右手向下按了按,是让他们都退下的意思。流云广袖中露出一点指尖来,冰雪似的极白,极纤雅。绝不是成年男子的手。

那人在那孩子跟前蹲下身来,似乎在打量他,然后开了口:"小乖。"是少女的声音。那声音如同春水流淌进春山里的一团浓雾,极软,极动听,却又带着一点雾色的缥缈,不真切似的。

孩子有些茫然地望着她,像是并不明白她口中的小乖指的是他。她却似乎很喜欢这个称呼,再一次唤他:"小乖,"伸手摸了摸那孩子的头,"你愿意跟我走吗?"

兴许嗓子被烟火熏伤了,小小的孩子,说起话来,童稚的嗓音竟有些哑:"我不,"他抱紧手中的小弯刀退后了一步,"我要去找我阿爹阿娘,我要和我阿爹阿娘在一起!"

"这好办,"她回道,"你的部族已经亡了,你阿爹阿娘也去了,我们可以带着你爹娘的骨灰一起走。"

孩子听懂了她的话,这时候才知道部族已亡,双亲已逝,他蓦地睁大了眼睛,有些不知所措,双眼一红,豆大的泪珠便顺着脏兮兮的脸颊滚落下来。他抽泣了一声,却又立刻忍住了,彷徨地望着眼前的神祇,然而眼泪却不停地往下滚落。

她有些惊讶似的:"为何哭成这样?"

孩子年纪虽小,却已晓事,悲伤得无法言语。她转过身来,看向身后站成一列的少年少女。说是"看",也不尽准确,因她脸上覆着一张极精美的青玉面具。面具挡住了她的面容,旁人自然也看不清她的目光所向,只是见她面向着三位随从,仍旧好奇难解似的:"我也知人有七情,但从不知孺慕之情竟至如此。"又像是觉得那孩子哭得可怜,"你们有办法让小乖他不再伤怀吗?"

离她最近的菁蓉一脸愤愤,神情中现出委屈:"小乖小乖,尊上何时唤过我小乖!"一跺脚转身跑了。

霜和望着菁蓉的背影,一时倍感震惊:"这……她居然跟个小孩子争风吃醋!"转头一看,尊上让他们哄孩子,跑了一个菁蓉,只剩他和雪意,他被点名的几率太大了,赶紧先一步道,"尊上,我可不会哄孩子啊,我是朵莲花,也不懂人族的七情,"试探着提了个建议,"兴许我们让他哭一会儿他就好了?"

黄衣少女转脸向那孩子,回他道:"你不想哄小乖,那便去哄阿蓉吧,两人中你总要哄一个。"

她这厢话刚落地,那厢霜和已不顾一切地奔到了孩子身边,抱着他就开始和他玩举高高。孩子只想一个人静静伤心,被少年折腾着在半空中忽上忽下,半点没觉得趣味,伸手只想把少年挠得一脸花,可小胳膊小腿又够不上,气得眼泪流得更凶。

雪意陪着少女在一旁看着,两人皆没有出手阻止。半晌,雪意柔和道:"尊上初见殷临、我和霜和时,便为我们赐了名,这孩子将会是您的第四位神使,照理说今日也当得您赐名,尊上想好给他起什么名字了吗?"

少女微微低了头,一缕黑发滑落至脖颈处,那一段纤长的脖颈被那鸦羽般的黑发一衬,白得近乎透明,她想了想,而后轻声道:"他是人族盼望了多年的光。昭曦是光的意思,从今以后就叫他昭曦吧,帝昭曦。"

那孩子正被霜和抛到半空,像是听到了她的说话声,费力地扭头向她望来。

这一段记忆也正好于此时消弭。那辽阔的原野、原野之上快要被荒火焚尽的人族部落,以及萧瑟烟尘里一尘不缁的神祇们,皆似投在水中的影,水波一漾,那影便散了。

三殿下知道,他看到的是帝昭曦初遇祖媞神的情景。那黄衫少女既被霜和与雪意呼为尊上,必然便是祖媞。其实说来奇怪,大洪荒及远古时代羽化的神众们,几乎都能在东华帝君的藏书阁中被寻到绘像,但唯有这位祖媞神,便是翻遍史册,也难以寻得她一幅清晰绣像。唯一的一幅背影图,还是来自两万年前。

彼时九重天重修史册,因祖媞神献祭混沌以使人族得以于凡世安居之事着实是桩大事,天君下令史官务必将此场景绘为画卷收录史册。修史仙官们沿据过往仙箓宝册的记载,穷尽想象绘出了彼时场景,然着实不敢冒犯祖媞神的神姿,故齐跪在东华帝君的太晨宫前,请与祖媞神同世代的帝君落笔绘出祖媞姿容。怎知帝君竟道他也从未见过祖媞的真容,让他们随便画画得了。史官们当然不敢随便画画,据说是以三殿下的母后作为参考,揣摩描绘出了一个祖媞背影,大祭大拜后收入了史册。

如今见之,当初史官们费尽心思绘出的背影,和本尊竟全然不同。其实照三殿下所想,他也认为那些史官们揣摩得没错,这位诞生于三十万年前的光之神、真实之神,着实应如他母后一般大气端然、庄重秀丽,且有些年纪了。他的确没想过她会是位少女。虽见不到她的面容,但观她的体态,听她的声音,若照凡人年纪来算,不过二八豆蔻年华。这多少令他有些惊异。

然不及他多想,帝昭曦的识海里,先前那段记忆消弭之处,第二段记忆已接踵而至,在三殿下眼前徐徐铺开。

是一处极高阔的洞府,洞中玄晶为顶,白玉为梁,明珠似星辰散布于梁顶之上,葳蕤生光。已长成半大少年的帝昭曦手捧一只天青色美人觚,缓步于青玉廊间。愈往里,珠光愈暗淡。

在一副水晶帘前,少年停下了脚步,压低声音道:"菁蓉君,你要的嶓冢之水我取来了。"言毕候了半晌,内中却无人声应答。

少年低垂着眼,再次出声:"那我将它放进殿中了。"

他伸手撩开水晶帘,垂首跨进殿门,将玉瓶置于殿中一处珊瑚桌上,方抬起头来,似想再说点什么,然这一抬头,却整个人都怔住了。

数步开外,一道鲛纱隔出一方净室。砗磲制成的浴池里,有美人正浴于池中。鲛纱轻薄,美人靠坐于池壁,白致的手臂裸于池沿之外,懒倦地撑着额头,似在小憩。即便浴时,脸上面具亦未卸下,不难猜出她是谁。

然而，即便她戴着面具，也不损浴中美态。高绾的漆黑的发，薄如蝉翼的雕着繁复花纹的诡丽面具，砗磲与明珠的柔光之下洁白如雪的脖颈、锁骨和手臂，穿过大红的鲛纱，透出一种朦胧的近似迷乱的妖异。

少年昭曦着魔一般向前走了几步，步伐竟很凌乱，鲛纱之后小憩的少女终于醒了。"昭曦？"声音里既无尴尬也无惊慌，只是有些讶异，"找我有事？"她仍然保持着那个姿势靠坐于池壁，微微转过头来，"你先出去等我片刻。"

那温软的嗓音像是立刻解除了少年头顶的魔咒，他突然清醒过来，但这清醒却带给他慌乱和无措。少年赶紧转过身去，在她再次疑惑地叫他昭曦时，面颊腾地绯红，来不及回答她，已迈步落荒而逃。

逃出寝殿的少年只顾埋头走路，不料迎头正撞上往洞中来的菁蓉。菁蓉稳住他的身形，不客气道："有妖魔鬼怪在背后追赶你吗，你走得这样急？"又看向他手中，"我让你帮我取的嶓冢之水呢？"数落道，"你别以为我是在使唤你，我这是在历练你，你一个人族，本来资质就不好了，不多历练历练，怎么好意思做尊上的神使啊，你可上点心……"

少年蹙眉打断她："我已经将嶓冢之水放进你寝殿了。"

菁蓉愣了一愣，喃喃："尊上的浴池最近引天水养着蛇含花，她此时应是正在我殿中沐浴……"她猛地伸手握住他的下颔，迫使他正脸看她，那一双娇俏的杏眼蓦地喷出火来，森然道："你看见了？"

少年反手将她的手打落，不卑不亢睨视着她，若那张清俊的脸未染红晕，大约会更有气势，他反击回去："尊上不是你的所有物。"

菁蓉看了他好一会儿，冷笑道："你也喜欢她。"

少年脸上红晕更甚，却冷声道："不和你相干。"

菁蓉彻底被他激怒，咬牙道："我劝你收了这心思，这是为你好，她自光中来，注定了一生无情无欲，趁着尚未泥足深陷，你回头还来得及。"

少年亦恼怒起来："这话为何不对你自己说？"

短短一句话竟像是触到了菁蓉的痛肋，她脸上似笑似哭，纤细的手指直要点上他的鼻梁："你！"她恨恨道，"不知好歹！"一跺脚跑了。

少年蹙眉看着她的背影，不知何时，雪意站到了他身旁。昔日的白衣少年如今已是稳重青年的模样，说起话来依然淡雅和煦，雪意叹了一声，向他道："别看菁蓉平日里娇蛮任性，你是她看着长大的，她心里一向是待你好的，这一次，她也真的是为了你好。"

少年似乎没有想过深埋心底之事竟会一下子被两个人撞破，垂着头极是尴尬。

雪意停了一阵，问他："你可知，光神最初是没有性别的？"

少年震惊地抬起头来。

雪意接着道："光神四万岁成人，成年之时方可选择性别。菁蓉遇上尊上时，尊上尚且没有性别。菁蓉貌美，天上地下难得一见，尊上想将她从嶓冢山迁至姑媱山，菁蓉提了许多条件，尊上都一一答应了，包括从前霜和所说的一生不得以真颜示人这一条。"他叹了口气，"我们后来才知道，这是他们菁蓉一族的族规，丈夫在遇到妻子之后，一生只能让妻子看到他的真容。所以菁蓉是将尊上当作丈夫看待的，初遇上她时，便一心想等她成年之后变作男子，好娶了自己。"他看向少年，"菁蓉她是在尊上化性之前就喜欢上了尊上，她从没想过尊上会选择当女子，但即便尊上成为女子，她也无法再抽身，早已泥足深陷，所以你方才斥她劝诫你的那些话不如留给她自己，这话，很伤她。"

少年有些无措："我……"他微微垂了头，"我并非故意，只是……"大约生来就不是能在人前低头的性子，终归没有将那句话说完整，反有些踟蹰地问雪意道，"尊上那时候，为什么要选择成为女子？她既无七情亦无六欲，想是成男或成女于她而言都没什么所谓。"终归是介意，抿着唇，声音极低，像是说给自己听，"她那样宠菁蓉，

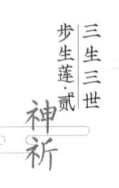

为了她而成为男子，又有什么不可以呢？"

雪意沉默了片刻："你说得其实没错，她生来无欲，心不在红尘，故而成男或成女于她而言原本没有什么区分。但，"他缓声道，"在她成人的前一年里，有一晚，她做了一个梦。"没有让少年久等，他娓娓道来，"那是个预知梦。她在梦中看到了几十万年后，她将嫁给一位男神，为那位男神孕育后嗣，因此在她成人之日，她依遵天命，选择了成为一位女神。"

少年似乎蒙了，一脸空白，血色渐渐自脸上褪去，他喃喃问："那位男神……是谁？"

雪意摇了摇头："她没有同我说，我只知道，那位神祇要在数万年后才会降生。"

少年扶住一旁的洞壁，似痛非痛，似嘲非嘲："我只知天命管的都是大事，何等可笑，天命竟还管神众的姻缘吗？"

雪意叹了口气："天命不管姻缘，尊上的预知梦预知的也从不是小事。我猜，因天命需要她作为光神与那位男神结合，以诞下维系这天道循环的重要后裔，故而才会在那时候给她预示，让她成为女神，以待她命中注定的郎君。"

随着雪意的话落，明光葳蕤的洞府远去，洞府中的白衣青年与玄衣少年亦随之远去，第二段记忆也在此处结束。

三殿下进入帝昭曦的识海，并非为了打探他的私隐，看到此处，其实有些百无聊赖。大约是忆川之水正慢慢起作用的缘故，那些记忆碎片犹如夕阳映照于海面的粼光，片片浮于识海之上，顷刻之间升至半空，化作团团封冻的磷火。

三殿下试着解冻了其中一团火焰。

第三段记忆中，帝昭曦已是青年模样，与现世的季明枫别无二致，可见已不知多少年过去了，但祖媞的身量和打扮竟依旧如初。

正是黄昏时候，二人立于一方山瀑之前，似已说了好一阵话，但这段记忆却是从这场谈话的半中部分起始。

山瀑淙淙之中，不知祖媞说了什么，青年昭曦面色隐忍，垂在身侧的手指紧握成拳，好歹声线尚算平稳："你想要了解人族的七情六欲，是因你曾梦到的那位神祇是吗？雪意说你当初之所以选择成为女子，是因做了有关他的预知梦。"俊秀的青年终于没能忍住，上前一步，咬牙问道，"在那梦里你究竟看到了什么，竟让你想要放弃这天生无所欲求的神格，反而想方设法要去追求一个人格？"

那看上去总是超然世外的光神像是愣了愣："雪意话太多了。"但也不像是生气的样子，她似乎想了想，"我并没有想要放弃神格，只是想再修得一个人格罢了。"她不紧不慢，"届时人族安居，我也完成了使命，此后将如何修行，上天着实也管不到此处，少绾和谢冥都很靠得住，一切都会安排妥当，让你从旁照看，只是希望这桩事能万无一失罢了。但是，昭曦，"她转过头来面向青年，"我告诉你这些，你却是这个反应，是想让我后悔告诉你此事了，是吗？"春水似的声音里并无质问之意，却让青年白了脸庞。

半晌，青年苦涩道："我的心尊上从来就知道，特地告诉我你将为了别人而修习七情，不过是为了让我死心吧。蓿蓉君，还有我，我们在你身边数万年，你也不曾对我们……"他蓦地愤然，"那人又何德何能，他甚至尚未降生，因了天命，尊上为他化为女身还不够，难道还要为他染上人欲七情，彻底污了这无垢的光神之魂吗？"

她面向着远方，一时没有说话，许久，她突然道："你方才问我，在那段预知梦里我看到了什么，是吗？"她停了停，"我看到宫室巍峨，长街繁华，也看到大漠戈壁，遐方绝域，而他为我踏遍山河，辗转反侧，心神皆郁，愁肠百结。然后终于有一夜，他寻到了我，告诉我说，他喜欢我。这里，"她抬起手来，依然是一身宽袍大袖，指尖自流云纹的袖边露出一点，轻轻点在胸前，"在他说出那句话时，很重地跳了一下,突然漾出五味,那滋味不可尽述,却令我流了泪。我不知那是何意,但究竟那是何意,我却极想弄清楚,否则夜复一夜,不能安眠。"

她的声音一向便有些缥缈,此时更是如同一个幻梦,但对青年来说却真实得可怖似的,像长刺的蒺藜,扎得他疼。他喃喃道:"我……"

她却将手向下按了按,制住了他想要出口的言辞,继续道:"所谓无所欲求,说的是不执着,那一晚之前的四万年,我的确称得上无欲无求,我对万事都不看重,不执着,可那一刻我却有了执着心。虽是天定的命数,可日复一日,直至今日,我内心里,却是期待着数万年后和他相逢,也期待着弄清楚那一夜那心动是何意,我所流的那些泪又是什么意思。所谓光神的无垢之魂,自那一刻起,便已染了尘埃了,为何不是为你或者为蓍蓉而染,偏是为一个梦中人而染,你拿此题来问我,我却也无解,你明白吗?"

青年脸色煞白,用力地闭上了眼睛,良久,他惨然道:"我竟无话可说。"

而就在此时,二人面前的山瀑忽化作一个巨大的浪头,瞬息之间,两人已消逝于浪头之中。

帝昭曦的识海之上,忽有玄晶高墙拔地而起,将记忆的磷火隔挡于高墙之内。高墙之上顷刻架起了万千弓矢,三殿下反应极快,一个闪身,在箭矢奔袭而来之前退出了人主的意识,徒留下身后箭矢浩浩荡荡,将人主的识海搅动得水暗天昏。

而寒冰榻上,早在第一滴忆川之水入喉之时,昭曦便醒了,只是所有的精力都用来看顾那些被忆川之水润泽后、似春笋一般破土复苏的记忆之籽了,故而虽察觉到了连三潜入了他的意识,一时却也无力筑起心墙,将他阻挡于识海之外。

眼看更多的秘密就要暴露于人前,他终于蓄足精力夺回了自己意识的自主权,在那一刹那,进入轮回前的数万年记忆、轮回以来的这十八万年的记忆,以及此世今生作为季明枫的记忆,这所有一切破土而出成为磷火的旧日光阴,忽地化作了一片宏大的光,回归并凝合在了黄金盔甲所覆盖的这具躯体里。

昭曦想起了一切。

在连宋不曾看到的他的记忆中,他曾觑见过祖媞的真容,那世间难见的美貌使他震动倾倒,令他愈加深陷进这段没有结果的爱恋。

后来,在临近若木之门开启的时日里,他再次听祖媞提及了那位令她动了尘心的神祇,她说他会是新神纪的水神。可少绾涅槃,若木门开,人族徙居,祖媞献祭,九天之巅墨渊封神,新神纪开启,他等了三万年,带着嘲弄和不甘,想看看她一心等待的水神将何等不凡,但水神之位却空待了三万年。

再后来,在没有她存在的这个世间,他待得烦了,甚至开始怀疑她是否会真的再化光复生,他难以挨受寂寞的枯等,于是将仙体留在了他为她修建的墓冢里,转身去了冥司,入了轮回。

再再后来,便是浑浑噩噩的、无终的轮回。那为八荒期盼了数万年的水神也终于在这期间得以降生。而在他不知第多少次作为凡物轮回的旅途中,他同彼时尚且年少的水神是有过一面之缘的。那时他却无知无觉,竟忘了曾想要同少年一较高下的不甘,那一小段记忆,也只作为一枚小小的碎片,散落于他数千世的轮回之旅中罢了。若非忆川之水,怕是此生再也难以重拾。

如今,一切都很明白了。成玉便是祖媞。而水神,是连宋。

其实,自己和尊上终归是有缘的,他想,否则他二人怎能在这茫茫轮回里于千万亿凡人之中相逢相识呢?

七千七百二十四次转世,他在这轮回中混混沌沌飘荡了这样长的光阴,如今,终于等到了她的复生。

但,既然是他和她有缘在先,上天却又为何在此时让水神临世?

回忆过往,他确定连三绝不知成玉的身份。那么这位水神将他自轮回之中唤醒，且趁他不能反抗之时进入到他的识海之中探看他的过往记忆，究竟是想要知道什么呢？

他慢慢睁开了眼睛。

"水神。"兴许数万年不曾使用过这具身体之故，嗓子锈住似的，嗓音有些哑。他动了动关节，国师欲上前搀他，被他抬手挡开，自个儿撑身坐了起来："我着实没有想到，"他看向几步开外坐在一张玉桌旁的白衣青年，"新神纪之后，让天地等待了数万年的水神，竟是你。"

作为季明枫时，他便极不喜他，而今往日记忆复归，情敌相见，更是眼红，他冷然道："当日若木门开，人族徙居至凡世，祖媞神和你们的墨渊神曾重新确立天地的秩序，严令八荒之神无有天命不得入凡与人族相交，而今水神阁下竟在凡世如此肆意妄为，不知却是遵了何等天命？"

他先发制人，说的并非只是连宋入凡与凡人相交之事，更有连宋唤醒他这桩事，他一概地将它们定义为肆意妄为，因他知晓连宋唤醒自己必然有所图谋。而他要让这位水神明白，即便是他费了心思使他回复了正身，他也不承他的情，非但如此，他还可以问他的罪。因此，若他足够聪明，便不要妄图以此人情相胁，从他这里交换什么了。

年轻的水神目光中透出了然，显然是听明白了他话中之意，却淡然道："人主已有数万年不曾监管过人族之事，那便是不再称君于人族，既然如此，那天地或凡世，乃至本君之事，尊者还是不当过问得好。"

昭曦蹙眉，作为季明枫时，他多少领略过连三的脾气：傲然自我，不好相与。可此次是连三有求于他，按照常理，不说向他低头，待他客气一些才是应循之道。"阁下有些狂妄了。"他斥道。

青年唇角抿起了一点笑，不以为意似的："尊者嗓子不好，就不必再同本君绕圈子了。"他漫不经意扣着桌上的茶托，并没有什么尊老爱幼的意思，偏他气质平静疏冷，倒将一身锋芒都掩去了，看起来居然是个讲道理的样子，"唤醒尊者并非是为了帮你，故而你不必多虑，本君也不觉你欠了本君什么情。唤醒你,"茶托嗒的一声,"是为了同你做一笔交易。"

昭曦忽有不妙预感,他试着运了运力,果然感到灵脉不通,四体凝滞。这才明白面前这人在为他凝魂换体之时封印了他的法力。空有人主之魂和不灭仙躯,却无丝毫法力保护它们,这是一桩不可想象之事。连三的确可以同他做交易,他的筹码很足。

做了数万年受人尊崇的姑媱山神使,无须说人族,便是神魔妖鬼四族,也从没有人敢触他的霉头,今日竟在连三身上栽了这样的跟头,昭曦第一反应是愣住了。他再次运力,身体却依然无所回应,双肩一下子倾颓,他倍感狼狈,再好的修养也忍不住愤慨:"新神纪的神族们可知,他们盼望了多年的水神却是这样一个乘人之危的卑劣人物?"

被他斥作卑劣,青年也没有什么喜怒:"八荒皆知,本君是不太好打交道。"他微抬了抬眼皮,"可喜的是,有一桩尊者必然知晓之事,本君亦想知道,只要尊者将此事告知本君,从今往后便再不需同本君打交道了。"

这算什么可喜之事,昭曦按捺住心中怒意:"你方才用藏无探过我的记忆。"他明白过来,蹙眉疑惑,"你究竟想要知道什么?"

青年的手指依然扣着茶托:"祖媱神的下落。"

六字入耳,昭曦脑中蓦地嗡了一下:这人竟发现了尊上复生之事;他果然不知成玉的身份;但他为何要寻找尊上,难道他已得知了尊上和他那段命定之缘?

许久,昭曦开口,嗓音发寒:"你和她……你知道了……"他猛地打住,"你,如此处心积虑寻觅尊上下落,目的何在?"

青年看了他好一会儿,若有所思:"看来尊者不欲让本君知晓的事还挺多。"但他也并不对此感兴趣似的,不再就此多言,只道,"祖媱神虽复生了,但未归正位之前形魂皆弱,无须本君言明,尊者作为她的神使,自该知道天地间有多少人觊觎她吧? 本君如今,不过是想做

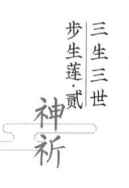

一桩好事罢了。"

都是聪明人,话不用说得太过寡白,彼此便都能了解对方之意。确然,天地间对祖媞心怀不轨者众,可如何确保眼前的青年不是其中之一？目下有殷临守在尊上身边,她其实不会有事,但倘若让这位水神知晓了她的身份,又会生出多少枝蔓……念及此,昭曦微微肃神:"尊上乃无垢之光神,世间打她主意的不良之徒的确甚多,对此尊上也早有预料,因此才会点化我们四位神使常侍在她左右。保护尊上是我们神使之职,便不劳水神费心了。"

"尊者怕是理解错了本君的意思,"玉桌旁的青年勾了勾唇角,似乎是个笑,但因面色淡然,只是唇角微动,那笑便显得有些怠慢,"关于护佑祖媞神这件事,本君并不是在征询尊者的意见,本君是在同尊者做交易,"言辞不疾不徐,话中威压却深,半点不给人面子,"交易的意思是,只有让本君帮上这个忙,尊者才能拿回你被本君封印的法力,尊者并没有选择的余地。"

昭曦并非容易被人激怒的脾性,奈何青年气人的本事高超。"你这黄毛小儿,"昭曦寒声相斥,"安敢迫我辱我至此？！"

青年根本不当回事:"本君对尊者,已算很礼貌了。"他似突然有了一点额外的谈兴,"平日里当本君想要强迫人的时候,喜欢将人用捆仙锁锁在石柱之上用刑。"食指不置可否地敲着手中玄扇,"九重天上处罚犯错的神众,并不只有粗蛮的天火和雷刑,也有一些复杂精致的刑罚,刑司没人掌管的时候,本君兼过几十年主事,对每一项刑罚都有研究。"

这是个威胁。

"你……"昭曦捂住胸口,被气得仰倒,如果法力在身,势必立刻要和他厮打起来,然形势如此,只能强行忍住,"无知竖子,"郁气终是难咽,他冷笑,"你就没有听你的前辈神尊们同你提起过,人主帝昭曦是个软硬不吃的硬骨头？若是认为酷刑加身,我便能对你言听计从,你尽可试试！"

青年考虑了片刻，笑了笑："本君方才想了一下，也没有试的必要，尊者同本君，其实不必走到那一步。"他淡然道，"天道所限，本君不能无故诛仙，尊者既不惧酷刑，用刑到最后，本君其实只能将你放了。但若你我走到那步田地，尊者身上的封印，本君是绝不会动手帮你解了，你便只能等到祖媞神归位那日让她帮你解印。"他看着他，目光沉静，"但没有法力护持仙魂仙体，你能不能活着等到那日，会是一个问题。"

昭曦心中发沉，他缓缓道："我不信这世间只你和尊上二人能解开此印。"

"你说得对，"青年淡淡回答，"其实洪荒上神们皆可解此封印，但此印乃我所下，他们不会惹这个麻烦。"似看出了他心中所想，青年补充，"你的那些同僚神使们，譬如殷临，便不用指望了，他解不开。"

悬在半空的心直直坠下去，昭曦整个人都震了震，这一刻方明白，面前这忾人本事已臻化境的白衣青年，不仅是傲慢难搞而已，无论是心性、手段还是修为，都不可小觑。是他方才轻了敌。

因祖媞之故，他的确对连三不满，但他内心深处其实是倨傲的，从没有将这位新神纪之后才降生的年轻水神看在眼中。他有时会控制不住嫉恨他，但也不过嫉恨他的天运罢了，他从不认为这年轻的神祇能在神力之上胜过自己。虽是天地同盼的水神，天资或许极高，但天资再高，年岁摆在那里，修为能有几何？

然而，就是这样一个在他看来如同黄毛小儿的年轻孩子，在他身体里种下的封印，竟然唯有洪荒上神可解。他生生给他制造出了一个软肋，而他竟的确不得不受制于此。

他压下胸中的浮躁和郁怒，抬首打量面前的青年，第一次生出了忌惮之心。

许久，跌坐于榻上的昭曦认命似的闭上了双眼，万般念想飘过心海，他终于选择了让步："今次是我技不如人，我认了。"他才苏醒不久，精力本就不济，与连宋对峙到此时，选择认输的一刻，心中绷紧的那根弦猛地断裂，面色便显得颓然疲惫。他停了一会儿："既然你说这是一桩交易，那应该还有商议的余地，对吧？"

青年颔首："自然。"

他静坐了许久："我有两个条件，若你答应这两个条件，我如你所愿。"

青年满意于他的屈服，大约也意料到了他会另有要求，抬了抬手，示意他讲。

他缓言："第一条，你需立下噬骨真言，永生不会伤害尊上。"噬骨真言乃大洪荒时代的一种咒誓，立下誓约之人若违背誓言，将受天火焚骨之痛，一日被烧上一次，直至仙骨被天火焚尽，惩戒才算止息，是令人闻之胆寒的毒誓。

青年没有立刻对这立下恶誓的条件表达态度，只道："第二条呢？"

"第二条，"昭曦顿了顿，"是我的一点私事。"他迟疑了下，是不惯将心事宣之于口的踌躇，但那踌躇只是一瞬，他坦言道，"今生我在这尘世之中还有一段缘分未了，需要你成全，"话既开了头，也没有那么不容易道出，他流利地继续，"你一心执着于护佑我姑媱之主，此间凡世尘缘，应该不太在意。但我身为人族，天生便比神族更重七情，断然无法舍弃已在此间结下的缘分。"他看向青年，直言相告，"我心悦红玉郡主，作为季明枫时如此，如今虽复归为人主，悦她之心亦然。我欲求娶她，但阿玉对你显然很是亲近依赖，因此我需要你立誓，在阿玉有生之年，绝不再出现在她的面前。"

洞中静极，青年许久没有说话，这情形与他们方才很是不同。适才无论他说什么，青年总能立刻有所反应，游刃有余地将他逼至下风。漂亮的年轻人，生得万事都不在眼中似的傲然淡漠，又极有城府，话不多,却句句戳人肺腑。他真是讨厌他。此时见他面色空白,似僵住了似的,昭曦心中竟有些痛快。从苏醒到目下,在这青年面前他一路狼狈,此时,才终于找到了一点居于上风的从容之感。

他凝视青年片刻:"据我所知,你原本便在躲着阿玉,我只是希望你今后也能一如既往,这对你而言,应该不难。"

洞府中原是以巨烛照明,有风拂过林中,树叶沙啦作响,那风幽幽荡进洞里,缠绕上烛火,一股至死方休的劲头。烛光不耐缠绵,倏然熄灭,洞中一时暗极。青年开口:"即使我再也不出现在她面前,她也不会喜欢你。"没有再故意惹人生气地自称本君,但嗓音中也听不出什么格外的态度和情绪。

这句话自然令昭曦不愉,但不知为何,青年语声虽淡,他却能感觉他也未必好过似的,因此压下了反唇相驳的欲望,只淡声道:"她喜欢不喜欢我并不重要,她心肠软,我以精诚待她,终有一日令她金石为开亦未可知。水神不是一向不爱兜圈子吗,此时为何纠缠这些不相干的事,我只想知道你会否答应我的要求。"

一直站在角落里没什么存在感的国师点燃了靠近寒冰榻的一支白烛,洞中终于有了光。国师掂量着火折准备点下一支时,不知看到了什么,怔然收了手,重新立回了角落。

洞中此时仅有一支烛火照明,远离床榻的玉桌和玉桌之旁的青年被笼在了一片阴影中。看不见暗影里青年的表情,只听他忽地开口:"过去的数十万年中,尊者不是都思慕着祖媞神吗,为何此生便非成土不可了?"

昭曦一窒,他对祖媞之心从未变过,不仅未变,数十万年的执念还使得渴慕她成了一种本能,让他即便忘怀一切转世重生,亦会对她动心生情。但当然不能将这一切坦白给青年,因此他只是微讽地抿了抿唇角:"你不是从我的记忆中看到了吗?她不可能接受我。当然,"他淡淡道,"也有更多你并未看到的事,所以你不知道,我早已明白我与她之间有天堑鸿沟，我生于人族，是个凡人，其实本该匹配一个凡人。"

"匹配一个凡人。"青年重复了一遍这六个字，声音里有了情绪，冰似的冷，"但你可知你虽生于人族，却并非普通凡人，你拥有漫长的寿命，与神无异。"语声自阴影中来，便也像覆着一层阴影似的，"而你竟然说你要精诚所至，让她金石为开。若她果真爱上了你，然后，你要怎么办呢？"

昭曦从不认为自己是个糊涂人，此刻却也不太懂青年是何意，他皱眉道："然后，我自然是要娶她，与她相守。"

听闻他的答案，青年像是觉得他极为幼稚可笑似的："尊者是因轮回得久了，故而连目光也变得短浅了是吗？让我来告诉你，然后会怎样。然后，"他语声森寒，"不出二十年，她会发现自己日渐衰老，你却青春仍在。于是终有一天，她明白了你是神，寿命无终，她根本无法与你长相厮守。届时你猜她会如何？"

昭曦没有立刻回答，青年所做的一切假设，都建立在成玉是个凡人的基础上。但她并非凡人，若他果真能让她爱上他，何愁二人无法相守，他需要担心的只是待她回归正位后将依然选择天命，但即便如此，那又如何呢？他有些走神。

"她会很痛苦，"青年不在意他的走神，也不在意他是否回答，"她不会接受只能与你有一世之缘，故而待她百年后进入冥司，她会拒绝喝忘川水，会选择带着记忆挣扎在轮回中。然后，在反复的轮回里，于她而言，永远有三分之一的时光在成长，三分之一的时光在衰老，每一段人生，她都有三分之二的时光沉浸在和你不般配的痛苦中，为此受尽折磨。"那冰寒的语声中更添了一层阴郁，"你觉得她能为你坚持几世，你，又能眼看着她痛苦几世？"

这原本是不需要思考的问题，因这一切根本不可能发生，但若成玉果真只是一介凡人……昭曦蹙眉："为何要让她轮回，为何不助她成仙？"

"好问题。"青年笑了一声,"尊者不是很熟悉新神纪后天地的秩序吗,难道不知人族修仙,历尽磨难铸得仙体后,需断绝七情灭绝六欲方可得证仙籍?"他显得极厌憎又极不耐烦,"你难不成还梦想着能与她在九天之上共结良缘?"

昭曦没有说话,双目凝向青年静坐之处,然后站了起来,手扶着半人高的烛台,将唯一的烛光移到了洞府正中。

明光终于够到青年所在之处,于瞬息之间驱散了笼罩着他的暗影,昭曦终于看到了青年的脸。其实同先前并没有什么区别,依然当得上"古井无波"四个字,只是此时古井之上有潇潇雪下,青年的眉目之间含着冰。

昭曦一瞬不瞬地盯着他:"我其实有些好奇,这些话,你是说给我听还是说给你自己听,这些问题,你问的是我,还是你自己?"然后他看到青年执扇的右手猛地一握,带得扇柄向下一压。

有光,果然很好,昭曦想,这嚣猾青年的内心似乎也不再那么难以揣测了。他了然道:"你喜欢她。"可得出这个结论,他自己都不太相信似的,不可思议地重复了一遍,"你居然也喜欢她。"

连宋如何待成玉,作为季明枫时,昭曦一直看在眼中。的确,有一阵子连宋很宠成玉,对她几乎有求必应。大约也正是因此,成玉才那样黏他。那时从冥司归来,一度,昭曦觉得自己无论如何也再不能赢回成玉的心意了。但令他没有想到的是,连宋会开始疏远成玉。

他比成玉更明白这世间之事。知晓世间有那种风流纨绔的男子,女人于他们而言不过玩物调剂,他们易为貌美的容颜动念,但着实没有长性。他深深以为,连宋亦如是。成玉生得那样,即便是连宋,为她的容貌所吸引也很说得过去。但薄幸的纨绔们历来如此,再美的容颜,也不过能让他们新鲜片刻、驻足 时罢了。

平安城中早就流传着连宋的风流之名,他新鲜够了,腻了她,故而疏远了她,这其实说得过去。在成玉为此纠结和痛苦的那些时日里,

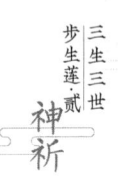

昭曦一方面恨连宋欺骗玩弄于她，另一方面却又隐秘地为此而感到庆幸。

但所有这些关于青年的不堪设想，居然不过是他满含偏见的揣测，被他视作纨绔的水神，竟真心地喜欢着成玉，那些疏远躲避她的行为也并非是腻烦她后的伎俩，而是因仙凡有别，这才是水神的真心。

昭曦却无法接受这样的真相。若连宋果然爱着成玉，自己便不该欺瞒他成玉的身份，且为了成玉好，他还该竭力促成他二人的缘分。但，他又如何甘心呢？他揉着额角，尝试着说服连宋，也说服自己："不对，你并非真正地喜欢她，真正喜欢一个人不是……"

青年却打断了他："我们已经说了太多的题外话。"像是有些厌倦似的，"这些话说得再多也不会有意义。"那凉薄的唇绷成了一条直线，烛光之下，唇色极淡，因此显得分外无情，"你的要求我全都应允，我可以永远不出现在她面前，不过你最好也不要再去招惹她。"他抬起眼帘，"现在你可以告诉我祖媞神的下落了吗？"

昭曦重重按了一下太阳穴："你不是确信就算没有你，阿玉也不会喜欢我？此时又何必多此一言，让我别再去招惹她？"

青年勉强忍耐似的冷声："随你。"

昭曦放下手指，目不转睛地看向青年。他的确并非真正地喜欢成玉，他想，否则怎会答应与她永不再见，如此轻易地向自己妥协。既然如此，那即便选择瞒骗于他，也不算因一己之私，阻碍一段良缘了。

他停了一会儿："当日尊上献祭混沌后，曾留下一口灵息，灵息化为了一枚红莲子。她曾说过，以昆仑虚中的灵泉浇灌莲子，只要浇灌得法，莲子将会很快长成，再世化神。"

"因此我将莲子送去昆仑虚交给了墨渊上神。墨渊上神将它种在了南荒，至我入轮回之时，未曾听说那枚莲子是否长成，而今它如何了，我却不知。"

每一句话都是真话，便是连宋有意挑错也挑不出什么，这的确也可算是祖媞的一种下落。

但若是青年不满意，逼问他祖媞的现世踪迹，他该如何回答？昭曦在心中飞快地盘算，无论如何是不能告诉他真相的……

"原来如此。"在他尚且犹豫不决之时，青年却开了口，也听不出来是信了还是没信，但像是知晓这已是能从他口中得到的最好答案似的，他并没有尝试再多问什么，而是压了压扇端，为这一番长谈做了个了结，"此林中有一口灵泉，灵泉中泡三个时辰能涤尽浊息，尊者且去，三个时辰后本君来为尊者解印。"

直到被国师送到洞口，昭曦还有些不真实之感，他本已做好了准备，将会同这巧诈机变而又城府极深的青年再交锋数个来回，不想这事竟这样就了结了。他在洞口停了停，国师垂目看了眼他手中握着的那份地图。那是国师方才亲手呈递给他的灵泉地图。国师微咳，跟着连宋称呼他为尊者："尊者可是看不大懂这份地图？"他惭愧道，"贫道画得是简略了些，"又热心道，"要么贫道亲自领尊者前去吧！"

昭曦抬手止住了国师，转身面向洞中，看到青年仍保持着方才的坐姿，垂眼不知在想着什么，微光之下，那表情竟似冬季湖面的薄冰，寒冷、坚硬，本质却很脆弱似的。昭曦一时有些恍惚，他突然想起了曾在轮回中所见的连三。

那一夜是凡世的上元节，远处有热闹灯市，他所在之处是一个寂寞孤塘。他是一尾鲤鱼。连三是在后半夜出现在荷塘边的，与他同行的还有一位可人的青衣少女。

那少女娇声抱怨："青鹤明明说上元节时凡界做灯会，必然会展示那种极美的冰灯，可我们已去了五处凡世，都没见着那种灯，殿下，是青鹤在胡说还是我们走错路了呀？"

少年答非所问："的确，已走了五处了，你不累？"

少女嘟嘴："是有些累，可我就是想看那种灯嘛……"

少年瞥了一眼身旁的孤塘，忽地抬了抬手中玄扇，池水一震，一只凤凰蓦地破水而出。那凤竟是以池水结成，内中嵌了七彩明珠。水凤绕塘而翔，极是绮丽华美。少女惊喜地啊了一声，旋身化作一只青鸟，一鸟一凤相互追逐，在子时的夜空中嬉闹不休。

然不及少女尽兴，水凤突然化作一片急雨，飒飒坠入土中。青鸟可惜地叫了一声，重化为少女飘落在少年身旁，抱住少年的手臂撒娇："殿下不愧为水神，做出的水凤真是有趣极了，可也太不禁耍了呀，殿下再化一只给我，我还没有玩够哪……"她大胆地将唇印在少年执扇的手背上，而后脸红地偏头看他，娇蛮又妩媚地小声央求，"好不好嘛殿下……"

少年微微垂眼："再有趣也不过是个刹那就会消失的玩物，再化一只出来依然只能存于刹那，何必执着呢？"

少女紧紧挨着他，爱娇地将脸贴住他的手臂，细声细气："可知刹那也有长短，有长的刹那，也有短的刹那。"突然有些感伤似的，用脸蹭了蹭他的手背，轻声道，"就如我和殿下在一起，明知难以永恒，这一段缘分于殿下而言可能也只是刹那，但我也要抓住这刹那，还要想方设法让它长一些，因这刹那多长一尺，于我便多一尺的欢愉，多长一寸，于我便多一寸的欢愉。"她低头再次亲了亲他的手背，"即便你我之缘只有刹那，却也阻挡不了我对殿下的执着心，殿下可爱我这样吗？"

如此深情表白，又是出自如此一位貌美佳人，本应格外惹人动容，但少年却皱了皱眉头，片刻，他将手自少女怀中抽出，淡淡道："明日便回你的朝阳谷吧，你不应该待在我身边了。"

少女愣住了："殿、殿下，我、我是说错什么了吗？"方才还嫣红得仿佛蔷薇花苞一般的一张脸忽地煞白，"才、才三个月……"她喃喃道，眼泪忽然落了下来，"他们说殿下无情，我本不信，殿下明明那样温柔，可今日为什么突然……"她试着去抓少年的手，泣不成声，"殿下你告诉我，若是我、我说错了或者做错了什么，我会改……"

少年并没有躲开，任由哭泣的少女拽住那素纱袍袖："你不用改，你也没有错。"他的神态很平静，看着她时甚至很温和，"只是'刹那'二字于你而言有许多不同，于我却没什么不同，极为短暂的存在罢了，不能恒常，也毫无意义。"他递给了她一块拭泪的绢帕，是妥帖而又有风度的动作，但言辞却透着不自知的凉薄，"你坠入这梦幻泡影雾雨雷电之中太深了，却又不自知，我及早让你解脱，是为你好。"

昭曦紧握了一下右手，自回忆之中抽身。他有些疑惑为何已过去这许多年，此时回忆，少年那时候的言辞和神态竟悉数在耳历历在目。

他凝目洞内，借着白烛的光，仔细分辨连宋的面容，那曾经端庄而含着少许青涩的眉眼如今已全然长成，如诗如画，俊美夺目。年轻的水神，虽气质淡漠，但生得便是一副风流薄幸的模样，合该不将情字放在眼中，一晌贪欢后，所有的缠绵和柔情都风过无痕，自万花丛中蹚过，翩翩然一叶不沾，这才该是他。他对成玉，怎会有什么真心呢？昭曦皱了皱眉。

国师见昭曦静立于洞口不进亦不退，低声提醒道："尊者这是……"

昭曦回过神来，握着地图转身离开，走了几步，却又退了回来，站在洞口向内道："我曾经在轮回中见过你一次。"洞中的青年抬起头来，露出微讶的表情。

昭曦道："你为了逗一只青鸟开心，在上元节的夜里陪着她去了五处不同的凡世，只为寻到那少女想要看到的一种冰灯。"他眉头微蹙，唇线抿直，"你不想同我谈起阿玉，认为她是一则题外话，却表现得又像是极喜欢她。但我还是想同你说一句，你其实并没有自己想象中那么喜欢她。"像是问他又像是自问，"你待她好，甚至为了解开她的心结带她去冥司，同当年你为了让那只青鸟开心而带她来凡世，有什么

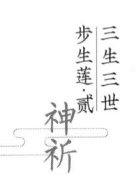

不同呢？"

青年似乎被他问得怔住了，表情空白了一瞬，但很快便变得晦暗，像是江海之上，风雨欲来："本君的私事，不劳尊者费心。"

这一回，却是昭曦不将青年的拒绝之语放在心上，两人的位置像是突然间打了个颠倒。昭曦淡淡道："包括你为了尊上，答应我将永不再出现在阿玉面前这桩事。我知道你的意思，你觉得这是为了阿玉好，是让她没有机会去爱上一个神，防患于未然。"他不禁冷哼，"真是冷静理智又无私的想法，可这只能说明你的确没有那么喜欢她罢了。因真正喜欢一个人，很难那样冷静理智，也绝不会愿意与她一生不见，那太难了。"

昭曦停了停，冷然地、执着地，却又探究地注视着青年："但我有些好奇，倘若她已经爱上了你，倘若这已经不是一件可以防患于未然的事，你会怎么办呢？以仙凡有别之名，劝她收回真心是吗？"他嘲讽地弯了弯嘴角，"毕竟你冷静理智，又很无私。"

青年紧紧抿着唇，半晌方道："你自以为是够了吗？"

昭曦转移了目光，看向洞中明光未及处的阴影："我是不是自以为是，你自当明白。"他静了一瞬，突然劝诱似的，"你还记得你那时候对那只青鸟说过什么吗？你说世间所有的刹那对你而言都没有意义。"他重新将目光移向青年，像是想要说服他，"其实，阿玉的一生于你而言也不过只是刹那，所以你同她也是没有意义的，你说对吗？"

连宋笑了，俊美面容上一个隐含戾气的笑，使得那自来平静的一张脸显得有些扭曲，却又因此而含着许多生动，竟有一种暴虐的、肆意的美。此刻的他，同那游刃有余地逼迫昭曦做交易的他，同那厌倦地同昭曦说着"本君已同尊者说了太多题外话"的他，全然不同。他敲了敲手指，面色冷酷而暴戾："一再地提醒本君那只青鸟，尊者是想要告诉本君，因本君过去曾有过许多女人，所以根本不配喜欢成玉，也不堪为她良人，是吗？"

昭曦微怔，他本意并非如此，一时无法理解连三为何会想到此处去，然他扪心自问，发现他的确也是这样认为的，他巴不得有更多证据证明他的见解：连三并无真心，连三并非良配。

他静了片刻："对，你没有资格喜欢她。所以及早从这梦幻泡影雾雨雷电之中抽身吧，"他认真地看了他好一会儿，"这也是你一意想要做到的，不是吗？"

即便站在洞外，国师也感到了洞中陡然而生的寒意，本以为是错觉，抬眼而望，蜡炬明明灭灭中，却见冰凌贴地而生，似一种优雅却冷酷的病菌，感染一切可触及之物。连那挣扎的烛火，也在瞬刹之内冻成了一柱冰焰，而在冰焰冷淡光芒下的连三一脸阴沉，神色中藏着他从未见过的怒意。

国师打了个哆嗦，匆忙之间拽住昭曦向后退了四五步："殿下您冷静，这、这，"他灵机一动，一边推搡着昭曦向后退，一边朝洞内胡说八道，"这眼看着要下雨了，月色将隐，我先领尊者去灵泉，否则待会儿找不着路。殿下今夜原本已耗费了许多法力精力，不如趁此时小憩片刻。"

那冰凌已蔓至洞口，裹覆住了就近的一株悬铃木，坚冰吞没了树干，树冠恐惧地在夜风中颤抖，昭曦深锁眉头，还要说话："你……"被国师反手捂住了口。仗着人主初醒，法力和体力均未恢复，国师近乎是拦腰拖着昭曦向密林深处狂奔。

跑了一阵，看向后方，月光之下，只有洞口两株悬铃木被封冻住了，那冰凌没有再继续肆虐，国师松了口气。

国师虽然从前对季世子不是很客气，但白季世子复苏为人主，一想到眼前这人几十万高龄，且是人族之君，国师就忍不住对他尊敬有加。然此时此境，国师不禁也有些怨言了："三殿下和郡主之事，贫道也算旁观了许久，"他叹了一声，"郡主可怜，三殿下却也是有苦衷，尊者又何必如此怪责殿下，还非要将殿下激怒到如此地步呢？"他语重心长,"尊者此时尚未恢复法力,而贫道同三殿下相比,法力堪称低微,倘若果真惹得殿下失控,最后如何了局?"最后他总结,"尊者就算对殿下有再多不满,且忍忍吧。"

昭曦闻言,转头看向国师:"我说错或做错什么了吗?"他抚了抚眉心,"我只是让他认清自己到底是个什么样的人罢了。"

国师暂时将一个好道士的自我修养抛到了脑后,忍不住参与这个情感话题,叹息道:"可贫道以为,殿下是真心喜欢郡主的。"

昭曦淡淡道:"我没说他不喜欢,"他笑了一下,笑中透出凉意,"但若你果真同他相熟,就该知道,他的喜欢不值钱。至于真心,"他嘲讽地问,"依你的真知灼见,你觉得,你家殿下能对阿玉有几分真心?"

国师默了一默。他其实也看不懂这事。他想起冥司中成玉同连宋的拥抱,以及今日连宋为成玉的失态;可他也想起了那夜成玉知晓连宋身份后,来到他府中与连宋那场近似决裂的告别。

那一夜,成玉曾问连宋他是否曾为一名叫长依的女仙散了半身修为,来此凡世是否也是为长依,连宋均回答了是。彼时成玉伤心欲绝却强自忍耐的表情,国师到现在都还记得。

国师不懂情,不知道一个人若真心喜爱另一个人,是否能眼睁睁看着她伤心。因此好半响,国师都没有说话。

见国师良久不语,昭曦自己回答了他方才提出的那个问题,他远望密林深处,淡淡道:"他对阿玉,大约有三分真心吧,不能更多了。"

将昭曦带至灵泉后,国师坐立不安了片刻,最后还是决定回洞中瞧瞧连三如何了。

甫至洞口,朦胧月辉之下,见两株悬铃木树干上的坚冰皆已化去,两树相依相伴地发着抖,似对半个时辰前那场突如其来的劫难心有余悸。

能抖得如此生动,说明还挺生机勃勃的,国师心下稍安。朝洞中探身，见一片漆黑，他心里忽又有些没底，咳了一声，未听到什么回应，他犹豫了片刻，燃起了火折子。

火光覆开，国师愣了一下。连宋仍坐在原来的位置，右手扶着额头撑在玉椅的扶臂上，微微闭着眼，寂然而平静的模样，倒的确像是在小憩。然周遭一切却像是刚经历了一场雷电过境，烛台倾倒，玉桌碎裂，壶杯四散，那座寒冰床更是化作了齑粉。

洞顶之上竟似在落雨，雨声滴答，打在国师脸上，有一种化冰的冷。国师拢着火光看向洞顶，的确是冰凌化冰。国师禁不住走近了几步，再瞧连三，才发现他衣衫皆湿。

未再感受到水神那带着强烈威压的怒气，国师也不再觉着紧张心慌了，一腔惊讶满腹疑虑接踵而至，他试探着唤了一声："殿下，"问道，"您这是怎么了？"

国师毕竟伺候过先帝那么些年，察言观色是把好手，决意若是连宋毫无反应，他就给他做个避雨的结界然后默然退出，如此也算周到了。他数了十五下，正欲捏印造界，却听连三突然开口："我在想，他说的或许是真的。"

国师捏印的手势停住了。这个"他"自然指的是昭曦，可昭曦今日说了太多话，三殿下他是觉得昭曦说的哪一部分有道理？国师踌躇了一下，问道："殿下指的是……"

连三没有睁开眼睛，仍撑着额，所以看起来像是梦语，可他的声音却十分清醒："当年九大之上有位仙子叫作长依，爱上了我二哥。但长依乃妖族，以妖身成仙，所以同我二哥断无可能。可即便知道两人没有将来，她也一定要待在我二哥身边。我有时候会想，这有什么意义呢？"

国师虽不懂男女之情，但也知人之常情，思索了片刻，回道："大约时常能见到二殿下，对于这位长依仙子，便是一种意义吧。"

便听到连三突兀地笑了一声。"是了。"他说。半晌，他继续道："我是很想她，却也能忍住不见她。所以我可能真的没有那么喜欢她。"

国师思索了好一会儿，才终于弄明白了三殿下的意思。"她"指的是成玉。他说的是成玉。

国师一时不知该回什么，火折子眼看要烧尽，他将倒在地上的烛台扶了起来，重新点燃了烛焰。这倒霉的白烛今夜三番五次遭劫，此时即便饮火而燃，得以残喘，也气息奄奄，仿佛立刻又要熄灭了似的。

那脆弱的模样，有些像连宋和成玉的姻缘。

国师突然想起了那夜成玉自他府中离去的背影。天上一轮荒寒的月，她打着他借给她的夜雪漫江浦灯笼，明明穿着厚实的狐裘披风，背影看上去却依然纤细，有些摇摇欲坠的况味。与她一道离去的只有伴她而生的、那同样纤细萧瑟的她的影子。雪光灯影，皆是孤寂，雪地上留下了一串细小的脚印。

国师一直记得那时自己的心情，他觉得那样的成玉有些可怜。今日听到三殿下说他可能真的没有那么喜欢她，当日对成玉的那种心情再次漫卷心头，善良的国师再次觉得，那倾城丽色却单薄纤细的女孩子，是有些可怜的。

# 第八章

熙朝的大军于正月初七还朝，国师随三殿下提前两日会入军中，率大军凯旋，回到了平安城。

十来日前，连三便于灵泉解开了帝昭曦的封印，昭曦恢复法力后便立刻离开了。昭曦将前往何处，他们都很明白，但连三并未阻止，也不曾过问。国师猜不透三殿下在想什么，自个儿追着昭曦到了密林边缘，告诫了他一句："你和郡主真的不合适，你不要乱来。"昭曦却只是讥诮地朝他笑了一笑，像是觉得他一个方外之人同他谈这事很是滑稽似的，不等他再说什么，已掠风而去。

昭曦离去后，连三在密林中待了三日，其间谢孤栩来了一趟。因林中洞府被三殿下给毁了之故，没有待客的地方，二人只能在洞外谈话。国师听下来，觉得这场对话的主要内容是三殿下让谢孤栩去九重天给太晨宫带个话，请东华帝君闭关结束后来凡世见一见他。

国师琢磨了一阵，觉得三殿下应该是想将祖媞神的事移交给东华帝君。国师这人，做事讲究善始善终，没有试过做到一半的事中途交给别人，不禁心生不舍。待谢孤栩离开后，国师试探着问连三："殿下这是不打算再继续寻找祖媞神了吗？"问出这话后想起来，"帝昭曦说当日祖媞神化为了红莲子，被墨渊神种去了南荒，"他方才恍然，"殿下如今不能上界，自然不便寻访，的确该将此事移给他人才是。"

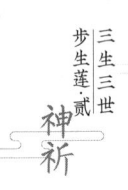

他自问自答了半天,三殿下泡在灵泉中,只微微抬了抬眼皮,纠正他道:"是祖媞的一口灵息化作了红莲子,而非祖媞化作了红莲子。"

国师有些糊涂,但他自认为自己此前听懂了昭曦的话,搞清了两者的关系:"既是祖媞神的灵息所化,祖媞神化光后在这世间又再未留下旁的什么,那祖媞神复生的所有希望,照理来说,的确只能寄托在那枚红莲子上了。红莲子便是祖媞神,祖媞神便是红莲子,似乎并无不妥。"

三殿下不置可否:"昭曦也想让我这么认为,"他一只手靠在池壁上,面无表情道,"正因他想让我这么以为,我反而觉得,灵息是灵息,祖媞是祖媞,红莲子此时不在南荒,祖媞此时亦不在南荒,祖媞即便复生,也是从光中复生,同红莲子并无干系。"

国师喃喃:"既然通过红莲子并不能寻到祖媞神的踪迹,那殿下又一直追寻红莲子的下落……"

三殿下淡淡道:"不寻红莲子,未唤醒帝昭曦,我也不知祖媞的下落竟同红莲子并无干系。"

国师窒了窒,将他们一路行来之事在脑中过了一遍,发现果然如此,然连三此时对于祖媞真身的推测已经超出了国师的智识范围。须知当国师同凡人在一起时,通常是他让凡人觉得他说的话超出他们的智识范围。国师感到了一种风水轮流转的痛苦,他半捂着脸问道:"殿下的意思是,帝昭曦骗了我们,其实什么有用的都没有告诉我们是吗?"

"也并非什么都没有告诉我们。"连三看了他一眼,"至少看他的态度,祖媞神应该很安全,用不着我多此一举施加援手。"

国师想想也是,又忆起数月前,连三按照谢孤栴送来的冥司笔记前去通衢之阵的阵点寻找祖媞线索,重返京城后,曾和他有过一次谈话,那时连三曾揣测祖媞就复生在此处凡世。

"殿下依然觉得祖媞神是复生在我们这处凡世是吗?"国师有些不

确定,"那用不用我去跟着帝昭曦? 他虽刁滑,口齿严密,但难保哪一日行止上不露出什么蛛丝马迹来。"

"不用,"三殿下仰头望着顶上那一片古树,神色中泛出一丝兴味索然之意,"我并不是非要知道祖媞在何处。"他揉了揉额角,"此事复杂,且原本不该我管,做到这个程度已足够了,后续自有帝君处置。"

三殿下不爱揽事上身,国师其实也没有那么喜欢做事情,虽然对半途而废感到遗憾,但总的来说他还是同意了连三的观点,觉得此事到此打住罢了。正要退下,听到灵泉的水雾之中,三殿下忽然向他道:"回京后,你多看着烟澜一点。"

连三这个吩咐乍听来得有些突兀,国师往深里一想,惊了一跳,哑然半响:"殿下的意思是,祖媞神的那口灵息,被墨渊神种在南荒的红莲子,有可能是长依仙子,呃不,烟澜公主?"

"十有八九。"三殿下语气平平回他,像是叙说一件极寻常之事,"南荒,红莲,还有一副轻易便能修成仙身的好根骨,除了她,也没有别人了。"

国师倒吸了一口冷气:"既然烟澜公主便是当年那口灵息,"他没能控制住自己的想象力,"那祖媞神若是再次从光中复生,会否就复生在烟澜公主身上,或者,"他无法平静地道,"如今的烟澜公主,其实正是尚未觉醒归位的祖媞神?"

三殿下没有正面回答他的揣测,只道了"或许"二字,像是因已打算不再管此事了,故而便真的不再关心,也不在意,对验证烟澜是否是祖媞也全然失去了兴趣,能记住吩咐一声国师好好保护她已是他能尽到的最后责任。

国师只能就此告退,但心中却有巨浪翻涌,久久难以平静。

此次与北卫礴食之战,意义着实重大,可保大熙西部与北部边境数十年安稳,即便天子垂拱而治,盛世亦是指日可待,故而大军回朝

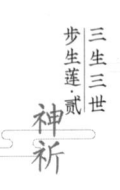

之日，皇帝悦极，亲自出城相迎，并于是夜在宫内丹晖楼设宴，大飨功臣。

宴至子夜方罢，臣工们三两结伴离开丹晖楼。国师今夜多饮了几杯，脑筋不大清楚。彼时正值翰林院修撰廖培英自他和三殿下身旁经过，小廖恭谨地同他和连三打了个招呼，国师想起这廖修撰也是认识成玉的，稀里糊涂地就同小廖寒暄了一句："上次见你还是给众位公主评画时，你向红玉郡主求了幅字帖，可求到了吗？那字帖可合你的意？"不待小廖作答，又添了句，"对了，郡主她小人家近日可好吗？"

原本正欲作答的小廖听闻国师问成玉可好，默了一瞬，面上神情有些奇特："国师大人难道不知……郡主她已前往乌傩素和亲去了吗？"

"和亲？"国师一怔，酒薏地醒了，立刻看向了身旁的连三。国师看不出三殿下的表情有什么变化，只见他静了会儿，方淡声问廖培英："和亲，怎么回事？"

廖培英有些愣愣的："大将军也不知道吗？"神色落寞道，"熙卫之战，为使乌傩素能与我大熙顺利结盟，郡主自愿和亲乌傩素，嫁给他们的四王子敏达，和亲队伍腊月十七离的京，已去了二十日了。"说完这篇话，廖培英停了停，补了句，"郡主大义，乃宗室子弟之楷模。"虽是称赞成玉，语声中却难掩郁色和失落。国师听得出来，那是廖修撰对成玉的心。

三殿下的表情像是空白了一瞬，国师也没看得太真切。廖修撰拱手向二人告辞，国师颔首回了礼，偏头再看连三时，只见他一切如常，只是沉默地望着远处，不知在想着什么。国师顺着他的视线望过去，远处是一片梅林。

次日皇帝召见了连三，国师亦在座。御书房中，君臣寒暄了几句，皇帝主动提及了成玉和亲之事。成筠言说自己的无奈，称四王子敏达主动求娶，先时已拒绝了乌傩素王太子求娶烟澜，若再拒绝敏达，恐不仅不能同乌傩素结盟，还要交恶，故而只得应允婚事。

国师这才知道成玉和亲的内情。国师为两朝重臣，深得皇帝敬爱，故而同皇帝说话一向利落不绕弯子。国师蹙眉："臣原本以为，以陛下对红玉郡主的疼爱，此情形之下，会再遣十九公主前去乌傩素和亲，而不是舍郡主远嫁。"

成筠沉吟了一下："大将军驰援贵丹时，令国师好好看顾烟澜，将军在前线拼死作战，朕自然不能令将军有后顾之忧。"顿了顿，"再则红玉她很懂事，知道了朕的为难之处，主动答应了这门婚事，以解国之危难。"

涓滴不漏的一席话，令国师哑口无言。的确，乌傩素只看上了成玉和烟澜，熙乌结亲，只能这二女前去。连三要看顾烟澜，站在皇帝的立场，彼时做此种二选一的选择时，令成玉前去和亲，反是卖了连三极大的情面。皇帝在这桩事里的处置，确无不妥。可，这真的是三殿下的选择，是他想要看到的结果吗？

不待国师想出个所以然来，连三开口了。三殿下回皇帝的声音很稳："谢陛下对烟澜的照看，陛下隆恩，臣不胜感激。"关于成玉，他没有提说一个字。

二人步出皇帝的书房，国师斟酌了又斟酌，终归没忍住，问连三："我也知殿下来此世，原本便是要保烟澜公主重回九天，再登神位，所以不能令身体不好的公主前去那苦寒之地，可殿下就放心郡主前去吗？郡主自幼长在京城，身体底子虽然不错，但也恐受不住煎熬，不如我们再想想还有没有什么办法能让郡主……"

连三打断了他的话，淡然道："那一夜我既已做出了选择，从此后便和她再不相干，她嫁给季明枫也好，嫁给敏达也好，是她作为一个凡人的命数。凡人自有凡人的命数，我不便相扰。"

国师愣住了。道理，的确是这个道理。这番话冷静又理智。正如三殿下所言，他既已做了选择，就该利落地同成玉划清界限。可真正喜欢一个人，果然能够如此平静如此淡然地面对心上人的远嫁吗？国师突然想起了那夜在大渊之森的山洞口帝昭曦的所言。昭曦对他说，"若你果真同他相熟，就该知道，他的喜欢不值钱。至于真心，他对阿玉，大约有三分真心吧，不能更多了。"他又想起了那夜连三的那句话："我可能真的没有那么喜欢她。"

国师看着连三离开的背影，一时不能言语。他第一次有些明白，为什么许多人说连三风流无情，他也是第一次真切地感受到了，三殿下的心，其实有些狠。

成玉在做梦。梦中，她正前往乌傩素和亲。

和亲队伍自腊月十七离京，一路疾行，十来日后，到了熙朝的西边国门叠木关。西出叠木关，便是绛月沙漠。沙漠贫瘠，人烟寥寥，因此朝廷未设官署，只大体将这片沙漠并入了蓟郡，由蓟郡郡守代天子牧。马匹难渡沙海，因此送亲队伍在叠木关换好了蓟郡郡守为他们备好的驼队。

出叠木关，入沙漠，所见俱是连绵的沙丘，走了三四日后，始见绿洲。有些小绿洲中扎了村寨，可供驼队补给，但更多的绿洲中，只是零散着一些废墟，隐约可辨出城邑的模样。

护送成玉前去和亲的将军姓李，从前戍过边，对绛月沙漠算了解。李将军告诉成玉，沙漠之中有许多故事，潜伏着许多危机，也孕育着许多生机。一场流沙就能让一个部落灭亡，一处水源又可以令一个族群复生。

成玉远目莽莽黄沙，问李将军，水既然代表着生机，那沙漠之中，大家应该都很喜欢水了？

李将军却摇了摇头："也不尽然。郡主可知，从前这片沙漠也是很繁荣的，位于沙漠中心的盐泽湖三角洲地区，更是富庶丰饶的所在。

开朝之初,高祖还曾在那里设过郡。然有一年绛月之夜,沙漠里却突然发了洪水,整个绛月沙漠一夜之间为洪涛所据,滔滔洪流之下,所有繁华一夕成空,朝廷自此方知其无力掌控开拓这片沙漠,那之后才任它荒弃了。"

成玉听着这段两百多年前的旧事,仿佛在听一个遥远的传说,彼时她并没有将它当回事。可谁能料到,就在这段对话结束后的第三天夜里,两百年难遇一次的绛月沙漠的洪水,便被他们给遇上了。

沙地震颤,驼铃慌乱,绛月之下,不知从何处生起的洪流携着黄沙向送亲的驼队涌来,像一匹恶劣而狡猾的兽,踩着优雅的步伐,不紧不慢地吞食身旁的一座又一座山丘,以此震慑吓唬目光尽处的猎物。

四面都是洪涛,送亲队近千人就像是被兽群包围的羊羔,成玉在绝望奔逃的人群中急惶地寻找朱槿、梨响、姚黄和紫优昙,脑中昏昏然想着,在这天罚一般的困境前,仅靠人力他们绝无可能获救,靠花妖们的力量,或许还能解此危难。可她跑得腿都要断掉,叫得声音都要哑掉,却四处都寻不见花妖们的踪迹。

就在她满心绝望之际,有两名侍卫找到了她,将她拖抱着带去了最高的沙丘。侍卫们扶着她在那高丘之上站稳,她转身回望,见急涌而来的洪流蓦地便吞掉了丘下的驼队,前几天还和她玩闹的驼队向导的小女儿哭着向她求救:"郡主姐姐救我!"她立刻便要冲下沙丘,却不料一个浪头打来,那小女孩转瞬便消失在浊流之中。她无法自控地大叫:"不!"

然后她喘着粗气醒过来了。

有人握着她的手,在她耳旁迭迭柔声安慰:"没事了,阿玉,没事了。"

成玉睁开眼睛,朦胧火光中,看见了近旁的白衣身影,她本能地低唤了声:"连三哥哥。"

那人垂下头来定定看着她,良久,语声有些哑:"你竟还在想

着他。"

　　成玉一怔，努力睁了睁眼，这才看清，坐在她身旁握住她的手安抚她的人，并非连宋，而是季明枫。

　　记忆在一瞬间回笼。

　　回过神来的成玉方忆起，适才那梦，是梦也非梦，梦中发生的一切，俱是真实。不祥的绛月，噬人的洪峰，兵荒马乱，人仰驼翻，人间炼狱。当她立在高丘之上，眼睁睁看着那六岁的小女孩被洪流吞噬之时，一直颤巍巍悬在心中用以支撑最后一丝理智的那条线，突然就断了。她蓦地崩溃，大力甩开侍卫相拦的手，就要跳进洪流中去救那小孩子。

　　就在她不管不顾的一瞬间，绛月之下，洪流绵延的远方，忽有白衣青年踏浪而来。青年单手结莲花印，银光自指间漫出，于瞬刹里覆盖整个大地，银光所过之处，这片由沙洪筑成的地狱一寸一寸静止。青年微一抬手，葬身洪流的驼队和小女孩似被什么大力裹挟，猛地自泥沙之中跃出，坠落在小丘之上，不住地喘气咳嗽。

　　成玉见诸人得救，高高悬起的一颗心砰地坠下，情绪大起大落间，来不及真正看清青年的容色，便昏了过去。

　　而今醒来方知，千钧一发里，救他们于将死之境的人，竟是季明枫。

　　季世子在那句有如控诉的"你竟还在想着他"之后，仿似意识到了自己的失态，也没再继续那个话题，只温声告诉缓缓坐起来的成玉，此时他们安身之处乃附近沙山上的一个石窟。洪水已退，朱槿、梨响他们全都无事，其余随行之人，能救的他也都救下了，但毕竟来得晚了些，还是任流沙带走了几十兵丁和十来匹骆驼。

　　听闻有兵丁罹难，成玉怔了会儿，而后双手合十以大礼谢了季明枫，道能将大部分人保下来，已经是她不敢想的好结果。季明枫挡了她的礼，扶着脸色苍白的她重新靠倚在石床上，她才想起似的，又问季明枫缘何能这样及时地赶到，又能使出那样强大的术法，竟能在如此天灾之前救下他们。季明枫潦草地回答她是因他前些日子有一段奇遇，她也没有再多问，只点了点头，就那样接受了这个说法。

洞中很快安静下来，唯余架在洞口前那堆篝火里燃着的柴枝，偶尔发出毕剥声，扰乱夜的清静。

成玉目光空洞地看着那堆篝火。劫后余生，本该是感性时刻，后怕也好，庆幸也好，终归不该似她此时这般心如止水。她同季明枫也该很有话聊，送亲队伍此时扎营在何处，物资损失几何，明日能否出发，是否需要调整路线，她需要关心的事其实有很多。但连成玉自己也无法理解，此时为何没有半点关心他事他物的欲望，心中唯余一片空荡。

在成玉空洞地望着那堆篝火之时，季明枫也在一瞬不瞬地看着她。良久，季世子开口，打破了二人间的沉寂，他问她："你是在失望吗，阿玉？"

"失望？"成玉有些茫然地转头看向季明枫，不理解似的重复了一遍，"你是说失望？"然后她飞快地否认了，"我没有啊。"口中虽是这样回答，胸中那先时还如镜湖一般毫无涟漪的一颗心，却突然咚咚、咚咚，渐渐跳得激烈起来。

季明枫又看了她一阵，唇角微抿了一下，极细微的一个动作，含着一点不易让人察觉的苦涩："你的确是在失望。"他一字一句，眸光清澈，仿若看透她心底，"你失望的是，在你危难之际，赶来救你的是我，不是连三。"

就在季明枫说出这话的一瞬间，成玉的心失重似的猛跳了一下，她愣住了，方才知晓，劫难之后她为何如此反常，原来是因为这个。这是正确的答案，却是她不能、不愿、无法承认，也无颜面对的答案。

"我说对了吗？"季明枫蹙眉看着她。

他说对了，但她无法回答他。

她的沉默已是最好的答案，她说不清季明枫有没有生气，他只是不再看她了。他转过头去，目光停留在洞外的暗夜中，像是在思索什么，良久，重新转回头来，像是下定了什么决心，抬手扬了一扬。随着那简单的动作，半空中出现了一面巨大的水镜，几乎占据了半个石洞。

　　季明枫看着她，仍旧蹙着眉，声音却是温和的，含着循循善诱的意味："我知道，对他死心很难，但他已不将你放在心上，你却不能断情，苦的只会是你自己。阿玉，你若还不能清醒，我帮一帮你。"

　　说完这话，季明枫站起身来，抬指轻轻碰触了一下半空的水镜，便见镜中迷雾散开，出现了一片雪林。成玉认得，那是大将军府。如今冰雪满枝秋色不复的雪林正是此前她曾闯过的枫叶林。隆冬时节，退去红叶挂枝的璀璨，唯余嶙峋的枝干被冰雪裹覆住，蔓生出一种幽玄之感。

　　便在这片处处透着幽玄之意的冰天雪地中，成玉看见了久违的连宋，还有国师和烟澜。

　　成玉定定地望着那镜面。

　　是日雪霁，是个晴天，雪林中有一白玉桌，连三同国师正对坐弈棋。烟澜身着一袭白狐狸毛镶边的鹅黄缠枝莲披风，陪坐在连宋一侧。鹅黄色衬得她皮肤白润，精气神也好。烟澜右侧搭了个临时的小石台，方便她煮茶。石台上茶烟袅袅，烟澜提壶分茶，分好茶后，小心地端起一只盛满茶汤的白釉盏递给连宋。连宋接过一饮，将空杯重放回烟澜手中。他的目光一直凝在棋桌之上，未曾抬头，但一人还杯，一人接杯，还杯的动作熟练，接杯的动作流畅，就像烟澜为他递茶已递了千百次，而他还杯也还了千百次，才能有这样的默契。

　　不多时，天步出现在了镜面中，打破了这一幕无声的静画。天步凝眉上前，轻声相禀，说琳琅阁的花非雾前来求见，道有关郡主之事想同殿下商议。

水镜之前，成玉用力地握了一下自己的右手，一瞬不瞬地紧盯着连三，似乎想要看透他的每一丝表情变化。

但三殿下脸上的表情没有任何变化，手中拈着一粒白子，似在思考着棋路，口中淡然地吩咐天步："不见，让她回吧。"

烟澜淋壶的动作一顿，唇边勾起了一抹浅浅的笑意。

天步恭敬道是，退了下去。连宋手中的白子在此时落下，将国师的大龙一步斩杀。棋桌之上，黑子颓势如山倾，国师将手中的棋子一扔，直抱怨："不下了不下了，今日运道不好，总输给殿下，再下也没意思，还是等改日运道好了再来同殿下讨教。"说着便要起身。

烟澜含笑相留："不下棋，国师也可在此赏赏雪景，方才我在小厨房炖了汤，正让婢子们守着，再一刻钟便能喝了。"

国师挑了挑眉："公主这汤可不是炖给臣喝的，岂知公主此时是真心留人还是假意留人，臣若果真留下来喝了汤，说不定公主倒要气臣没眼色了，臣便不讨这个嫌了。"

烟澜红了脸，佯恼："国师大人何必打趣烟澜。"眼风含羞地瞟向了身旁的连三。

成玉不愿再看。原来他真的不在意她，她的离开在他的心湖里连一丝涟漪也没有激起。她猛地闭上了眼睛，四肢冰凉生寒。可偏又忍不住，即便如此，也想要知道更多，终于，她还是睁开了眼，水镜中已变换了场景，却是在将军府外。

镜中，国师止跂步自将军府出来，一眼看到等在门口的花非雾，跨踏了片刻后，主动上前询问："你便是那琳琅阁的花非雾？"得小花点头，国师叹息了一声看着她，"将军说了不见你，你怎么还在这里呢？"

小花手上拎着一个小包裹，将一身道袍的国师打量了片刻，有些踟蹰地问："尊驾便是将军的好友国师大人吗？"小花这一辈子的谨慎都用在了此刻，见国师颔首，方卸下戒备，但仍是斟酌了又斟酌，斟酌出一篇话来:"奴是郡主的一个朋友,郡主前去乌傩素和亲,奴实在不放心,想着将军同郡主交情不错,想求将军帮忙想想办法,看能否让郡主回来。可奴在此等了许久,将军也不见奴,不知……"

国师打断了她的话:"看来郡主和大将军之间的事,你也知道。"

小花这一辈子的敏锐也都用在了此刻,只呆了一瞬,便立刻反应了过来,她轻轻地"啊"了一声,半掩檀口:"原来国师大人也知道吗?"

国师"嗯"了一声:"我同郡主亦是朋友。"抬眼向小花,好言相劝道,"不过你不必等在这里空耗辰光了,回去吧,将军他不会见你的。他已经做了选择,从此和郡主便是桥归桥路归路了,郡主的事,他不会插手的。"

小花怔住,喃喃道:"为什么?可他……他不是喜欢我们郡主的吗?"

国师叹了口气:"我曾亲自问过将军这事,他说……"

小花急道:"他说什么?"

国师沉默了片刻:"将军他说,"口吻有些怜悯,"他说他也许并没有那么喜欢郡主。郡主嫁给敏达也好,嫁给谁都好,是她的命数,他不便相扰。"

小花不可置信地愣在那里,手里的小包裹摔在了地上,包裹散开,露出一个香囊、几页经书。国师俯身将散开的包裹收拾好,捡起来,重新递给小花,而后摇了摇头,叹着气离开了。

迷雾缓缓聚拢,遮挡住镜中画面,一片银光闪过,水镜渐渐隐去。

成玉怔怔地坐在石床上。

季明枫收了水镜,回到她的身边。"我没有骗你。"他说。

没头没尾的五个字,但季明枫说的是什么,成玉却立刻就明白了,他的意思是,水镜里的一切,都是千里之外平安城中真实发生过的事,并非他做出来诓骗糊弄她的幻影。

"我知道你没有骗我。你不会骗人。"她回答他,声音哑得厉害。话刚出口,便有两滴泪沿着眼尾落下。她察觉到了,像是觉得丢脸,立刻伸手抹掉了那两滴泪。但泪水却不受控制,抹之不尽。双手尽是泪泽,她皱了皱眉,放弃了。抬眼时瞧见季明枫担忧的目光,她静了一瞬,而后,主动开了口。

"其实我一直不甘心。"她轻声,"那时候,皇兄欲令我和亲,我那样痛快就答应了,也是想看看他的反应。在心底最深处,我始终不相信他只是将我当作一个消遣,一直固执地认为,我于他是不同的。"泪水不断地自她眼角溢出,那样多的泪水,是伤心欲绝才会有的模样,但她的声音却十分平静,"我想看到他得知我将远嫁后的反应,我希望他难过、后悔,"像拿着一把刀,插进灵魂最深处,她冷静地剖析自我,哪怕这剖析带着削骨剜肉之痛,"烟澜说他没有那么喜欢我,我很难受,我就想要干点什么,让他也难受。可是,原来我真的很可笑啊。"说到自己可笑时,她的嘴角微微扬了一下,像是果真觉得自己可笑,忍不住自嘲。

季明枫看着她故作平静的脸,想要拭掉她的泪,想要抹平她唇角上扬的那一点弧,还想要告诉她,她并不可笑。可在他有所动作之前,她已闭上了眼,将脸偏向了石床里侧。

"原来,"她继续道,"他真的没有那么喜欢我。我嫁给谁都好,他都不在乎,可以轻松地说出,那都是我的命数。"声音终于不复平静,染上了一点哭腔,只是一点点,像是拼命压抑了,却压抑不住,因此不得已漏出一点伤心来。"今天我终于明白了,这世间,唯一于他不同的女子,是长依。为她,他可以散修为,可以来凡世。他舍不得长依受一点委屈,半点伤害,那才是对心上人的样子。我,真的只是个消遣。"眼角的泪益发汹涌,她抬起右手徒劳地遮住流泪的眼,"我终于明白了这一点,可以死心了。"

洞中静极。季明枫看着无声而哭的成玉,看着眼泪自她纤柔的掌

下溢出，滑过脸颊，汇聚在她小巧精致的下颏，然后承受不住地坠下来，染湿衣襟。

今夜，是他逼着她面对现实，她的死心正是他想要的结果，可看着这些眼泪，他却开始后悔。那些泪坠落在她的衣襟上，就像坠落在他的心头，一点一滴，亦让他疼痛。良久，他动了动，扳过了她向内而泣的身子，拿开了她覆在眼上的手。他认真地看着她，轻声给她支撑和安抚："这里只有我和你，没有人会笑话你，阿玉，别压抑自己，哭出来会好受一些。"

她静了会儿，睁开了眼，她看着他，平静落泪的双眼渐渐泛红，睫毛也开始轻颤起来，而后，喉咙里终于发出了小小的抽泣声。他试探着伸出手，轻拍她的背："哭吧，哭出来就没事了。"

也许是听信了他的蛊惑，抽泣声渐大，她终于忍不住大哭起来。那哭声悲郁，伤人肺腑，响在这绛月的夜里，有一种难言的痛。

季明枫听得难受，没能忍住，握着她瘦弱的肩，轻而缓地将她搂进了怀中。她哭得伤心且专心，没有拒绝。

## 第九章

今冬常下雪，并不常下雨。这还是天步随三殿下回到平安城后遇到的第一场夜雨。

长夜飞雪，自有它的静美，然冬夜的雨，淅淅沥沥，落地生寒，却无所谓美不美，只令人觉得烦忧罢了。

天步候在外间，透过茶色的水晶帘朝里看，见三殿下靠坐在一张曲足案旁，那案上已横七竖八排布了七八只空酒壶，天步不禁更忧虑了。

今晨，照惯例，三殿下领着烟澜公主去小江东楼喝茶。趁着三殿下有事下楼，烟澜找她说了会儿话。烟澜问她，这些时日，私下里三殿下可曾再提起过红玉郡主？天步自然摇头。烟澜有些欢欣，但兴许也知道此时欢欣不合时宜，唇一抿，压平了微勾的嘴角，细思一番后，又试探地同她道："先时见殿下画红玉的那幅画，我还道殿下或许对红玉……可如今殿下归京，知红玉去国远嫁，却并没有什么反应，可见我之前是想岔了。不管红玉如何想殿下，"说到这里，语声略带嘲意，"可殿下对她却是没什么心思的，从前与她那些，也只是消遣时光罢了，你说对吗？"

天步自幼服侍连宋，能在挑剔且难搞的三殿下跟前一听用就是两万年，说明她不是个一般的仙，论知进退和懂分寸，唯太晨宫中东华帝君跟前的重霖仙官能将天步压一头。这样的天步，自然明白烟澜的那些小小心机和小小试探，故而只是温和地笑了笑："公主问奴婢殿下的心思，殿下的心思，奴婢并不敢妄自揣测。"

未从她这里得到连三确然对成玉无意的保证，烟澜有些失望，静了一瞬后，轻声自语："乌傩素苦寒艰辛，早前去往彼地和亲的公主们俱是芳年早逝，踏上西去之路，基本上已等于送了半条命。红玉西去，殿下若想将她换回来，自会有办法。想当年长依身死锁妖塔，殿下散掉半身修为，也要保她一命，可如今，却任红玉去和亲，说明红玉还是没有办法和长依相比。"说完这篇话，她还想了会儿，大约觉得自己分析得很有道理，面上容色重又好转回来。

可当真是如此吗？

此刻站在外间守着扶案醉饮的三殿下的天步，却不这么认为。

她没有骗烟澜，私下里，连三的确从没提起过成玉。初回平安城的那一段时日，甚至连她都以为，三殿下从前待郡主的不同，都是她的幻觉。但半月之前，一个偶然的机缘下，她才发现自回京后，三殿下竟然夜夜都无法安睡，几乎每一夜，都是在房中枯坐到天明。当然她无法肯定三殿下夜夜失眠一定是为了成玉，可若不是为了成玉，她也想不出他还能是为了谁。

失眠的夜里，三殿下并没有主动要过酒，酒是天步自作主张送过去的。酒能解忧。她的初衷是希望三殿下能以酒释忧，忧愁释了，便能入眠了。可谁知道一开了饮酒的口子，三殿下便一发不可收拾，夜夜十壶酒，直要喝到大醉才算完。醉了他也不睡，反要出门，且不让人跟着。天步也不知道三殿下每夜都去了何处，料想应该不远，因为第二日一大早他总能回来。似乎太阳升起时，他就正常了，便又是那个淡然的、疏冷的、似乎并不将成玉的离京放在心上的三殿下了。

子夜已过。天步又觑了眼室内，见那曲足案上又多了两只空酒壶，料想时间差不多了。下一刻，果见三殿下撩帘而出，天步赶紧将手里的油纸伞递过去："殿下带把伞吧，今夜有雨，恐淋着您。"

三殿下却似没听到般，也没接伞，径直从她身边走了过去。天步试着跟上去再次递伞，却分明听三殿下冷冷道："不准跟来。"

天步抱着伞站在廊檐下，看着步入雨中的三殿下的背影，长长地叹了口气。


五更。

连三自睡梦中醒来，只闻窗外冷雨声声。房中一片漆黑，他在黑暗之中茫然了一阵，微一抬手，房中便有光亮起。妆台梨镜，青灯玉屏，芙蓉绣帐，次第入眼。是女子的闺房。十花楼中成玉的闺房。他又来到了这里。

三殿下失神了片刻。

喝醉的人是没有办法欺骗自己的，无论白日里如何压抑自己，一旦入夜，万籁俱寂之时，所有关于成玉的情思便无所遁形。自第一夜大醉后在十花楼中她的绣床上醒来，他便明白了一件事，他其实比他想象的还要喜欢她得多，否则夜夜失眠的他，怎会只在躺于十花楼中她的绣床上时方能得到片刻安眠？

但这又如何呢？

他探索过她的魂体多次，得出的结论都一样：她只是个凡人。就因了他对她的喜爱，他便要诱一个凡人爱上自己，然后让彼此都走上万劫不复的前路吗？他不能。不是不敢，不想，不愿，而是不能。

就让她做一个凡人好了。做一个世世轮回的凡人，固然也会有种种磨难，但比起仙凡相恋她需要承受的苦痛和劫难，为凡人的磨难，着实算不得什么。他们就当从没有认识过好了。

三殿下缓缓地坐起来，揉了揉额角，觉着是时候离开了。然，就在他起身的一刹那，方才于安眠中偶得的一梦忽然自脑海中掠过。他又停下了脚步。

其实是个没什么逻辑，也没什么道理的梦境。

梦里，他和成玉并没有闹到现今这地步。她依然很是依赖他。大败北卫率军还朝后，他第一时间赶来十花楼看她，侍女却不知为何将他带到了她的闺房中。他便站在她的绣床前等她，就如此时他站在此处。

彼时，他站在这里，很快便听到了她的脚步声，噔噔噔地落在木地板上，像是一头小鹿轻灵地奔在山间。接着，门被一把推开了，她亭亭地立在门口，大约是跑得急了，还在轻轻地喘着气。

他望进她的眼中，看到她的眼里仿似落了星星。下一刻，她已经扑进了他的怀里，像一头小老虎似的。他因毫无准备，被她扑得倒退两步，坐在了绣床边沿。她一点都没有觉得不好意思，反倒咯咯地笑了两声。

然后，她停了笑，双臂爱娇地圈住他的脖子，头埋在他的右肩上，声音软软地朝他撒娇："连三哥哥你怎么去了那么久，而且也没有书信回来，我因为担心，特地住进了宫里，就为了从皇兄那里打探一点你的消息。住在宫里真的好闷，我又好想你。"

言语幼稚，然一字一句，饱含眷恋，令他的心软作一团。他柔声回她："是我不好，下次出远门，一定日日给阿玉书信。"

但即便他这样保证了，她也并不满足，离开他一点，站直了，低头看着他，不高兴地抿着嘴。

他圈住她的腰，将她拉近："怎么了？"

她微扬起小下巴，大约是想做个傲慢的姿态，却又想看到他的脸，就垂了眼睫。表情矛盾，却显得很是可爱。

她抱怨："我都说了很想你了，你为什么不回答你也很想我？"她狐疑地蹙眉，"难道连三哥哥出门这么久，竟一点都不想我吗？"三分刁，七分娇。

他被她逗乐，捏了下她的鼻子："你说呢？"

她一本正经:"要你说出来才可以。"娇娇地催促他,"你快说啊。"
"嗯,很想阿玉。"他回答她。

她有些满意了,唇角勾了勾:"那我们很要好对不对?"

他当然点头:"嗯。"

她终于彻底满意了,又高兴起来,重新圈住了他的脖子,还爱娇地蹭了蹭他的脸:"那我们既然这么要好,我要告诉你一个秘密。"

"秘密?"

她的头仍搁在他的右肩上,嘴唇贴住了他的右耳,如兰的气息将他的耳郭熏得燥热。

"那夜,连三哥哥在温泉池里亲了我,是因为喜欢我吧?"低软的嗓音响在他的耳畔,他整个人立刻僵了。她却软得像是一株藤蔓,抑或一泓细流,更紧更密地贴在了他的身上。她的嗓子越发低,越发软,简直是气音了,撩拨着他的耳:"我也喜欢连三哥哥,好喜欢好喜欢。"

那一刹那,他的脑中似有烟花炸开,控制不住力道,猛地搂紧了她:"你说什么?"

她没有挣扎,轻轻地笑了声,在他的耳畔再次低语:"我说我喜欢连三哥哥,想做你的新娘。"语声天真调皮,语意饱含引诱。

"阿玉,"他静了许久,才能艰涩地回她,"这种事,不能开玩笑的。"他极力地控制住了那一瞬间的情绪,将她松开了一点,想要看清她的表情,弄明白她到底是认真的,抑或只是在戏弄人。

就在那个时候,他醒了。

一个简单的梦境,扯掉了最后一块遮羞布,其下被掩住的,是他对她的爱念和欲念,是他在内心深处对她最真实的想望。

理智上他十分明白,她最好永远也不要喜欢上自己。可当醉后、梦中,这种理智不在的蛮荒时刻,他却没有一瞬不在渴望着她能喜欢他,能爱上他。他对她有极为隐秘的渴望,他渴望她能和自己永世纠缠,哪怕万劫不复。骄矜的水神,其实从来都很自我,想要什么,总

要得到，也总能得到，从没有尝试过这样地去压抑、克制本心所求。他不能再想她了，否则，他不知道自己的理智还能支撑得了多久。

雨停了。启明星遥遥在望。

国师站在十花楼的第九层，肃色叩响了面前的门扉。过了会儿，房中方有动静，门吱呀一声打开，现出白衣青年顾长的身影来。国师蒙了一下："三殿下？！"

连三看着携了一身寒气的国师，不明显地皱了皱眉："你在这里做什么？"

国师吃惊了一瞬，也顾不得琢磨连三为何会在此处，上前一步，急急相告："殿下，郡主失踪了！"

三殿下愣了愣，而后像是没听清似的，凝眉问了句："你说什么？"

成玉失踪的消息是入夜传至皇宫的。

戌时末刻，来自蓟郡郡守的一封八百里加急奏疏呈上了皇帝的案头。奏疏呈报，说半月前绛月沙漠突发洪水，千里大漠一夕尽覆于洪流之下。沙洪来时，郡主一行已出叠木关六日，应正行至沙漠中。洪退后，蓟郡郡守立刻派人入漠中寻找郡主，却一无所获，郡主不知所踪。

皇帝得此消息，龙颜失色，立刻召了国师入宫，请国师起卦，占成玉吉凶。国师听闻这消息亦是震惊，立刻以铜钱起卦，不料卦象竟是大凶，好在凶象中尚有一线生机。国师使出吃奶的劲儿参悟了整整一个时辰，方断出这卦约莫说的是成玉此时已为人所救，应是没什么生命危险的，悬的是接下来的西去之路必定险象环生，不时便有血光之灾殃及性命，需有贵人相助，方能得保平安，否则走不走得到乌傩素都是两说。

国师参得此卦，顿觉兹事体大，不敢在皇宫久留，胡乱安慰了皇帝两句便匆匆跑出来找连三了。他冒着夜雨寻了三殿下整半宿，一无所得，筋疲力尽之下正要打道回府，掠风经过平安城上空时，忽见十花楼中有灯亮起。国师一个激灵，以为是楼中那个会法术的小花妖梨响救了成玉将她带回了京城，兴冲冲地飞身下来查看，没想到门一打开，没见着郡主，他寻了一夜的三殿下倒是站在门后头。

国师与连三一外一内，立于门扉处。

国师三言两语道完了郡主失踪的始末，又细述了一遍他给成玉起的那则卦象。他一边说一边观察连三的表情，见三殿下微微垂眼，倒是在认真听他说话，但脸上的表情却依然淡漠。

国师琢磨着三殿下这个反应，这个神情，心底有了数，但为着和成玉的那点交情，还是硬着头皮试探了一句："卦中既然说，郡主需得由贵人相护才能平安抵达乌傺素，且这贵人还非同一般，我琢磨着，这贵人所指的仿佛正是三殿下。既然郡主命中其实有殿下这么一个贵人，那么殿下就算插手帮一帮郡主，也算不得乱了她的命数吧。"

三殿下沉默了许久。"她的贵人不是我。"许久后他终于开了口，抬手一挥，半空中出现了一团迷雾。

国师不明所以地望向连三。

三殿下微微抬头，看着那团迷雾："追影术下，她此时身在何处，本该明明白白显现在这里，但此时你我面前却是一团雾色，那必然是有人自沙流之中救了她，并以术法隐了她的踪迹。"他停了停，语气听不出什么，"若她命中注定有一个贵人，那人才是她的贵人。"

能在三殿下眼皮子底下隐去郡主的踪迹，必定是法力非凡之辈。国师蓦然想起来一人："殿下说的是……"

三殿下仍看着那团雾色："不错，我说的是他，帝昭曦。"

国师喃喃："这么说，半月前的沙洪之中，是帝昭曦救下了郡主……"诂到此处，国师突然想起了昭曦对成玉的执念，不禁悚然，"可依照帝昭曦对郡主的心思和占有欲，若是他救了郡主，还有可能再将她送去乌傺素嫁给敏达王子吗？"国师越想越是惊心，"若他还是季明枫，为着天下安定之故，自然不至于劫走和亲的郡主。可他如今是人主了，我瞧着他那邪性的脾气，说不定并不会将这人世的兴衰更替和家国气运放在眼中，"思维一旦放飞，国师就有点收不住，"最怕，便是他虽救了郡主，却罔顾郡主的意愿劫了她或是因了她……对，这太有可能了，否则他何必施术隐去郡主的踪迹让我们无处寻她。"国师忧虑得不行，"殿下，你说……"

却不待他把话说完，三殿下便打断了他："够了。"

国师闭上了嘴，眼睁睁看着连三转过身去收了半空那团迷雾，恰此时，琉璃灯碗里的灯花啪地爆了一声，三殿下提了剪子俯身去剪那灯花。

国师想不通，连三既这样无情，成玉无论是死是活似乎都不再同他相干，那为何今夜他又会来这十花楼呢？这些日子，三殿下一直都冷冷的，脾气也不大好，国师本不想触他的霉头，可此时竟有些没忍住，叹了一声道："我自然知道郡主即便被昭曦所禁所囚，那也是她的命数，只是我私心不忍罢了。殿下不愿施以援手，其实也是应当。不过我有些疑惑，既然殿下对郡主已没有半分怜悯了，为何今夜还会出现在此楼中呢？"这话其实有些不敬，脱口后国师便觉不妥，敲了敲自个儿的额头懊恼道，"我今晚也是糊涂了，问的净是些糊涂话，殿下当没听到吧。"

但三殿下却回了他，他不疾不徐地剪着灯芯："我的确还有些放不下她，人之常情罢了，这同我选择不干涉她的命数，有矛盾吗？"

放不下的确是放不下，但也只是有一些放不下罢了。国师听懂了这话，一时也不知该说什么。他今夜四处寻连三，目的原本就只有一个，便是将成玉的命卦告知给他，就是否帮一帮成玉这问题寻他一个示下。既然三殿下表明了态度，他的事也了结了，可以回了。

雨虽已停，风却凄凄，国师打了个喷嚏，正打算告辞离去，却忽逢一人从他身后蹿出来，闪电一般擦过他身侧，扑通一声就跪进了内室。

女子的凄楚之声和着窗外凄风一同响起:"郡主既有如此磨难,还求国师大人和将军大人救救我们郡主!"

国师瞪大眼睛看着跪在地上的女子:"花娘子?"

来人正是花非雾。

今夜虽是凄风寒雨,却挡不了青楼做生意,直至寅时,琳琅阁中欢宴方罢。小花却一时半会儿睡不着,辗转反侧后拎着那个装着残经和香包的小包裹来到了十花楼。既然她见不着连三,这经页和香包也就没了用途,放在琳琅阁中徒令人生愁,她便打算今夜将它们还回去。然现身于楼中时,却碰到国师也刚飞身而下,她本能地躲进了转角,没想到连三也在郡主房中,更没想到的是国师竟带来了那样的消息。

小花以头触地,长跪不起,求人的姿态很虔诚。这小花妖如此讲义气,令国师心生敬意,不由上前一步提点并规劝她:"非是我们不想救郡主,你也是个花妖,应该知道凡人有凡人的命数,贸然相扰,恐有后患。"

但国师其实高估了花非雾,小花还真不知道这事,有些懵懂地抬起头来。

国师一看小花这样,懂了。他一边纳闷小花一个花妖,这种基本常识都不明白她是怎么长这么大的,一边叹着气说了一番掏心窝子的话:"让贫道相帮郡主,这很简单,但贫道不是郡主的贵人,贸然干扰了她的命数,后患如何,贫道着实无力预测,也无力把控,更无力承受,不如就让郡主顺命而活罢了。"

小花凝眉做思索状,国师其实有些怀疑,这花娘子一看就糊里糊涂的不聪明,难道那漂亮的小脑袋瓜还真能思索出点儿什么有用的东西来不成?

就见花娘子看了自己一眼,又看了转过身来的三殿下一眼,然后将目光定在了三殿下身上:"此前,我以为将军不过就是国朝的将军罢了，但今夜听闻国师与将军之言，方知将军并非此世中人，便连国师大人亦对将军尊敬有加，那么我猜想，干扰郡主命数的后果，国师虽无法承受，但将军应该是可以承受的吧？"

国师讶然，这傻傻的花娘子居然误打误撞抓住了华点，的确如此，天君的小儿子，便是违了天庭重法，刑司处大约也能通融通融，与自己这等白身证道之人自然不同。

冷风自门口灌进来，吹得那琉璃灯碗里的烛火摇摇欲灭。

连三找了个配套的灯罩，将那烛火护在灯罩之下，然后在桌旁坐了下来，方看向仍跪在地上的花非雾："国师夸大其词了，"他蹙了蹙眉，"帝昭曦的品行并不至于那样，有他在阿玉……"他停了停，绕过了那个名字，改口，"有他在她身边，她会平安无事，无需我插手什么。"

这一番令人定心的话却并没有安慰到花非雾，小花拧紧了眉头："可我不信他，我只信将军！"

连三笑了笑，是有些不耐烦的意思了："你不信他，却信我，但我和他，实际上并没有什么不同。"语声里含着一点不易让人察觉的讥嘲。

难得小花竟听出了那讥嘲，急急辩驳："你和他当然不一样，我信将军，是因为郡主她喜欢将军，将军是郡主唯一所爱之人，郡主信任将军，我自然也信任将军！"

一语落地，房中一片死寂，那飒飒拂动树叶的风声，刻漏的滴水声，都像被寒冰封冻住了似的，在这一瞬间戛然静止。

好半天，连三的声音在一片死寂中响起："你……在开什么玩笑？"他脸上那冷淡的笑意隐去了，双眉紧蹙，因此显得眉眼有些阴沉，但那眸光却并不凌厉，倒像是含着怀疑和无措。

小花振声："我没有开玩笑！对了，有这个，"她手忙脚乱地打开手边那个小包裹，取出两页残经和一只香囊，"这是前一阵将军你出师北卫时，郡主以指血为墨，抄来为你祈福的经卷，而这个是她特地为你做的香囊……"小花蓦然想起，又从衣袖里掏出一面小镜子，急急道，"对了，还有，郡主离京前，我因舍不得她，故而每次见她都将和她相处的画面收进了这面小镜中。郡主喜欢你是她亲口所诉，将军若不信，亲眼看看就知道了！"

小镜中银光乍起，投映到半空，随着那银光淡去，半空有画面浮现。

小花轻声："这是郡主在平安城中的最后一夜。"

腊月十六夜是成玉留在平安城的最后一夜。

是夜月如冰轮，圆圆的一盏，半悬于天。

因次日成玉便要离京，花非雾着实不舍，故而冒着寒冻，漏夜前来十花楼，想再见她一面。

小花找到成玉，是在十花楼第十层的楼顶上。成玉裹在一领毛披风里，盘腿坐在屋脊上，拎着个酒壶正在那儿喝酒，脚边放了只小巧的炭炉，应是被打发走的梨响不放心留在那里的。

雪虽停了有几日了，然陈雪积得厚，只化了皮毛，这外头仍是天寒地冻，一只小炭炉其实也起不了多大作用。小花担心成玉被冻着，上前第一句就是劝她下去。成玉醉眼迷离地看了眼小花，语声却很是清醒："你别担心，我就是上来，最后再看看这城。"微有惆怅似的，"终归在这里生活了十六年，想想其实有些舍不得。"

成玉喝醉了才会爬高，小花在这屋顶上找到她，原以为她必是醉了，但此刻听她说话如此清明，又有些不确定。同时，情感丰富的小花还被成玉两句话说得伤感起来，想了一瞬，自告奋勇道："往后要是你想念故土，就召唤我，我带你回来探亲！"

成玉就笑了，笑了会儿却垂下了眼，将那笑意敛住："不用，你若是修炼精进，可日行万里了，那偶尔带小齐和小李来乌傩素看看我就行了。"她轻轻叹了口气，"这平安城里，其实也没有几个我惦念的人。"边说着这话，未拎酒壶的那只手里边把玩着一个东西。

今夜成玉说话，一句一句，皆是云淡风轻，但句句都令人难过。小花傻是傻了点儿，情商还是可以，不欲表现得悲伤更增离愁，转移话题地看向成玉手中，故作轻松地："咦，你手里那是个香包吗？"

发问令成玉怔了一下，不自觉地松开了左手，像是自己也不知道一直捏在手中无意识把玩的是个什么物什一样，低头看了一眼。小花也就看清了，那的确是只香包，藕荷色锦缎做底，以五色丝线绣了盏千瓣莲。此莲名若其实，花瓣繁复，最是难绣，但那香包上的莲盏重瓣锦簇，白瓣粉边的色彩如同晕染上去，栩栩宛在眼前，一看便是成玉的手笔。小花心中一动，脱口而出："这香包，应该不是绣来自用的吧？"

成玉的神色蓦然一僵，一时没有回答。

小花目光一顿，又注意到了炭炉炉脚边散着的几页经书，捡起来一看，吃惊道："这是血经啊！"小花掏出一颗明珠来，借着明珠亮光，认真地翻看手上的残页，喃喃，"这字……这是你抄给……"小花陡然领悟，住了嘴，抬眼看向成玉，然终归没忍住，"这……这怎么有些像是被烧过似的呢？"

成玉垂眸半晌，再抬眸时意味不明地笑了笑，重将那香包握住了："没什么，原本也是要将它们烧了的，喝着酒就忘了。"小花还没反应过来，她已将那香包投进了炭炉中。

小花脑子虽然转得慢，手却挺快，一把将那香包自燃着零碎火星的银骨炭上救了回来。小花拍抚着香包上被火星舔出来的一小点焦斑，一脸心疼："我没猜错的话，这香包是专门做给连将军的，这血经也是特地为他抄来祈平安的吧？"

听得小花此言，成玉有些发怔，过了会儿，像是反应了过来，容色就那样冷了下去："是或者不是，又还有什么意义呢？"

小花讷讷："一看就是用了心的东西，这么烧了，不觉得挺可惜吗？"

似乎觉得小花言语可笑，一丝凉淡的笑意浮上成玉的唇角："有什么可惜呢？"她轻声道。看着小花怀里的残经和手里的香包，"反而它们的存在，让我显得既荒唐又可笑，这样的东西，难道不该烧掉吗？"

小花心里是不赞同的，不禁试探："我始终觉得，你和连将军之间，是不是有什么误会？"小花对自己那套逻辑深信不疑，"因为照你此前同我所说，将军他不是亲过你吗，那他肯定……"

成玉打断了她的话："他只是见色起意罢了。"见色起意，这是多大的羞辱？这句话出口，像是难以忍受这种羞辱似的，她抬起右手，又灌了自己几口酒。

小花看着成玉冷若冰霜的面容，不知该说什么好，生平第一回感到了自己的口笨舌拙。这种时候，好像什么都不可说，也不该说。她叹了口气。

但小花确实也是个人才，叹气的当口还能趁着成玉不注意将那残经和香包藏进袖中。其实她也不知道自己为什么要将它们藏起来，本能地便藏了。

三更已过，这银装素裹的夜，连月光都冻人。酒壶里最后一滴酒液入口，成玉将那空壶放在脚边，平静地坐那儿眺望了会儿远处。

当小花再次鼓起勇气想将成玉劝下去时，却瞧见静坐的成玉毫无征兆地落了泪。两滴泪珠自她眼角滚落，很快滑过脸颊，跌进衣襟，徒在面庞上留下两道细细的水痕。成玉并不爱哭，几年来小花从未见成玉哭过，就算失意这一段时日少女心事沉重，她看上去也是淡淡的，让小花一度觉得可能连三伤她也不算深。此时却见成玉落泪，小花内心之震撼可想而知，不禁喃喃："郡主……"

成玉仿佛并不知道自己落了泪，轻声开口："香包赠情郎，鞋帽赠兄长。那时候他一定要让我给他绣一个香包，彼时我不懂，只以为他是逗着我玩。后来自以为懂了他的意思,想着他原来是想做我的情郎吗。开开心心地绣了那香包,边绣边想,待他得胜回朝,我将它送给他,他会有多惊喜呢。"她停了停,脸上犹有泪痕,唇角却浮出了一个笑,那笑便显得分外自嘲,"原来,一切都是我自作多情罢了,他的确从头到尾只是逗着我玩。"

小花听到此处,心疼不已,但也不知该如何安慰,见成玉侧身又去拿酒,忙劝道:"酒虽也算好物,却不宜多饮……"奈何小花此人,心一软,声音也便跟着软,软软的劝止根本没有被成玉听入耳中。

成玉开了另一壶酒,喝了一半,再次怔怔地看向远方,良久,用执壶的那只手抵住了额头。她闭上了眼睛,有些疲惫地喃喃:"他让我明白了喜欢一个人是什么样,那会有多开心,却又那么快将那些东西都收了回去。他骗了我。"她轻声地对面前唯一的听众倾诉,"小花,喜欢一个人有什么好呢,我多希望我从来不懂。"

小花心口一窒,终于想出了一句安慰的话:"若是这么伤心,那不如忘掉也好吧。"

成玉静了良久,然后轻轻点了点头:"嗯。"

"时候不早了。"她摇摇晃晃地站了起来。声音仍很清明,像是没有喝醉。但小花这时候才知道,原来成玉真的是喝醉了,所以她才会在自己面前哭,才会说那些话。她赶紧站起来,想要扶一扶成玉,却被她推开了。

月色荒寒,夜色亦然,成玉摇摇晃晃地走在屋脊上,背影孤独幽静,透着一丝不祥的悲凉。

菱花镜中的画面在此时消失。

国师一直注意着连三,见今夜一直波澜不惊的三殿下,在成玉的身影出现在菱花镜投射出的幕景中时,那淡然完美的表情终于出现了裂痕。而当成玉毫不犹豫地将手中的香包投入炭炉,自嘲地说它们的存在反而让她显得荒唐又可笑时，三殿下的面容一点一点变得煞白。

三殿下反应这样大，让国师感到吃惊且不解。他不能明白，听到郡主远嫁乃至失踪的消息，在消化完后都能疏淡以对的三殿下，为何看到成玉的一个侧影、听到她半明不白地承认对他的喜欢，便会如此震动。

他当然不明白。

于连三而言，所有理智的安排、清醒的决断，以及基于此的那些疏远和所谓的一刀两断，都建立在成玉并不喜欢他的基础上。他从来没有想过，成玉竟对他有情，她是喜欢他的。

她喜欢他，可他却对她做了什么？

其实早在那夜她前往国师府隔着镜池执着地问他是否曾有过许多美人时，他就应该察觉到的，否则她为何要在意他过去是否有过女人？可他是怎么回答她的？他说是，没有任何解释。而当她颤声问他她是否也是一个消遣时，为了使她死心，他居然没有否认。在那之后，他还自顾自做出同她一刀两断的决定，任她远嫁，不闻不问亦不曾管。今夜国师前来告知他关于她失踪的消息，他甚至自以为客观冷静地将她推给了帝昭曦……

脑海中那本就岌岌可危的理智的线，啪的一声，断得彻底。

他的身体微微发抖，他控制不住，不禁扶住了一旁的桌角。

她一边落泪一边对花非雾说："喜欢一个人有什么好呢，我多希望我从来不懂。"

泪水细细一线，挂在她绯红的眼尾，飞掠而出，拧成一把无形的丝，细细密密勒住他的心脏，令他痛不可抑。

喜欢一个人有什么好呢，我多希望我从来不懂。

她酒醉的哭诉虽伤心，却很平静，但他从那平静的语声里听出了血泪的味道。声声泣血，一字一字，是在剜他的心。

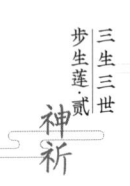

国师瞧见三殿下苍白着一张脸一言不发，转身踏出了房门，在踏出门槛之时，竟不稳地绊了一下，扶了门框一把才没有摔倒。

　　国师在后面担心地唤了一声："殿下。"

　　门外已无三殿下的人影。

## 第十章

自那夜大洪水后,绛月沙漠的天气便诡谲难定,时而炎阳烈日,时而暴风骤雨,近几日又是大雪纷飞。

驼队寻到了一片小绿洲扎寨。成玉裹着一领鹅黄缎绣连枝花纹的狐狸毛大氅,站在附近的一座沙山上远望。

昭曦则立在不远处凝望着成玉。从前他也总是这样悄然凝视祖媞的背影。

这场景和二十多万年前那样相似,让他一时竟不知今夕何夕。

季明枫所爱的红玉郡主,和昭曦珍藏在心底二十余万年的祖媞神,在性子上,其实有很大的不同。成玉活泼娇怜,祖媞肃穆疏冷,她们唯一的相似之处,是眉宇间那一抹即便生于红尘亦不为红尘所染的纯真。可此刻,远处沙山上那抹亭亭而立、清静孤寂的背影,竟与脑海中祖媞神立于净土的神姿毫无违和地重合在了一起,令昭曦的心一震。

正在他怔然之时,身边忽有人声响起:"郡主她越来越像尊上了,对吧?"

昭曦转过头,看清来人,微微蹙眉。来人是从来和他不对付的殷临,入凡后化名为朱槿。

朱槿的目光在他脸上略一停留,淡淡道:"你在想什么,我其实都知道。"

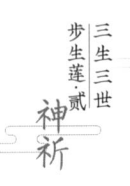

听得此言，昭曦不置可否地笑了笑："哦？"

朱槿看向远方，良久："你苦恋尊上多年，一心想将她据为己有，可一旦尊上归位，你便毫无机会了。你当然不希望她归位，是吧？"

昭曦僵了一下，但他很快反应过来，不动声色地回答："若你是怪我在洪水中救了郡主，那时我并不知洪水乃是天道为尊上所造的劫，可助她悟道归位。"他停了停，"我并非故意破坏这劫。同为神使，我为尊上之心，同你是一样的，归位既为尊上所愿，我自然会肝脑涂地助她达成此愿。"

然朱槿毕竟不是天真迟钝的霜和，也不是温和宽容的雪意，他一向犀利灵敏，难以糊弄。果然这一番话并未将朱槿糊弄过去，他面上浮现出了一个了然的神情，唇角微勾，便显嘲弄："可知何谓神使？ 神使存身于世的唯一使命便是侍奉神主，神主之所愿，便是神使之所向。尊上当年令你在凡世耐心等候，待她重临世间，你便能同我一起好好照看她。可你才等了三万年，便因私而自入轮回，"话到此处，他淡淡一笑，"所幸没有你，我也顺利辅助尊上转世了十六世。昭曦，你在我这里，早已没有任何信用可言了。说什么会帮尊上达成心愿，这些鬼话，我一个字也不会信。"

昭曦静默了片刻，声音冷下来："既不信，尊驾所为何来？"

朱槿收敛了那嘲弄的笑意，视线落在数丈外成玉的背影上，半晌，沉声道："这是最后一世，也是尊上的最后一劫，完成这一劫，她便能顺利归位。郡主必要嫁去乌傩素，必要尝遍这世间苦楚，完成这最后一世的修行，这一劫，我不允许它出任何岔子，若有人胆敢破坏，我神挡杀神，佛挡杀佛！"他回头定定注视昭曦的眼睛，神情凌厉，瞳眸中含着森然的冷意，"你听明白了吗？"

朱槿离开后不久，成玉也从沙山上下来了，昭曦却在那儿又站了会儿。

朱槿揣测他的那些话和最后那句恫吓，他齐齐生受了，并非朱槿的言语太过强势令他无力招架，他只是懒得做戏去反驳。毕竟，朱槿都猜对了。

可他来威胁他，却是威胁错了人，昭曦想。他应当还不知道，这些日子，连宋一直在寻找成玉吧。也对，朱槿毕竟不如自己那样清楚他二人之间的纠葛，不如自己那样关注水神的动向，因此棋差一着了。

将要破坏此劫的人不是他，而是水神，或者应该说不全是他，还有水神。

于洪水中救下成玉后，昭曦其实是想带着她立刻离开的，为避免被追踪，他还隐了踪迹，且囚了绛月沙漠的四方土地，以帮他保守秘密。哪知朱槿就在近旁，很快便现身，他着实无法在朱槿眼皮子底下将人带走，本想一路跟着寻找时机，孰料无意中从水镜中得知，连宋竟也开始寻找成玉了。细思良久后，他觉得，这可以是个机遇。

昭曦并非时刻窥视着水神，因此连宋为何会违了誓言千里万里地寻找成玉，他亦不甚清楚，预想中应是得知了她因洪水而失踪的消息，终究不忍。不忍，这是最合理的解释。

风雪簌簌，昭曦微微垂眸，手中化出一镜，镜中见到白衣的水神冒着风雪于大漠戈壁一寸一寸翻找成玉的匆忙身影，他突然想起了许多年前的一个黄昏，祖媞神在一方山瀑前对他诉说她的预知梦境。

他第一次听到她的嗓音含情，却不是为他而含情，她说："我看到宫室巍峨，长街繁华，也看到大漠戈壁，遐方绝域，而他为我踏遍山河，辗转反侧，心神皆郁，愁肠百结。然后终于有一夜，他寻到了我，告诉我说，他喜欢我。"

那个梦，指的就是目卜吧。昭曦冷冷地想。无法寻到土地指引的水神，于每一个白日黑夜，疲惫地行走在这片刚被洪水洗礼不久的、没有任何生灵存在的沙海中，徒劳而焦虑地寻找失踪郡主的踪迹。彼时无情无欲的祖媞神在梦中见到这一幕时不禁落泪,那时她是不知前因,如今知道了前因,明白连宋寻她为的不过是"不忍"二字,她可还会落泪?昭曦抿了抿唇角,不会了,他想。

他垂目继续凝视着水镜,在几乎将绛月沙漠翻过来的搜寻中,连三已很是接近他们了,镜中此时连宋所站之地,正是他们前日所经的路径。但昭曦并不打算提醒朱槿。据姚黄说,连宋或许认识朱槿,那一旦水神到来,为了不暴露成玉的身份,朱槿定会选择避其锋芒暂时离开。而那,正是他将成玉带走的绝佳时机。

昭曦面无表情地将水镜收入袖中,垂眸之时,看到了沙山下那抹向小绿洲踽踽独行的鹅黄色身影,他静了片刻,突然伸出五指,借着视野上一点错位的亲近,将那虚影笼入了掌中,然后小心地、紧紧地拽住了。

昭曦估算得没错,连宋果然很快便追上了他们,就在次日黄昏,比他所料的还要更快一些。

雪已停了,落日只是一个圆的虚影,遥遥挂于天边,静照在这片为薄雪覆盖的无涯孤漠上。被洪水踩躏的巨木残根自雪野里嶙峋地突起,为这片广漠平增了几分苍凉。

天是白的,地也是白的,成玉骑着一只白驼,侧坐在两只驼峰之间,正在驼铃声中昏昏欲睡。

驼队却突然停了下来。

她睁开眼,抬手将遮住眼睫的兜帽撩起,然后,手便停在了那里,雪白的面容上呈现出惊讶之色。那讶色似一朵花,在她精致的脸庞上缓缓盛开,开到极盛之时,却唯留一片空白。

她将手放了下来,保持着空白的表情,目光落在立于驼队前的白衣青年身上,淡淡一瞟,然后便移开了目光。

他出现在此,必是因了皇命,有什么事需交付送亲队,总不会是为了她。她沉静地想,重放下了兜帽,盖住了半边面容。

冰天雪地中,整个送亲队都着装厚重,唯有这突然出现的青年突兀地穿着不合时令的白单衣。青年身上有栉风沐雨的痕迹,面上略显疲惫之色,但这无损他高彻的神姿,依然令人觉得他形如玉树,姿态风雅,却又内含威仪。

负责送亲的李将军率先认出了面前这位被尊为帝国宝璧的大将军,立刻携众叩拜。连宋却并未看他们,目光定在不远处端坐在驼峰间的成玉身上,静了好一会儿,方低声吩咐:"你们先行回避吧,我有事同郡主说。"

众人循令退去远处,连宋方抬步,缓缓走到了成玉的白驼前。

白驼灵性,感受到这高大青年内敛的威压,立刻驯服地跪卧下来。

连三方才吩咐人下去时,成玉并未听见,此时还陷在众人为何突然退下的茫然中,白驼一动,她回过神来,才发现手被来人握住了,一拉一拽之间,竟已被青年抱了起来。

白驼温驯地跪于一旁,她被青年揽在怀中,拥抱的力度几乎令她感到了疼痛。但她没有挣扎。她在思考:他这是在做什么呢?

"我找了你很久,阿玉。"青年终于开口,在她耳边低声道。那声音有些哑,含着一点疲顿之感,却很温柔。温柔得令她感到困惑。

大约是在冰天雪地中待得太久了,青年的怀抱是冷的。成玉的心也是冷的,并不能因一个久违的拥抱就温暖起来。她一直没有吭声。

直到青年察觉出了她的反常,主动松开她,她才顺势离开了他的怀抱,微垂着眼,平静开口:"将军来此,是因皇兄听说了沙洪之事,不放心我,故而派您前来寻我,是吗?"他为何突然出现在此地,这是她能想出的最合理的解释了,"如将军所见,"她九动十衷地继续,"我很好,送亲队也正按照原计划向乌傩素赶路,不会耽误国之大事。烦劳将军向国朝陈明,且代我向皇兄报个平安吧。"

天边那冰轮似的冷阳像要挂不住了，缓缓西沉，天地间笼上了一层朦胧的暮色。

　　听闻成玉平静冷淡的言辞，连宋并没有立刻回答，待她等得不耐，重拾起下垂的眉眼，淡淡看向他时，他才轻声："我来寻你，与皇命无关，是我自己非要找到你不可罢了。"趁着她发愣，他上前一步，握住了她的手，"想要问我为什么，对吗？"但不等她点头或摇头，他已凝视着她的眼眸说出了答案，"因为我喜欢你，不能容许你嫁去乌傩素。"

　　成玉怔住了，片刻之后，缓缓睁大了眼睛。

　　连三了解成玉。

　　成玉是那样的，受伤后惯会以棘刺包裹自己，但无论她表现得多么拒人千里，她的心却比谁都软，都真，所以她一直是很好哄的。

　　四处寻她之时，他已将他们的重逢在脑中模拟过千遍。他预料过她见到他时或许会很冷漠，他知道他该怎么做。只要让她知道他的真心，她便会收起周身小刺，虽不至于像梦中那样立刻扑进他的怀中，但她必定会谅解他，或许会再闹一会儿小脾气，但此后就会软软地依靠上来同他和好。他是这么想的。

　　骄矜的水神，被这世间优待太多，自负刻进了骨子里，从未怀疑过或许这一次他对他的心上人判断有误。

　　直到此时，分辨出成玉的脸上并未出现哪怕一丝欣悦的表情，他才终于意识到了这个问题。一种事态或许会脱离掌控的慌乱悄然自心底生起，令他的心猛地一沉。

　　便在此时，成玉终于给出了回应。她像是听进了他的话，自言自语："喜欢我吗？"停下来想了会儿，面上浮起了一个不经心的笑意，她摇了摇头，"你或许的确有些喜欢我，但只是一些罢了。"这么点评了一句之后，她抬起头来望住他，那笑便不见了，清澈如水的眼眸中无悲无喜，"因为将军曾亲口说过，我嫁给敏达也好，嫁给谁都好，那是我的命数，你不便相扰，难道不是吗？"

连宋一震。

成玉继续道："所以我有些困惑，明明将军初回平安城，听闻我远嫁的消息时，并没有任何触动，此时却为何会来寻我，且还说出不能容我远嫁的话呢？"她用那杏子般的眼眸望住他，那眸子仍是可喜的水润，像时刻含着汪清泉，此时却是清泉无纹。

为何如此，这是一时半刻无法解释清楚的一桩事，可为何她会知晓他那些言不由衷之语，而后更深地误会他，瞬息之间他便明白了："那些话，是季明枫告诉你的，是吗？"

她移开了视线。夜幕已临，是该安营的时候了，幸而附近便有一小片绿洲。李将军正指挥着兵丁扎寨生火，季明枫亦站在那一处，却游离于忙碌的众人外，面向他们这一处，似乎正在看着她。

成玉再次收回了视线，她摇了摇头："与他人无关，是我亲眼所见。那时得知我和亲，将军其实并无不舍，小花不欲我远嫁，想请将军帮忙，将军却连一面也不愿见她。"说到此处，她停了一停，忽地敛眸，自嘲一笑，"也是，若要将我换回，只能派十九皇姐前去，才能遂乌傩素之愿。十九皇姐乃将军的掌中宝，将军自不会令她远嫁。既然没有换回我的办法，不见小花也是应该。"

若两人再无相见之机，这些话她一辈子都不会说出来。他的狠心令她生痛、生怨，一月不到的时间，着实不足以令那些伤痕痊愈。她拼尽全力想平静地面对他，可心中痛未灭，言语间难免怨怼。似是察觉了自己言语中的怨愤之意，她立刻住了口，声音重变得古井般枯寂沉静："在我和十九皇姐之间，将军早已做出了选择，此时却又来寻我，将军是什么意思，我很糊涂。"

这些话，她说得越是平静，越是刺心。话罢她便敛了眸，因此没有看到青年脸上的痛意，只听到良久之后，青年出声道："你说我做了选择，的确，我曾做过一个如今令我后悔万分的选择，但这选择却与烟澜无关。阿玉，你不必如此在意烟澜，我们之间的事，和她没有

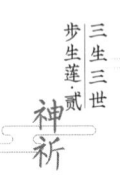

关系……"

"是的，我们之间的事同十九皇姐没有关系。"少女突然抬起头来打断了他，嘴唇颤了颤，像要勾出一个笑，却终究失败了，她就含着那个失败的笑，轻声道，"我很明白，所以你放心，我必不会因此而记恨皇姐。"她顿了顿，"如将军所言，和亲是我的命数，我已接受了这命数，将军请回吧。"

连宋直觉成玉是又误解了什么。向来颖悟绝伦的水神，这一刻，面对眼前将真心深深藏起的心上人，却骤然失去了抽丝剥茧的分析能力。他不知道她在想什么，唯一能确定的是，他今日对她说的话，她一句都不曾相信。

他看着她，直看到她不能承受地移开了目光，才疲惫地开口："为什么就不能相信我呢？"连他自己都没有意识到，那微哑的语声里竟含了一丝委屈。

成玉静了许久。"我是不能相信你。"她轻声，"叫我怎么相信你呢。"停了一会儿，她又道。这像是个问句，但显然她并不需要他的回答。

她注视着不远处袅袅升起的炊烟："你喜欢长依，为救她不惜散掉半身修为，为了她而入凡，连做大将军，都是为了保护她的转世，付出这样多的心血，这才是喜欢吧。"有风吹过，拂起她的发丝，她抬手将发丝拂至耳后，眼眸中流露出了一丝看透一切的厌倦，"将军说喜欢我，可为了我，你又做过什么呢？无论我是生是死，是远嫁还是失踪，将军都不关心的，这，怎么能说是喜欢呢？"

连宋怔住了。"你原来，是这么想的。"良久，他说。

他是真的从来没想过，在她内心深处，竟是这样定义他，这样定义长依，这样定义她自己。饱览宇内经纶的水神，参透十亿婆婆人世，却参不透意中人的思绪。

他自认对长依无情可言，折半身修为救她，只为验证"非空"的存在。他也从不觉得自己的半身修为值个什么。折修为，救长依，证非空，都不过是漫漫仙途中几件尚可算作有趣且有意义的事罢了。做，就做了，不做，也无所谓。唯有对成玉，他是思之不得，辗转反侧，执着在心，无法纾解。

在他看来，为成玉而起的贪欲和嗔痴心，比半身修为难得太多，可在凡人看来，他对成玉所做的，的确不及对长依千万分之一。

"我对长依，不是你想的那样。"

到最后，他竟只能说出这句话，他自己也知道这句话有多无力。但她厌世般的面容和他内心无法忽视的郁窒之感却堵得他喉头生疼，无法说出更多的言语。

然后，他就看到她流泪了。那泪来得突然，就在他那句苍白的解释之后。

她依然是不信他的，他无力地想。

"我其实有些恨你。"她安静地开口。

她在他面前哭过很多次，她的泪，他是很熟悉的。她伤心得狠了会大哭，但伤心得狠了却不知如何是好时，她的泪从来是很平静的。

"我自己也知道，其实我没有理由恨你。你曾经告诫过我，让我离你远些，是我不愿听，所以落到这个地步，是我的错。但我却忍不住恨你。"她叹息了一声，说着恨他的决绝话语，但转过头来看着他时，却眼尾绯红，分明是一副柔软可欺的模样，但她的拒绝又是那样坚定，"将军，我这一生，其实都不想再见到你。"她说。

似有一盆雪水当头泼下，凉意直入心底。连宋僵在了那里。

她令他怜，亦令他痛。

从前总以为她只是个娇娇小儿，不识情字，因此当用那些风刀霜剑般冰冷残酷的言语斩断二人缘线时，他开不觉会伤她多深，只以为她懂得什么呢，痛的人唯有他而已。可如今才知，他究竟伤她多深。他不能怪她受伤后筑起利甲保护自己，不能怪她不信他，更不能怪她一生都不想再见到自己。

在说完了那些话之后，成玉便转身背对了他，再次出口："所以将军，请回吧。"

天地都静，连宋只感到浑身冰冷。那冷意极尖锐，迫得他无力以对，如同置身于北海海底那惩罚罪人的万里冰域。

送亲的驼队一路向西而去，按照舆图，再行两日便能到达被誉为沙漠之心的翡翠泊。翡翠泊后坐落着一片广袤的戈壁。静谧的桑柔河自高原而下，绕流过沉默的戈壁滩，而在桑柔河的尽头，便是大熙与乌傩素的国界所在。

国师一手牵着骆驼一手拎着张地图看了半天，不解地同走在他身旁的天步搭话："天步姑娘你伺候殿下多年，应该对殿下很是了解吧。"

天步谦虚道："不敢当。"

国师没有理会天步到底敢当不敢当，自顾自继续："依你看，殿下如今这到底是个什么情况啊？"国师叹了口气，"既然终归是舍不得郡主，那上天入地好不容易把人给找着了，难道不该立刻将她给带回去吗？可殿下倒好，只这么一路跟着，再跟个七八日，咱们就能亲自把郡主送嫁到那敏达王子手中了。"话至此处，国师突发奇想，"该不会……殿下是真这么打算的吧。想着既然他与郡主无缘，那不如让他亲手把她交托到一个可信靠的人手中，她下半辈子稳妥了，他也就心安了什么的……"

连、成二人情缘纠结难解，国师方外之人，不识情字，但他讲义气，也渴望有足够的情感知识储备，可以助他在关键时刻开解友人，因此这些时日埋头苦读了不少情天孽海的话本子。看他现在思考事情的脑回路，就知道神功已有小成。

天步正儿八经考虑了一下国师这个推论的可能性，严谨地摇了摇头："不，我觉得不至于。"她给出了一个很理性的论据，"殿下并不是这样舍己为人的神。"

这个论据太有分量，国师一时也不知道该说什么。

天步沉吟了一番，又道："郡主还在生殿下的气，这种情况下，直接将郡主带回去，实乃火上浇油，我估计，殿下可能是在等着郡主消气吧。"

国师想了想，点头："也是。"

天步当然不知成玉并非是在赌气，也不知郡主和她家殿下那场分别了近四月之后的再次相见并不从容。非但不从容，还饱含着近乎决裂的悲苦和沉重。毕竟，在连宋寻到成玉后的第三日，她同国师才领着一个拖油瓶一样的烟澜一路找过来。她根本不知二人之间发生了什么。

是了，他们将烟澜也带了过来，此举着实不明智。但无意中从国师处听到连宋拆天揭地地寻找成玉的消息后，烟澜震惊之余，以死相胁，非跟来不可。国师受不住她那种一哭二闹三上吊的闹法，只好从之。

此时烟澜便坐在国师所牵的那头骆驼上，巴掌大的脸陷在防风的兜帽中，神色晦暗，忍不住插进国师和天步的交谈："红玉她差点在洪水中失踪，殿下寻她，应是为了确定她平安吧。终归也是有几分交情的，殿下不忍，乃人之常情。至于国师大人所说的什么有缘无缘，舍得不舍得，"她轻轻咬了咬唇，"我看却都是没影踪的事，国师大人自己胡乱想的罢了。"

国师不以为然，却也没有反驳，他这一阵也是被烟澜折腾怕了，本着多一事不如少一事的心浅浅一笑："公主说得是。公主说是如此，那便是如此吧。"

天步侧头看了烟澜一眼。

天步的动作很微小，因此烟澜没有发现，她大概也听出了国师的敷衍，面色有些尴尬，没有再尝试说什么，唯那双水润的眼，牢牢注

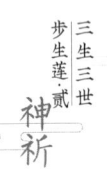

视着前面连三的背影。

天步偶尔会有点疑惑，明明长侬是那样有趣的人，看长侬永远如同雾里看花似的难以看清。但长侬转世的烟澜，偏这样简单。她也不像是白纸那样纯净，或许更像是一汪活水，也算不上多么澄澈，但好的坏的，却都能让人一览无余。譬如此番她不顾一切也要跟来这里，善解人意的天步就很能领悟她的意思，不过是因她害怕连三果真对成玉动了真情，一心想要阻止连三将成玉带回平安城罢了。

天步不太看得上烟澜这些小心思，觉得她这样既无用，也没意思。

两日后，到了翡翠泊。送亲队在湖口的三角洲处安下了营寨，天步他们则在营地数丈之外安顿了下来。

国师最近话本子看多了，入戏甚深，悲怜世间有太多痴情儿女缘悭命蹇，连带着也很同情连宋和成玉。加之见三殿下似乎也想开了，一副世间规则皆不在我心的无悔模样，国师更誓要撮合二人，觉得人神相恋，虽然困难重重且为天地不容，但正因如此才凄美动人嘛，是很值得相帮的一件事了，就挺兴冲冲地天天给天步出主意，手把手教她如何当一个三殿下感情路上的好助攻。

国师是这么和天步分享心得的："有个话本叫《西厢记》的，不知道天步姑娘你有没有看过。《西厢记》里的秀才张生和小姐崔莺莺闹矛盾了，就是靠崔莺莺身边的丫鬟红娘从中说合。为今之计，我看天步姑娘你也不妨效法那红娘一二……"

天步当然没有看过《西厢记》，她也不认识什么张生和崔莺莺。她对国师的话半信半疑，但天步从来是个急主人所急的忠仆，看连三因和成玉闹僵了，整日郁室不乐，自然也想帮主人解忧。她就谨慎地把《西厢记》找出来认真地研读了一遍，看完之后，惊觉国师的鬼话居然有几分道理，她效法红娘去说合说不定还的确是个令连、成二人破冰的好法子。

天步沉吟一番，径直去了成玉的营帐。

天步本以为成玉既恼了连宋，那必然也恼她，求见成玉应该不大容易。没想到并未遇到什么刁难，很快就被她身边那个梨妖侍女领进了帐中。

大漠飞雪不断，帐中却很暖。少女像是刚浴过身，水红色中衣外，一件白底织金貂毛大氅斜披于肩。她侧靠着一张红木凭几，倚坐于雪白的羊毛毯上，螓首低垂，亲自给天步斟了一碗酪浆茶。

跪坐在一旁的梨响将茶捧给天步。

天步喝了一口，味道很怪，她不太明显地皱了皱眉，正琢磨着如何同成玉提起连宋，少女倒先开了口："听说叠木关以西的住民没有饮茶的习惯，大家都是饮酪浆，我不太喜欢酪浆，前几天趁着他们煮浆时，偷偷添了浓茶进去。这种以茶改良后的浆我喝着觉得还可以，倒是没有纯浆那么难以下咽了，天步姐姐觉着怎么样？"

成玉仍称她为姐姐，态度自然地同她闲谈，就像她们还在平安城。但天步立刻就辨出了差别。平安城中的玉小公子纯稚可亲，同谁都能相处得好，可此时坐在她面前的红玉郡主，却自带一股拒人千里的疏冷之意，犹如瑶池之花，不可攀折。

终归是物非人也非了。

天步斟酌了一下，答非所问地向成玉道："郡主既不喜酪浆，又何必勉强自己。虽说添了茶味，但酪浆便是酪浆，终究不如茶汤可口。"

成玉不置可否地笑了一下："入乡便要随俗，总是要习惯的。"

天步静了静："不知道郡主想过没有，或许您可以不用入乡的。不入乡，自然就不需要随俗。"她佯作自然地将话题引向正轨，轻咳了一声，"关于郡主和亲之事，我想公子处必定已有了一个万全之策……"

成玉打断了她："天步姐姐。"她出声，声音稍显突兀，但因轻柔平静，因此并不令人感到不自在。她温和地向着天步笑了一下："许久不

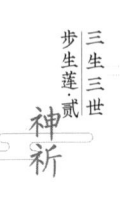

见，我们还是聊点更有意思的事吧。"

天步愣了一下，她想过成玉可能不太愿意同她聊起连宋，但没想过她会这样直白地制止自己，那些在心中揣摩了许久的话就这样被堵在口中。然她二人从前的交情，皆是因连宋而起，此时要绕开她家殿下聊点别的，天步一时也不知从何聊起。

成玉替她解了围："说说长依吧。"凭几上搁着一只银壶，镂空的壶柄上以红线系了串银铃，"长依，她是怎么样的？"成玉低头拨弄着那串银铃，在银铃的轻响中出声。

那声音很轻，因此显得缥缈，天步有些疑心自己听岔了："什么？"

就见成玉抬起头来，若有所思地看了她一眼，过了片刻，她像是突然明白过来似的，很浅淡地笑了一下："哦，你应该还不知道。"她柔声解释，"我从烟澜处听说了。大将军的真实身份也好，烟澜同长依的关系也好，还有大将军同长依的渊源，我大概都知道了。"

眼见天步脸上浮出震惊，她觉得有趣似的，再次笑了一下。"那时候长依，"她以手支颐，纯然感到好奇似的，"她为什么没有和你们的殿下在一起？"

天步终于有些明白，为何从来心软又好哄的成玉，如今面对连宋会是这个态度。原来二人之间隔着长依。成玉既是从烟澜处得知了长依的存在，那天步大概能料到烟澜都在成玉面前说了什么，她不禁有些气恼，心念电转间，定神向成玉道："我不知十九公主曾对郡主说了什么，但郡主心里应该知道吧，殿下喜欢您，十九公主她一直看在眼中，因此而嫉恨您也是有的。若她的话令您感到不快，您大可不必当真，她不过是想离间您和殿下的关系罢了。"

成玉微垂着眼，暖灯映照之下，她的侧面柔和静美，没什么表情，看不出在想什么。

天步也不知成玉有没有将她的话听进去，心里这样疑惑着，面上却不显，只继续道："至于殿下为何没有和长依在一起，自然是因为殿下并不喜欢长依,而长依也不喜欢我们殿下。"停了停,她又补充了句,"九天之神皆知,长依喜欢的是三殿下的兄长二殿下桑籍。"

成玉静了片刻。"哦,他果然是爱而不得啊。"她依然托腮靠着凭几,眼睫微垂,说这话时表情没有任何变化,语气也很平直,听不出来是在意还是不在意。

天步却蒙了,她完全没搞懂自己到底是哪句话说得欠妥,以至于让成玉得出了这样荒谬的结论。"不,"天步觉得自己还可以再补救一下,"郡主你真的误会我们殿下了,殿下他对长依着实没有男女之情。所谓助她成仙、照看她,乃至后来救她之类,不过是殿下他……"

但她没能将解释的话说完整,成玉突然打断了她:"你又怎么知道呢?"是个反问,语气并不强烈,因此并不显得迫人。

在这个问句之后,成玉托腮的手放了下来,一直凝于虚空的视线落到了天步脸上。她看了天步好一会儿,然后将视线移开了:"喜欢一个人,其实是很自我的一件事,若有心遮掩,旁人便更难以看透,到底如何,唯有自知罢了。或许有时候,因对那人好已成了一种本能,所以连自己也不知道。"她的声音和婉,像只是在就事论事,"譬如我从前就并不知道我喜欢你们殿下,很久之后才明白,原来那竟是喜欢。"话罢她再次拨了一下那系在银壶手柄上的银铃。

天步怔住了,她没想过记忆中那总是快乐无忧、孩子般纯真的半大少女,有一日想事也会这样深。半晌,她喃喃:"郡主你……是这样想的吗……"

连宋和长依之事,她其实从来没有细思过,她只是盲信了自己对连三的了解,先入为主地认定了自己的判断罢了。但就如成玉所说,连宋到底对长依是如何想的,她又怎么能知道呢?三殿下是真的不喜欢长依吗?天步不禁也有些恍惚了。

就在天步恍惚发呆之际,成玉再次主动开了口:"或许有些事,的确是烟澜骗了我,但她是长依的转世,这总是没错的。"她微微抿唇,含着一点不认同,淡声,"不过我不相信得你们殿下如此高看的长依会是烟澜那样。"她停了一下,"长依是怎么样的,你和我说说看吧。"

这已是今晚成玉第二次开口让她谈长依,天步想,看来她对长依真的很好奇。

天步其实有些挣扎,不知道该不该和成玉聊长依,但转念想很多事既然成玉已知道了,那她在她面前追忆几句故人应该也无伤大雅,一味回避反倒容易又起误会。

"长依,她和烟澜公主长得很不同,比烟澜公主要更貌美一些。"她想了一会儿,开口道。一边观察着成玉的表情,一边斟酌着言辞:"长依是花主,人也像是一朵雾中花,总是朦朦胧胧的,让人看不真切;你以为她是这样,但其实又是那样,仿佛有一千面,是庄肃的九重天上难得趣致的一位女仙。"

看成玉托着腮,仿似听得很专注,天步娓娓继续:"长依也聪明,那时候殿下代理花主之职,将她安置在座下。您也知道殿下的,逍遥无羁,许多事都懒得管,因此花主这个职位上的差事,大多都交给了长依担着。长依能干,每一桩差事都完成得极出色,所以没多久,殿下就同掌管仙籍的东华帝君打了招呼,让出了花主之职,将长依推了上去。长依心好,人也玲珑,兼之又有才干,因此当年虽是被破格擢升为花主,但她座下的花神花仙们都很拥戴她。"

回忆到此,天步默了一下:"长依在花主这个职位上兢兢业业了七百二十年,诸神皆对其赞誉有加。"她有些沉重地顿了顿,"原本她是会前途无量的,奈何为情所碍,最后为了成全心上人,不幸魂丧锁妖塔。"她轻轻叹了口气,"再之后的事,郡主你便知道了。"

她简单述完长依的生平,等了一会儿,见成玉没有回应,不禁抬头看去。

成玉垂眸沉默着。这是今晚她常有的一个动作,但此刻,那没有表情的脸却不像是在思考,而像是走神。帐外寒风呼号,即使以毛毡做门帘也嫌不够厚实,风寻着缝隙扑进来,灯苗摇摇欲坠,噼啪一声,爆了个灯花。

成玉的眼睛很缓慢地眨了一下,这时候,她才像是终于回过神来:"听起来,长依不错。"她对天步说。想了想,又道:"是个很难得的女仙,配得上他,这很好。"说完这句话后,她笑了一下,笑容没有持续太久,很快便消失了,面容空白,装点着一缕倦色。

天步皱了皱眉。她注意到成玉今日笑了很多,就像她依然还是过去那个温和的少女,一切都没有改变。但那些笑都很轻、很淡,且转瞬即逝,再也寻不出过去的烂漫赤诚。更像是一种保护自己的伪装。

天步的内心有些复杂。但不等她有更多的感慨,便听成玉又道:"长依是这样,才不会让人意难平。"这句话有些莫可名状,但天步却隐约觉得,自己懂了成玉的意思。果然听她又补充了一句:"复归的长依,应该不会再那么死脑筋,希望大将军能得偿所愿吧。"

天步抬眼望过去,看着少女那淡漠而美丽的侧影,突然记不起曾经的成玉是什么样了。依稀记得是活泼勇敢的少女,总是很有朝气,不怕碰壁,无论在连宋那里吃了多少次闭门羹,也有执着的勇气。有时候聪明,有时候又很笨,看不穿连宋是在故意躲她,听自己说公子不在府中,会有点害羞,又有点赧然地对她说"没关系我明天继续来找他",还会切切地、好好地嘱咐她一旦连宋回府一定要派人通传她。

可那个少女,她那些天真热切的神色,她的一颦一笑,天步却忽然记不清了。眼前唯有她如今这副淡漠沉静的模样,仿佛很懂事、很通透,又善解人意。

天步觉得有点心酸,又有点可惜。她不知道自己还能再说什么,喝完了一整碗酪浆茶,踌躇了片刻后便告辞离去了。成玉没有挽留。

回去的途中,天步隐约觉得这次对成玉的拜访非但没能帮到三殿下,反而将这桩事搞得更复杂了。她揉了揉额角,想着得立刻去找三

殿下请罪。但回到他们那片小营地时，却并没有寻到三殿下。

营地里只有烟澜那个叫作青萝的婢女惶惶地守在帐篷中。婢女颠三倒四禀了半日，天步才知道，就在她前去成玉的营帐时，发生了一件大事。

烟澜失踪了。

## 第十一章

浓茶醒神,以浓茶入酪浆,因此而制出的酪浆茶在提神醒脑上亦有大用。成玉睡前饮了半杯,半宿不得安眠,因此当昭曦趁夜潜入漆黑的郡主帐时,见到的是一个因失眠而圆睁着双眼极为清明的成玉。

双方都愣了一下,还是昭曦率先反应过来,抬手便向成玉的颈侧压去。

成玉挡了一挡:"世子这是做什么?"语声中并无惊惧,也无怒意,只是像很疑惑。

昭曦顿了一下,一边安抚她:"别怕,带你去个地方。"一边趁着成玉不备,右手快速地再次压上了她的颈侧,在耳畔轻轻一碰。成玉来不及说什么,只感到耳后一麻,人便晕了过去。

成玉觉得自己应该睡了很久,恢复意识时,她感到有人在有一搭没一搭地轻触她的鬓发,手法温柔,并不令人感到不适,但她心中对这样亲密的接触感到抗拒,因此强抵住了困顿之感,费力地睁开了眼睛。入眼便是那只修长劲瘦的手再次落下来,这次抚在了她的额头上,掌心温热,微有粗粝之感。

成玉一惊,猛地推开了那手坐起身来,定了定神,方看清手的主人原来是季明枫，而方才她竟然躺在季明枫的怀中。昏睡前季明枫将她带走的一幕蓦入脑海，成玉快速地看了一眼他们如今所处之地，低声："明月，空山，松下，溪边，"八个字概括完周遭之境，她不太明显地皱了皱眉，"这是什么地方？"又问，"你……"

她原本是想问你为什么将我带来这里，但脑子里突然撞进了一个看上去很荒谬但又似乎极有可能的想法，让她一时噤了声。不会吧，她神色复杂地看着季明枫，有些犹疑地想。

月色澹荡，古松卧于溪畔，树冠如同一蓬绿云，老根之侧设了一席。季世子一身玄衣，一膝微曲，坐于席上，神色沉静，并且从头到尾，他的神色都那样沉静。仿佛成玉突然醒来，发现他对她私自的、隐秘的，而又逾越的亲密，皆是在他的计划之中，他就是在等着她发现。并且，他很清楚成玉想要问他什么。

所以，他先回答了成玉的第一个问题："这是自你所在的那处凡世诞生出，却又独立于那处凡世的一个小世界，是一个任谁也无法找到的地方。任谁的意思是即使朱槿或者连宋，也没有办法找到这里。"

在成玉面露震惊之时，他的手指轻轻叩了叩膝："还想问我为什么将你带来这里，对吧？"他语气平直地继续为她解惑，回答她并未问出口他却已知的第二个问题，"你爷爷睿宗皇帝曾训示先帝，道成氏王朝南面天下，不结盟，不纳贡，若国有危，将军当亡于沙场，君主应死于社稷；熙朝的国土之上，王子可以埋骨，公主不可和亲。"

话到此处，语声染上了一丝嘲讽："睿宗才崩了多少年，成筠便忘了祖训。如今国也不算有危，将军并未亡于沙场，君主也还没有死于社稷，却已派了郡主前去蛮族和亲，满朝文武居然也没什么意见。靠着女人的裙带安天下，诸位君子倒都很好意思。"

成玉怔了片刻，她方才还以为季明枫将她带来这里，该不会是因喜欢上她而终于忍不住抢了亲吧。此时方知是误会了季世子，不由愧作:"原来世子是急公好义,欲救我出苦海,"季世子适才臧否今上和群臣之语,是有其道理,但她也理解成筠如此选择的无奈,不禁为其辩驳,"皇兄一向待我不薄,送我和亲,并非是皇兄无能,选择了用女子的裙带安天下。当日熙卫之争,君王并未懒政,将军也并未息战,着实是因在那样复杂的情势下,结盟乌傩素是最……"

但季明枫却像很不耐烦听到她为皇帝说话:"又何必为他们找借口,"他打断了她,双眉蹙起,像是并不明白似的看着她,"和亲嫁去乌傩素,嫁给那敏达,也并非你所欲,不是吗?"

季明枫一语罢,两人间静了片刻。

远处传来山鸟的夜鸣,松风自身畔过,成玉撩起被风吹散的鬓发,而后开了口:"我很感激世子你为我考虑这样多。"她不明显地笑了一下,"和亲……原本的确并非我所欲。谁愿意去国离家,远嫁去一个未知之地呢?"远望天尽头浓黑的夜色,"但,彼时皇兄问我意愿,我亲口答应了。既答应了,这便是我的责任。"

她平和地揣测:"世子将我带到此处来,李将军他们无法寻到我,势必会上报朝廷,而后,皇兄会换上别的公主替代我远嫁。"很轻地叹了口气,"世子当知,和亲这桩事本身,是无法阻止的。皇宫里的百来位公主,大都是可怜之人,牺牲她们之中的任何一位来承担本应由我承担的命运和责任,我都难以心安。"她看向季明枫,容色安然,"所以世子还是将我送回去吧。"

溪中流水潺潺,清音堪听。季明枫仍保持着屈膝坐于席上的姿势,但他抬起了静在身侧的右手置于膝上,徒手把玩着掌中之物,一时没有言语。手心偶尔透出一点蓝光,成玉定睛,才蓦然发现,季明枫所把玩的是原本插在她头上的一支蓝宝白玉掩鬓。

她恍了一下神。

季明枫便在此时抬起了头,他面无表情地看着她:"其实将你带来此处,并非因道义,也并非全为了你,所以将你送回去,是不行的。"

成玉还在恍惚中，刚从此境中醒来时那荒谬的念头再一次划过她的脑海。"什么？"她问。

季明枫显然注意到了她的表情，他定定看了她一阵："你其实一开始就猜到了吧，阿玉，将你带来这里，是因为我喜欢你，不愿你去乌傩素和亲罢了。说什么道义，为了你好，不过是因我以为那样更能说服你。"

他目视着成玉，目光审慎，审慎中含着希冀，很微弱，但也不是完全不会让人察觉。如此矛盾的目光，就像他虽然料到了成玉早已猜到了他的真实所想，却还是希望自己料错了，她其实并不知道，而当她终于明白他的心意时，会动容，会想要回应。

哪怕只有一丝动容，一刹那想要回应。

他给了她不可谓不长的一段时间，但最后他还是失望了。

她看上去丝毫不吃惊，微微垂了眉眼，像是不知该说什么，或者不想要说什么。但两种反应也没什么差别，同样都是对他的表白毫不期待的意思。

"没有什么话好说，是吗？"季明枫笑了一下，那笑很淡，只在嘴角短暂停留，像是很无谓，"那我继续说了。"他淡淡，"既然你和亲的心如此坚决，那些冠冕的话你也听不进去，那我只好让你看清现实。"

他的声音彻底冷了下去，说出的话像是刻意想要使人生惧："我早就预谋好了这一切，趁着朱槿和连宋不在的时机，将你带来了此地。这就是我的打算：将你因在此处，同我共度余生。自将你成功带来这里，我就没有过哪怕一丝一毫的念头，要再放你回去。"

月光幽凉，林下只余水声风声。两人间着实静了一阵。

终于，成玉蹙着眉开了口："你……"似有些踌躇，但看不出害怕，像有什么重要的话将要出口，在斟酌着言辞。

他料到了她想要说什么，眉眼不自禁地一沉，自席上站起，几乎可称粗暴地打断了她的斟酌:"你也不必多说什么。"他生硬道,"我知道你一时半刻无法接受,但很快你就会想通的。"他居高临下,看似随意地向她,"既然连敏达都可以嫁,收继婚那样的恶习也可以接受,那嫁给我,当然也是可以的,对吧?"

既然从那样遥远的过去直到现在,他从来没有那样的好运气能同她以真心换真心,那么扮演一个纯粹的掠夺者,也不是不可以。

果然不出他所料,在听到这一番言辞后,她的脸色瞬间变得苍白。

他终归还是不忍,闭了闭眼,转身背对着她:"时候不早了,我先去前面的竹楼休息,你若困了,也去那楼中休息便可。"话罢便要抬步而去。

这一次,她很快叫住了他:"你等等。"声音并不高。

他顿了一顿,但没有停步。

她抬高了音量:"世子哥哥,你等等。"

这久违的称呼令他一震,他没能再迈动步伐。"你许久没有这样叫过我了,"良久,他低声道,"但是,"他像是有些自嘲地轻笑了一声,语声很快恢复了冷漠,"想要以此讨好麻痹我,从而说服我,大概是没用的。"

成玉没有理会他的嘲讽,"我并不相信,"她自顾自言道,"就像你所说的那样,不管我怎么想,也铁了心要将我囚在此处。若是如此,你那样聪明而有耐心,完全可以用其他借口欺骗我在这里住下来,温水煮青蛙地使我失去想要出去的意愿。你完全不用这样着急地向我道出你的真实想法,便可以达到目的,不是吗?"

他没有否认,但也没有承认,仍背对着她,笑了一声:"那你说我是为了什么?"

她轻声:"从前,你我之间虽有许多误会,但我却没有一刻不曾认为丽川王世子是个光明磊落的大丈夫。你的行为如此矛盾,是因为你从心底里不愿欺骗我。"她停了停,"其实早晚会想通、会被说服的不

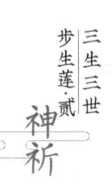

是我,而是你。"她定定望住他的背影,"我的意愿对你,其实很重要,对吧?"

他像是僵住了,没有说话。

她的眼神清明而笃定,虽未曾得到他的回应,亦继续道:"也许答应和亲时,我有过意气用事,但越是靠近乌傩素,我便越明白了我所肩负的责任的重大。其实很早以前,我便知道了自己的宿命,喜欢上……"她顿了一下,绕过了那个名字,"那时候,是我最想要从这段既定的命数中挣扎出来的时刻。但最后发现不行,其实也没有太大的遗憾。"她神色肃然,"如今,想到舍我一人远嫁,大战可止,而我在乌傩素一日,大熙的边境便能安妥一日,我之余生,竟重要至斯,思之令我心得慰藉,我愿意为大熙如此。"她跪了下来,以首触地,"所以,我求世子哥哥你将我送回去。"

季明枫僵了许久,最后还是转过了身。他深深看着成玉伏地的倩影,嗓音微哑:"的确,你的意愿对我很重要,但我的意愿对你,却不值一提。无论过去还是现在,你真的,从未将我放在心上啊。"

成玉抬起头来,有些怔然地看着季明枫。他的声音那样悲郁,面容又是那样苍凉,她有些模糊地感觉到,他口中的过去和现在,似乎并不止是两年前他们在丽川结缘至今,而是更广阔、更苍茫,也更孤寂的时间,所以他才会是这样的语声和表情。

季明枫蹲下了身,与她平视,那张脸英俊淡漠,眼眶却红了:"你真的很无情,你知道吗?"

成玉感到心酸,她被那盘绕于心的酸楚之感所攫住,看着他失望的脸、泛红的眼眶、紧抿的嘴唇,不自禁地伸手拉住了他的一点衣袖:"我……"她觉得他是伤心了,想要说出一点安慰的话,一时却不知该说什么。似乎这个时候,不遂他的意,那就说什么都显得无情,可她是无法遂他之意的。

季明枫垂眸看着抓住他衣袖的她的手,片刻之后,伸手握住了她的手。

她没有反抗。

他凝视着她的手,眼睛一眨,眼尾忽然滑下了一滴泪。然后他将她的手背抬起来,放在唇边,轻轻印了一吻。那泪便落在了她的手背上。

伴着那泪和那吻,他轻声道:"你说得很对,我从来没有办法真正地违背你。"

他温热的气息亦拂在她的手背上。

成玉有些哀伤地看着季明枫,默许了他的动作。爱而不得的痛,她比谁都懂,她对他的痛苦感同身受。透过眼前的季明枫,她就像看到了自己,酸楚之余,又觉悲悯。

季明枫最终还是答应了成玉将她送回去,似乎正如他所说,他从来没有办法真正地违背她。但成玉后来想起他说那句话时,却隐约有些觉得,那话语中包含了太过深沉的悲哀,不是区区两年时光可以承载。她甚至有些荒谬地觉得,季明枫既得了仙缘,再非寻常凡人,是否得知了前世,而在前世她同他是有过什么渊源的。然再往深处探寻,只是徒增烦恼,她其实也并没有那样好奇,因此作罢。

季明枫希望能同她在此境再待上几日,他的原话说,回想过去,他们之间好像就没有过什么好好相处的时候,他希望他们能有三日寻常相处,给他留下一点回忆,也算了却他一个心愿,使他不至于在她离开之后终生抱憾难平。

这话着实伤感,祈求也并不过分,成玉不忍拒绝。

但两人却没有在此境中待够三日。

第二日,连二殿下便找来了。

此境中乃春日,惠风和煦,微云点空。

成玉同季明枫坐于溪畔垂钓。有鱼咬钩，季世子眼明手快扬起钓竿，一尾肥鲤悬于钩上，犹自挣扎。成玉发出一声惊叹，脸上露出久违的欢欣的笑，忙取竹篓来接。

　　正此时，一道迫人的银光突然迎面而来，季明枫率先反应过来，欲揽成玉后退，但手还没环上成玉的腰，白衣身影似疾风掠过，人已被来者抢去。

　　成玉只闻到一阵白奇楠的冷香，微甜而凉，被揽住后又被一推一放，只在瞬息之间。她回过神来时发现自己倚在远离溪畔的一棵梨树旁，而溪水之畔，白衣青年与玄衣青年已打得不可开交。长剑和玉笛斗在一处，玉笛虽非杀器，然一招一式，威势迫人，而长剑虽格挡防守居多，亦不相让，剑气森然。眨眼之间，溪畔小景已被二人毁得不成样子。

　　成玉用了一瞬反应过来这是个什么状况，不假思索地提着裙子小跑过去，到达接近战局却又不至于被伤到之地，微微焦急地扬声制止二人："住手，别打了！"

　　听得成玉的阻止声，季明枫眉头一动，率先收了剑，而携怒而来的三殿下却并未能及时收手，手中玉笛所衍生出的银光在季明枫毫无防备的一刹那直击向他的胸肋。季明枫被震得后退数步，猛地吐了口血。

　　这一招伤季明枫，是在他撤下所有防备之时，可说是伤之不武了，并不符合三殿下的打斗美学，他立刻停了手，隔着数丈远看着季明枫，冰冷沉肃的面容上双眉紧蹙。

　　成玉眼见季明枫受伤，心中惊跳，奔过去检查了他的伤势后，看他虽以衣袖揩拭了嘴唇，唇边仍有残血，想了想，从袖中取出了一条丝帕递过去。

　　待季明枫处理好唇边血迹，成玉方回头看向连三，迟疑了一会儿，她开口："将军一来便动武，是否有什么误会？"

连宋看着站得极近的二人，握着玉笛的手紧了紧，嘴唇抿成了一道平直的线，良久，才生硬地回答她："胆敢劫持你，难道不该让他付出点代价？"像是仍含着无法抒发的怒意，拼命地克制了自己，才能还算平静地回答她的问题。

成玉哑然。

在成玉和连宋短暂的一问一答之间，季明枫终于缓了过来。"少绾的无声笛。"他注视着连宋手中通体雪白的玉笛，"我还道就算你寻到了此地，也进不来，没想到少绾君将无声笛留给了你。有了这支笛子，的确，和她相关的任何异界，你都是可以进的。"他由衷地低叹，"连三，我真是羡慕你这一直以来无往不利的好运气。"

如季明枫曾向成玉所言，此处的确是基于此凡世而衍生出的一个小世界，但他没有告诉成玉的是，这是由魔族的始祖女神少绾君所创造出的小世界。

二十一万年前，少绾以凤凰的涅槃之力打开了分隔八荒与十亿凡世的若木之门，使得人族能够徙居于凡世。而在那之前，在协助父神创世的过程中，少绾在许多处凡世都创造了一个小世界，以此作为凡世的人族在遭遇灭族之祸时的避难所。

这些小世界被命名为小桫椤境。

在少绾涅槃祖媞献祭之后，这些小桫椤境皆由人主帝昭曦掌领，世间只有人主悉知入境之法。

季明枫，确切地说是昭曦，于沙洪中救出成玉后，他一直在寻找将成玉带走的时机。

连宋寻来后，朱槿果真如他所愿避走了，只留了姚黄、紫优昙和梨响从旁照看成玉。对昭曦来说，这三只妖并不足为惧，麻烦的是如何引走时时刻刻注视着成玉的连宋。

好在没两日，粟及竟带着烟澜赶到了。他便顺理成章地藏了烟澜，引走了连宋，争分夺秒地将成玉带到了丽川的南冉古墓来。

是了，这处凡世的小桫椤境入口，正是在南冉古墓里曾盛放他仙身的那口古棺中。

昭曦预料过，待发现他带走了成玉，以连宋之能，应该有很大几率能找到南冉古墓来。但那又怎么样呢？届时他已将成玉带到小桫椤境之中了。

他从没想过连宋能进入这小桫椤境。

但水神，他真的是上天的宠儿，命这样好，无论何时都有好运气。而自己输给他，似乎总是输在命数或运数这种天定之物上。

这种认知让昭曦心底气血翻涌，一时没忍住，又吐了一口血出来。

成玉立刻扶住了他，面带担忧地询问："你没事吧？"她忧虑的神情和关怀的语声都并不逾矩，但这却已足以让静立在对面的水神一张俊面更添怒意。

看着这样的水神，昭曦忽觉有趣，前一刻还犹自怨艾愤懑着的内心忽然松泛了许多，他挑了挑眉，哪壶不开提哪壶地向连三："既然三殿下此时出现在了这里，那看来是已找到了失踪的烟澜公主，终于放心了，才有这种闲情逸致顺道来寻阿玉吧？"

"闭嘴。"青年直视着他，声音似淬了冰。

昭曦犹记得在大渊之森时，自己被这嚚猾傲慢的青年气成了什么样，如今能引得青年先行按捺不住在自己面前失态，他当然舍不得闭嘴。像突然想起来似的，昭曦用食指轻轻敲了敲额角："对了，我差点忘了，一个多月前在大渊之森时，你不是答应过我，只要我告诉了你尊上的下落，你便永远不见阿玉了吗？说起来，你似乎是食言了啊。"

听得昭曦的挑拨之语，青年神色微变，握着玉笛的手向下一压，原本如羊脂白玉的一只手，手背上青筋毕现："昭曦，你不要太过分。"他沉声，嗓音中含着阴郁，怒意有如实质，周围的和煦春风也骤然降了温，"当日你所言对我有多少价值，你心中自清楚，今日又怎敢怪我食言。"

昭曦微惊，神色变换间，没什么温度地笑了笑："果然不能小看你。"

但青年已不再理会他，侧身面对着成玉，目光全然凝在她身上，伸出那只未拿玉笛的手向她，声音比之方才不知温和了多少："跟我走，"他道，往日从不耐烦解释的人，今日却破天荒又补充了一句，"他口中那些事，等出了这异界，我会和你说清楚。"

昭曦冷笑，嘲弄地哼了一声。

成玉却没有什么反应，她一言不发地站在那儿，微微垂着头，像是在走神。

青年向前走了一步，又唤了一声："阿玉。"

被他这一唤，少女才像是回了神。微风拂过，有一瓣梨花随风而至，她的目光随着飘飞的梨瓣停驻在自己的裙角。默了一会儿之后，方轻声地却又执意地向连宋道："将军，我们聊聊吧。"


昭曦回避了。

成玉提议希望昭曦回避时，他倒是痛快答应了，但故意又咳嗽了两声，咳出两口血来。成玉没看出来他的故意，有些担忧，让连宋先等等，搀扶着昭曦一路将他送回了竹楼，才又重新回到了溪畔。

昭曦做戏之时，连宋冷眼瞧着他一番作态，倒也没有阻止，然看着成玉和昭曦相携而去，脸色却不由变得晦暗难明，待成玉折返后，极生硬地开口问她："你其实是自愿和他离开的，是吗？"

成玉刚站定在连宋面前几步远，闻言有些惊讶地抬头，她的目光闪烁了一下，反问他："是自愿如何，不是自愿，又如何呢？"

连宋今日一直在生气，成玉是知道的，但她能察觉，他此前生的只是季明枫的气罢了，恼怒季明枫带走了她。可此时，他却像是也很生她的气似的。听闻他的问题，她大概也明白了为何他会如此，但她

239

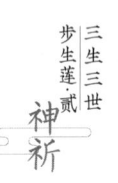

觉得他没有理由，因此并没有好好回答。

她模棱两可的回答像是让他更生气了，但他仍是克制的，皱着眉头看了她好一会儿，他上前了一步，像是不太懂地询问她："可你不是喜欢我吗？为什么要跟他走？"

成玉怔住，接着她沉默了片刻。"你都知道了啊。"片刻后她敷衍地回他。

她并不吃惊连宋知晓了此事，毕竟她从未在任何人面前隐瞒过，小花知道，季明枫知道，连天步都知道。只是他这样说出来，让她有点措手不及，但也并没有感到羞赧或者尴尬。

青年不满她的敷衍："你没有回答我的问题，阿玉。"说着又向她走近了一步。

这个距离就太近了，成玉不动声色地往后退了一步，忽视了青年在发现她后退时紧锁的眉头。她不打算回答他的问题，因为她很明白被他牵着走的后果。而她今日却是真的很想冷静地和他聊聊正事。

"我们先说说别的事吧。"她静了一会儿，道，"天步姐姐那夜来寻我，说关于如何顺利带我离开而不被朝廷追究，你已有了万全之策。"她抬起眸子，"可以让我听听你的办法吗？"

青年面上浮过一丝惊讶，像是不明白为何她会突然问起这个，但他很快便敛住了那丝惊讶，以及随之而来的对她提出此问的探究。他沉默了片刻，选择了如实回答她："绛月沙漠会再次迎来一场大洪水。"

成玉立刻便懂了："这一次，我便不会那么幸运了，对吗？"

不等青年回答，已一句一句条理清晰地道出了他的安排："我葬身在沙洪中的消息会很快传回朝廷。和亲的郡主不幸于和亲途中罹难，国朝上下自然很是悲痛。乌傩素要维系和大熙的关系，便不会趁火打劫，提出将和亲之人换成腿脚不便的十九皇姐。届时，要指派哪一位公主替代我前去乌傩素和敏达王子完婚,便全凭皇兄之意了。"

她轻声赞叹:"这法子的确不错。"

赞完之后,她轻叹了一声:"原来,将军是真的有办法在保全十九皇姐之余,也将我保下的。"

连宋削薄的嘴唇动了动,然终究,他什么也没说,只是眼中仿佛暗藏隐痛。

但成玉疑心是自己看错。她天马行空地想,因为她说的都是真的,所以他无法也无力反驳。但是提起这些并非是为了同他翻旧账,她如今也并不想要看到他愧疚或是痛悔,她就低低解释了一句:"我并不是在抱怨开初之时你不愿对我施以援手。"然后又很轻地、没有什么含义地笑了一下,"因为即便那时候你这样打算了,我也不会接受你的安排。既亲口答应了皇兄和亲,我没有那个脸安然地让别的人去代我受苦。问你这些,只是我有些好奇罢了。"

青年注视着她:"好奇吗?"那琥珀色的瞳仁似暮色下退潮的海,先前的所有情绪皆随着退去的海潮泯然于大海,唯剩下一点哀伤浮于宁静海面。

"人神相恋,为九天律法所不容。"青年突然道,声音有些哑,含着一丝轻微的自嘲,"当然,我并不是个端直板肃的神,因此一向也并不太遵守所谓律法之类。但关于你我之间,我却的确不得不多考虑一些。"

成玉抬头看向青年,有些茫然,她不知道他在说什么。

"我有无尽漫长的寿命,"青年看着她茫然的脸,像是觉得她懵懂得有些可爱似的笑了笑,"可你是个凡人,即便再长寿,也不过能在这世间度过须臾百年。而一百年,对我来说,太短暂了。"

"我想要的,并非须臾之欢,而是与你长相厮守。但若要如此,我们只有两条路。要么我助你成仙,而后带你叛出天庭,四海流浪;或

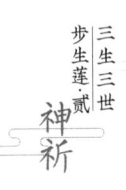

者你仍做一个凡人，但死后去冥司不可饮忘川水，每一世，都等着我去寻你。"

成玉杏子般的眼缓缓睁大了。

青年的目光有些空地放在这小桫椤境的尽头："这两种选择于我而言，并没有什么，我都可以，但却会让你受极大的苦。凡人成仙之苦，你无法想象。而不喝忘川水，逆天改命，将每一世的因缘都交托到我手上，到我无法护你之时，你所需遭受的天罚，你亦无法想象。这两条路，都很难走。"

说完这些话，他像是感到分外疲惫似的，抬手揉了揉额角："那时候我以为你只是将我当作哥哥，对我来说，你既对我无意，我便不能自私地将你拐上这条必然会受苦的路，所以我做出了选择，从你的人生中离开，不干扰你的命数。"

"原来是这样……"成玉喃喃。

"原本是该这样的，"青年闭了闭眼，"我到如今，依然认为那是很理智的考量。可花非雾告诉我你其实喜欢我，想到你也喜欢我，"他看着她，嗓音干涩低哑，像是愉悦又像是痛惜地笑了一下，"我便什么都顾不得了。"

他再次走近了一步，很深地看着她："你也喜欢我，所以我才有了奢望，希望你能为我成仙。"

成玉印象中，连宋从没有在自己面前说过这样长的话，有过这样彻底的自白，她一时有些失神。无数种思绪充斥在她的脑海，令她整个人一片混沌。最后，是无处安放的欣悦脱颖而出，一点一点，聚成了一个巨大泡沫，充满了她的心房。那泡沫有七种色彩，华美可爱，但她同时又明白，这泡沫越是巨大可爱，就越易破灭。然后在她不知所措却又潜意识感到悲观的一瞬，小李大夫的几句话突然闯进了她的脑海，令她蓦地冷静了下来，也清醒了过来。

"我对情爱之事,没有什么研究。只是从前为了帮小花,看过一些话本。"她听到自己答非所问地向连宋。

"有个话本里有个故事,说一个秀才在踏青时对一个官家小姐一见钟情,为她衣带渐宽,憔悴不已。但小姐乃朱门所出,秀才家境却贫寒,两家门庭着实相差太过。

"秀才自知这桩事成不了,为此大病一场,病愈后,放下了那位官家小姐,娶了同村一个教书匠的女儿。女孩子叫阿秀,虽是村姑,但也识字,且甚贤惠,嫁给秀才后夫唱妇随,两人也过得很是相得,且和乐。

"我的朋友小李大夫乃是风月常客,点评这个故事,说秀才对那官家小姐是喜欢,但不过是见色起意罢了,因只是见色起意的喜欢,所以才能理智地考虑许多,最后选了教书匠的女儿。倘若他真心爱着那小姐,便是行仲子逾墙之举,也是要试试同那小姐能不能有一个将来的。因为爱一个人,就是会那样不顾一切。"

讲这个故事时,她没有看他,目光一直落在溪对岸那棵梨树上,讲完这个故事,才重新将目光移向面前的青年:"我听说过连三哥哥不顾一切的事迹。"

她终于重新唤他连三哥哥。但此时她这样唤他,却并没有让他的心情好一点。他知道她讲这个故事是何意。果然听到她继续:"当初锁妖塔之殇,明知神仙并无轮回,连三哥哥仍义无反顾舍了半身修为,誓要为长依求得一个来生。但对于我,如你方才所说,你其实是能自控的。"

是一些如同含怨的话,但她的口吻平和,语声中并没有含怨的意思。她自己大概也察觉到了这些话容易引起误会,就抿了抿唇,认真地解释了一下:"我并非是在抱怨,也并非不甘心,连三哥哥能告诉我你心底的真实所想,知道你曾为我考虑了那样多,我其实已经释然了。"

随着她换回"连三哥哥"这个称呼，他们之间的距离也像是重新拉近了，她终于不再疏离淡漠地看他，又恢复了从前那种近乎纯真的诚挚。她抬眸看向他："我这样说，只是想让你明白你真正的心意。你真的喜欢我，但你爱的人是长依。所以，我不能为你而成仙。"话罢，她清澈的眼眸里掠过了一些东西，像是感伤，又或许不是。因为她的语声那样笃定，不像是会为此而感伤。

　　连宋凝视着成玉那双重新变得亲和温柔的眼眸。他喜爱她的亲和温柔，可此时，他却宁愿她像此前那样，是用负气冷漠的语声对他说出那些言辞，因为负气之言绝不会是真心。

　　他心口生疼，眉头紧锁地看着成玉，许久，很慢地问她："你觉得，你会比我自己更懂得我真正的心意，是吗？"

　　她笑了笑："因为当局者迷，旁观者清啊。"

　　那平静的笑意如同一把利刃，再次扎得他心脏一阵刺痛。他没有反驳，只是道："是吗？"

　　成玉点了点头。想了一会儿，又再次开口："我承认上次见到你时，还心怀怨愤，所以也说了很多不理智的、情绪化的话。但如今，我是真的释怀了。我不是连三哥哥爱的人，且我们在一起相处，不过数月罢了，于你漫长的命途而言，不过瞬刹，你我之间……着实没有执着的必要。"她淡淡笑了一下，"即使我们喜欢彼此，那也不是多深的情感，你忘了我吧。"又补充了一句，"你很快就会忘记我的，那不会太难。"

　　"你呢？"他问她。

　　"什么？"

　　他今日的问题格外多，像是认真同她讨教："你认为我们的感情很浅，而且，你觉得你也会很快忘记我，是吗？"

　　"我……"成玉滞了片刻，最终，她没有否认他的话，飞快地绕过了这个话题，看了眼远处的竹楼，低低道，"季世子会很快将我送回去的，他将我送回去后，连三哥哥你就尽快回朝廷去复命吧，我们都应该回到各自的命途中去，这才是最正确的做法。"

两人之间极静，唯有一旁溪水叮咚。

她理了理额发，同他确认："你会答应我的，对吧？"

他看了她许久："好，我答应你。"

得到了他确定的答复，她点了点头："那我……"

她想说那我先回去了，以此结束掉这段漫长的、颇耗费精力的，又有些令人伤感的对话，却被他打断了。"等等。"他说。

她停住了，有些疑惑地看着他。

他轻轻一抬手，一阵风吹过，溪对岸的那树梨花如雪纷落，漫天花雨中，春风似知人意，带着一朵梨花停在他的手心。

那堪与羊脂白玉媲美的一只手微一翻覆，梨花不在，唯余一枚白玉掩鬓卧于掌心。

他再次靠近，以近乎贴住她的姿势，左手搭着她的肩，右手将那新得的掩鬓插入了她的发中。他低沉微凉的声音响在她耳畔："你的掩鬓丢了一支。"

她的心怦然而跳，这天下，论风雅风流者，果真无人能出他之右，简单一个动作、一句话，就能让人轻易喜欢上。她想她方才是说了谎，他会很快忘掉她，但是她却不能。她到死也不会忘记他，只是他们之间，真的无缘，也无分。

他的手在她的发鬓上停了一瞬，然后沿着她的额际，来到了她的眼角。

他像是想最后为她拭一次泪，但这次她表现得太好，即使是最后一次道别，也没有落下泪来，只是眼尾有些泛红。他的手指滑过那泛红的眼尾，停了一停。然后他退后了一步，轻声道："我走了。"

她按压住盘桓在心底的那一丝隐痛，面色如常地点了点头："嗯。"

成玉目送着连宋离开的背影,想着这次离别之后,大约真的一生都不能再见了。
　　但这是最好的结局,这样的安排对谁都好。
　　她闭了闭眼,转过了身,毫无犹疑地向着前方的竹楼走去。

## 第十二章

昭曦将成玉送回和亲队是在三日后，此前一直缀在驼队后的连宋一行已离开了。昭曦见成玉面色怔愣，问她是否在失望，成玉摇了摇头："没有，我只是在想，连三他的确是守约之人。"

昭曦看不出她说的是真话还是假话。

送嫁队伍里，李志李将军和陈元陈侍郎分别是武官和文官里的老大，这两位大人随嫁以来目睹了许多怪力乱神之事，正在重塑世界观，人也就变得比较好骗。成玉主动解释，说她当夜难眠，沿着翡翠泊散步，不料掉入了一个神秘的地宫，季世子随后赶来救她，结果两人一起被困在地宫里，幸好季世子通习奇门遁甲之术，方使二人寻得了出口顺利获救……她胡说八道得有模有样，李将军和陈侍郎不疑有他，郡主失踪这事就算揭过了。

紫优昙傻乎乎的，也很信成玉的胡说八道，因成玉对地宫的描述太过逼真，搞得他很神往，立刻就要前去探索一番，姚黄和梨响联手都拦不住他，幸而朱槿及时赶到，拿缚妖索将他给捆住了。

朱槿不是李将军和陈大人，也不是紫优昙，成玉的忽然失踪到底是怎么回事，朱槿心里门儿清，收拾完紫优昙后，手中化出长剑，当着成玉的面就要把昭曦给宰了。幸好成玉反应快，挡了一挡，逼得朱槿半途止剑，加之很会做和事佬的姚黄也赶紧上来好劝歹劝，方将一出凶杀案止于无形。

谁也没想到的是，这件事闹到最后，最倒霉的居然会是紫优昙。因为朱槿这几天一看就火气很大，大家都不敢触霉头找他说话，而他自己也忘了他的缚妖索还捆着紫优昙，等想起来时，倒霉的紫优昙已经被捆了五天，整个妖都不好了。

奄奄一息的紫优昙被放出来的那一天，送亲队距熙乌两国边界仅还有十数里地。

先行的传信官在夜幕降临之时赶回来禀报，说四王子敏达已亲率礼官们前来迎接，就等候在作为两国边界的彩石河北岸。

陈侍郎和李将军商议，觉得敏达王子如此有礼固然是好，然天已入夜，虽只有十几里地，但让郡主夜奔去见未婚夫毕竟不庄重，他们还是应该让乌傩素感受一下大熙作为一个礼仪大国的风范，因此决定就地扎寨，让敏达王子等上一宿。

因次日便要同敏达的迎亲队伍会合，这夜在营地里，送亲的官员们或规整着仪仗队的典制，或清点着送亲的嫁妆，这一小片胡杨林看上去肃穆而忙碌。但再忙碌也没成玉什么事，故她早早便入了帐。正在灯下翻阅着一册花鸟画集子时，忽闻远方传来一阵轰响，似惊雷动，成玉刚把头从册子中抬起来，便见梨响匆匆而入，拉着她就往外跑，一惊一乍地："郡主，你来看！"

二人来到帐外，又是"砰"的一声。成玉抬目，漫天烟火犹如一场荼蘼花事，争先恐后挤入她的眼中。她愣了一瞬。

戈壁的天压得沉，野旷天低，给人伸手便可摘星之感，而此时这些盛放于浓黑天幕的烟花也像是近在眼前伸手可触似的，盛大虽不及她在平安城中所见的那两场，却自有一种华美生动。

梨响仰望着天空，陶醉道："郡主，是不是很美？"

成玉没有回答。

梨响又道："这烟花像是从彩石河畔燃放起来的，我猜是敏达王子送给郡主的见面礼，郡主觉得呢？"

成玉仍没有回答。半空中忽响起一阵嘹亮哨音，砰砰砰砰，十六颗烟花次第炸裂，这一次，散开的光点并未结成花盏，而是凝成了十六个汉字和一行乌傩素文铺陈于半空。

"相思万千难寄鱼雁，火树银花付于卿言。"梨响凝望着那两行汉文，低念出声，念完后一愣，半掩了嘴唇向成玉，"这果然是敏达王子送给郡主的礼物，"又看了眼天上隐隐欲灭的文字，小声道，"这十六个字，是说他对郡主有许多思念，书信难以表达，故而他鼓起勇气，借这火树银花传递对郡主的思慕之情，希望郡主能够知晓，是……这个意思吗？"虽然用了疑问的语气，但说出口时梨响就觉得那十六个烟花字多半是这个意思了，想了想，有点感叹，"朱槿说那敏达王子对郡主有意，原来是真的啊。"

成玉依然没有说话，脸上也没什么表情，只是静静注视着半空的烟花。她有点走神，半空中那光点凝成的十六字，让她想起了成筠曾对她说过的话。

为了劝动她和亲，成筠曾说乌傩素四王子敏达一表人才，清芷爽朗，在曲水苑避暑时对她一见倾心，求娶她乃出于一片真心，别无杂念，这段姻缘乃是大好良缘。彼时她因对连宋失望，整个人心灰意懒，也没太将成筠这席话放在心中。此时想起，才知成筠或许并没有骗她。

倘若她此生不曾遇到过连宋，这段缘也的确能算作是佳缘吧。

或许她此时看这场烟花的心，会同那夜曲水河畔与连宋一起看那场烟花一般，她会十分喜悦，喜悦中又生出一点哀伤来，然后在见到敏达之时，她会告诉敏达她喜爱烟花是因为她的母亲。若敏达真的爱慕她，那他应该也愿意听她说这些事。

那样她的人生就会是另外一个模样。

但这世间从没有倘若和如果。眼前的烟花如此美丽,烟花所代表的四王子的心意也热情而真挚,可成玉的心底却如同一方干涸的海,再难起波澜。或许以后这片因干涸而平静的心海会再注入水源,却也不是现在。

梨响看到成玉仰头望着天空,最后一朵焰火在她眼中熄灭,想了一会儿,有些踟蹰地再次开口:"郡主,敏达王子喜欢您,您不高兴吗?"

成玉静了许久,摇了摇头:"没有。"她说。过了一会儿,又道:"我只是在想,原来乌傩素也有烟花。"待天空中一片静谧,她又补充了一句,"很好看。"

梨响觉得自己像是听懂了成玉的话,又像是没有听懂。

这夜成玉很晚才睡着,睡着后她做了个梦。

她梦到了小桫椤境中她同连宋道别的那一幕。

在他们分别的最后,连宋曾抚触过她的眉眼。她当然记得那时候她其实没有哭,但在梦里,她却哭了。他修长的手指放在她的眼角,沾上了她的泪,泪滴温热,使他皱起了好看的眉,让他琥珀色的瞳仁里透出了怜惜,令他抚触她的手轻轻地颤了颤。于是他没能再退后一步拉开距离对她说出"我走了",而是轻轻叹息了一声,将哭泣着的她搂进了怀里。

她不知道她为何会哭,也不知道她为何会顺从于他的拥抱,醒来后她唯一记得的是她主动将泪湿的脸深深埋进了他的胸口,而当被微甜而凉的白奇楠香包围时,她空落的心才终于安定。

他们亲密地相拥,像两株绞缠在一起共生的树,直到梦境结束,也没有分开。

成玉坐在床头,怔怔地想着梦境的预示,最后不得不承认,那梦境才是她心底最真实欲望的展现,它在帮她正视自我。

她喜欢连宋,他是她的情窦初开,给了她许多美好,却偏又让她痛，以至于那喜欢就像一根刺，扎进心中，与血肉共生，若她不愿将它拔除，便谁也无法将它拔除。她的确是不愿将它拔除的，所以很有可能她这一生都不会再喜欢上别的人了。

那时候在冥司，是他告诉她："人的一生总有种种憾事，因你而生的憾事，这一生你还会遭遇许多。接受这遗憾，你才能真正长大。"她想他是对的，他之于她，也是一个遗憾，她必须接受这遗憾，因为凡人，就是这样成长的。

离天亮还早，她抬手擦掉了脸上的泪痕，在帐中坐了一会儿，然后点了灯，从箱箧中取出了和亲的礼服。

夜灯朦胧，她将那新嫁娘的礼服一层一层披上了身，然后静坐在了帐中的羊毛毯上，侧身靠着凭几，微微闭上了眼睛。

似乎换上了这一身嫁衣，过往的一切便真的可以放下，而她也做好了准备，打算勇敢地去面对人生里的另一段经历，和另一个不知结局吉凶的开始了。

太白星升起之时，梨响步入了成玉的锦帐，欲为郡主着衣梳妆，不料明灯之侧，成玉已严妆肃服，静坐于卧铺旁。

梨响惊讶："郡主怎起得这样早？"

成玉淡淡一笑，自她带进来的托盘里端起醒神的热茶喝了一口："让敏达王子率迎亲的礼官们在彩石河静等一夜乃不得已之事，再让他们多等就不够礼数了，陈大人必是想赶在天亮之时到达彩石河与迎亲队会合，我起来早些，免得误了赶路的时辰。"

成玉脸色平静，话也说得在理。

梨响愣了愣，小郡主若认真起来，的确是个通透又周全的人。

她想起了去岁初，太皇太后以赐婚之名将成玉白丽川召回时，回京的马车里，小郡主安安静静给自己绣嫁衣的模样。

彼时小姑娘不懂情，嫁衣绣得无心，如今她懂了情，有了心，为自己所做的严妆里带了忧郁,但此时她的平静和彼时的平静却并没有两样。

身世所致,其实小郡主一直是个随遇而安的、认命的人。她一直都知道的。可这一刻,梨响却突然从成玉那看似超脱的既来之则安之里品出了一丝苦涩,心蓦地有些疼。

梨响陪着成玉出帐时,东天有星,中天有月,难得星月同辉。

驼队换了红装,数百峰骆驼背披大红金丝毡垫,驮着装满了佛像、珍宝、书籍的箱箧,跟在郡主出降的仪仗队后,驯服地向着彩石河行去。

清月之下,天地为白雪裹覆,苍茫且冷,戈壁中生三千年死三千年的胡杨树亦着了银装,仿佛唯有那雪色方是这寂寞的戈壁滩在深冬应有的色彩,行走于其间以正红色装点出的送亲仪仗反倒显得突兀了——同李将军一起护持在郡主所骑的白驼之侧的陈侍郎皱着眉头如是想。

陈侍郎大人当年以探花入仕,也曾是个伤春悲秋的风流才子,有这种想法很自然。且风一程雪一程走了半个时辰,他不仅觉得他亲自打理出的华光耀目的仪仗队同这穷兮兮的戈壁不搭,他还觉得乃是朵人间富贵花的郡主同这一切也很不搭。然不搭又如何,大熙宗室中最美丽的贵女还是要便宜给乌傩素了,陈侍郎大人不禁越想越亏,还后知后觉地感到有点恼火。

不过这股郁气也并没有持续多久,因为陈大人一面行着路一面发现了一个邪门的问题:他们寅中出发,照他的计划,驼队行到彩石河畔正好天明。可他们已走了近一个时辰即将到达彩石河了,那盏冰轮似的圆月仍挂在中天,头上浓黑的天幕也没有半点放亮之态,仿佛自他们启程那一刻,时间就停止了流逝,天明永远也不可能到来。

但陈侍郎也不太确定是不是这一路上见多了邪祟之事自己想多了,或许这只是高原的一种自然天象? 然终归有些后背发凉。

陈侍郎一介凡人稀里糊涂的,但朱槿他们却是几只明白妖,从月移的位置就看了出来，的确是有谁将天象给定住了。

昭曦冷冷瞟了眼中天的月轮，看向身旁戴着一只银质面具的朱槿，冷淡嗓音里微含讥讽："我和连三虽收手了，但看上去想要破坏这桩婚事的人并不止我们两个，你见大地盯着我、防着他，似乎并没有什么作用。"

朱槿没有回答，只是定定地注视着不远处的成玉。带着胡地风味的礼乐声中，少女身着大红衣裙，外罩红底金丝鸾鸟披风，已踏上了彩石河上那座专为迎亲而修砌的宽阔石桥，在细雪倾盖的桥面上缓缓而行，如同一枝柔美而易被摧折的红梅。

朱槿抬目看了眼头顶奇诡的天象，而后蹙着眉大踏步去到了成玉身旁。此种情势下，他当然不能放心将郡主的安危尽付于她身旁那十六个侍卫，尽管他们之中已被他安置了易装的紫优昙和姚黄坐镇。

四王子敏达迎立在石桥中央，身后跟着礼官与数名随从。

不同于大多数乌傩素男子的粗犷健壮，这位王子身量颀长，虽也是高鼻深目的胡人长相，但五官精致，眉目间浅含笑意时更是清俊非常。

敏达上前两步，一双碧蓝的眼睛深深凝望住成玉："郡主。"

成玉颔首，施了一礼。

敏达又上前一步，同时伸出右手来，手指有些紧张地在半空停了停，终于下定决心般地落在了成玉的腕侧，握住了她的手掌。

成玉愣了愣，似乎本能地想要挣开，但不知为何却在半途停止了那个打算，任敏达握住了她。但她没有再看敏达，微微低了头，视线不知停留在何处。

敏达握着她的手，目光落在她鸦羽般的发顶上："前些时日听闻郡主半途遭遇洪水，小王急坏了。"四王子的汉语很流畅，声音也很温和。

片刻静默后，成玉低声回道："多谢王子关心。"

敏达微微一笑："郡主不必如此客气。宫中已备好婚宴，明夜婚宴之后，郡主便是小王的妻，理应习惯小王对你的关怀了。"说完这些话，像是体谅成玉会害羞，没有等待她的回答，便另启了话题，向着一旁的陈侍郎和李将军点头，"二位大人千里迢迢护送郡主来此，一路辛苦了。"

陈侍郎和李将军上前同敏达见礼，三人沿依着礼制一阵寒暄。寻着这个时机，成玉将手从敏达掌中抽了出去。而就在此时，众人忽听得近处一声暴喝："小心！"

一直跟在成玉身侧的梨响愕然抬头，她立刻就反应了过来那是朱槿的提醒，身体本能地向成玉扑了过去。

与此同时，长河之上忽起狂风。

梨响将成玉紧紧揽抱在怀中，心底不禁凛然，想昨夜朱槿叮嘱他们不到最后一刻不可掉以轻心，果然不可掉以轻心。

梨响离成玉最近，虽能第一时间相护，但毕竟法力低微，幸而朱槿应对沉着，立刻催生出了护体结界将她俩护住。

朱槿就在身边，他们身周还浮动着金光流转的护体结界，这令梨响微感心安，然结界虽能抵挡外来的伤害，却挡不住风霜雪雨这等自然天象。

怒风逼得人睁不开眼，梨响空出一只手来挡了一挡，忽觉怀中一空，慌忙低头，哪里还有成玉的身影，不禁大骇："郡主……郡主不见了，怎么回事？"却见朱槿仰头，怒瞪着高空中一团刺目的银光，右手紧握成拳，一副愤怒至极却隐而不发的模样。

狂风渐渐停了下来，那浑圆的光团亦收束了周身刺目的光晕，犹如第二轮月亮，悬挂于中天之上。

随着那光轮逐渐下移，梨响看到其间似乎藏了人影。待那光轮最后定于半空时，梨响终于看清，光轮正中竟浮着一把摊开的折扇，侧身躺卧于扇面之上人事不知的美人，正是前一刻还被自己护在怀中的郡主。跪在扇子边缘照顾着成玉的丽妆女子梨响也认得，是连宋的侍女，曾来十花楼给成玉送过画，而站在折扇旁一身灰缎道袍的青年梨响更是熟得很，那是一向同连宋交好的国师。梨响心中一咯噔。

朱槿说话了。因他此时戴着面具，梨响无法看到他的表情，但从声音的冰冷程度，不难推断他此时有多愤怒："你一个凡人，"他面向静立于半空的国师，"竟能进入我的护身结界，还能在我的眼皮子底下带走郡主，"冷笑了一声，"你很不错。"

国师垂眸，目光扫过长河之畔被这突如其来的变故震得愣住了的众人，最后落到朱槿身上，微微含笑："这位施主像是看不大上凡人，那应该也是有来头的了。贫道尚未证得仙骨，的确入不了你的结界，但挡不住贫道人缘好，借到了这去任何结界都如同前往无人之境的无声笛。"说着右手里果然化出一支通体雪白的白玉笛来，朱槿眸光微凝。

国师控着玉笛在手心轻轻一转，不再理会朱槿，饶有兴致地看向了方自震惊中回过神来的敏达王子。许是顾虑凡人耳力，那光轮再次下移了些许。

"你就是敏达王子？"国师同敏达寒暄，"方才贫道好像听到王子同郡主说起明夜，王子看上去像是很期待明夜的样子，"他一脸遗憾地摇了摇头，"贫道倒不是故意泼你冷水，但贫道掐指一算，却觉得王子你所期待的那个明夜，应该永远不可能到来了。"

乌傩素人崇信天神，于光轮中乍见国师，本来以为是天神显灵前来祝福熙乌结亲，还在一边震惊一边荣幸，听到这一番话，才反应过来是遇到了个妖人前来抢亲。但此次迎亲大巫师并没有跟着来，他们也不懂妖法，一时不知道该如何应对，大家不禁面面相觑。

敏达王子素来沉稳，是个对阵中不摸清对方来路便绝不贸然出手之人，国师几句话虽然咄咄逼人拉足了仇恨，敏达还是忍住了怒气，淡声问道："不知阁下所说的永远不可能到来，是什么意思？"

国师奉连三之命前来拖时间，估摸着三殿下也该到了，因此对下面这些人也不是很上心，不咸不淡地回敏达："就是字面……"一句话还未说完，忽感身后风动。国师一惊，本能地向右一躲，躲避之间抬手将折扇一推，玄扇似有灵，带着天步与成玉急退，在那堪比流矢的急速后退中，扇面忽然爆发出冷洌的玄光，将扇上二人笼罩其中。

国师一边应付着自他身后联袂袭来的昭曦和朱槿，一边分神关注着玄扇动向，见扇上玄光氤氲，勉强松了口气。

在国师同帝昭曦及那戴着银面具的蒙面人正面交手时，天步注意到桥中央立着的那个蒙面人突然化光消失，方明白对方应是在粟及同敏达寒暄时，趁粟及不备使了障眼法。这障眼法如此精致，竟将他俩都骗过去了，看来果真如粟及所说，对方的来头不小，不知他能否抵挡得住。

然不待天步为国师多考虑，她这一处也很快迎来了攻击。姚黄、紫优昙和梨响三只妖飞快追上了她们，就立在几步开外，各自分据一方，全力围攻着将她和成玉严密保护起来的玄光结界。随连三下界的天步虽无法力傍身，然此时栖于玄扇之上，倒也并不如何担心。

九重天上有锁妖塔，晖耀海底亦有镇厄渊，锁妖塔锁八荒恶妖，而那些生于四海海底的恶妖，则全被镇压在镇厄渊的渊底。三殿下时常把玩于手中的玄扇与那深渊同名，亦名镇厄，乃三殿下两万岁成年之时，亲自前往镇厄渊取来渊底寒铁所造，扇成之时，东华帝君还为其加持了一部分镇厄渊渊灵。可以说八荒排得上号的护体法器中，此扇仅次于东华帝君的天罡罩和墨渊上神的度生印，是极为厉害的存在。

且三殿下生来掌管四海，彼时东华帝君怕年幼的水神镇不住四海的恶妖，特地闭关了六十年加固镇厄渊；恶妖们若欲以术法闯渊，施了几分法力，便要受几分反噬。镇厄扇同镇厄渊源出一脉，自然也有此特性。

天步眼见得在姚黄一行的奋力围攻之下，结界周身忽然爆发出一阵刺目的红光，红光过后，三只花妖满身是血从高空跌落，不由生出几分怜悯。

在玄光结界的护持之下，天步毫发无损，但国师就没那么幸运了。国师虽在全国朝的道士里头排第一，但此时对上的却是朱槿和昭曦。这二位乃是洪荒尊神的神使，虽然因祖媪未归位之故，朱槿和昭曦的法力有限，但对付国师也算绰绰有余了。更别提审时度势的敏达王子见国师有失利之相，亦令侍卫们架起了箭阵，箭雨簌簌直向粟及。

国师腹背受敌，深悔方才没跳上玄扇也躲进那坚固的护体结界里头，虽然扇面不大，结界挺小的，可他把自己缩起来在上头挤一挤，应该也是挤得下的吧？国师一分心，局面更不乐观，眼见昭曦的剑招从身后袭来，他闪身急躲，躲过了昭曦的剑锋，然银光一闪，却被朱槿的剑气挑翻在地。

国师急欲起身，朱槿已近身向前狠狠压制住他，锋利的剑刃就比在他脆弱的脖颈之侧。这是国师有生以来和人打架败得最快的一次，其实挺没有自尊，但转念一想败得快有败得快的好处，起码没有受多少皮肉伤，那就也行吧。

青年戴着银面具的脸离他不过数寸，令国师感到威压，不禁仰脖后退。

青年冷笑了一声："我不知大将军他为何出尔反尔前来劫亲，也不关心。解开结界将郡主还我，否则，"剑锋威胁地又往前抵了半寸，国师的脖颈间立刻现出了一条血痕，青年狠厉道，"大将军便只能去冥司寻你了！"

国师嘶了声："施主，莫要冲动，"抬手试探着将剑身往外推了推，讪笑道，"你将剑收一收，我将郡主还你便是了。"

大概是没想到他如此好说话，朱槿反倒愣了愣，但依然双眼如炬地盯着国师。国师抬手向半空中的大步做了个手势，大步会意，垂首触摸至扇缘，指间一动，扇周玄光霎地消失。同一时刻，黑扇忽地翻转，成玉自扇尾滑落，候在一旁的昭曦赶紧向前，将坠落的少女揽入了怀中。

见成玉安全归入己方阵营，朱槿方收了剑，但右手收剑的同时，左手一翻，化出一副银锁来将国师锁了个结实。提着被缚的国师站起来时，听到国师幽幽叹了口气："你真的觉得这样有用吗？"

朱槿不语。

国师耸了耸肩："我没猜错的话，你是觉得绑了我做人质，便能威胁住三殿下让他放郡主顺利和亲是吧？"仿佛很可惜似的摇了摇头，"我在殿下心中固然是有那么点儿分量，不过你可能不太了解他，他最不喜欢人威胁他，也从来没人成功胁迫过他，你这样做其实一点意义都没有。"

朱槿沉声："你什么意思？"

明月白光之下，国师远望天边忽然出现的层层乌云，眼底涌起了一丝笑意："啊，他来了。"

那悬挂于中天纹丝不动的月轮不知何时变得尤为皎洁，在这尤为皎洁的月光的映照下，即便凡人也可以目视到极遥远之地，因此几乎所有人都发现了那怒潮一般自天之彼袭来的滚滚浓云，望见了滚滚浓云之中以利爪撕开云层边缘、现出真身来的光华璀璨的巨大银龙。

惊雷一声闷似一声，仿佛有力大无穷的天神举着一双重锤誓要敲破天顶。无休止的雷鸣之中，黑云越加汹涌，翻滚奔腾着如同深海中那些贪心而坏脾气的涡流，急切而露骨地想要吞噬所有。然巨龙游走于其间，却丝毫不为其所扰，身姿优雅矫健，一身银鳞在云层之中若现若隐。龙鳞的光极美，清冷流离，连月光亦无法与之匹敌。

地上大熙的送亲队和乌傩素的迎亲队全都惊呆了。

陈侍郎率先回过神来，惊呼出声："神……神龙，是神龙临世！"

惊呼声使得人群清醒过来，震撼之余纷纷伏地跪拜。

银龙很快来到了彩石河的上空，巨大的身躯遮挡住月轮，周身的银光使月辉星光齐齐失色。巨龙垂首看着长河之畔跪拜的凡众，平平淡淡的一个扫视便威势迫人，令人不禁战栗。

不过成玉并不惧怕同这巨龙对视。

当东天第一声惊雷响起之时，她便自昭曦的臂弯中清醒了过来，眼见银龙自天边飞速游来，她心中震惊，有一个推测。那推测有些荒唐，可当她仰头直视那英姿不凡的巨龙，当他们的目光在半空之中相接，那一瞬间，她明白了她的推测没有错。

她清楚地认出了他是谁。

巨龙安静地盘踞在半空，身后的浓云翻滚不歇，仿似为了与这天象相合，长河之上也再起狂风。

成玉忍不住向前走了一步，有些失神地望着那银龙自语："为什么还要来呢？"

她的声音很低，本不应该有任何人听到，但半空的巨龙却突然动了一下，接着飞速倾身，向下而来。

巨龙在接近地面之时化形，大盛的银光后，银龙化成的青年一袭白衣，身如玉树，端静地立于长河之北。悬在不远处的镇厄扇发出一声清冷嗡鸣，啪地收扇，认主似的飞向青年。青年伸出右手，玄扇径直落在他掌心。

敏达王子膝下有黄金，即便天降神龙也未曾跪拜，且对眼前的异象一直带着犹疑和审视，然此时看清青年的面容，敏达却不禁变了脸色："熙朝的……大将军，怎么可能……"

敏达认出了连宋，熙朝的凡人却没人认出他们的大将军，因为大家都比较虔诚，正认真地伏地跪拜，并没有余暇去开小差。

国师的目光在连宋身上绕了一圈，又重回到方才银龙盘踞的半空，仿佛还在回味三殿下原身的英姿。

他身旁站着的已不是朱槿，而是天步。方才顺着他的目光发现连三的银龙之身时，朱槿便立刻化光避走了，这一举动虽令国师诧异，但他也并不是很关心。

此时国师一边凝望着那依然浓云滚滚的半空，一边同天步感叹："我还是头回看到三殿下的真身，不愧是世间唯一的一尾银龙，果然威武不凡！"

天步也凝望着天上的浓云："国师可知天神有本相，亦有化相？"

这个知识点国师作为一个修道之人还是知道的，笑答天步："本相乃神祇的初生之相，而化相乃神祇于成长和修行过程中能得之相，对否？"

天步点头："神族理论上有三十二化相，但其实并不是每个神都能修得三十二种化相。不过三殿下于此道极有天赋，在东华帝君的点拨之下，刚刚成年便习得了所有化相。"

国师不解天步突然和他讨论这个知识点的用意："你的意思是……"

天步眉心微蹙，似有忧虑："殿下最爱用的相是人相，有时候开玩笑，会以狮子相、麒麟相、朱雀相戏弄人。我服侍殿下多年，极少见他现出神龙本相。据以往经验，殿下若现出神龙相，定是有大事将要发生。"

国师不以为意："这次只是抢个亲吧，能有什么大事发生……"可说到这里，国师突然想起了三殿下素来的行事作风……他沉默了一会儿，试探地问天步："以往三殿下现出本相，都有什么大事发生啊？"

天步沉重："殿下上一次露出本相，是九重天上锁妖塔倒塌，万妖乱行于二十七天之时。彼时天上有分量的仙者皆在闭关，其余诸仙拿乱行的万妖无法，只好以地煞罩勉强将其困住，但地煞罩能坚持多久不好说，所以殿下化出了神龙本相，以制伏万妖，净化妖气，使二十七天重回清明。"她顿了顿，"殿下他现出神龙相，一般来说，会处理的都是这样的大事。"

国师倒抽了一口冷气："照你这么说，这次殿下要干的，的确不该是只将郡主带走那么简单。"国师瞬间忧愁得不行，"你说殿下他这次又要带着我们闯什么祸啊？"

天步没有回答，只是凝重地望向不远处青年孤立的背影。

狂风卷起雪末，风雪凛冽，遮天蔽月。

青年抬步，向一河之隔的红衣少女而去，像是并不觉那长河是什么阻拦之物似的,姿仪雅正,径直迈入了湍急的长流之中。

在青年的锦靴接触河面之时,河水突然怒涨,与地面相平,肆虐的流水蓦然驯服下来,凝出巨大而平滑的冰面,承接住他的步履。

随着青年信步于冰面之上,周围的狂风也逐渐止息,唯留下洁白的雪末漂浮于半空,点缀在月光中,雪月相映,织成一幅朦胧的鲛绡笼住这戈壁一隅,让身在其间的一切显得空灵、绮丽,而不实。

看着那突然静谧下来变得美丽无匹的长河,以及河中向自己缓步行来的青年,成玉像是被蛊惑了,不自觉地亦向前走了一步,然后她立刻被昭曦给止住了。昭曦飞快地伸手相拦,揽住她的腰警惕地带着她向后退了数步,在她耳边告诫:"别去。"

青年同他们其实还隔着一段很遥远的距离,但他应该看到了昭曦的动作。

他停下了脚步,望了相依的两人片刻,淡淡开口:"阿玉,过来。"
青年的声音并不高,但清楚地传到了南岸每一个人耳中。

那熟悉的声音入耳,令成玉的心猛地震了一下,她抬手按压住胸口,静了片刻,垂下了头,仿似要避开青年的目光,也并不打算如青年所言去到他身边。

她是何选择,再清楚不过。

天地一片安谧,昭曦看向静立在河中央的青年,嘲讽地勾了勾唇。

却在昭曦讽笑之时,突然有一线红光自成玉鞋边生起,似一尾灵蛇,不动声色地攀缘至她的腰际。那一线光同成玉的披风同色,几乎没人留意到。红光化作巴掌宽的红丝带,忽地发力一拽,少女轻呼了一声,惊魂甫定时已被丝带拉拽至河中冰面之上。

昭曦的反应不算慢,几乎在变故陡生之时便立刻出手相抗,可一切发生得太快,在成玉被丝带所掳同他分开的间隙,立刻有一堵冰墙拔地而起挡在了二人之间,昭曦抬剑便砍,然冰墙虽薄,却是刀枪不入,将昭曦以及众人牢牢挡在外面。

长河正中，雪雾茫茫，众人的视线亦被遮挡在外。

冰墙之内，红光缠缚着少女，弹指间已将她送到连宋面前。

当青年俊美的容颜映入眼帘，成玉努力构建的心防之墙瞬间倒塌，喉头一哽，眼尾蓦地泛起红意，无助和悲伤充斥了她的心房，又被她拼命压制住。

她想他这时候出现或许是因为心有不甘，可无论他如何想，这是她早就决定好的路，她不会，也不能去改变，因此她率先开了口，尽量把声音放得很低、很平，像是她并没有因他的出现而动容："为什么要来呢？那时候我不是说得很清楚吗，我不会跟你走。"目光凝向北岸乌傩素的迎亲队，"凡人们无力，也不敢同神龙相争，你要带走我，他们不会相拦。"话到此处，她深吸了口气，像是必得如此她才有力气再次决绝地拒绝他，"可和亲本身是一桩无法改变的事，不是我，便会是他人，事到如今，我无法背弃自己的责任，连三哥哥，"她轻声唤他，重将目光落回他的脸上，"求你不要逼我。"

她自以为一言一行皆冷静无匹，但眼角的水光却出卖了她的悲伤。

青年安静地听她说完了最后一个字方才开口："你不是不想选择我，而是你觉得你不能选择我。"他停了一下，"且不能选择我这件事，让你伤心了，对吗？"

成玉震惊地抬眼，嘴唇动了动，却没有回答。

青年靠近了她，反应过来两人之间几乎毫无间隙时，成玉立刻便要后退，却被青年执扇的左手控住了后腰。她无法挣开，仰头看他，眼神错愕，带着迷茫。

青年半抱着她，低头看着她的眼。那浸了薄泪的双眸中像是下了一场雾，看着他时，那眸光便也如烟似雾。他抬起了手，手指抚上她的脸，掌心温柔地贴住她的颊，轻轻皱眉："这么冰。"纤长的手指来回摩挲过她的脸颊，轻柔和缓，像是要给她一点暖。

她终于绷不住，抬手握住了他的手，像是要将他推开，但不知为何却无法做出推拒的动作，只能凄凄地哀求他："你不要这样。"

青年的动作停了下来，但并没有将手放下。他安静地看着她，那目光极为专注，就像是要将伤心又无措的她刻进脑海的最深处；就像是他在享受着她因他而失措，为他而伤心。就在她快要忍受不了他的注视时，青年终于说话了："如果和亲并非如你所说，是一件不可改变之事，阿玉，你是不是就愿意和我一起走了？"

成玉的心蓦地一疼。这次她终于将他的手推开了，将脸转向一边避开了他的目光，苦笑着道："那怎么可能呢，我们都知道它的确无法改变……"

"如果可以改变呢？"他执着地问她。

"如果可以改变……"她喃喃重复，眼中漫出一片水光。她绝望地闭上了眼睛，收锁住那快要克制不住的泪意，"我们之间并不是只有这一个问题，连三哥哥，你应该明白，你爱的人……"

青年打断了她："好了，别说会让我生气的话。"

她轻轻颤了颤，如他所愿，没将那句话说下去。

许是担忧吓到了她，就着半抱住她的姿势，青年微微俯身，用额头贴住了她的额头，安抚似的轻声："别害怕。"又道，"我认真想过了。"

成玉无望地想，她应该将他推开的，他们不应该再这样纠缠下去，更不该再这样亲密。她也明白，若她果真用力挣扎，他绝不会禁锢她。他也知道她并不是真的想挣开他。

她不想推开他，所以无法推开他。

她对这样的自己感到失望透顶，可她也没有办法，只好在心底悄悄对自己说，这是最后一次，就让她再最后感受一次他怀抱的温度。她很快说服了自己，不再同自己较劲，驯服地任他贴住了她的额头，在她耳边呢喃似的低语。

青年并不知她曲折的思绪，低声同她说着话："那时候你说，我爱的人其实是长依,还说什么当局者迷,旁观者清。"唇角轻抿,流露出嘲讽之意,但说话的语声仍是温柔的,像她是个什么易碎的珍宝,必得用最柔软的心和最体贴的言辞对待,"但我回去之后,认真想过了,我还是不觉得我爱的人是她。"

成玉愣愣抬头:"你……"

因了她的动作,他们的面颊几乎贴在一起,呼吸相闻。

"我爱的人是你。"说这话时青年闭着眼睛,气息低沉。

她僵了一瞬,没有回答。

"我知道你不愿相信。"他仍闭着眼睛,像是早已预料到她的反应,因此也并没有感到失望。空着的那只手揽住了她的肩背,他将她整个拥在了怀中,嘴唇自她的额角游移到她的耳郭。

她不知道自己可以做什么,只是本能地顺着他的举动微微仰着脖子,近乎献祭地任他施为,心中麻木地想,最后一次,这是最后一次。

然后她听到他在她耳边轻轻道:"不相信也没关系,我证明给你看。"削薄的唇在她的耳边印下一吻,"你说我曾为长依不顾一切,"不以为意地轻笑了一声,"那算是什么不顾一切。这世间能让我不顾一切的,只有你。"

不祥的预感蓦然笼住了成玉,她猛地睁开了眼睛,想问他这样说是何意,可没等这句话出口,胸口忽然传来一股大力。

红光闪过,待双眼能够视物之时,她发现自己已离开青年老远,身在了北岸天步的怀里。

成玉心中急跳,立刻要挣脱天步再向河中央而去,却见茫茫雾色里陡起怒风,镇厄扇乘风而上,到达半空之时蓦地打开,玄光由扇面漫射而出,在天顶结出一个巨大的双鹿金轮。

金轮驱厄,玄金色的光笼罩下来,形成结界,照耀护持整片戈壁,唯独将连宋所在的彩石河排除在外。

明明为迷雾所挡，连青年的身影都无法辨清，更无法推测他要做什么，成玉心中的不祥之感却愈演愈烈，总觉有什么她极不愿看到的事将要发生。她一把推开相拦的天步，跌跌撞撞向前奔去，接近河堤之时，被河畔矗立的玄金光幕挡住。

国师和天步追随而至，握住成玉拼命捶打光幕的手臂，欲将她拖抱回去，少女却挣扎得厉害。国师无奈，觑见成玉已然青紫的手背，为防她继续伤害自己，干脆化出丈长的光绫将她缠缚住。少女无法相抗，像是预感到了什么，一双泪眼望向二人，口中发出无望的悲鸣："阻止他，无论他要做什么，求你们帮我阻止他……"

国师同天步对视了一眼，国师凝眉不语，天步缓缓摇头："我们也不知殿下要做什么，但这光幕乃是镇厄渊的衍生，谁也无法穿透它，所以，谁也无法阻止殿下。"

在天步凝重的语声之中，怒风将雪雾吹得破碎，视野清晰起来，他们终于能够看清长河中央青年的身影。

白衣的水神昂立于天地之间，双手结转金轮印，银光自印中而生，直达天顶，天顶的双鹿金轮轰然而动，旋转之间增大数倍，似日轮悬于天际。青年解印，蓦地振袖，金轮发出一声嗡鸣，玄金的光芒瞬间充斥天地。光芒所达之处，便是结界守护之地。玄光延至天际，似将除了彩石河的整个人间都护持在内了，广阔浩瀚，无可比拟。

青年看了一眼面前之景，伸出右手，银色的长枪现于掌心，正是那以北海寒铁所锻铸的戟越枪。神兵现世，风雷大作，青年平举长枪，单手结印，将印中所蓄之力尽数灌入枪身。银枪饮足了仙力，发出一声震彻云霄的啸鸣。

青年控住长枪，猛地向下一刺。

长河破开，巨浪陡起，闪电划破长空，雷鸣响彻天际，人地震颤不已。

河岸旁的众人只看到青年以长枪刺破河流，下一刻怒流已滚滚而来，拍打在岸边的玄光结界上，掀起十来丈高的浪，如同一头想要破开囚笼的兽，威慑他们，恫吓他们，也完全地遮挡住了他们想要对河心一探究竟的视线。

不过巨浪虽能阻挡得了凡人的视线，却阻挡不了南岸的花妖们和北岸的国师。花妖们跃身悬于半空，神情凝重地望向巨浪之后；国师一向好奇心切，不甘落后，抬手化出一片云絮，携着天步、成玉亦一同来到高空之上。

自高空俯瞰，国师震惊不已。

戟越枪之下，彩石河的河底沿着东西走向深深裂开，裂口已达百丈之巨。水流还算驯服，自裂开的巨口涌出，与退至岸堤的接天水浪相汇，使得一条原本只有数百尺宽的戈壁长河，在不到半炷香的时间，已变得犹如一条大江那样浩大广阔。

但居中的青年似乎对眼前这一切犹自不满，冷肃地站在水浪之上，左手再次结印，加持仙力于银枪枪身，而后右手重重一掼，将周身泛着耀目银光的长枪更深地探入地底。

更为刺目的银光自枪头爆出，在被裂出的巨隙之间横冲直撞，不过五个弹指，地底猝然传来一声巨响，河底的裂隙在那一瞬间延绵至不可望的尽头处。原本紧紧相连的整片戈壁以裂隙为界，竟分成了两半，一向北移，一向南移。地心之水被困多年，一朝自由，似脱缰野马，喷薄而出。

风起，云动，地裂，海生。

惊雷乍响，犹如九天摧崩。

天步怔怔地看着这一切，恍悟："原来是这样，原来殿下他……是要裂地生海。"

国师也看明白了，同时他惊呆了，看向天步，话都有点说不清楚："的、的确，在乌、乌傩素，北卫，大、大熙之间……"

天步打断了他："你缓一下，你这么结巴着说话，我听得难受。"

国师从善如流地缓了一下，终于不结巴了："我是说在这三国之间生造出一片大海来将它们分开，彻底改变彼此的地缘关系，的确也就改变了它们的政治关系，大熙自然不用再同乌傩素结亲了，郡主也就自由了。"

对三殿下的这一通操作，无论是从想法层面还是从技术层面，国师都无法不感到钦佩："三殿下，的确是个敢想敢干的神啊，令人敬仰。"但他还是忍不住发出了一个灵魂疑问，"可这是平地生海啊，施主，这是平地生海！你们做神仙的，是可以这么随心所欲的吗？！"

天步叹了口气，心道当然不能，她的目光再次落在了几步开外的成玉身上。

片刻前还挣扎着央求他们阻止连三的情绪激烈的少女，此刻却只是静静地跪坐在云絮边缘，凝视着于风雷涌动之中从容不迫调伏着四方巨浪的青年。

天步一直注意着成玉，她发现自成玉被国师绑上这云絮见到了三殿下，脸上便再没出现过什么大起大落的表情。她像是很快就接受了任何人都无法阻止这一切的现实，眉眼通红，含着悲伤和愁郁，却也没有再流露出更多情绪了。只是在某些极为惊心的时刻，她会惊吓似的闭上眼睛，将脸颊贴在面前的光幕之上，像是那样做便能使她感到安心。

国师没有得到天步的回答，偏头看她，见她正注视着成玉，也顺势看去，见郡主此时安静且顺服，想了想，一抬手解去了成玉身上的束缚，光绫重回到他手中。

束缚被解，成玉也没有给出什么反应，像绑着她也好松开她也好，都没有什么所谓。

国师心大，又是一介直男，没觉得成玉这样有什么问题。天步见此却有些忧虑，但也没有什么办法，只在心底更深地叹了口气。

国师靠过去，坚持不懈地要同天步继续刚才的话题，又问了她一遍："你说三殿下这样，真的没有什么问题吗？"

天步苦笑："怎么会没有问题。世间之事皆有天运，凡世国运亦属天运，裂地生海，牵连甚广，改变的不只是三国的国运。这是极严重的逆天之举，天君定会降下极大的惩戒。"

国师心头一跳："譬如说，怎样的惩戒？"

问出这个问题后国师不由得看向了成玉，因这一刻他突然想起了适才成玉央求他们阻止连三的疯狂模样，心中突然有了一个揣测：难道小郡主那时便明白了殿下意欲为何，并猜到了他行事的后果，所以才那样激动？

他记起了彼时成玉目光中的绝望与恐惧，心中虽有些惊异，却也相信了一半。

云絮并不宽大，他们相隔不远，他想，他与天步的对话小郡主应是尽数听入了耳中吧。他看到她仿佛颤了颤，但是他也不确定。

对于国师方才所问，天步不知如何回答，静了片刻后喃喃："怎样的惩戒我也不知，毕竟过去没有神仙犯过这样的重法。"

话刚落地，四方天空忽然响起虎啸龙腾之声。

国师正自沉重，但耳闻此声，眼见天边一片紫光掠过，一时也凝重不起来了，惊问天步："那是什么？"

天步也是一震："仙典有载，每一处凡世都有其法则，乃新神纪创建之后诸神共议而定，凡世的山川海河如何分布，也是凡世法则的一部分，这些法则由四头瑞兽所守护，所以没猜错的话，"天步遥望天边，"应是守护凡世法则的四瑞兽来了。"

像是为了证实天步之言，随着一声贯彻长空的雀鸣，下一刻，四方而来的代表瑞气的紫光便在天顶相聚，耀目的光晕退去，紫光中蓦然现出青龙、白虎、朱雀、玄武四瑞兽庞大的真形。

大海正中，白衣的水神尚未百分百完成对于脚下肆虐无羁的地涌之水的调伏，但在四头瑞兽聚首之时，他便立刻做出了决断，猛地拔出了掼入地底的长枪，半挽枪花，使枪身横亘于海面之上，轻轻一推，将仙力注入枪体，留戟越枪暂行镇压这片新成汪洋中那些野性难驯的巨浪，而后旋身飞至半空，银光一闪，已再次化龙。

电闪雷鸣中，龙吟虎啸，朱雀清鸣，龟蛇长嘶，银龙穿梭于雷电浓云之间，以一敌四，与四兽相搏。

虽是以一敌四，初时也是银龙占据着上风，但无论是水攻、火烧抑或是雷击，都只能暂困这由凡世灵运所化，并无血肉实身的四兽罢了，并不能真正地伤害它们。

许是裂地之时使用了太多法力，且还分了大半修为来镇压身下的新海，面对四兽的纠缠，巨龙渐有不支之相。就在这至为紧要的时刻，趁着青龙、白虎、朱雀三兽与银龙正面相斗，居镇北天的玄武觑到时机，猛地将身体缠上了龙尾。巨龙震怒，猛地摆尾，玄武那柔软的蛇体却将龙尾缠得死紧，一口利齿也趁机向龙身咬去。巨龙怒啸一声，不再执着于将那讨厌的龟蛇甩下去，而是拖着玄武飞快地潜入了浓云之中，三兽不知就里，亦紧追而去。

浓云遮天蔽月，天地一片晦暗，唯听得云层背后阵阵瑞兽的咆哮。

天步和国师正自着急，不料下一刻天顶忽起狂风，怒风吹散暗云，明月辉映之下，银龙与四兽再现，却是巨龙利爪之间一只朱雀一只玄武，巨大的龙身缠缚住挣扎的白虎，口中已吞食了半头青龙。不消半刻，四瑞兽皆入龙腹，而后巨龙一声清啸，周身忽然爆发出炫目紫光。紧接着巨龙似感到痛苦，在云层之间翻滚不休，周身忽而银光流转，忽而紫光耀目，紫银二光像是在龙体之内较劲。

国师紧张，声音发颤："殿、殿下这是……"

天步一瞬不瞬地紧盯着于天顶翻腾的巨龙："四圣兽本就是一种守护之力罢了，殿下更改了这世间的法则，促使了祖媪神当初所留下的守护此世的守护之力现形。它们是想要将殿下的更改修正回去。守护之力原本便没有真身，唯有化形，伤害不了，亦消灭不了，殿下将它们吞入腹中，应该是打算同化这种力量，使它们重新认主。若是成功，这四兽便能为殿下所用，替他镇守他所更改的、新规定的这凡世的法制。"她停了停，声音亦有些发颤，"但殿下方才裂地生海，已损了许多修为，调伏新成之海，又耗了不少修为，此时还想收服这四兽，实在太过勉强……"

不及天步话毕，中天蓦然一声龙啸，龙体爆发出强烈的银光，贴覆着龙身的那层紫光虽犹自挣扎，却终于被吞噬殆尽。那耀目的银龙遨游于天，似一把泛着冷光的巨刃，刺破中顶，割碎流云，天雨倾盆落下。

雷电暴雨之中，巨龙忽然张口，方才为其所吞的四瑞兽自龙口依次而出，周身泛着流离的银光。随着四瑞兽离体，神龙周身的光辉却暗淡下来，就像是所有力量都给了那四头被驯服的瑞兽。而随着四瑞兽的新生，这强大的巨龙也终于力竭，最后一次摆尾之后，从中天直坠而落。

与此同时，失了仙力支撑，半空的镇厄扇骤然收扇，横于海岸之侧的玄光结界亦随之消失，结界消失的瞬间，镇守这新成之海的戟越枪也化光而去，不见踪迹。眼看海水又要闹腾，一声嘹亮的雀鸣之后，以朱雀为首，新生的四瑞兽次第奔向海底，在瑞兽们入海的瞬间，银光平铺了整个海面，激荡的海水重新平复下来。

半天之上，坠天的神龙已化为人形，国师不敢怠慢，驭剑而上，正正接住面色苍白的青年。见三殿下人还清醒着，国师一颗提至喉头的心才放了下来，结果回身时发现成玉站在浮于半空的云絮边缘怔怔地望着他们，忽然抬脚向前，幸好被天步一把抓住，才没有跌落云头摔个粉身碎骨。国师惊出一头冷汗，赶紧分神使那云絮飘落地面。

雷鸣渐停，天雨止歇，碧色的海在穹庐似的天幕下缓缓摇荡。

中天那静止的月轮也终于恢复了原本的轨迹。圆月沉落，天有放亮之相。

国师扶着因力竭而显得分外虚弱的三殿下，在海岸旁一棵巨大的胡杨树下坐稳，抬眼时，见不远处成玉正从云絮上下来，怔怔地向着他们所在之处走了几步。

小郡主的步伐缓慢,神情也很空洞;又走了几步,脸上的表情方渐渐复苏,巴掌大的一张脸,被恐惧、忧虑和疼痛占满,眼睛一眨,便是雾蒙蒙一片。她突然提着裙子跌跌撞撞地奔跑了过来,到得二人面前数步远,却又停下了脚步,像是想近却又不敢近。

三殿下屈膝坐在树下,背靠着树干,仰头看着微微喘气的小郡主。两人都没有说话,小小一方荒滩,一时静得可怕。

纵然国师心大,也感到了自己的多余,悄然退后,将这一方天地留给了默然相视的二人。

成玉不知道自己是怎么来到青年面前的,她的内心被胆怯和伤悲占满,意识到自己在做什么时,她已跪到了青年的身边,一只手无意识地握住了青年的右手腕,另一只手抚上了他的脸。

无论是左手还是右手,所触及的青年的肌肤皆是冰雪似的冷,她止不住颤抖起来;同时,听到自己的声音也在打着颤,那么轻,又那么恐惧地问他:"连三哥哥,你还好吗?"

青年没有回答,看了她一会儿,忽然偏了偏头,将左颊埋入她的掌心,依恋似的闭上了眼:"现在,该相信我爱的人是你了吧?"

不相信也没关系,我证明给你看。

裂地之前青年于她耳边呢喃出的那句话忽地掠过成玉脑海,在被仅剩的一丝理智抓住之时化作一把铁石巨锤,重重敲击在她心间,令她的胸口钝痛不已。她终于忍受不住,眼泪夺眶而出,说不出是生气更多还是绝望更多:"为什么要这样证明,我根本不需要你向我证明!"

青年一愣,笑了笑,顺着她:"好,阿玉不需要,只是我想向阿玉证明,让阿玉明了我的心。"

其实不是这样的,成玉明白,长依是她心中难以解开之结,若不是连三今日如此大张旗鼓地来抢亲,如此为她孤注一掷,她恐怕终此一生也无法相信他对她的情意。

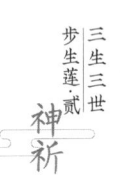

在成玉那些隐秘的深梦里，她的确渴望连三也能为她不顾一切一次，但她从来没有想过让这梦想变为现实。因她并不想要伤害他。她从不想他为她大耗修为，也从不想他因她而受到惩戒。

悔恨和无可言说的痛攫住了成玉，在青年温柔的安抚中，她反而哭得上气不接下气："为什么要顺着我说，你不要顺着我说。"她将贴着青年的手收了回来，放在自己的膝上，像做错事的小孩，紧紧揪着膝上的裙摆，悔痛万分，"其实都是我的错，是我说了不该说的话，才逼得你做这样不理智的事……"

青年反握住了她的手，用着安抚的力道揉了揉她紧握的拳头，待它们放松下来，他牵起她的右手放到唇边，在手背上印下一吻："别乱想，不是你的错，也不是你逼的我。"他顿了顿，"但你的确有不该说的话。"他看着她绯红的眼，熟练地伸手去为她拭泪，"你不该说很快就会忘记我。"他认真地看着她，认真地问她，"如今，你还能很快就忘记我吗？"

成玉愣了片刻，然后她想了起来，是那次在小桫椤境他们告别之时，她同他说，即使我们喜欢彼此，那也不是多深的感情，你忘了我吧。当他反问她是不是也会很快忘记他时，虽然心中并不那样想，但她却没有否认他的话。

她不知道他会将那句话记得这样深。

泪水再次滂沱而出，她不想这样，但也没有办法，她疼他所疼，痛他所痛，又觉得这样的自己丢脸，不禁单手捂住眼，伤心地摇头，诚实地同青年坦白："我、我不可能忘得了你，就算小桫椤境告别那一日就是我们的最后一面，我也不可能忘得了你的。"

青年容色微动。

她继续絮絮叨叨地陈情："那时候我的确想着，并且相信着连三哥哥会很快忘记我，但我知道我是不会忘记你的，我也决定了绝不忘记你，可我不能告诉你，因为我想这是有点丢脸的一件事，我也不想让你觉得我说一套做一套黏糊不清。"

青年拿开了她捂住双眼的手掌,强迫她面对自己:"是这样吗?"他问。

看着青年带笑的眼,她感到有点茫然,又感到有点难堪,但是却很乖地点了点头:"嗯。"

"你决定绝不忘记我,是打算一时半刻绝不忘记我,经年累月绝不忘记我,还是……"

她泣不成声:"是打算一辈子,一辈子也绝不忘记连三哥哥。"

青年伸出手来,忽地将她拽入了怀中,紧紧地拥抱住,良久,在她头顶轻轻叹息了一声:"一辈子也不够,要生生世世才行。"

她其实也不知道他如今再来纠缠她此前一个微不足道的决定有何意义,但向他坦承了心意,说出会记住他一辈子这样的话,却让她伤感又满足。他想要要求更多,她也愿意答应他,因此她伸手握住了他的衣襟,将整个脸颊都埋入了他的胸膛,很轻地点了点头。想起来他可能看不到,又很轻地"嗯"了一声,带着一点很乖的鼻音。

那鼻音让青年的心变得很软,微微低头,在她的发鬓上印下了一吻。

碧海微波,海风轻柔。

二人在胡杨树下久久相拥,红衣白袍缠绕在一处,像这天地虽大,却再没有什么能让他们分离。


敏达王子站在不远处看着胡杨树下相拥的二人。

经历了这一场奇遇的礼官和随从们无不恍恍惚惚,如在梦中,敏达最先醒过神来,望着眼前陡生的巨海,看着银白的古木下少女乖顺地伏在青年怀中,敏达震骇不已的心中,夹杂了一丝刺痛。

他是真心地喜欢着那红衣的小郡主。

敏达自幼崇仰汉学,教他的老师是位倜傥的汉人文士。这位老师曾教他八个字:宜动宜静,宜喜宜嗔。说是所有形容汉家女美好的汉文字词里,最妙便是这八字。敏达从前尚且不懂,直到去岁曲水苑中的那个黄昏。

那个黄昏,他为了寻找丢失的玉佩而返回明月殿前的鞠场。经过鞠场东面的矮墙时,抬目间便见一位白衣少女提着鞠杖策马飞奔而过,竟打出了"五杖飞五铜钱"的格局。彼时他并未特别在意,只觉汉女中原来亦有如此击鞠高手,老师说汉女柔弱,也不尽如是。他继续沿着东墙向观战台而去,少女身下的骏马也停了下来,沿着东墙缓缓而行。那时候他们相隔不过数丈,他感到一阵香风拂过身旁,不禁抬头,正瞧见少女抬起袖子轻拭香汗的模样。女子容貌丽得惊人,红唇微勾,看着不远处的友人似笑非笑,不知是得意还是愉悦。

敏达当场便怔住了,老师曾提及的八个字蓦然撞入心口,他面上声色不动,心中却若擂鼓。而后他悄悄打探,才知她是大熙的郡主,他打听了许多她的事,知她聪慧无人能及,知她爱动爱笑,知她最会惹祸,知她不擅琴画……

今日迎亲,他本以为自己夙愿得偿,她会成为他的妻子,孰料……

他早该明白,这样的姑娘,非等闲人可消受。他身为乌傩素王子,本以为自己可以有这个资格。可若同天神相比,他又何德何能呢?一介凡人,怎可与神祇争夺新娘。

敏达心中不是没有遗憾,却只能将遗憾压在心底。他是富有柔情,但他也富有理智。

最后望了一眼胡杨树下缠绵相拥的一对身影,敏达转身牵马,并没有招呼礼官和随从,独自向着来时的雪路行去。

## 第十三章

小桫椤境并非什么成熟稳定的世界，其间四时不定，诸景亦不定，故而前几日成玉被昭曦劫来之时，境中还是空山暖春，此番再入，此间却已是深秋戈壁。

三殿下为神强悍，在裂地生海、调伏巨浪、驯服四兽后，居然还有力气同郡主说那么老长时间的话，关于这一点，国师是深感敬佩的。但国师在数丈外瞧着殿下的神色，总觉得他是在强撑精神，不知道什么时候就会晕过去。

这个预感满准确，和成玉厘清误会解除心结后，三殿下在陪着小郡主静坐于胡杨树下等日出之时，不负国师所望地昏了过去。场面一度十分混乱，幸亏天步是个见过大世面的小仙娥，很是坚定地判说殿下他只是耗损了太多修为，又累极了，找个地方让他安静地休养调息一阵便可，郡主和国师才勉强心定。

三人一合计，觉得小桫椤境是个不会被人打扰的好地方，便利用无声笛来到了此处。

天步的意思是，三殿下以神龙相现世，裂地生海，逆天妄为，此事必然已经震动了九大。闹这么大，上头为什么没有立刻派大将下来拿他们呢？那是因为九重天毕竟也是个很讲规矩的地方嘛，拿人也不是天君一句话的事，总要开个会，各路神仙凑在一起合计合计，定一下由哪路神仙担此重任下界拿人。然后人选定下来，天君还得签一道谕令，发给担此重任的神仙，由他拿着谕令下界，方是有据可凭。这一套程序没有一两个时辰一般下不来，而九重天上一日，此凡世一年，换算一下，就是一两个月后才会有天神下来找他们的麻烦。那就算三殿下在这小椤椤境中静息个半月一月的醒不来，大家也不用太心慌的了，毕竟有赖于九重天上平易近人的民主议政会议制度，他们的时间非常充足。

天步有理有据，国师甚是信服，且见天步从始至终如此沉着，国师终于明白了这位仙子为何年纪轻轻便能成为元极宫的掌事仙娥，原来真的不只靠她长得好啊，不禁对其大加赞赏。

天步也是个很自信的小仙子，微微一笑："不瞒国师，九重天的掌事仙者中，我若排第二，确实也只有太晨宫中伺候在东华帝君案前的重霖仙官敢排第一了。"

当是时正是夤夜中，中天一轮冰月，地上一片金林，三殿下在林中的小屋中安睡，郡主守在他的身旁。

此地除了昭曦能闯进来也没别人进得来，据天步判断，既然他们进来好半天了昭曦也没跟上来阻止，那说明昭曦应该是不会来了。

虽然天步说得很有道理，但国师是个谨慎人，还是意思意思在小木屋十丈开外生了堆篝火，做出了个护法的样子。说是护法，其实也不需要他们劳心劳力，因此两人有一搭没一搭地闲聊着。

此时二人已聊到了天君会派谁下界来将三殿下给拘回去这档子事上。

国师对九天之事一无所知，天步耐心地给他科普："九重天之上，天君固然是天族之主，但九天之神，也并非每一位天君都能差遣得动。就不提曾为天地共主的东华帝君了，便是几位九天真皇，天君也一向不太拿天族之事去搅扰他们。"

国师感到慈正帝这个天君当得很没劲："我还以为当上了天君就可以为所欲为。"

天步沉默了一下："如果想要为所欲为，那不能当天君，应该去当东华帝君。"咳了一声，"不过我们扯远了。"天步回到了正题，"与三殿下同辈的神君中，唯有二殿下桑籍能勉强与他打个平手，所以我推测，天君可能会将被贬谪去北海的二殿下召回来担当此事。"

国师好奇："那你说殿下他会乖乖跟着他哥哥回去吗？"

天步提着拨火棍拨了拨柴火："若殿下不曾损耗修为，那他认真起来时，别说是一个二殿下了，就算一双二殿下也奈何不了他。可此番他又是裂地生海又是调伏瑞兽⋯⋯尤其调伏瑞兽，那是极耗心神之事，我估摸殿下此时至多只剩三成修为了。"天步顿了顿，"所以这不是殿下会不会乖乖跟着他哥哥回去的问题，是殿下他只能乖乖跟着他哥哥回去的问题。"

国师反应良久，震惊不已："你是说损耗七成修为？这、这么严重的？"

"这便是逆天的代价。"天步继续拨弄着柴火，"龙族的修为虽珍贵，但殿下天分高，将损耗的修为重修回来也不太难，心无旁骛地闭个关，沉睡个两三千年应该也就行了，你也不必特别担心。"

国师不知说什么好，半晌慨叹："我虽一向知道殿下很会乱来，但没料到他这次会这样乱来⋯⋯"

天步摇了摇头："那是因为你不了解殿下。天族生而为神，修行之时无须戒除七情六欲，因此许多天族的仙者皆是有欲亦有情的，于他们而言，修为、阶品、权势、地位，皆十分重要，值得他们毕生求索，就如同许多凡人亦认为权柄和财富全为重要，一世都为其汲汲营营一般。"说到此处，天步停了片刻，遥望天边，"不过三殿下却是和他们不一样的，他什么都不放在眼中，修为、阶品、权势、地位，于他而言从不是什么珍稀之物，他一样都不在乎。"

看国师若有所思，天步微微一笑："当然，如今殿下已有了在乎之事，他很在乎郡主对他的情意。那用他毫不在意的修为，去换他所在意的郡主的情意，从殿下的角度看，难道不是一桩极划得来的买卖吗？"

国师听天步娓娓道来，一方面觉得自己的价值观受到了挑战，一方面又觉得她说得也还是有点道理。

"你说得也还是有点道理。"国师闷闷地肯定了天步，但他同时又生出了另一个疑问，"殿下和郡主如今两情相悦固然是好，可之后呢，殿下是注定要被拘回九重天的，那郡主也跟着去吗？"

之后会如何，天步也不知。

"我毕竟也不是个万事通。"她沉默了片刻道。

两人齐齐叹了口气。

三殿下醒来之时，感到了冥识之中无声笛的轻微震动，立刻意识到了此时他们是身在小桫椤境中，然后他察觉到了身旁那专注的视线，偏过头来，便看到成玉侧躺在他身旁，杏子般的眼微微睁大，眸子里亦惊亦喜，不可置信似的。

许多画面涌入脑海，三殿下那绝顶聪慧的脑子几乎是在瞬间就厘清了在他晕倒之后发生了什么：想必是天步做主将他们带来了此处，而成玉因担心他，所以一直守在他身边。

这简陋的木屋中，仅数步远的小木桌上燃着一盏昏灯，光线其实有些暗。三殿下侧过身来，面对着将双手放在腮边静静躺着、一瞬不瞬看着自己的少女，正要开口，女孩突然伸出手来，带着花香气息的掌心贴住了他的眼睛。

眼前一黑，他眨了眨眼，那手倏地收了回去。

他微微挑眉："怎么了？"

成玉抱住刚收回的手，掌心无意识地贴在胸口，有些怔怔的："你醒了。"看着青年的眼，依然怔怔的，"我是在做梦吗？"

青年也望着她："你说呢？"

她微微皱眉，像是在思索，目光里流露出一点求真的迷惘："应该不是梦吧，你眨眼睛了，而且，你的睫毛好长，挠得我手心有点痒。"

的确像是她会说的傻话。

青年失笑,牵过她的手,亲了亲她的掌心:"嗯,阿玉没有做梦,我真的醒了。"

那轻吻令成玉很轻地颤了一下,在那轻微的战栗中,她才终于有了青年醒来的实感,眼睛逐渐亮起来:"啊,"她轻呼,用一种庆幸的口吻很轻很软地叹,"天步姐姐说你要睡好些天的,让我自行去休息,还好我没有听她的。"叹完之后担忧又上心头,眼睛虽还亮着,眉却微微皱了,动了动被他握在掌心的手,"连三哥哥,你感觉怎么样,有没有哪里很难受?"

青年摇了摇头,松开她的手刮了刮她的鼻子:"我没事,先时耗了些力气,有点累罢了,休息了一阵已经好了很多。"这也不算骗她,休息一日,损耗的七成修为当然不可能回得来,但精神和力气的确已恢复许多了。

她看了他一阵,依然皱着眉,然后垂头抱住了他的手臂,大半张脸都埋在了他的臂弯中。他看不见她的脸,只能看到她散开的发柔顺地披在身后,青丝旖旎,如同一汪化不开的墨,又如同一匹漆黑的缎。

他向来聪敏,擅测人心,立刻便感到了她的忧郁,不禁放低了声音问她:"知道我很好也这么不开心?怎么了?"

她轻轻地摇了摇头,没有立刻说话,静了好一会儿,才开口回答他的问题:"连三哥哥昏睡的时候,我想了很多,"她柔软的颊隔着白绸衣袖紧紧贴住他的臂弯,嗓音朦胧,"裂地生海……上天一定会降下惩罚的对不对,那我们以后该怎么办?"她抬起头来,瞳眸中含着一汪清泉似的,澄澈得要命,眼睛一眨,泉上随之生起一层薄薄的雾,显得那张脸迷惘又忧虑,怜人得很,"你会离开我吗?"

连三殿下为神四万余年,身为天君最宠爱的小儿子,随心所欲惯了,九重天上数得出名头的破格之事,差不多都是他干的。好不容易近些年他二哥桑籍凭借擅闯锁妖塔一事将他的风头盖过了,没想到不

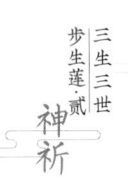

过几十年，他又云淡风轻地拿回了属于自己的宝座。

不过，虽都是行破格之事，二殿下和三殿下在行事风格上还是有很大的区别。二殿下为爱一意孤行，不给自己留后路，故而头回犯禁便被贬谪，但三殿下做事，却从不会不计后果。譬如此次裂地生海，乍看是他"不顾一切"，然骨子里的谨慎令他早在做出这个选择时，便本能地构思出了应对之策。

之后他和成玉会如何，三殿下早有安排，并不似成玉这样觉得前路一片无望，因此看她如此担忧，还能同她玩笑："之后怎么办，"他捏了捏她的脸，眼睛里带着笑意，"第一件该办之事，当然是让阿玉成为我的新娘。"

"什么？"她一下子僵住了。

他的确以玩笑的口吻说出了那句话，但那其实并非玩笑，是他心中真实所想，如今看她僵住，也不禁顿住了。"不愿意吗？"良久，他开口问她，语声里含着一点难见的忐忑。

"我……"唇齿间蹦出这个字来，成玉却不知接下来该说什么，只感到一阵热意上涌。红潮自她耳尖漫开，很快遍布了整张脸。小小的一张脸，像是一朵盛开的琴叶珊瑚，那么天真，偏又那么艳。她咬着嘴唇，像是害羞，又像是着恼："你、你不要开玩笑！"但说完这句话，还不等他回答，她立刻就绷不住了，轻轻地拉了拉他的衣袖，又有些期待似的对他说，"连三哥哥，你……你不是开玩笑的吧？"

微暗的灯光中，她仰头看着他，眼波极软，似桃花落入春水，漾起一点涟漪，那涟漪一圈一圈的，荡进他心底，让他忍不住想要伸手握住。

她真是可爱、妩艳，又惑人，这样想着时，他忍不住将手移到了她的腮边。"从北卫回来之后，有天晚上，我做了个梦。"他轻声对她说。

这完全是答非所问，她却听得很认真。

"我梦到你说喜欢我，想要做我的新娘。"他轻抚着她的脸，在说这话时，面颊靠近了她些许，声音低下来，终于回到了她的问题上来，

"你问我是不是开玩笑,我没有开玩笑。"他们几乎是额头挨着额头、鼻梁触着鼻梁了,他的声音越发低,"你呢,在梦里,你是骗我的吗?"含在唇齿间的暧昧话语,呢喃似的响在她耳畔,像是一阵微风、一片幽云,又像是一根洁白的带绒的羽毛,抚触在她心底,令她忍不住战栗。

成玉感觉自己要呼吸不过来了,本能地便往后躲,可三殿下的手突然握住了她的后腰,她只能将头向后仰了仰,略微拉开两人的距离。"怎么能说我在梦里骗你,梦里的我又不是真的我……"脸红得更加厉害,她实在是受不了此刻的处境了,既然无法躲避,干脆俯身趴在了床榻上,将整张脸都埋在了身下雪白的绸缎里。她很不好意思,但是她一向又是那样诚实:"本、本来,那时候你要是没有气我,我就会……"揪着白缎的指尖都害羞得红了起来。

大约是没想到她会这样说,一路撩拨着她游刃有余的三殿下一时也有些发愣:"你就会……就会怎样?"

她静了片刻,重新侧身抬起脸来,有些着恼似的,声音微微拔高:"你是不是明知故问!"虽然恼他明知故问,却依然红着脸回了他,"如果你不气我,我、我说不定就是会说出那样的话。"

他一时没了言语,也没了动作,看着她绯红的颊、低垂的眼睫,忽然感到有一只手很轻地握住了他的心。

她这个样子,又像是回到了半年前他们在一起最好的那个时候,彼时她还没有被他伤过心,眼眸里没有那么深的悲伤和疼痛,不用那么懂事,也不曾以冷漠和疏离武装自己。十六岁的娇娇少女,天真明艳,热烈纯挚,就像是山里的小鹿,轻灵又乖巧,还会很软地同他撒娇。如今她又回到了那个时候的样子,让他动心的最初的样子。

他专注地看着她,而她在他的视线里失了声。

在他突然探身过来时,她颤了颤。他的唇轻轻挨了一下她的嘴唇,和她额头贴着额头:"阿玉对我这样诚实,我很喜欢,我也会对阿玉诚实。"

她没有说话,整副心神都被那个吻牵扯住,抬起手指轻轻碰了碰他触过的唇角,又立刻反应过来这动作有点傻气,手指不自然地捏了捏,就要惯性地收回去贴近胸口,却被他牵住了。

他将她的手牵到了唇边,微一偏头,吻便又落在了她的手背,贴了一贴,低声继续同她说话:"如你所说,我逆天行事,上天的确会有惩戒,大约再过一月,便会有仙者奉命下界拿我,在那之前,阿玉,我会将你送回京城。"

成玉眨了眨眼睛,慢慢反应着他的话。然后很快地,便从幻梦一般的暧昧氛围中清醒了过来,眼缓缓睁大了。她不自觉地攀扯住连三的衣袖,声音里透出仓皇来:"送我回去是什么意思,我们要分开吗?"

像是预料到了她的不安,他安抚地握住她的手:"我需回九重天接受惩罚。虽说天上一日,此世一年,但我会请东华帝君帮忙,将对我的惩罚限在七日内,那之后,我就回来找你。"

她呆呆地看着他,红意自她的双颊褪下,辗转爬上双眼,很快浸染了眉目。她张了张口,没有说出话来,又张了张口,发出了一点有点可怜的声音:"你……不能将我也带回天上吗?"

他的确不能。不管多么想,他都不能,前车之鉴历历在目,他不会允许自己犯下和他二哥相同的错误。和天君硬碰硬,不会有什么好处。

"带你上天并不安全,我将国师和天步留下来照顾你,你就在这里等我。"他也舍不得她,可唯有如此计划才能使彼此都周全。他的手挨上她的脸,拇指擦过唇角,在丹厣处轻轻点了点,像是想使她重新展露笑颜:"结束刑罚后我立刻回来找你,到时候我就带着你离开,好不好?"

她静了许久,大约也想了许久,最后,懂事地点了点头:"我听你的话,可是,"声音里隐约带了点哭腔,这一次她没有掩饰那哭腔,像是故意要使他心疼似的,"可是对连三哥哥而言,我们分开只是七日,对我而言,我们却会分开七年。七年,很长的。"

他虽然一向是随意不拘的性子,但对待在意的事却从来审慎稳重。于成玉而言可能会变得难熬的那七年他当然也早就考虑过。"老君的炼丹房中有一味叫作寂尘的丹药，服下便能使人陷入沉睡之中。"他看着她的眼睛，缓缓道。

毕竟是聪慧的少女，立刻就听懂了他的意思："你是说你离开的时候，会留给我一丸寂尘，对吗？"

他沉默了一瞬："那药虽可以让你沉睡七年，但凡人服用，却会不太好受。"

她毫无犹疑："我不怕。"眉骨和眼尾都还渗着红意，脆弱的，而又可怜的，是仍在为即将到来的离别而难过的意思，可脸上却又分明流露出了坚定和无所畏惧。

脆弱也好，坚定也好，可怜也好，无畏也好，都是她，都是这美丽的、对他情根深种的少女，矛盾而又鲜活，令他着迷。他将她揽入怀中，紧紧地拥住："你和我在一起，从这一刻开始，便会吃很多苦，可我又很自私，希望你为我吃苦。"

她也伸出手来抱住了他，用很轻的声音回应他："我愿意为连三哥哥吃苦。"又难得地轻笑了一下，"那你要怎么弥补我？"

他静了片刻，在她耳畔轻声："那送你一句诗，好不好？"

小木屋外，国师和天步坐在篝火堆旁面面相觑。

木屋中连、成二人的动静其实并不大，但火堆就燃在小木屋十丈外，天步与国师又都是灵醒人，如何听不出三殿下已醒来了，此时正同郡主私话。

两人都明白殿下此时应该也并不需要他们立刻奔到他床前问安，因此都不动如松地坐在那里，选择盯着跳动的火苗发呆。

发呆了半晌，国师没忍住，挑起话头询问天步："你不是说殿下修为损耗过甚，至少得睡上十天半月才醒得来吗？"

天步也是很感慨："看来殿下为了早日向郡主求亲将她变成自己人，也是拼了啊。"

国师不明所以："求亲？"

天步平静地点了点头："龙有逆鳞，触之必怒，逆鳞是龙身上最坚硬的鳞片，也是最为光华璀璨的鳞片。你送烟澜公主回京城的那夜，殿下沉入翡翠泊底，化出龙形，将自己身上的逆鳞拔了下来。"

天步口中的那一夜国师记得，就在不久之前。彼时他们跟着成玉的驼队一路行到翡翠泊，刚到翡翠泊不久，烟澜就闹了失踪。好不容易寻回烟澜，成玉又不见了。最后弄明白是昭曦带走了成玉，三殿下追逐着昭曦施术的痕迹一路寻到小桫椤境，按说应该是找到了人，可不知为何，当夜却是三殿下一人回来的，小郡主并没跟着回来。然后三殿下将他们几个人全都屏退，独自待了一整夜，次日一大早，就吩咐自己将烟澜送回平安城去。烟澜还为此哭闹了一场，但也无济于事。而等他日行千里从平安城赶回来，还没喘上一口气，三殿下立刻又给他安排了新任务：让他和天步前来抢亲。

国师这一路其实都有点稀里糊涂的，此时听天步说什么求亲，又说什么拔鳞，更加糊涂，揉着额角问天步："你说求亲……又说殿下拔掉了身上的逆鳞……这二者之间，有关系吗？"

天步看着国师，仿佛在看一个弱智，但又想起来他还是个凡人，不清楚神仙世界的常识也是情有可原，就将那种看弱智的目光收了收。"是这样的，"天步感觉自己像是一个私塾先生，"洪荒时代，八荒中五族征战不休，难得有和平时节，因此就算是最重礼制的神族，在一些礼仪方面也有难以顾全的时候，譬如说成亲。"

"如今的天族，若是一位神君同一位神女欲结良缘，其实同凡人差不离，也需三书俱全、六礼俱备，一对新人同祭天地之时，还需将婚祭之文烧给寒山真人，劳真人在婚媒簿子上录上一笔。但在战乱不休的洪荒时代，哪里容得这许多虚礼。"

"彼时于龙族而言，若是真心想要求娶一位神女，为示郑重，多以己身逆鳞为聘。若那女子答应，便将龙君所赠送的逆鳞佩戴于身，如此便可视作两人成婚了。倘若看到一个女子身上佩戴了逆鳞为饰,那五族生灵也就都知道这女子乃是某位龙君之妻了。"

天步追忆完这段古俗,打心底觉得这很浪漫,脸上不禁现出神往之色。国师虽然最近读了很多话本子,对于情爱之事略懂了一点,但他本质还是一个直男,听完天步所言,并没有感到这有点浪漫,他甚至立刻指出了这古俗中潜在的危险隐患:"照你的意思,三殿下也是想效仿这段古俗向郡主求亲了。"国师眉头紧皱,"可逆鳞生在龙颈之处,失了逆鳞,岂不是失了一处重要护甲,使身体有了很大的破绽?这很危险啊!"

天步也是被国师清奇的思考角度给惊呆了,一时讷讷:"是、是有点危险,但正因为逆鳞如此重要,以它为聘,才能显出求妻心诚啊。洪荒时代,但凡以逆鳞为聘去求娶神女的龙君,差不多都能得偿所愿,鲜有出师不利的。"

"哦,这样吗。"国师干巴巴地点了点头,但他立刻又生出了一个新的忧虑,"可小郡主一介凡人,怕是受不得吓吧,若知那是殿下身上的逆鳞,她还会将它佩戴在身上吗。况且三殿下巨龙化身,那逆鳞少说也得玉盘那样大,如何佩戴于身呢?"

天步欣慰国师终于问出了一个有水平的问题:"殿下取晚霞最艳的一线红光,将龙鳞打成了一套首饰,我觑见过一眼那首饰的图纸,很美,郡主定然会喜欢。"

国师吃惊:"打造成了一套首饰?"

天步抿嘴一笑,给快要熄灭的篝火添了把柴,没再说什么。


天步口中的那套首饰,成玉其实见过,她在梦里见过。

只是她从不知那华美的饰物乃是由龙之逆鳞和夕晖晚霞打造所成。

在连二说出"送你一句诗"之时,成玉就想起了那个梦,那个她身在丽川时,闯南冉古墓的前一夜,曾做过的一个梦。

其实刚进入这小桫椤境,她便觉得眼前一切眼熟。无论是那巨大而沉默的月轮,那诗画一般的黄金胡杨林,还是那立在金色胡杨林间古朴无华的木屋,都像是她在梦里见过似的。但彼时她一副心神全系在连三身上,也来不及想得太多。

而此时,那梦境终于清晰地浮了上来。

"什么诗?"在那梦里,她好奇地问青年。

"明月初照红玉影,莲心暗藏袖底香。"青年笑着答她。

"你不要糊弄我啊。"她记得梦中的自己撒娇地推了青年一把。

而此时,她果然也伸出手来,轻轻推了推伏在身上的青年,几乎是无意识地就说出了那句话:"你不要糊弄我啊。"轻软的,叹息的,唇齿间似含着蜜,因此说出那句话来,又是湿润和芬芳的。而在她以如此姿态自然地同他说出这句话时,她突然打了个激灵,蓦地发现,他们此时在一起的每一个细节,竟都同那梦境中一模一样。

少女眼中现出茫然来,有些呆愣地看着头顶的纱帐。

雪白的纱帐层层叠叠,似一团茫茫的雾。那雾充满了她的眼帘,一时间她什么也看不清,像是又回到了那个梦境。

迷雾深处,梦中的白衣青年缓缓走近,那原本模糊的轮廓和面容也渐渐清晰,一寸一寸,完全同此时俯身看她的男子重合起来——那眼尾微微上挑的美丽凤目,琥珀色的眸,高鼻薄唇,每一处都那么真实,无论做什么表情,都英俊过人。

青年右手撑在她的耳边,左手刮了刮她的鼻梁,唇角含着一点笑,如梦里那般回应她那句"不要糊弄我"的撒娇,"怎么会。"手指随之移到她的耳郭处,轻抚了抚,当耳珰带着凉意的触感出现在她幼嫩的耳垂之上时,他低声道,"明月。"

成玉轻轻一颤,记起来了那时候自己在梦里的感觉。

彼时她只有十五岁,不知人事,从不曾与男子有过那样接近的时候,整个人都很晕乎,不理解为何会如此,震惊又惶惑,还带着一点难堪与羞耻。

但此时，却不是这样了。

她很明白接下来会发生什么。当青年微凉的手指顺着她的耳后滑到她赤裸的脖颈上时，她并不感到惊惶与难堪，只是有些害臊，想藏起来，可热起来的肌肤却又似乎渴望着那微凉的触感。

她没忍住喘了一声，怕痒似的，又受惊似的。

纤长的手指柔缓地摩挲过她的锁骨，似拨着琴，描着画，显示出游刃有余的优雅。但成玉也感到那手指热起来了。她不知道那是为什么，微微咬着唇看着青年，才发现青年的眸色不知什么时候变得很深，像是密林中的幽泉，又像是蕴着风暴的大海，要引诱人，又或是吞噬人。

他离她很近，手指最终停留在了她的锁骨中间，指端红光一闪："红玉影。"与此同时，那羊脂白玉一般的手掌离开了她的锁骨，隔着丝绸的衣袖，顺着肩胛和手臂，一路滑到了她细弱的手腕。

她不知那骨节分明的手指究竟是有什么魔力，随着它们滑过她的肘弯、小臂，那原本贴覆于身的极为柔软的绸缎也在一瞬间变得粗糙起来，肌肤与衣料摩擦，生起令人难耐的酥麻，很快地便由手臂扩至了全身。

那酥麻感令成玉战栗，他应该也察知了她的战栗。成玉不知是否是她的错觉，她感到他的指变得更加烫人，在衣袖下握住了她的无名指，不太用力地捏了捏，紧接着，一枚指环束缚住了她的指根。"莲心。"他在她的耳畔低语。

那暧昧的低语、温热的吐息，以及手指相触时滚烫的温度就像在成玉的身体里点了一把火，火势渐大，烤得她整个人都热烫且昏沉起来。

她再不是从前那迟钝得近乎愚驽的少女，如今她当然明白青年如此并非单纯地赠她礼物。他在撩拨着她，亦在爱抚着她。

其实这不是他第一次对她这样。但从前她总是很恐惧，譬如那次在将军府的温泉池畔，当他对她亲昵时，她记得她就僵住了。如今想来，僵住了，其实也没什么不好，那起码显得她很矜持。而此时呢，他的轻抚就像是一坛醉人的酒，令她的整个身体都软了下来。她像是化成了一摊水，对他全无抗拒。不仅没有抗拒，在内心深处，还对他的抚触感到期待。这样的自己令她感到陌生，还有点难为情。

就在她兀自纠结之时，宽大的衣袖之下，他捉住了她的手腕，指端轻抚着她的腕骨，让那带着凉意的手链出现在了她的腕间。迷糊中，她竟还记得该她说话了。"袖底香。"在青年开口之前，她颤着声音吐出了这三个字。

而他似乎愣了一下，接着在她耳边低笑："我们阿玉很聪明啊。"那作乱的手移到了她的后腰，她不自禁地躲了一下，但是又能往何处躲呢，那手掌始终贴着她的腰。

她迷离地看着他，本能地便要说不要，但话欲出口之时她咬住了嘴唇，因她其实并不是真的不想要。她也想抱住他，亲近他。这感觉如此陌生，似一头欲逞凶的兽，在她身体里横冲直撞，令她害怕，但她亦有些模糊的感知，知道该如何去安抚它。因此她闭上了嘴，任由他的手指沿着她的腰线一路下滑，而后握住她的足踝。

足踝上传来了铃铛声，她晕晕乎乎，重复着梦里的台词："诗里只有四件首饰，这一条足链，又叫什么呢？"

他放开了她的足踝，拥住了她，当彼此的身体终于无间隙地相贴，她才察觉到他的身体亦是滚烫，那热度隔着衣料亦能感知，他的唇挨着她的耳垂，嗓音沙哑："这是……步生莲。"

那个梦便是在此处戛然而止的。

但现实当然不可能在此戛然而止。说完这五个字后，青年稍微离开了她一些。但依然很近地看着她，手指温柔地抚弄着她耳畔的发，看了她一会儿，然后嘴唇贴覆住了她的嘴唇。

这一次，他没有像此前那样，在她唇上轻轻碰触一下便离开。他厮磨着她，含吻着她的下唇，吮着她的唇瓣，在她迷乱不已之时，叩开雪白的齿，舌强势地侵入她的口中，准确地纠缠住她的。她被迫仰起头来，承接这力量感十足的亲吻，手指无意识地揪紧了身下的绸缎。

他们紧密相贴,她的每一个细小的动作他都能察知,因此立刻握住了她揪弄着被单的指,将它们举到了她的头顶,与他十指相扣,接着更加用力地吻她。

她依然懵懂于欲是什么,因此并没有察知到这个吻的危险。他们的舌彼此纠缠,如此亲密的吻使她更热,但身体里横冲直撞的兽却终于驯服了下来。在最初的混乱之后,她感到了新奇和愉悦。她依然热,像是骨血中咕嘟咕嘟煮着一壶水,将她全身每一寸肌肤都烫得红了起来,但她也感到舒适。那种舒适,就像是冬日暖阳照耀于身,暖洋洋的,又像是春日微雨吹拂到面庞上,清新而温润。

她想要更多,不自禁地握紧了他的手,更加仰起了头,但他却停了下来。

他的唇离开了她。两人都有些喘。

她迷茫地抬眸望他,看到那凤目里眸色更深。如黎明夜幕一般黛黑的瞳眸深处,像是有什么东西在炽烈地燃烧。

他往后退了退,抿了抿唇,像是在压抑什么,这倒是很少见,她认真看去,那压抑之色又仿佛消失了。

"怎么了?"她愣愣地问他,开口时才发现声音软得不像话。

他放开了她的手,莹润修长的指缠上了她披散于枕上的乱发,将它们整理在她耳后,轻应了她一句:"没什么。"

那修长手指抚弄着耳后的动作让她感到舒适,她狸奴似的闭了闭眼,偏过头来,右手不自觉地握住了他的手腕。睁眼时,扣在她腕间的细链仓促地撞入眼底,充满了她的眼帘。不知是什么材质的链子,像银,却比银更璀璨,上面间缀着一些红色的小花:吊钟、山茶、茑萝、红莲、彼岸、芙蓉葵……连成一串,悬在白皙的腕间,端丽冷艳,明媚生辉。

她心中轻轻一跳,忍不住将右腕放到眼前认真端详,视线在那细链上停驻了一阵,又移到无名指根那红莲戒面的指环上,有些迟疑道:"我怎么觉得,连三哥哥你送给我这些,不是为了弥补什么呢。"

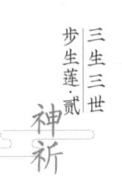

青年顿了顿:"那你觉得,它们是做什么用的?"

她喃喃:"这样华贵的首饰,好像是聘礼啊。"话出口,方反应过来自己口无遮拦地说了什么,立刻不好意思地垂了眸,咬着唇轻声嘟哝,"我、我胡说的,你当没听见。"

青年却很低地笑了一声:"怎么这么会猜,的确是聘礼,也是烙印。"拇指揉上她丰盈的唇,"别咬,已经够红了。"她总是听话的,在他的揉抚下很快地松了齿。但他的指却仍抚弄着她的唇,低低同她说话:"你戴着它们,那这世间灵物,便都知你是水神的新娘了。"又循循善诱地问她,"你会一直戴着它们,对不对?"

他说这些话时很认真,看着她时,神色亦十分专注,就像是心神尽系于她一身。

她是震惊的,屏住了呼吸,但本心里却俱是欢喜之意,因此很快地点了头,还羞涩地朝他笑了笑。他亦笑了笑,唇角微微勾起,眉眼温柔如孤山逢春,又如惠风化雨,是她最喜爱的他的样子。

他低头再次吻了上去。

他们是两情相悦的男女,彼此间有着致命的吸引力,忍不住碰触对方是身体的本能,因此他并不苛责自己为何总是想要亲吻身下的少女。世人言情不知所起,一往而深。他亦很明白情是一种不可控之物。

他本来以为情虽不可控,欲却是可控的,但一刻前的体验,让他清醒地意识到他是高估了自己。因此这一次,他只是很浅淡地尝了尝那榴花一般绯红的唇,任自己在那含着花香的吐息中沉溺了少许时刻,便退了开来。

他满心以为,这样的碰触尚算安全。却没料到她突然伸手圈住了他的脖子。

情姿婉然的少女,绯红着脸,眉目间尽是娇态,迷离地半睁着眼,看了他片刻,然后毫无征兆地,那唇便挨了上来。她学着他此前的模样,小心地含吻着他,嫣红的舌抵住他的齿,青涩,却做足了入侵的姿态。他未放她通行，她还生气地咬了他一下，柔软的手不轻不重地按压住他的后颈，继续吻着他，去叩他的齿。

他从不知她是这样好的学生，在她青涩却执着的缠磨之下一败涂地，心中明知不该，却纵容地张开了口，任由她的舌伸进来，在他的口中横冲直撞。她像是很讨厌他们之间居然还有距离，一边吻着他，一边撑起上身更紧地搂住了他，那被红裙裹覆住的长腿也抬了起来，搭上他的腰际，誓要让两人之间不留缝隙，而那纤柔的双臂则紧紧锁住了他结实的脊背。

他想，她大概根本不懂这些动作的含义，依然像个孩子一样，喜欢亲吻便朝着他要，喜欢和他贴在一起，便缠着他不让两人分开。她大概也不明白这样做会导致什么后果。

在他面前，她总是很坦诚的，白得像是一张纸，而他，却偏想在那白纸之上作许多绚丽的画。

一切都不受控制了。

他闭了闭眼，忽然一把将她压倒在了床榻之上。

当青年反客为主之时，成玉闭上了眼睛。

她说不好方才当他半途而止时，她为何会那样大胆地追上去，可能是那一瞬她突然想起了他是水神，而当日她在丽川时，从醉昙山的古柏处，曾听闻了水神同那兰多神的天定之缘。

那一刻她突然意识到一直在为两人做长远考虑的连三，或许根本不知道他同那兰多的因缘，否则为何他从未提起？且照他的性格，若知天命在身，最终陪在他身边的会另有其人，他大约也真的不会招惹她这个凡人。

凡人的一生，太短暂了。他同她提起他的计划，希望她为他而成仙，而后带她流浪四海。但谁知往后会是如何呢？

她猛然发现，她能抓得住的，其实只是眼前的他，而能握在掌心的，只是当下的欢娱。

这让她有一瞬的伤心，但他已经为她努力到了这个地步，她再悲观岂不是辜负两人吃过的苦，所以她立刻又想，有当下之欢也是好的，此时在他身边的，是她自己，抓住每一个同他在一起的瞬刹，才是她需要做的。所以在他结束那个亲吻时，她放任着自己追了上去。

木窗半开，夜风踅进来，拂乱了纱帐。

在随风轻舞的层层白纱之后，青年施加在她身上的吻愈加激烈，全无隔着似有若无的距离撩拨她时的得心应手和举重若轻。

她感到了他的情动。

那炽热的唇离开了她的嘴唇，一路吮吻着她的脖颈、锁骨，在白皙的肌肤上留下梅点一般的红印，而他的手则牢牢控住她的后腰，揉抚之间用了力度，弄乱了红裙。

她毕竟是一个待嫁的少女，离京之前，宫里的嬷嬷们也教导过她新婚之夜的常识，她已不是从前那样无知。当他情动地吮吸轻啮她锁骨之下那一小片泛着粉色的肌肤时，她明白了接下来可能会发生什么。她并不抗拒，反而觉得这说不定正是自己心中所想。他们很快就要分离，七年，真的很长。

她是凡人，他是天神。她知她其实并不能长久地拥有他。她无意中窥得了天机，知天命注定，他最后会是一位女神的夫婿。她想那一定是因为她注定是个凡人，无法陪伴他那样长的时光。那在一起的每一个弹指每一个瞬刹，她都希望他们是真的在一起。

可就在这时，他再次放开了她。

她看清了，此前她以为看错了的，在他脸上转瞬即逝的表情，果然是压抑和隐忍。

他的眸中有光明灭，像是头痛似的，他抬手按住了额角，低声："我不能⋯⋯"不能怎样，他却没有说完。

但她知道他的意思。她垂眸看了一眼自己凌乱的衣裙，又抬眸看了一眼他眼中明灭的光，醍醐灌顶般地，她无师自通地明白了那是压抑的欲望，是他对她的欲望。

她突然很轻地笑了一声，再次伸出双手来圈住他的脖子，微微抬起身来，在他耳边轻声："你可以。"

她主动去吻他，像一只备受纵容的狸奴，轻咬他的耳垂，蛊惑似的低语："和连三哥哥在一起的每时每刻都很重要，在你离开之前，在我们分别之前，我想让连三哥哥完全属于我……"

她呢喃着吻过他的嘴角，下巴，喉结，感到了他费力的吞咽。

他握住了她的手臂，十分用力，像是想要将她推开，但是却没有动。

她贴住他的脖颈，发出貌似天真的邀约："连三哥哥，你不想要我吗？"

那一丝本就紧绷欲断的理智的线啪嗒一声，断得彻底，那握住她臂膀的手用力往内一带。他拥着她一起躺倒在了已然皱乱的白丝绸上。带倒她的力气有些大，弄得她有点疼，她不自禁地轻吟了一声。那像是打开了某种开关，他猛地吻了上去。而她乖乖地圈住了他的脖颈，在他吻着她脸颊的间隙，唇角微抿，很轻地笑了一下，然后闭上了眼睛，迎接他将要给予她的快乐、疼痛，还有永恒。

国师同天步在小木屋外守了一夜。

他们只知殿下醒来了，别的也没听到什么，因后半夜时小木屋四围起了禁音的结界。国师猜测可能是二人有许多私密的话要说，不欲让外人听到。天步听闻国师的推测，淡淡一笑，不置可否地拨了拨篝火堆。

破晓之时，小木屋那扇木门吱呀一声被推开了，三殿下披着件外袍出现在门口，长发散在身后，神色有些慵懒。

天步赶紧迎上前去："殿下有何吩咐？"

三殿下只说了一个字："水。"便转身回了屋。

天步又赶紧颠颠地跑回去求国师："这里什么都没有，我也没有法力傍身，劳烦国师您变化一套……"

天步话还没说完，国师已变出了一套雅致的茶具，自以为知人解意地点头："水嘛，我知道，睡醒了可能是有点口渴。"端起乌木托具向天步，"你给送过去还是我给送过去？"

天步看着国师，顿了一会儿："我其实，是想让你变一套浴具。"

国师摸不着头脑："可殿下不是让送水吗？"

"是啊。"天步淡定地"嗯"了一声，"所以需要有一个浴桶，还需要有一浴桶的热水。"

国师品了片刻："啊……"说完这个字，立刻面红耳赤，"你是说……是说……"

天步完全不感到尴尬，体现出了一个贴身侍女应有的素质，淡然地笑了一声："这有什么，说明古俗诚不欺咱们，拿着龙鳞求亲，真的就能所向披靡马到功成！"又看一眼国师，"殿下可能需要一只能容两人同浴的浴桶，劳烦您施术。"

国师无言以对，只得照天步的要求，变了只大浴桶以及一浴桶的热水出来，还给变出了一个四轮推车。

天步高高兴兴推着四轮推车送水去了，而做完这一切的国师，有点孤独地坐在篝火堆旁，对自己多年修道的意义，产生了一点点怀疑。

天边晨光初露，渐渐照亮了这座孤旷的黄金林。

又是一个好天气。

## 第十四章

依照天步的说法，洪荒时代，若一位龙君持逆鳞求妻，要是被求娶的女子收下了龙鳞，并于当夜留宿了龙君，那这二位便是由天地所证结为了夫妻。过程虽简，意义上却和如今神族三书六礼,或凡世三媒六聘的成亲礼并无什么不同，且因这是古礼，肃重之余，还显得更为神秘浪漫，很完美了。

但国师作为郡主的娘家人却还有一点不同的看法。国师觉得，郡主既是个凡人，成亲这种大事，还是应该照凡世的礼走一遍。虽然目前看三媒六聘是不可能了，但新郎新娘照着凡礼各自回避三日，而后再由新郎迎娶新娘，两人一起拜拜天地高堂什么的，完全可以做到嘛。

下午四个人坐在一起品茶，国师就在茶席上提出了这个不成熟的建议，不料三殿下尚未开口，郡主倒是先出声了。"不用这么麻烦了吧。"她说。

国师注意到三殿下看了郡主一眼，然后像是明了了什么般地笑了笑，不过没有说话。

国师既没有搞懂郡主的反应也没有搞懂三殿下的反应，虽然有点糊里糊涂的，但还记得坚持己见："这怎么能是麻烦呢？毕竟郡主是千金之躯，嫁娶之事还是应该慎重对待。"国师苦口婆心地规劝,"正所谓礼不可废,凡礼该补的还是得补,譬如让郡主和殿下回避三日,这其实很有道理。"至于到底是什么道理,国师一时也说不上来,他就没说了,转而向成玉下了重药,"若这些礼不补上,在凡人看来,郡主你同殿下就根本还不算成了亲,故而这些礼是非补不可的!"

但成玉好像也没被吓着,垂头看着茶杯想了一会儿,很平淡地向国师道:"那就不算我们已经成亲了好了,等七年后连三哥哥回来找我时,再补上那些虚礼不迟,我可以等。"

国师就傻了。他是和三殿下一伙的,他也不是故意想给三殿下娶亲制造障碍,只因先帝待他不薄,让三殿下太容易娶到成家的女儿,显得他好像很对不起先帝似的,因此他才有这个提议,但他绝没有想过三言两语就将三殿下到手的媳妇儿给他作跑了。感到三殿下方向投来的冰冷视线,国师打了个激灵,忙不迭补救:"正经结的亲,怎么能不算数呢?呵呵。"

忠仆天步几乎和国师同时开口:"好好的亲事,怎么能不作数呢?"出口之言和国师别无二致,却诚心多了,且比之国师这个直男,天步想得更深也更远,"郡主明明已接受了殿下的龙鳞,那便是同殿下结为了夫妻,是我们元极宫的人了,若是等七年之后补上了凡礼才算郡主和殿下成了亲,那万一这期间郡主怀上了小殿下,那可怎么算呢?"

天步一席话掷地有声,大家都蒙了,连最为淡定的三殿下都顿了顿,停了沏茶的动作。成玉良久之后才反应过来,她强撑了一阵,没能撑住,白皙娇面眼看着一点一点变得绯红:"天、天步姐姐你、你胡说什么……"

天步抿唇一笑。国师一个道士,生就一颗榆木脑袋,当然想不通郡主不愿立刻行凡礼,乃是因殿下此番顶多只能在此境待上一月便需回九重天领罚,郡主想和殿下多相处些时日,当然无法忍受两人白白浪费三日不能相见。

　　国师不解风月，她天步却是靠着知情解意这项本领吃饭的。天步再次抿唇一笑，向成玉道："不过国师大人方才所言也有几分道理，凡礼的确对郡主也很重要。"又向连三："可依奴婢的浅见，新郎新娘婚前不见这一项，却是凡礼之中极大的一条陋习，不若就省了这一项，待会儿奴婢去准备龙凤喜烛，令殿下和郡主将拜天地这一项补上，便算是全了凡礼，殿下您看如何？"

　　殿下端了一只小巧的白釉盏递给郡主，温声询问郡主的意见："你说呢？"

　　郡主佯装淡定地接过茶盏，垂头喝了一口，点了点头："嗯，那也可以。"看着是个淡泊不惊的模样，一张脸却红透了。说完那句话，又掩饰地埋头喝起茶来。

　　殿下像是觉得郡主这个模样好玩，眼中浮起笑意，伸手拿过她的杯子："两口茶而已，你要喝多久？"

　　郡主瞪了殿下一眼，脸更红了，抢过杯子："喝完了我也喜欢捧着它！"

　　见两人如此，天步给国师使了个眼色。然国师还在云里雾中，整个人都稀里糊涂的。一时想着龙族是不是真的这么厉害啊，郡主才同殿下相处了几日啊，居然就有怀上小殿下这个隐忧了！一时又想男女婚前不见明明是矜持且传统的重要礼节，怎么就是陋习了，应当同天步辩论辩论……他根本没有注意到天步使给他的眼色。天步忍无可忍，一把拉过国师，向着三殿下施了一礼："奴婢这便同国师大人下去准备了。"

　　三殿下点了点头，天步箍住国师的手腕，拽着他飞快地离开。

　　待二人的背影消失在远处的竹楼中时，云松之下，三殿下方起身换个位置，坐到了成玉身旁，伸手摸了摸少女绯红的脸颊："脸怎么红成这样？"

成玉保持着跪坐的姿势，双手搁在茶席上，低头转动手里的空杯，小声道："我本来以为天步姐姐是个正经人来着……"

　　青年笑了笑："她的确是个正经人。"

　　少女愤愤抬头："她才不是，她说……"又实在说不出天步笑话她会有小孩子，咬着嘴唇不知如何是好，半晌，哼了一声，"不说了！"

　　青年看了她一会儿，羊脂白玉似的一只手覆上了她的手背，轻声道："不会有小孩子的，不要害怕。"

　　一听到"小孩子"三个字她就不由得面红耳赤，本能地反驳："我才没有害怕……"反驳完了却愣了愣，侧身抬头，似懂非懂地看向身旁的青年，"为什么不会有？"

　　像是没想到她会这么问，青年愣了一下，但很快反应了过来，温和地回答她："因为现在不是合适的时候。"

　　她点了点头，又想了一会儿："可如果有的话，我也不害怕。"她的脸没那么红了，但还是觉得害羞，因此枕着双臂趴在了茶席上，只侧过来一点点看着连三，轻轻抿了抿唇，目光那么诚挚，话那么天真，"如果有小孩子的话，我可能不会服下寂尘，会生下小孩子，然后好好养育他，直到你回来找我。"

　　听到她的话，青年失神了一瞬，垂头怔怔地看着她，琥珀色的眼睛里有很深很远的东西。她不懂那是什么，只觉得它们让他的眼睛变得很亮，像是虹膜深处落下了许多美丽的星辰，那样吸引人。因此她缓缓坐直了，伸手碰了碰他的眼角。

　　青年醒过神来，握住了她的手，他将她葱白般的手指移到了唇边，亲了亲她的指尖："是我不好。"他说。

　　他没有说是他哪里不好，但她却听懂了他的意思。是他不好，没能给她一个盛大的成亲礼，甚至连成亲后寻常地留在她身边、同她生儿育女他都无法做到。可她本来就不需要多么盛大的成亲礼，也并不渴求什么寻常美满的婚姻关系。

她轻轻眨了眨眼睛,很认真地回他:"你没有不好。"然后笑着摇了摇手腕,银鳞红玉制成的手链在腕间轻轻晃动,发出灼艳的光,"你给了我这个,这比什么都好。"

她靠近了他,手抚在他脖子上:"天步姐姐说这套首饰是你用逆鳞做成,我吓坏了,"顿了一下,手指触到了他的喉结,像是怕碰疼他似的,指腹挨上去,羽毛一般轻,"那片逆鳞,原本是在这里的,对不对?"

凸起的喉结动了动,青年握住了她的手,移到了喉结下的软骨处:"是在这里。"

指腹触到了那片皮肤,她颤了一下,目光里流露出担忧来:"还疼吗?"

他摇头:"不疼。"

她却不敢碰,只是皱着眉担忧:"没有逆鳞保护,这一处会不会很危险?"

他笑了:"想要在此处给我致命一击,那便得先近我的身,"声音中隐含戏谑,"这世间除了你,还有谁能像这样近我的身?"

虽是戏谑之语,倒是很好地安慰到了她,她轻轻呼出提着的半口气,看了那处片刻,忽然靠过去,手攀住了他的肩,将丰盈的双唇贴上了失去逆鳞保护的皮肤,很轻柔地吻了吻。

他的身体蓦地一僵,右手按在她的腰上,声音有些不稳:"阿玉。"

她懵懂地抬眼看他。

青年垂眼,对上她的视线:"别胡乱招惹人。"

她愣了一下,忽地明白过来,脸骤然红了:"我才没有招惹你,你不要乱想!"说着很快地从他怀中跳了起来,退后两步抿了抿唇,向他做出一个鬼脸,"连二哥哥要静心,不要总胡思乱想!"看到他面露无奈,又像是被取悦到似的,捂着嘴笑起来,"你就在这里好好静心吧,我去看看天步姐姐他们准备得怎么样了!"自顾自走了几步,却又退

299

了回来,将他拽起,软软地要求:"算了,我还是不要一个人去,你陪我一起去!"

青年随着她站了起来,宠爱地摸了摸她的额头:"黏人。"

凡礼结束后,在小桫椤境中的一个月,二人形影不离,几乎时刻都在一起。

过去万年中,三殿下身边的女子如过江之鲫,她们如何同三殿下相处,天步再清楚不过。飞蛾扑火一般前仆后继进入元极宫的神女们,每一位都相信自己足够特别,拥有使浪子回头的魅力,能够获取这位高傲又迷人的殿下的真心。但实际上,那些神女们进入元极宫,却同一朵花、一幅画、一只玉器被收藏进宫中没有什么区别。

三殿下只会在极偶尔时想起她们。想起她们时,他会像鉴赏一幅画、一只玉器似的将她们取出来欣赏;或许欣赏她们时,他也觉得她们是美好的,但他的眼神却很冷淡,情绪也很漠然。

天步明白,当殿下和那些神女们在一起,看着她们时,那些绝丽的容色虽然都映在了他的眼中,但他的心底什么都没有。看到她们的红颜,他便也看到了她们的白骨,并且并不会为此而动容,只会觉得红颜易逝,天道如此,万事流转,生灭无常,荒芜无趣。

可如今,此时,当殿下同郡主在一起时,一切都是不同的。当殿下看着郡主时,绝不像是欣赏一朵花、一幅画、一只玉器那样漠然冷淡。他落在她身上的目光总是专注、温柔而又深远的。那深远的部分是什么,天步看不明白,但她觉得当殿下凝视着郡主时,就像少女是他与生俱来的一部分,不容分割,不可失去。而从前,对于三殿下来说,这世间没有什么东西是他不可以失去的。

他那样认真地对待她,她说的每一个字他都耐心聆听,他好像看不够她,她的每一个情态他都喜欢,都能看许久。天步记得,有一次郡主在溪边睡着了,殿下屈膝靠坐在云松下,使郡主枕着他的腿。郡主睡了两个时辰,殿下便垂眸看了她两个时辰。他好像在努力地抓住每一念每一瞬,着意将她的模样刻入眼底心上。两个时辰后郡主醒过来,揉着眼睛问他:"我睡了多久?"殿下伸手弹了弹她的额头:"一会儿罢了,没多久。"

天步不曾看过这样的殿下。

九天神女决然料不到,她们追逐了一万年的,那看似风流实则却如天上雪云中月一般渺远得令人无法靠近的三殿下,最后竟会为了一个凡人走下云端。

最终竟是一个凡人获得了三殿下的真心。

她们你争我夺了一万年,最后竟是输给了一个凡人。

谁又能料到呢。

天步并不为那些神女们感到可惜。

郡主虽只是个凡人,但那样美丽的一张脸,天真中带着不自知的风情,仰着头看向殿下的时候,目光中俱是喜欢和依赖。那很难让人不动容。

凡人常用"神仙眷侣"这四个字来形容一对男女的相宜相适。天步觉得殿下和郡主名副其实当得上"神仙眷侣"这四个字。但一想到九重天对于仙凡相恋的严苛态度,又不禁对二人的未来感到了一丝担忧。

大概是第三十七日,半夜时,三殿下感到一道灵力打入了小桫椤境,撼动得整个小世界微微摇晃。能将灵力灌入小桫椤境,以至于可撼动此境,这样的神三殿下只认识一位,便是二十三天太晨宫中的东华帝君。

此灵力并无攻击之意,更像是提醒境中之人有客远道而至。

算时间,的确是该有一位九天之神下界锁他了。以三殿下的灵慧,当然不至于觉得天君居然有这么大本事竟将帝君给请出了太晨宫办差,神思略转，猜到应该是帝君听说他将凡世搞得不像样，主动出来帮他收拾烂摊子了。帝君看着是个不爱管闲事的性子，但他自幼混迹在太晨宫中长大，见帝君比见天君的时候多得多，帝君早已将他看作半个太晨宫的人，他的事，帝君的确一直都会管一管。

三殿下起身披了件外袍，打开门，见竹楼外夜雨茫茫，茫茫夜雨中，天边隐隐现出了一道紫光。看来来者的确是帝君，且帝君此时大概正等在南冉古墓里小杪椤境的入口处。

离开的时候到了。

青年沉默地看了那紫光片刻，然后关上门，重新折回到了床边，床帐里透出了一点光。他伸手撩开了床幔。

帐中浮动着白奇楠香与花香混合后的气味，是极为私密的欢愉后的气息，纠缠勾连，暖而暧昧，萦绕在这寸许天地里。少女醒来了，中衣穿得很不像样，长长的黑发披散在身后，有些懵懂地拥被坐在床中央，一点足踝露出锦被，脚边滑落了一颗鸽蛋大小的夜明珠，帐中那朦胧的一点光正是由此而来。

她看到他，一副春睡方醒的娇态，微微偏着头抱怨："你去哪里了？"

他答非所问："外面下雨了。"

她没有深究，无意识地将被子往胸前拢了拢，像是在醒神。被子被拢上去，脚便更多地露了出来，现出了那条缀着红莲花盏的细细的足链。白的肌肤，银的细链，红的莲，因那一处太过于美，便使挨着足踝的那截小腿上的一个指印越发明显。

三殿下的目光在指印上停了停。

少女的目光随之往下，也看到了那个印子，愣了一下，自己动手摸了上去："啊，留了印子。"她轻呼。

胡乱抚了两下，她看向青年，脸颊上还留着锦枕压出的浅淡粉痕，嘴唇上的艳红也尚未褪去，像一朵盛放的花，又像一颗丰熟的果，偏偏神情和目光都清纯得要命："不过不疼，我的皮肤就是有点娇气，稍微用力就爱留印子，但其实一点也不疼。"声音里带着一点糯，又带着一点哑。

青年在床边坐了下来，握住她的小腿揉了揉，将它重放回锦被中："下次我会小心。"

她还天真地点评："嗯，小心点就没事。"

他听着她发哑的声音，稚拙的言辞，好笑之余又觉心疼，摸了摸她的额头："要喝水吗？"说着欲起身给她倒水。

她的手软软搭在他的手腕处，没有用力，却止住了他："不要喝水。"

"好，"他坐了回去，顺势搂住她，带着她躺在锦枕上，抚了抚她颊边的浅痕，"那就再睡一会儿，离天亮还早。"

她没有立刻闭上眼睛，手指握住了他的衣襟，将头埋进他怀中，闷了一会儿，又抬起头来："我睡着了你就会离开了是吗？"

他愣住了。

夜明珠滚进了床的内里，被纱帐掩住，光变得微弱。莹润而微弱的明光中，少女的表情很是平静，见他久久不语，眸中逐渐泛起了一层薄薄的水雾，像是察觉到了那湿意的存在，她立刻垂了眸，再抬眼时，水雾已隐去了。"我没在难过。"她轻声开口，握住他的手，用脸颊去贴那掌心，看着他的眼睛，像是要说服他相信，"你不要担心。"

装得平静，眼底却全是伤心，还要告诉他她没在难过，让他不要担心。她这个样子，令他的心又疼，又很软。他看着她，就着被她握住手腕的姿势，再次抚了抚她浅痕未消的脸颊："别逞强。"

她垂眸静了一会儿，忽然开口："驻在彩石河的那晚，敏达王子隔岸给我放了烟花。"

他的手顿了顿，双眉微微蹙起。

她抬起眼帘，看到他这个模样，怔了一下，突然笑了，手指点上了他的眉心，轻轻抚展他的眉头："这样就不高兴了，你都不知道我要说什么。"

他捏了捏她的脸颊："那你要说什么？"

她如一条小鱼，温顺地蜷进他的怀中，与他贴在一起，轻轻道："那时候看着烟花，我想着这一生再也见不到连三哥哥了，真的很难过。"她抬起头来望着他，"现在这样，总比那时候好，只是短暂的分开，我不会觉得难以忍受。"

她用着说寻常话的口吻，道出如此情真意切之语，令人震动，偏偏本人还无知无觉，天真稚拙，纯挚热情。

他忍不住去吻她的唇，她圈住他的脖子顺服地回应。

窗外冷雨声声。

夜很深，也很沉。

成玉不知道自己什么时候睡着了。因此也不知道在她睡着之后，青年看了她许久。然后在整个小桫椤境再次轻轻摇晃之时，青年下了床，换上外衣，穿上云靴，回头最后看她一眼，又为她掖了掖被子，而后打开门，不曾回头地步入了淅沥的夜雨之中。

她再醒来之时，天已大亮，房中再无他人。她没有试图去确认青年是否真的已离开，只凝望着帐顶，怔怔地躺了一会儿，然后仿若无事地坐起身来，开始一件一件穿衣。

祥云缭绕，瑞鹤清啸，此是九重天。

今日九重天上不大太平。先是掌管凡世河山的沧夷神君匆匆上天面圣，不知禀了什么大事，令天君急发诏令，命众神赶紧去凌霄殿议事。凌霄殿大门紧闭，议事议了一个时辰左右，刚刚自太晨宫仰书阁中闭关出来的帝君就驾临了殿中。也不知接下来发生了什么，众神在殿中候着，帝君却出来了，也没回一十三天，却是径直出了南天门。

在南天门附近当差的小仙们乍见帝君神姿，既兴奋又激动，兴奋激动完了，才想起来据以往经验，帝君若出南天门，十有八九是为解决危及八荒安稳的大事。小仙们不明就里，不知八荒又要迎来什么大灾劫，不禁瑟瑟发抖。

后来不知从哪里传出来，说帝君出南天门，乃是因日前为守护红莲仙子而入凡的三皇子殿下，不知出于什么原因在他所处的那处凡世裂地生海，并重驯了守世的四圣兽，彻底改变了那处凡世的天命格局，此举违反了九天律法，需受惩戒，因此天君托了帝君下界去拘三殿下回来受罚。这事和八荒安稳没有一毛钱关系。大家才放下心来。

小仙们看待问题的角度，和凌霄殿中的尊神们大不相同。小仙们得知殿下在凡世裂地生海后，纷纷觉得，三殿下年纪轻轻，竟能重塑凡世法则，不愧是他这一辈神仙当中的第一人，内心对此钦佩不已。关于他随随便便就把凡世的天运给改了这事，大家除了觉得殿下可真是厉害啊，并没有觉得有什么问题。当然，大家也敏锐地抓住了"帝君亲自下界去拘殿下了"这个重点。帝君亲自下界去拘殿下了，那就是说他二位待会儿还会一起经过南天门！能同时在南天门看到帝君和殿下，多么难得，这简直就是一桩盛事！

因为小仙们的思路是如此的清奇，因此不到半个时辰，平日里人烟稀少的南天门就变成了整个九重天最热闹的地方。平时无缘见到两位大神、做梦都想瞻仰一下帝君与三殿下真容的小神仙们挤满了南天门附近的每一个角落。其中以女仙为主。

尊神们在凌霄殿中开大会，小仙们在南天门附近开小会。

一位女仙给一个刚飞升没几日的小仙做科普："你看画册就知道，洪荒古神都长得极好看，而帝君又是这其中的佼佼者。听说帝君真容，比之画像上还要英俊百倍不止。你运气好，才飞升没几日便能见到帝君真容，要知道我在天宫当差当了七千年，这还是头一次遇到这种机会呢！"

小仙翘首向南天门："但姐姐总是见到过三殿下，我连三殿下还没见过呢。"

女仙点头，面露光彩："三殿下我是见过很多次的，三殿下也是特别好看的。传说打三殿下是个婴儿起，就是四海八荒最好看的婴儿，后来又是同辈中最好看的儿童、最好看的少年，一路好看到现在……"转头向小仙，"三殿下第一次代天族出征，细梁河前倚坐于云座之上接受魔族降书的那幅画你可见过没有？据说许多神女就是因为看到那幅画入了三殿下的坑！"

小仙原是个凡人，修炼了几十世，最后一世以道姑之身飞升，飞升时的年纪也小，断情绝欲的，是块小木头，愣愣地问女仙："什么叫入坑？"

女仙神秘地凑过来，悄悄道："据说看到那样的三殿下，很难不生出爱慕之心，这就是入坑了。"轻轻一叹，"可惜殿下却是一株镜中花、一轮水中月。"

小仙不太懂："镜中花、水中月？"

女仙讶然："你不会没听说过三殿下的风流之名吧？"一笑，"殿下风流，爱慕殿下的神女众多，有大胆的神女会主动追求殿下，殿下一般不会拒绝，但殿下也无情，神女们待在他身边，从没有超过五个月的。可越是难以征服他的心，神女们越是前仆后继，殿下也是来者不拒。每个人都似乎有短暂地拥有殿下的可能，但那种拥有却又是虚幻的、缥缈的，如追逐一株镜中花一轮水中月一般，这么说你可懂了吗？"

小仙稀里糊涂的："上天那日我听到两个姐姐议论锁妖塔之事……不是说三殿下也有真心喜爱之人，就是那位长依仙子吗？"小仙很有逻辑地推理,"既然殿下已有了心爱之人,那、那些神女们怎么还觉得她们有拥有三殿下的可能呢?"说到这里,像是自己把自己给说悟了,"咦,此次殿下在凡世搞出那样大的动作……是不是就是为了长依仙子啊?"

女仙立刻收了笑,表情变得冷漠:"哦,原来你是站三殿下和长依仙子的吗? 我不是这个流派的,我是'三殿下游戏八荒越是无情越动人'这个流派的,也不相信殿下和长依仙子真有什么,看来我们俩是没有共同语言了。"说着还退后了三步,和小仙拉开了距离。

小仙懵懵懂懂的,并不能明白九重天为何连这种事都能搞出流派之分来,深深觉得是不是自己太土了,与这新潮的天宫格格不入,又急于想要挽回同女仙的友情,赶紧摇头:"我不是,我没有,我什么都不懂,我都是胡说,姐姐你不要不理我……"

人群之中一片嗡嗡声,诸如此类的讨论不绝于耳,因为也没有什么有分量的神仙在此约束,大家就都有点放飞,一边兴奋地八着卦,一边激动地等候着帝君与殿下的到来,倒也和乐融融。

没多会儿,果见紫衣的神尊按下云头,再次出现在了南天门,身后跟着一位白衣神君。二位身姿皆极高大,面容也一派的肃冷俊美。挤在附近的众仙抓住机会瞄了两眼,也不敢多看,齐齐伏身行大拜之礼。帝君和殿下也没管跪了一地的小神仙们,径直朝内而去了。众仙不敢抬头,恭送帝君和殿下离开,但就这一两眼的眼福,也够大家感到满足了。

这二位刚入南天门,就有一位仙者紧跟着落下了云头,小跑着追了上去,赶上了帝君和三殿下。众仙听着那脚步声也不敢抬头。倒是三殿下回头瞧了一眼来者,微微挑了挑眉:"二哥。"

二皇子桑籍风尘仆仆站在二人面前,先向帝君行了礼,才转向连宋:"你在凡世的事,我听说了,你如此做,是为了长依吧?"他顿了顿，脸上现出一丝沉痛来，"我……对不起长依，你既是为了长依而将领受惩罚，我没有别的可做，唯愿同你一起面见父君……"

帝君不爱管闲事，听桑籍说了一两句，便站去了一旁，只留他同连三言语。

连宋闻音知意："二哥是因为长依而打算为我在父君面前求情？"他淡淡道，"那倒不必。"

桑籍讶然："为何？"

"因我并非是为了她。"

桑籍皱眉，神思电转之间，脸色慢慢变了："你……变心了？"他怔住，"那长依怎么办，长依她……岂不是永不能再回天庭了？"

白衣青年神色淡漠："二哥人虽不在九重天，倒是对我和父君的赌约很熟悉。"

桑籍面容微白："你为何只身入凡，也并非什么绝顶的机密。"忍不住急切道，"你如此，是打算将长依置于何地？"

青年看着他，面上没什么表情，目光却觉得他可笑似的："我不曾对长依有过心，又谈何变心？如今的长依也并非再是昔日的长依，让她身入轮回永为凡人，也不失为一个好的归宿。"

桑籍无法置信地看着青年："因有你护着长依，我才一直都放心，可如今你……"他欲言又止，"你对长依到底是……"

青年像是觉得烦恼似的皱了皱眉："二哥不懂我的事，也不必懂我的事。锁妖塔倒时我希望长依活着，也并非二哥所以为的那个原因。长依她是仙是凡，于我而言，从没有什么不同。只是我有余裕助她成仙时，便助上一助，但如今，我没有这个余裕了。"话罢向愣住的桑籍微一点头，"二哥若无别的指教，我先告辞了。"

桑籍怔在那一处久久无法回神。

二十八年前长依为他殒命，他不是不自责，不是不内疚，只是后来对于长依之事，弟弟连宋远比他做得好，他便放了心。弟弟喜欢长依,会想方设法使她复生,令她重列仙班,这使他松了一口气,内疚愧对之情也得以平复。

但今日,弟弟却告诉他,他帮助长依并非是出于儿女私情,且他也不再觉得使她成仙是必须达成之事了,她就那样永生永世当个凡人也不错。

让长依彻底成为一个凡人,永入轮回,再也不能回九重天?

桑籍的心脏一阵钝痛。

这怎么可以呢?

可他又该如何做? 一阵迷茫和无助深深地攫住了二皇子,使他寸步难移。

在二殿下和三殿下谈话时,小仙们离得并不近,自然听不到二人间有什么言语。

事实上在场众仙里唯有那以小道姑之身新飞升的小仙,本着一股初生牛犊不怕虎的憨劲儿,趁着二殿下和三殿下谈话之时,偷偷抬头瞄了他们几眼。

从她的角度,只能看到帝君和二殿下的背影,不过倒是能正正瞧见三殿下的面容。

三殿下那张脸俊美过人,着实令人见之忘俗。但同有风流之名,三殿下却和她在凡世见过的倜傥的风流公子全然不同。他没有温存的眉目,也看不出来有什么解意的态度,同人说话时,一张脸极为高冷淡漠,十足不好接近的模样,甚至叫人有些生怕。

待帝君和三殿下离开,小仙实在没忍住,问了身旁的女仙一个问题:"为何三殿下看着这么不好接近,还有那么多神女去挑战高难度,苦苦追求他啊?"

女仙不愧是三殿下的资深拥趸:"那是你没有见过三殿下笑起来时的模样。殿下一笑,那可真是,"她啧啧两声,"殿下的笑颜是绝没有人可以抵挡的，大概那些神女们都想要殿下对自己笑，故而再难也要去追逐吧。"

小仙听得似懂非懂，不过她感到今天真是学习到了很多。

直到二殿下也离开了南天门，跪地的众仙才纷纷从地上爬起来，揉着膝盖，心满意足地三三两两散了，使南天门重回了寻常时候的清净。

在那之后不久，凌霄殿中的议事也终于宣告结束。

参加了议事的众神回想起这一日的峰回路转，均不知该说什么好。

帝君下界去拘拿三殿下时，天君亦派了沧夷神君下界，去查明三殿下造海的缘由。沧夷神君先帝君一步回来，道三殿下乃是为了一名绝色的凡人女子而做出了此事，当时天君的脸色就不太好看。

不久帝君将三殿下带回来了，大殿之上，天君问罪三皇子，允三皇子自辩。三皇子所答和沧夷神君所查无二，说是自己看上了一名凡人女子，但那女子执意嫁于他人，令他很是恼怒，因此他裂地生海，在地理上分开了那女子同她未婚夫的国度，使那女子欲嫁而不得。此事他行得混账，理智回归后亦是后悔，但行都行了，后悔亦无济于事，甘愿回来领受惩罚。

这的确是肆意惯了的三殿下做得出来的事。

天君气得说不出话，既恨他如此，可又因本心里疼爱幼子，不舍重罚。幸而三殿下人缘好，众神也是会看眼色的神，纷纷求情。

尤其连帝君都开了口，道虽然三殿下裂地生海，改了那一处凡世的法则，致使国运与人运皆发生了变化，但所幸倒不是什么伤天害理之事，三个国家分开了，也止了许多兵戈，倒使那处凡世更加和乐了，只是累南斗北斗和冥主多费点心思，重新处置一下那处的国运人运罢了。再则，为免后来之神效法三皇子亦随随便便去改凡世的人运国运，他将为十亿凡世加上一条法则：神魔鬼妖四族入凡，若在凡世施术，皆会被所施之术反噬。这样也就稳妥了。

帝君不愧是曾经将六界苍生都治理得妥妥帖帖的天地共主，即使徇私，都徇私得让人无刺可挑、无话可说，便有不服，也只能憋着，只恨自己为什么不能像三皇子那样讨帝君喜欢，是帝君他老人家的宠儿，闯了什么祸都能有他老人家给兜着。

最终天君颁下御令，罚了三殿下在北极天柜山受七日寒瀑冰水击身之刑。

这事就雷声大雨点小地落幕了。

北极天柜山紧邻北海，终年冰雪覆盖，中有七峰，第二峰挂了一帘飞瀑，山水自峰顶奔流而下，直入谷底寒潭。寒潭之中，有一巨石，那便是被罚冰瀑击身之刑的仙神们的受刑处。仙者立于其上，自千丈峰顶跌落的天下至寒之水击于其身，有如寒刃灌顶，仙者需一边承受这种痛苦，一边诵经自省。

东华帝君站在隔壁第三峰的峰顶之上。第三峰比第二峰矮上一截，帝君望了一阵第二峰那悬于崖壁的飞瀑，点评："流瀑虽急，比镇厄渊渊底的漩涡还是要柔和许多，你两万岁时便能在那漩涡中毫发无伤地待一个月，在这水瀑中待七天应该也不是问题。"说着抬手化出一张棋台来，"离你受刑的时间还早，先和我下局棋。"

三殿下也望了一阵那水瀑，默了一默："去镇厄渊取制扇玄铁时，我的双手未被困住，即使陷入渊底漩涡，也还能靠双手自救，但在那寒潭中受刑，我的双手好像是要被铁链捆住的。"

帝君已经坐在棋台旁执起了白子："说得也是。"他点了点头，"那你小心点。"想了想，又补充了一句，"应该会痛，但不会死，不要怕，我们先下棋。"

三殿下："……"

三殿下无言以对。

三殿下到北极天柜山受刑，天君都没来，帝君却陪送着一道过来了。虽然九天皆知三殿下乃帝君的宠儿，但这未免也太宠了一点，若非帝君三十来万年从不近女色，九天仙众简直要怀疑三殿下其实不是天君的亲儿子而是帝君的亲儿子。

　　帝君在侧，两位押送三殿下来此的天将不敢怠慢，到达目的地后贴心地站到了老远，容行刑前帝君同三殿下嘱咐几句私话，结果却看到帝君和三殿下突然下起棋来。两位神将不明就里，面面相觑一阵，试探着走近，正好听到帝君开口："你和那凡人女子是怎么回事？"

　　两位天将一怔，待要再听，只见三殿下抬头淡淡看了他们一眼，而后二人便被隔在了静音术之外，什么都听不到了。二人也不敢再靠近，对视一眼，双双退回了方才所站之地。

　　在帝君问出那句话时，连宋执黑的手顿了顿。他这四万年，有一半时间都是在东华帝君膝前度过。帝君之于他，亦师亦友，九天仙神皆觉帝君不好捉摸，帝君的确不好懂，但他倒觉得帝君也并不是那么难懂。譬如此时，帝君应该也是真心想同他下棋，但绝不单单是为了同他下棋。果然，没走两步他便听到了帝君此问。帝君还补充了一句："别拿糊弄你父君那套来糊弄我。"

　　他态度平静地落下一子："我原本也没有打算糊弄帝君。"语声平缓，"我对她是认真的，等到受罚结束，我会去凡世找她，助她成仙，和我永为仙侣。"

　　帝君不愧活了三十多万年，经多见广，听闻他此言也并不惊讶，只道："从你口中听到'认真'两个字倒是难得。"又像是随口一问，"怎么就对一个凡人这么执着了，她难道不也是一种'空'？"

　　青年静了片刻："别的'空'，我可以放下，她，我无法放下。"

　　帝君抬眸看了青年一阵，似乎习惯性地要去一旁端茶盏，没端到，才想起来未化茶具，抬手一拂化出一整套黑陶茶器，缓缓道："你成年之时同我说法，叹世间万事无常，皆有流转生灭，殊为无聊，问我若世间无永恒不变之物，亦无永恒不变之事，那五族生灵汲汲营营忙忙碌碌有何意义？毕竟一个'变'字便可将他们的所有努力化为烟云。"

银发神尊行云流水地取天水煮茶："那时候，你还同我举了两个例子，说譬如爱权的，要数天族，钻营万年谋得一个高位，却只消两三错处就被打入尘埃，过往辛勤皆成空无，有何意义。又譬如爱美色的，要数魔族，费尽心思得到一个美人，却只待十数万个春秋便需面对红颜迟暮，过往心思尽付东流，又有何意义。"

青年颔首："我记得，那是天君第一次流露出想让我做护族战神的意思后，我去太晨宫中寻帝君谈玄。"

"对，"陶壶咕嘟咕嘟煮着水，帝君将注意力重新凝回了棋盘上，"你说天君想令你做护族战神护天族太平、佑八荒长安，但若世间生灵都过着如此没有意义的人生，你也找不到守护他们的意义何在。"

帝君落下了一子："彼时我问你，对于你而言，什么才是有意义？你说'非空'才有意义，若这世间有什么东西值得你去孤注一掷地追逐、义无反顾地珍重，那一定是一种恒定不变之物，因如此，那些追逐和珍重才不会是水月镜花。"

帝君抬眼看他，像是纯然感到好奇："可那凡人也是一种'空'，如今你为那凡人，已可说是孤注一掷、义无反顾了，按照你的信奉，这些追逐和珍重又有什么意义呢？"

青年执着棋子，许久没有落子，最后将那黑子握在了手心中，微微闭了眼，像是矛盾，又像是疲累："其实我已许久没有想过'空'与'非空'，也许久没有再想过这世间之事存续的意义。"他顿了片刻，"的确，按照我的信奉，她、我，连同这世间一切，都是一种'空'。对这世间万物，从前我一视同仁，他们安乐也好，苦难也罢，我心底难生一丝涟漪,可对她……"他没有再继续说下去。

水煮好了,帝君一边冲茶一边接着他的话道:"对这世间一切,连同对你自己都漠然视之,这是水神与生俱来的神性,其实倒也没什么不妥。只是从前你只能看到'空',执着于'空',有些太过。"

帝君不紧不慢地以第一壶茶汤温杯淋壶:"西方梵境的佛陀为五族生灵讲法,对只能看到实有之物、执着于实有之物的生灵,会为他们讲解'空',令他们领悟'空',因为他们太执着于'有'。而我一直为你讲'有',是因为你太执着于'空'。"

"执着于'有',心容易有挂碍,容易着相。执着于'空',则容易阻碍一个神度已度人。譬如你此前不愿做护族神将,便是为这种执着所碍。你如今这样,"帝君分了一盏茶递给他,"在我看来,倒是比从前好了许多。"

青年静默了一瞬:"但即使不再执着于'空',我也无法度人。"

他摩挲着手里的黑子,最后将它落在了远离杀伐的一角:"违背九天律法,以凡人为妻,神族容不下此事,但我执意如此,故而神族将不会容我,所以,"他眼神清明地看向面前的神尊,"我做不了护族战神去护助普度他人,往后余生,漫漫仙途,我只护得了一人,大约要让帝君失望了。"

短短两句话,选择和未来的打算俱已明了。

帝君并不在意:"失望的是天君,我失望什么。"手中陶杯轻轻晃了一晃,像是想起来很久远的往事,"当年墨渊也曾因少绾之故出走隐世过,彼时我没有阻止他,如今自然也不会阻止你。"抬眸看了他一眼,"你难得有这么认真的时候,想做什么就去做好了。"

青年点头道是,因为方才走了对于他们的谈话极具象征意义但对整局棋的获胜毫无助益的一步烂棋,此时不得不全身心投入补救,拆好东墙补完西墙后,突然想起了另一件重要之事:"既然帝君也知我必然是要离开神族,那祖娌神之事,就只能全盘移交给帝君了。"

帝君显然对此已有预料，淡然地哂了一声："说得好像你留在神族就不会把这事推给我似的。"

青年也不推脱："确实还是会推给你，因为这事的确同我没什么关系。"

帝君喝了口茶，冷不丁道："你可知道你和祖媞神其实也是有渊源的？"

青年自顾自地走了一步棋，嘴里道"是吗"，听语声却并不相信。

帝君放下茶盏："少绾留给你的那支无声笛，其实是当年祖媞制给她的法器。"

青年终于抬起头来："什么？"

帝君回忆了会儿："当年少绾将笛子给我时，留言让我把它交给新神纪的水神，说水神同祖媞有渊源，她没有别的好送给水神，便把这件法器送给他。"

青年将信将疑地辨了会儿帝君的神色，疑惑道："那我同祖媞神，是有什么渊源？"

毕竟是二十多万年前的往事，帝君继续回忆了会儿："她好像没说。"

青年顿了一下："帝君也没问？"

帝君很理所当然地回他："和我又没什么关系，我为什么要问。"

青年无言以对，但也不得不承认的确是如此。"那倒也是。"他说。

帝君看了他一眼："对这件事，你就没有什么想法吗？"

青年沉默了片刻："无声笛很好用，祖媞神制了它，少绾神送了我，所以……谢谢她们？"

帝君点了点头："好吧，若祖媞果真复生了，下次见到她时我帮你转达你的谢意。"

峰上的冰原起了风雪，眼看行刑的时刻就要到来，紫衣神尊与白衣神君仍淡然地聊着天下着棋。特别是三殿下，根本没个即将受刑的样子。两位执刑天将候在老远处，意欲提醒三殿下，却又不敢上前扰了帝君的雅兴，只好大眼瞪小眼地看着对方，只觉这趟差事怎么这么苦哇。

## 第十五章

北荒之北，坐落了一方覆地千里的无名大泽，乃八荒禽鸟们的换羽之地。

天地空蒙，茫茫雪泽之中，时而会响起一两声灵禽换羽成功的喜悦长鸣；伴着那长鸣，大泽之上，雀鸟的旧羽随着纷飞的雪片飘然而落，有一点伤感的诗意，为这冰雪苍茫的静谧之地增添了一抹别样的声色。

成玉站在大泽的最北端，抬头遥望似巨兽一般伏在天边的远山。今晨，她在大泽之畔问路，一只刚换了新羽、心情不错的重明鸟告诉她，前面那座山便是北极天柜山，她要寻的天族三殿下便是在那座山的第二峰下受刑，她一路向北直行即可，以她凡人的脚程，不眠不休赶四五个日夜的路，应该也能赶到那儿了。

成玉听朱槿提起过重明鸟，据说是一种仗义的神鸟，合族性情都憨直，她料想它应该不会骗她。

又看了一阵那巍峨的远山，成玉紧了紧身上的斗篷，冒着风雪，照着鸟儿的指引，一路向北而去。

凡人的郡主为何会出现在神仙世界的北荒之地，是说来话长的一件事。

当日小桫椤境里连三离开后，国师与天步也领着成玉很快出了那

小世界回了平安城。

　　三殿下于熙乌边境裂地生海,虽然搞出了地裂山崩的动静,但彼时三殿下祭出了镇厄扇,镇厄扇结出的双鹿金轮护持住了整片大陆,以至于除了彩石河地动山摇外,戈壁以外的地方都挺安静。不说千里之外的平安城了,便是百里外的乌傩素王都里,大家都没什么特别的感觉,只是第二天一大早醒来,从归来的迎亲队里听说了昨夜神龙现世,抢了四王子的新娘不说,还在乌傩素和熙朝之间搞出一片大海来隔断了两国往来,使他们乌傩素在一夜之间从一个高原内陆国变成了一个临海国……民众们对此表示震惊,震惊之余想到从此后他们岂不是可以敞开肚皮吃海鲜了,也没有什么不适应,都还比较高兴。

　　平安城则是在稍晚一些才得到了这个消息。李志将军跑死了好几匹汗血马,得以在五日内赶回平安城,将大将军原来是神仙下凡、为了阻止郡主和亲竟在边境搞出了一片大海、将军造海不幸力竭,然后国师就将郡主和将军给一起带走了、三人至今下落不明这事呈报给了皇帝。成筠作为一个正常人,第一反应当然是李将军是不是得了失心疯,把人拉下去给关了五天,结果第五天一大早,蓟郡郡守也骑着马吭哧吭哧赶来了,禀的居然是同一桩事,李将军才被放了出来。

　　成筠将信将疑,派心腹八百里加急前去绛月沙漠实地勘察,十来日后,心腹交回来一份新的边境舆图,成筠摊开一看,发现北部边境果然多了一片大海,东西横向,不仅将大熙和乌傩素给隔开了,还将北卫也给隔了个彻底,从今往后三个国家只能隔海相望……都还望不到对方。

　　要知道,大熙开朝两百余年,就和北卫对立了两百余年,每一任有抱负的皇帝都把干死北卫当作毕生追求,成筠也不例外。然连三这么一搞,两个国家从此隔海相望,谁也干不了谁了,这让成筠一下子失去了奋斗目标,茫然之余,一阵空虚。左右相等几位重臣陪着皇帝议事，对于当前是个什么情况比较了解，几位大人的意思是皇帝也不必如此空虚，地理情况变了，国策也得跟着变，接下来还有很多活儿干，况且还要跟百姓解释一下边境上的大海是怎么回事，同时还得找找大将军，跟大将军确认一下他下一步的安排，看他是打算继续当他们的大将军还是回天上当神仙……几位国之重臣议了一辈子事，没有议过这么匪夷所思的事，七七八八说完这一段话，每个人都感到一阵恍惚。

国师便是在这样的情况下将成玉带回了平安城。

经过一个多月的沉淀与缓冲，再见国师，成筠也比较淡定了。而此时，边境上新生了片大海的消息也传遍了整个大熙，流言纷纷扰扰，好的坏的都有，急需国师回来正本清源。

作为一个胡说八道的高手，国师没有辜负大家的期望，当日便辅助皇帝昭告了天下，说成氏王朝受命于天，乃天命所归，上天派水神前来辅佐君王，水神仁心，见熙卫之战使百姓流离，殊为不忍，故引南洋之水入千里大漠，造出万丈深海横亘于熙卫之间，为熙朝隔绝外患，令大熙子民永离兵祸。皇帝感念水神仁德，特将宗室之宝红玉郡主献予水神为妻，自此后大熙朝奉水神为尊神，望万家供奉，以善信与诚心飨水神。

诏书一出，流言立止，百姓们发现世上原来真的有天神，且身为大熙的子民，自己居然还是天神罩着的宠儿，都很激动，纷纷塑像修庙，供奉水神。

国师这事办得妥帖：于公漂漂亮亮地收拾了三殿下给留下来的一堆烂摊子，还成功地赋予了水神造海这事儿一个无与伦比的政治意义；于私呢，又在天下人面前光明正大落实了三殿下与郡主二人的名分——相信这也是三殿下愿意看到的。

国师对此很是得意，每每想起，都忍不住在心底赞一声我真棒啊。知情者上到皇帝，下到天步，也觉得国师挺棒的。国朝上下，唯有一个人不觉得国师棒，此人便是之前被国师强送回平安城、在那时便同国师结了仇的烟澜公主。

烟澜公主登门问罪这一日，正巧成玉也在国师府中吃茶。

烟澜本是要质问国师为何乱点鸳鸯谱，煽动皇帝将成玉许给连三，结果踏进府门，见成玉也在府上，顿时忘记了对国师的恼恨，一腔怒火转了个弯，全烧向了成玉，目光如有实质地定在这个她原以为一辈子也不可能再返京城的堂妹身上："他为了你如此，你很得意是不是？"

成玉记忆中，十九公主烟澜素来婉婉有仪，以柔弱温雅的面目示人，有时候是挺伪善的，但倘若自己不拿话激她，她一般都能完美地将那种伪善保持到底。但今日十九公主却很不同，竟然一上来就咄咄逼人，令人称奇。她微微挑眉，放下茶杯，淡淡一笑："十九皇姐这话我听不懂，不知这是从何说起？"

烟澜用力握住轮椅的扶手："少在我面前假惺惺，此刻你难道不是很得意三殿下为了你，竟公然违背九天律法裂地造海吗？"她从来不蠢，连宋和成玉之间的纠葛她不是看不明白，那夜彩石河畔发生之事她虽未曾亲眼看见，但稍作细想，便知绝不是国师所说的那样。她无法接受高高在上的三殿下为了一个凡人竟做到那般地步，痛与恨自心底升起，深入骨髓，令她无法自控："你不要觉得他这般便是真心爱你，他此时着紧你，不过是好新鲜罢了！他就是那样的人，兴致在你身上的时候，什么事都肯为你做，裂地成海又算什么？彼时他对长依，不也是倾尽所有？"

看到少女微微垂眸，脸上那假面似的一点笑容迅速消退了，烟澜终于获得了一点快意，脸容扭曲地笑了一下："皇兄说要将你献给他，你就真以为自己是水神之妻了？"恶意地直视着茶席之后面无表情的少女，"呵，水神之妻，你一个凡人，配吗？！"

"我若不配，"少女淡淡抬眼，依然面无表情，"皇姐便配？皇姐口口声声看不起凡人，难道皇姐不也同我一样，只是一个凡人吗？"

自己当然不是一个纯粹的凡人。听得成玉问出如此蒙昧无知之言，在连日的煎熬之后，烟澜第一次舒心地笑出了声来，她摊开双手："这具身躯此时的确是凡躯，但你可是忘了，我的前世是花主长依。我来凡世，不过是为了渡劫，迟早要回九天重列仙班，和你从来便是不一样的。"她微微向前倾身，表情里含着毫不遮掩的轻视，一字一顿，"你，根本不配同我相比。"这些话本意是为了羞辱成玉，但说出口时，却也奇迹般地安抚了她自己。是啊，即使三殿下此时喜欢成玉又如何，不过是一个蝼蚁一般的凡人，同殿下是绝不可能长久的，她只需要耐心，再耐心一些……

少女却并没有露出受辱的表情，反而云淡风轻地端起了茶杯："皇姐以为，自己还回得去九重天吗？"

烟澜一愣："你什么意思？"

成玉勾了勾唇角："难道连三哥哥没有同皇姐提起过，当年长依擅闯锁妖塔犯的是死罪，早已被革除了仙籍，其实是再也不能回去九重天做神仙的吗？"看烟澜面露震惊，她不疾不徐地喝了口茶，"连三哥哥之前念着和长依同僚一场，是还想努一把力将转世的你重新带回天上来着，但似乎是因为转世的你同长依的性情实在相差得太远了，所以他改了主意，觉得让你当个凡人也不错。"

烟澜整个人都凝滞住了，面色雪白地僵在了轮椅中，半晌，声音喑哑道："这绝不可能！"

"当个凡人有什么不好呢？十九皇姐为何如此不能接受？"成玉单手托腮，抬眸看向烟澜，似笑非笑，"难道是因为，如果同我一般只是一个纯粹而普通的凡人，那十九皇姐在我面前便再也寻不到任何优越感了，是这样吗？"

烟澜气得发抖，嘴唇颤了颤："你这个，你这个贱……"抓起膝上的手炉便向成玉扔了过去，结果被缩在一旁默默喝茶尽量降低自己存在感的国师抬手施法止住了。

手炉啪一声碎在半途，烟澜被国师封了口，捂着喉咙不可置信地看向国师。

国师亦皱着眉头看向烟澜："大家好好说话是可以的，公主你出言如此不逊，还动起手来，这就有点太过了吧？"自从三殿下喜欢上成玉，烟澜就有些发疯，为了这事一哭二闹三上吊，国师也是见识过的，因此一看到她就不禁头皮发麻，本来打算有多远躲多远，奈何成玉不是吃素的，根本不惧烟澜，偏要正面迎敌。国师能怎么样呢，国师只好跟着留下。

此时国师真是庆幸自己留了下来，面向站在烟澜身旁的几个宫婢，沉着脸一派威严："你们还愣着做什么，烟澜公主嗓子疼不舒服，还不赶紧将公主抬回宫里就医？"

别看国师在三殿下面前是个小弟，在国朝里可一直都是横着走的。宫婢们被国师一训，怕得一抖，不敢怠慢，立刻抬着烟澜欲出花厅。烟澜无法说话，侧身紧握住轮椅的椅背，横眉怒目地瞪着二人，一双眼被怒火烧得通红。

看着烟澜这副模样，成玉挑了挑眉，突然出声："等等。"然后慢悠悠地从茶席后站了起来，走到烟澜近处，微微垂眸，撩起一点衣袖，不经意似的抚了抚腕间的银链，"方才皇姐奉劝我不要因连三哥哥为我做了点什么便信了他是真心喜爱我，因为他对长依也曾倾尽所有，"她微微一笑，"皇姐这话也不尽然，连三哥哥对长依也不算倾尽所有吧，毕竟代表他唯一真心的逆鳞，他没有给长依，而是给了我。"

随着成玉话音落地，烟澜猛地看向她的腕间，整个人都被冻住了似的，唯留一双眼泛着不可置信的光，从那腕间的银链移到手指的戒环，而后像是终于反应了过来，又将视线一寸一寸移向成玉的脖颈和耳垂。

她死死盯着那银红互衬的饰物，目眦欲裂，嘴唇颤抖着，虽然没能发出声音,但成玉却看出了她说的是什么,"你怎么会有?你怎么配有?"

成玉淡淡看着烟澜:"看十九皇姐的模样,应该也知道这逆鳞的意义了。所以你应该明白,无论你赞同还是不赞同,连三哥哥的确已成了我的夫婿,也就是你的堂妹夫。望皇姐顾着皇家的颜面,从今往后能够自重些。"

烟澜的目光仍放在成玉的脖颈上,脸色煞白,像是受了极大的打击;接着她仿佛被那银红交织的柔光刺痛了,猛地闭上了眼,然后整个人颓然地倒在了轮椅之中,双手捂住脸,无声痛哭了起来。

烟澜形象全无地离开了国师府,回宫后砸了一屋子东西,接着就病了,卧床不起了差不多两个月。

成玉并不知道自己将烟澜气病了,那些时日她正在十花楼里忙活,没什么余暇关心楼外之事。

朱槿、梨响、姚黄、紫优昙早就回到了十花楼,因此国师将成玉送回楼里时,她立刻就同他们会合了。大家都很开心,趁着大家这么开心,成玉跑去找朱槿,战战兢兢地说明了自己同连三的约定,以及她决心服下寂尘的打算。本来以为起码要挨一顿打才能搞定朱槿,没想到这次大总管居然很好说话,让她把楼里未来七年的事情安排妥当就可以。

这事也没什么好安排,全部交给朱槿就行,毕竟过去一直都是这么干的,而她不给朱槿添乱就算为十花楼的管理做贡献了。

想想未来七年,自己将一直沉睡,再也不会给朱槿找麻烦,成玉就有点感慨:自从她无师自通学会上房揭瓦的那一天,朱槿应该就一直在期待着今日的到来吧……

成玉花了半个月时间和京城里的朋友们吃了告别宴,又花了半个月时间同楼里每一株花每一棵树都聊了一个告别天,接下来找了个黄道吉夜，虔诚地打开了连三留给她的那个锦盒，预备服下寂尘，静待同连三的七年之约。但令人意想不到的是，锦盒中竟空空如也，药丸居然不见了。

十花楼一干人等四处寻找，找了三个月，也没寻到药丸究竟丢失在了何处。眼看寻找无望，成玉也只好接受了寂尘遗失再也不可能找回来的现实，然后浑浑噩噩地过了半年。

半年里，昔日明媚的少女饱受相思折磨，就像是一朵开在不正确的季节里的花，虽然为了不使人担忧，也在努力地、顽强地生长着，但因缺乏适宜的阳光与水分，生长得痛苦、缓慢，而又艰辛。

眼见少女在强颜欢笑的面具下日日枯萎，连铁石心肠的朱槿都不忍起来，一番斟酌后，主动提出了带她前往神祇所居的世界寻找连三。朱槿说到做到，不久就领着她来到了分隔神域和凡世的若木之门。然在穿越若木之门的过程中，被一阵突如其来的风暴所侵扰，她同朱槿不幸失散了，醒来后，唯有她躺在这方灵禽换羽的北荒大泽旁，而朱槿却不知所踪。

锦囊中的花瓣依然鲜活，说明朱槿没事，令成玉放下心来。她从不是那种柔心弱骨的女子，非得有人护在身旁才敢在陌生世界闯荡。保持冷静地想了片刻，觉着天地旷大，照朱槿向来的行事作风，若寻不见她，大概率会直接去往连三受罚之地候她，便立刻做了决定先去寻找连三。

所幸三殿下在这个世界里的确非常出名，稍微打探，便能知道他的所在。

听到重明鸟告诉她以她的脚程，不眠不休五个日夜方能赶到连三受刑之处时，成玉一点也没有畏惧这段遥远的旅程，反而立刻在心底盘算起来：连三将在彼处受刑七日，她加把劲能在五日内赶到那里，也就是说她一定能找到他，见到他。

她并不是没有思考过以这具凡人之躯，在这神魔妖鬼横行之地可能会遇到诸多危险，但只要想到不久后就能见到她的连三哥哥，她便一点都不害怕了，充满了一往无前的勇气。

她一直是那个如雏鹰般天真英勇，又如幼虎般刚强无惧的少女。

北极天柜山千里冰域，寒风呼啸，冻雪肆虐。

阿郁是在天柜第一峰下看到那女子的。簌簌落雪中，女子一袭雪白的斗篷，静静站在山脚下。长及脚踝的斗篷将女子全身上下遮蔽得严严实实，但却遮不住那种冰洁纤丽的韵味。天地是白的，那背影也是白的，雅然静立，如诗如画。阿郁也是女子，且是一个漂亮的女子，对女子她是不感兴趣的。她的目光无法从那女子的身影上移开，是因明明是谪仙般的身姿，但一看便知，她只是个凡人，且是个纯粹的凡人。

二十多万年前，少绾神将人族送去凡世后，八荒中的确还遗留下了一些凡人小国，但那些小国中的所谓凡人，不过是带有人族血统的混血罢了。按理说这八荒世界是绝不可能再出现一个纯粹的凡人的，且还出现在这荒芜的北极天柜山。要知道自五日前三殿下开始在此受刑，两位镇守在第二峰下的天将便将天柜七峰都清了场，以确保殿下受刑期间，这附近都不会出现任何活物和生灵。

是了，阿郁自己也是个活物，是个生灵，按理说也不该出现在此处，但这正是让她感到自得的点：她是两位天将也承认的例外。

阿郁是尾陵鱼，家住北海，乃陵鱼族族长最为疼爱的幼女。在二殿下桑籍因擅闯锁妖塔而被贬谪为北海水君之前，北海并无水君，北海的庶务一直是由阿郁的父君暂为代理，故而她父君也算是三殿下的老部下了。三殿下每十年会来亲巡一次北海。陵鱼族族长陪三殿下巡海时，每次都会带上几个儿女跟着历练，那几个儿女里总有阿郁，因此一来二去的，在众多的小陵鱼中，殿下也认得出她，叫得上她的名

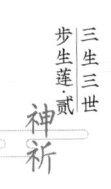

字了。

年轻的神君，位高权重，俊美无俦，最迷人是那一身仿佛总是很荒芜很孤寂的气质，让阿郁刚刚懂事便陷入了不可自拔的单相思。

即便生活在偏僻的北海，阿郁也听说过三殿下许多桃色传闻，譬如殿下风流，有一颗惜美之心，若果真是绝色的美人，且钟意殿下，便有机会前往元极宫伴君之侧。

阿郁是公认的北海第一美人，她自忖自己也的确美得不同寻常，很该有资格在元极宫中领上一席之地，因此自打成年后，就一直在等着三殿下再次来北海巡海，好趁此机会同殿下一诉衷情。只可惜自二殿下桑籍当上北海水君后，三殿下便再也没来北海巡过海。

阿郁为此很是郁郁寡欢了一段时间，结果突然就听说殿下因违背了九天律令，来北极天柜山受罚了。

她自然不能错过这个可以见到三殿下的机会，匆匆赶去第二峰，却被守在彼处的天将设下的结界挡住了。她的朋友何罗鱼小仙见多识广，帮她参详出了一个主意，说是天柜七峰虽为天将结界所拦，但北海里的南湾之水却是不受结界所阻的，每日都会飞流至天柜七峰之上。飞流入第二峰的海水将形成惩罚三殿下的寒瀑，她若是躲进南湾之水里，那倒灌之水说不定能将她送到三殿下的身旁，只是这种尝试也有一定的危险。

阿郁自小被宠坏了，是个天不怕地不怕的性子，当夜便躲入了南湾之水中。

那的确是一次危殆的冒险。天将破晓之时，南湾平静的水流忽然暴躁起来，她还没反应过来，已被卷入一条巨大的水柱之中，让一股不知名的力量裹挟着冲上了天柜第二峰的峰顶。她整个人在极度的惊恐之中只隐约看到了自己即将坠落之地是一面深崖的崖底，何罗鱼在南湾边上一声又一声惊急地唤着她的名字："阿郁，阿郁！"而目之所见，她与死亡相隔竟如此之近。那一刻她说不上来是后悔多一些还是惧怕多一些，只能打着哆嗦紧紧地闭上眼。

失重的坠落尽头，预想中的疼痛却并没有到来，睁眼之时，她发现自己被一团温暖的银光笼住，一个幽冷的声音响在前方不远处："你叫阿玉？"

银光消失，阿郁从惊悸中回过神来，揉了揉眼睛，看向声音的来处，然后她愣在了那里。

巨大的瀑布临崖而挂，飞流奔入崖底水潭，水潭中有一巨石，巨石上，白衣青年双手为铁链所缚，被禁锢于不息的流瀑之中。水流遮掩住了青年的面容，只能见出一个模糊的身影，但那身姿依然高大轩伟，即便被如此对待，亦不见有分毫狼狈。

阿郁知道这便是三殿下了，爬起来跌跌撞撞地靠近水潭，喃喃而唤："殿下……殿下不记得我了吗？我是陵鱼族的小鱼姬阿郁啊……"

青年的视线穿过水瀑，落在她身上，片刻后，淡淡道："哦，北海的那尾小陵鱼。"

阿郁正要雀跃地回答"正是我"，崖顶之上忽然传来了风雷涌动之声。

她赶紧抬头望去，发现崖壁上原本还是正常流速的水瀑竟蓦地变得湍急，湍急而下的流水以汹涌之势向着青年扑打而去，近得青年身时，无形无状的流水忽化作有形有状的刀刃，利落地劈砍于青年背脊。

阿郁受惊地呼了一声。可水瀑之中的青年却像是感受不到水刃劈身的痛苦似的，阿郁没有听到他发出哪怕一声痛哼，只是缚着青年双手的铁链时而放松时而收紧，撞击出了一些声响，暴露出青年并不是真的没有任何感觉。

流水化作的刀刃一刀一刀劈砍在青年身上，那么真实，让阿郁觉得十分可怖。刑罚持续了整整一个时辰才停下来。刑罚结束时，阿郁鼓起勇气，想要进到那瀑布中去看看三殿下的伤势，却发现自己根本进不去，还被自疼痛中清醒过来的三殿下斥责了："你在做什么？"

阿郁小声："想看看你伤得怎么样，殿下，你没事吧？"

三殿下没有理会她的关心，只道："去谷外找那两个天将，他们能助你回北海。"

阿郁一下子慌了，立刻跪了下来："殿下也知道我们陵鱼族，受了他人之恩便必要报答的，何况我掉下来……殿下于我是救命之恩！殿下在这里受刑，行动不便，这几日我正好可以做殿下的腿脚，去为殿下寻一些祛痛的伤药。还请殿下成全我一片报恩之心，别赶我走！"

阿郁这个切入点切入得好，说是要报恩，而陵鱼族又确实有这个传统。三殿下不再和她理论，随了她的便。谷口那两个镇守神将是很机灵的神，心知殿下既是天君的宠儿又是帝君的宠儿，心底别提多想给他行个方便了，但他们作为执刑天将，去给殿下找止疼伤药好像也不像话，有了个自告奋勇的小陵鱼，自然高兴，主动对她睁一只眼闭一只眼，许她出结界寻些伤药为三殿下祛痛。

阿郁虽然觉得三殿下冷淡，但她也知他一向就是那样的，且他这样冷冷淡淡的反而更让她迷恋不已。

她觉得自己这一趟冒险着实英明，而她和三殿下之间的这个开端更是极好、极浪漫。英雄救美，美人报恩，病榻之前照顾英雄，而后二人生情……姐姐们喜欢看的那些话本子可都是这么写的。

骄傲自负的小陵鱼坚信假以时日，自己必定能俘获三殿下的心，同殿下成为这四海八荒里令人艳羡的一对眷侣。

阿郁正自畅想着，冰原之上，数丈外那女子忽然转过了身。

阿郁回过神来，再次定睛，看向那女子。

比起女子的容貌，她首先注意到的是女子耳边有一点银光和红光在青丝中闪耀。仔细一看，原是一对耳珰。耳珰的形制乃是普通的银丝缠红玉，但那银丝在雪光的反射下，却比寻常银质金属的光芒要耀眼许多，且那银光的外围还裹覆着一层淡淡的七色之光，如同雨后之虹。

阿郁是水族，自然明白那是银色的龙鳞才会有的光芒，而作为饰物戴在一位女子身上的龙鳞，极有可能是某位龙君的求亲之物。

她的瞳猛地一缩。

女子的视线落在她身上，走近了几步，带着几分好奇，率先开口："姑娘是仙，还是妖？"

阿郁的目光略略一偏，移到女子的脸上。女子的容貌入眼，阿郁脑中一片空白。陵鱼族女子以美为贵，以美为尊，正因她美丽，才自幼最得她父君喜爱，可眼前这凡人女子，竟拥有一张比她更美丽的脸。若女子是个仙，出于陵鱼的本能，她会立刻惧服，但女子却只是个凡人，那惧服便化作了恼恨与忌惮，深深扎入阿郁的心。

阿郁内心阴郁，面上却挂出甜甜的笑来："为何如此问，我是仙如何，是妖又如何呢？"

女子把玩着手中的一枚玉扳指："我听说这北荒之地所居大多是仙妖两族，仙心善，乐于无私地助人，而妖，虽也助人，但需拿东西同他们换，所以想知道姑娘是哪一种罢了。"

一个凡人，面对神仙，居然能这样不卑不亢，这更令阿郁不快，但她脸上仍挂着刻意的、欲使人降低戒心的笑："龙君之妻也会遇到需人帮忙的难题？不知是什么难题？"

女子愣了一下，抚了抚耳边的耳珰，露出无奈之色来，一笑："仙也好，妖也罢，都应该能看出来我只是个凡人罢了。说来这难题于我是难题，于姑娘却应该很简单。"她侧过脸去，看了一眼面前的雪山，"我想翻过这座山，不知能否请姑娘帮这个忙？"

女子没有否认自己是龙君之妻。而翻过这座山，便是第二峰的峰底，正是三殿下的受刑之处。虽然阿郁心中已有所猜测，但听女子亲口说出来意，还是令她眼皮一跳，脸上的笑险些挂不住："你是三殿下的……"终归无法说出"妻子"这两个字，强压住心中的嫉妒，装出惊讶的样子，"你竟是来找三殿下的吗？"

女子点了点头。

指甲狠狠掐进了掌心，但阿郁面上却是很单纯的神色："我虽是个仙，但要我帮忙，也是需要拿东西交换的。"

女子沉静地点了点头："这是应当的，那姑娘想要我用什么东西交换呢？"

阿郁歪头看着女子，微微挑眉："我看你那对耳珰就很不错。"

女子的眸色微微一变，脸上慢慢地显露出了戒备来，退后两步："耳珰不能给你。"

女子的戒备之态激怒了阿郁，她冷冷一笑："不想给我？这可由不得你！"说着飞身而上，五指成爪，就要将耳珰从女子耳垂上强扯下来。可未及她靠近，女子身周突然爆发出一圈极为耀眼的七色之光，将她重重地震倒在三丈开外。

阿郁恼恨地伏在地上。那居然真的是龙君的逆鳞。龙君以逆鳞求亲，持有逆鳞者便是龙君之妻，而那逆鳞同时也是一枚护身符，会保护持有者不被他人的攻击所伤。可这古礼以及与之相伴的同样古老的护身法术已有许多万年不曾现世了。所以，三殿下竟真的让一个凡人做了他的妻子吗？难道这才是他被惩罚的原因？

阿郁心里恨得呕血。这凡人，一定得让她死。一个凡人，怎配做三殿下的妻？

神思电转之间，她有了新的主意，站起来拍了拍身上的雪末，强抑住眼底的怨恨之意，装作不在意似的轻嗤了一声："小气，一介凡人，全身上下也不过那对耳珰乃仙家之物，能让人看得上罢了。既不舍得，那你就自己爬上山吧！"斜觑了一眼女子，又补充，"这里常年荒芜，鲜有生灵，除了我，你也等不到什么其他人帮你这个忙了，你自己想想！"

女子微垂了双目，似在思考，半晌后轻声道："多谢姑娘提醒，这耳珰的确不能给你，看来只有我自己试着爬上去了。"

女子依然不愿给出耳珰，但这也无所谓。将那对耳珰据为己有从来不是阿郁的目的，一开始，她只是想求证那是否是三殿下的逆鳞，得到那令她又嫉又恨的答案后，她只想诱女子取下龙鳞，然后杀了她。

可女子不肯取下龙鳞，那诱她去爬山，也是一样的。

龙鳞只能阻挡他人对持有者的直接攻击，可若是这凡人主动将自己置入险境，那龙鳞再厉害也救不了她。

天柜山极险，别说是一介凡人了，便是阿郁想要一步一步爬上去都很难，当然她回第二峰也从不是靠一步一步爬上去，而是驾着雪风上去。

阿郁轻蔑地看了一眼女子前往山麓的背影，然后仰望着面前陡峭的雪山，愉悦地想道：第一峰的山势如此险峻，趁这凡人攀爬之时给她制造点障碍弄死她，应当十分容易吧。

成玉虽然是个爬山的好手，但也自知她一介凡人，欲凭一己之力去攀爬这座高峻的仙山十分不智。而天柜七峰不愧是片冰封雪域，方圆百里寸草不生，即便她取下希声，在百里识海中也寻不着什么花木来打探关于此山的更多信息。

其实此时最稳妥的办法是在山脚下等着，如此，即便连三受刑结束回九重天时不会经过这里，但朱槿应当是能找到此处的，之后再由朱槿领着她去寻连三，顺利找到人的几率会更大。

成玉理智上很清楚如何才是更好的做法，但一想到心上人此刻仅与她一山之隔，她便无法控制自己，立刻就要去试一试。试一试，万一她就爬上去了呢？要是真的太过危险爬不上去，那她再退下来也不迟。她这么想着。

成玉不愧为打小在深山里探幽访秘的玉小公子，寻常女子能克服皑皑冻雪穿过平地与坡部交接的山麓已算了不起，但不到半日，她不仅穿过了那山麓，还顺利地爬过了一大截缓坡，直来到坡度突然变得陡峭奇峻的山腰处才停了下来。

　　成玉抬头仰视接下来需要攻克的这面陡坡，发现坡虽陡，但其上所覆的积雪倒不怎么厚，好些地方的岩块都裸露了出来，正好可供人攀着上去。斗篷太过厚重，接下来的旅程多有不便，她将斗篷脱下来，又从裙子的内衬里撕下两条绫布绑在手上，简单做完准备，便开始攀住最近的一块岩石往上爬。

　　一切都很顺利，眼看已将这块岩溶地貌征服了三分之一，忽然一道红光闪过，她刚刚踏上去准备借力的那块岩石蓦然松动。成玉一脚踏空，猛地摔了下来，不受控制地顺着斜坡一路下滚，滚到最陡的那一处，被一块长条的岩石给拦住了。她晕了一会儿，腰酸背痛地往下一望，顿时凛然：原本积雪覆盖的光滑缓坡上，此时竟密密麻麻竖满了长刀，雪光一耀，无数锋利的刀刃正对着她，似渴血的巨兽的齿。

　　不及成玉反应，又是一道红光打来，红光无法近她的身，偏到了一丈开外，那一处的雪地立刻塌下去一块。而被那处地陷所牵连，撑着成玉的岩石也摇摇欲坠，蓦地崩落。她惊呼一声，身不由己地向着那刀林滚去，惊骇之余，努力地想要抓住点什么止住身体的坠势。在靠近刀林不足五尺之时，她总算抱住了旁边的一块石头，避免了掉进刀林被斩成数段的厄运，但右腿还是擦过了最外围的那把长刀，被削下了一块血肉。

　　腿上先是麻木，接着便是火辣辣的剧痛，但成玉也无暇去管腿上的伤痛，离这些长刀越近就越危险，她忍着痛放开救了她一命的岩石，拖着伤腿努力地向前爬去，想要离那刀林远一点。

　　一双珍珠绣鞋出现在了她的面前。

　　成玉仰头，看到那个她以为早已离去的橙衣女子含着笑站在雪地上，立在自己面前。

莫名出现的刀林，那红光……她瞬间明白了是怎么一回事，艰难地开口："姑娘……为何如此欺人？"

橙衣少女一派天真："怎么能说是我欺负你呢，我原是一片好意，看你独自爬山毫无趣味，所以给你增加一点惊险和刺激，好让你爬得更有乐趣呀！"话落地时指间结印，一道红光激射而出，打到成玉近旁。

红光造成的地动带得身下土石滑坡，成玉再次坠向刀林，这一次周围没有东西能再让她攀住，生死存亡之际只能主动以右足踩上刀刃止住自己的滑落之势，让自己不至于整个人都滚入刀林中。但那刀刃颇锋，深深嵌入脚掌，成玉不禁一声惨呼。

橙衣少女拍了拍胸口，后怕似的："幸好我施了静音术，否则让山那边的三殿下听到了你这般惨叫可怎好？"又蹲下来，抬手摸了摸成玉惨白的脸，"很疼是不是？"

右足稍稍一动，便是撕心裂肺的痛，成玉不敢动弹，任少女揉捏着自己的脸，忽然，尖利的指甲刀片一样划破右颊，鲜血涌出。右腿的疼痛占据了成玉的神思，以至于她居然没有感到脸上的疼痛，直到右颊滴下的血染红了身下的薄雪，她才隐约明白自己被毁了容。

成玉有些恍惚地看向少女。少女舔了舔沾了血的指尖，面露恍然，有些高兴地同她分享自己的发现："我知道了，看来这龙鳞只会阻止对你有大伤害的直接攻击，但像这样轻微地折磨你一下，它却并不觉得是攻击呢。"

察觉到成玉的目光，她不喜地撇了撇嘴："这样看着我做什么，一个凡人，原本便没有资格生就如此美丽的一张脸，我帮你毁了它，说不定还是一桩功德！"

说着试探地向成玉的耳垂探去，靠近那耳挡时却惊叫了一声，像是被烫了似的捂住手。"哼！"少女阴沉道，转了转眼珠，拍了拍成玉未被毁的左脸,"嘿,我们打个商量怎么样,只要你求饶,并把殿下的逆鳞全都给我,我便放过你。"

成玉此刻只觉全身都疼,神思都有些迷糊,定了定神,才反应过来少女说的是什么,艰难地推开她的手:"你……不会……放过我的,没有……龙鳞护身,你要杀……杀我……便更……易如反掌了……"

少女微讶,秀眉挑起:"倒是很聪明,这时候知道我要杀你了,既然如此,"她托着下巴,垂眼看着一身惨状的成玉,"那一开始见到我时就应该躲起来啊,为何不躲起来,反而要主动上前来寻我帮助你呢?"

成玉缓了许久,才有力气继续回答她的问题:"因为……我没想到,仙……原来……也如此恶。"喘了一声,"你……为何要杀我?"

少女脸上的笑消失了,不笑的时候,那甜美面容便显得阴郁,她突然伸出两只手牢牢握住成玉的肩膀将她向下猛力一推。刀刃更深地刺入成玉足掌,她不禁再次惨呼,极度的疼痛之下,爆发出了前所未有之力,一把将少女掀开,费力地向上挣扎,想要离开那刀刃。

少女没有立刻发怒,慢慢地从雪地上坐了起来,欣赏着成玉一边痛呼一边挣扎的惨状,嘴角慢慢露出了享受般的笑。

她坐在那里,有趣似的看着成玉:"为什么要杀你,因为你配不上三殿下呀。以一个凡人为妻,是耻辱,我不能让殿下这般受辱呀。"她撑着腮帮,"不过你说得没错,仙的确是不作恶的。"她耸了耸肩,一派天真,"可我也没有作恶呀。你一个凡人,于我们神仙而言,好比蝼蚁,杀死你同踩死一只蚂蚁又有什么区别呢? 这岂能叫作恶?"

成玉拖着重伤的右腿终于爬离了那刀林,虽不过两尺远,也已耗光了她的所有力气。半个脚掌在挣扎中被刀锋削去,鲜血在她匍匐爬行之处留下了蜿蜒的痕迹。成玉觉得自己快痛死了,可听到少女那些可笑的话,即使已没有了开口的力气,还是努力地发出了一点气音:

"即便……凡……凡人于你们而言,是极……低等的生物,虐杀一只……低等生物……便……不是作……作恶吗?连三哥哥知道了……"

少女摇了摇手指:"虐杀低等的灵物当然也是作恶,可你对我来说,连低等灵物也算不上,只是蝼蚁啊。就算是你们凡人,踩死一只蝼蚁,会觉得自己在作恶吗?至于三殿下,"她轻轻一笑,"殿下永远不会知道这件事的,所以,"她的五指间再次结印,"去死吧!"

随着少女的话音落地,成玉四周的雪地尽为红光所覆,纷纷陷落,上方的积雪与山石亦随之滚落。

成玉不知道为什么事情会发展到这一步,她没有想过自己会死在这里,而此时,她同死亡却这样近。少女欢悦的笑声响在她头顶,她感到了身下山石和积雪的滚动。再也没有什么是她抓得住的,这一刻终于来了。她连希冀谁来救救自己的时间都没有,便被滑落的土石带入了刀丛之中。

利刃穿过她的身体,斩断了她的手臂。她挂在了最粗的一把长刀上,刀锋砍断了她的半截腰。

这一次她甚至没有力气惨呼。

血如流水般涌出身体。


第六日了。

冰瀑击身之刑不是闹着玩,同天雷劈身之刑并列为九重天不伤人命的酷刑之首。若是全盛时期的三殿下,领受七日这刑罚原不是件太难的事,但在凡间裂地造海、驯服四兽时耗损了他太多修为,以至于到第六日时,寒潭被龙血染得绯红,三殿下也像是有些支撑不住了。

两位镇守的天将立在寒潭边上,皆十分担忧,硬着头皮规劝:"天君虽责令殿下领受七日刑罚,但也不是说让殿下连着受刑七日,不如卑职们先将殿下放下来休养两日,再完成剩下的刑罚可好?"

三殿下坚定地摇头拒绝了。

两位神将满心忧急，却也不敢违逆他，心惊肉跳而又无可奈何地守在一旁。

冰瀑之中，三殿下虽已神思恍惚，但还留有一线清明认真地计算着时间：还有十五个时辰一刻一盏茶零一分四弹指，他便可以脱离这个鬼地方，去往凡世见成玉了。小桫椤境的最后一夜，他离开时没有叫醒她，不知她醒来后见他走了，是否很怨怪他。

应该不会。他笑了笑，对他，她总是不舍得的，她不会舍得怨怪他。就像那夜，她什么都明白，所以会问他"我睡着了你就会离开了是吗"，却不舍得他担心，又立刻口是心非地安抚他"我没在难过"。

她是最聪敏的，最懂事的，最善解人意的，让他没有一刻不挂念在心的，他的妻。

他太想她了。

还好，还有十五个时辰一刻零一盏茶他便能再见到她，这忍耐和痛苦都是值得的。

想到此处，三殿下有些欣悦，却不知为何，心底突然传来一阵剧痛，他蓦地吐出了一口血。他素来并无心疾，怎会心痛？难道是水刃之刑导致脏腑出了什么毛病？

三殿下紧蹙了双眉，正欲感知那心痛来处，寻其因由，第二峰上突然再聚风雷。

必须要非常专注，方能抵御接下来这长达一个时辰的酷刑。他不能昏过去，必须在七日内完成刑罚，而后准时去凡世赴约。寂尘只能保她沉睡七年，若醒来时见不到他，她一定会难过。

三殿下定了定神，不再作他想，凝神一意对付起水刃的攻击来。

同一时刻，在山的另一边，隐身壁后，昭曦疯了一般捶打着困住他的结界："殷临，放我出去，让我去救她，我要去救她！"

而结界之外，朱槿却只是肃着眉目，冷冷看着昭曦，神色间没有半分松动。

大半年前，当成玉向他们说明她同连三的约定，而朱槿却无任何异议之时，昭曦便有所疑惑，毕竟朱槿，不，殷临，他是同自己放过狠话的，说过绝不会允许任何人任何事阻挡他护持尊上归位，若神挡他，他便杀神，若佛挡他，他便杀佛。

昭曦识透了殷临必然是在敷衍成玉，但那时候他并没有多说什么，只默在一旁。他想看看殷临接下来又会如何做。

然后不久，寂尘就不见了。

成玉对于寂尘的丢失一头雾水，但昭曦却明白，那必定是殷临的手笔。

再然后，殷临主动提出了带成玉来这八荒世界寻找连宋。

昭曦莫名于殷临的这一步举动，因此偷偷跟了过来。穿越若木之门时，看到殷临主动甩开了成玉，昭曦便有些明白了他的计划，但他并不确定。直到那橙衣少女意欲虐杀成玉，殷临非但没有第一时间护住成玉，反而转身用结界困住了跟在他们身后的他时，昭曦才终于确定了殷临的打算：他促成这样的局面，是要亲自为成玉造一个生死劫，以使祖媞身归正位。

殷临是在尽心尽力地履行一个神使的职责，对此昭曦无话可说，可就算是要为成玉造一个命劫，何苦非要令她如此凄惨，他无法接受的是这个。

但目下，无论他如何发作，似乎都无法撼动殷临的心。

昭曦尝试着冷静下来。

他深吸了一口气，偏过头不再看那被挂在长刀之上凄惨得如同破布一般的少女，压抑住声音里的颤抖，向面前的青年道："殷临，从前你的确无情，但如今，你不也知道了什么是情吗？"他直视着青年的眼睛，"我听说在尊上的第七次转世之时，你也曾真心地喜欢过一个女子,那女子名叫青鹋,你也曾与她有过山盟海誓。她死去之后,每一次当她转世,你都会去找到她,无论她转生成了谁,你都会默默守护她。"

见青年眉目微动,昭曦趁热打铁:"若今日在那刀林中的人是青鹋,我绝不会拦你,阿玉之于我便如同青鹋之于你,算我求你,也不要拦我!"

殷临看了他好一会儿:"是姚黄告诉你的?"不等他回答,已转开了视线,看向远山,淡淡道,"如果你知道完整的故事,你就应该明白,便是青鹋,我也将她排在了护持尊上归位的任务之后。"

昭曦不可置信地看向殷临,见殷临闭上了眼睛。

昭曦忽然想起了临离开凡世那夜,他经过后院,碰见了殷临同姚黄托付李牧舟。仁安堂医馆的小李大夫李牧舟,是这一世里青鹋的转世。

彼时,悉知一切的姚黄问殷临:"你还会回来吗?"

殷临回答:"说不准。"

姚黄叹息:"若就此留在那边再也不回来了,那你就再也见不到小李大夫了,就不会觉得难过?"

殷临像是凝滞住了,良久后,回姚黄:"青鹋临死时,对我说她不会喝忘川水,会等我,我让她别这么做。拒喝忘川水,是逆天之举,会遭天罚,我有重任在身,无法守护她躲过惩罚。我说完那番话后,青鹋哭了。我想,她是带着对我的恨前往冥司的。因为那时候她选择了我,我却没有选择她。"

姚黄静了一瞬,拍了拍殷临的肩:"如今,你后悔当初的选择吗?"

昭曦记得,那时殷临也如现在这般闭上了眼:"无所谓后悔不后悔,若重来一次,我依然会如此选择。喜欢一个凡人很难,他们的寿命太过短暂,即便能够转世,但喝过忘川水后,所谓的转世,也终归不再是原来的那个人了。你可知道,每一世,我都试图在这些转世者的身上寻找青鹕的影子，但每一世，都只是失望罢了。所以姚黄，不要喜欢上凡人，那样会很苦。"

在殷临的那一番话之后，两人皆沉默了许久，然后姚黄问出了最后一个问题，也是彼时藏身于一旁的昭曦想要问的问题："这么多年过去了，你依然忘不掉青鹕，那有没有想过，若你不是神使，不需要背负使尊上复归的重责，你同青鹕姑娘便……"

殷临当时怎么回答的来着？是了，他回答说："我想过若我能更好地控制住自己，当初没有喜欢上青鹕就好了，但我没想过我不做姑媱山的神使。"

忆起了殷临同姚黄这一段对话的昭曦，蓦地哑然。刀林之中，少女无声无息，不知是死是活，这凄惨一幕令他疼痛无比，但他却再也无法对殷临说出一个字。他没有立场，也没有了理由。

但殷临忽然开口了："这一世她出生时，依然是个情绪残缺的孩子，来这世间学习最后一种爱——男女情爱，以及许多痛。"

昭曦怔怔地看向殷临。

殷临垂眸，竟也似伤感："她幼年丧父，继而丧母，这是她需要学习的第一种痛——丧亲之痛。成年后好不容易交到的朋友却因她而死，这是她需要学习的第二种痛——丧友之痛。原本她会嫁去乌傩素，敏达王子会早逝，那是她需要学习的第三种痛——丧夫之痛。她还会有早夭的孩子，那是丧子之痛。在这过程中，她会学习到所有她过去十六世不曾真正学习成功的负面情绪，她会更清楚焦虑、紧张、愤怒、沮丧、悲伤、痛苦、恐惧、绝望都是什么，最重要的，是她会学习到怨恨是什么。可这既定的完美的情劫、生死之劫，却被水神给破坏了，因此我只好亲手为她再造新劫。"

他看向昭曦："我从来就不无情，我也对身为凡人的她不忍。早在丽川，看到她因为蜻蛉之死而那样痛苦，我便不忍，但我必须忍住。

此时若放你出去，或许你能救活她，但尊上她却可能再也没有办法归位，帝昭曦，你可承受得起这后果？"

昭曦委顿在地。

殷临蹲了下来，说完方才那一席话，他的双眼也有些泛红。

他抬了抬手，结界中一片漆黑，随着那黑幕降下，他有些怜悯地向昭曦道："我知道你是不忍看到她如此，不忍看，那就不要看了。"

滴答，滴答，滴答……那声音有些凝重，又有些黏稠，响在耳边，烦人，又很可怖。烦人是因她本不应当听到那声音的，但它们却一直响在她耳侧。可怖是因那是她自己的血从身体里一点一点滴落的声音。她多听它们一声，便离死更近一分。

成玉恍惚极了。

她的确快死了。

挂在这长刀之上时，起初她只感到痛。铺天盖地的疼痛主宰了她的全部感知，让她恨不得立刻去死。可她死不了。她连更多地伤害自己，好给自己一个痛快了结的机会都没有。

她睁开眼睛，天地都是血红，依稀能辨出日影并无移动，但她却觉得像是过去了许久。她真的疼了太久。当她连睁眼的力气都失去了的时候，似乎终于没有那么疼了，但全身冷极了。她依稀明白，她快解脱了。但身体的痛苦淡去，心上的痛苦却汹涌而来。

真的就这样死去吗？她最想要见到的那个人，此生她再也见不到他了，这样也可以吗？

两人的过往如走马灯一般自她已不甚清醒的脑海中飞掠而过。

回忆是温暖的，没有这么疼，也没有这么冷。

平安城小渡口的野亭中，青年白衣玄扇，栉风沐雨而来，初见便识破了她的装扮："你是个姑娘。"

古朴的手艺小店里，他们再逢，他微眯着眼挑眉看她："从今日开始,我就是你哥哥了。"

七夕之夜,他为她燃放烟花,对她说:"将这些情绪和记忆再次封印进你的身体里,你能再次无忧无虑。可阿玉,我还是想让你继续长大。"

冥司之中,他解她心结,俯身在她耳边鼓励她:"我只会想,我们阿玉是有多聪明,竟能平安回来。"

是那样温柔周到、体贴可靠的她的心上人,让她忍不住便要去亲近依赖的、如兄又如夫的她的连三哥哥。

他也有坏的时候,躲避她,不见她,亲她,吓她,对她放狠话,说什么"以后别再靠近我,离我远远的"。

他也曾伤过她的心。

但那并非是他所愿。

他踏遍山河寻她,对她说:"我找了你很久。我喜欢你,不能容许你嫁去乌傩素。"

当季明枫将她带走,他追来小桫椤境,同她陈情:"我想要的,并非须臾之欢,而是与你长相厮守。"

彩石河畔,他为她裂地生海,半抱住她,额头抵着她的额头,亲密地附在她的耳边:"我爱的人是你,不相信也没关系,我证明给你看。"

回忆到此,想要落泪,眼角滚落的,却滴滴是血。

她是凡人,而他是天神,她从来便知他们之间相隔天堑。便是在他一心为着二人的将来做长远谋算之时,她也没有相信过他们会有永远。但她也没有想过他们能够在一起的时光是这样短暂。

她至今仍记得在小桫椤境的胡杨林中,他们互诉心意之时,她将自己交付给他时的圆满,也记得最后那一月相处中,她所感受到的欢悦和幸福。

悲伤,绝望,遗憾,和心底巨大的痛苦凝聚成了一种她平生从没有真正体会过的情感——恨。恨意盘踞在她的心底,缠绵不去。

若她不曾得到过那一切，不曾那样接近过幸福，此刻，她不会这样恨。

她不求能与心上人长相厮守，她所求不过这一世罢了，一世，几十年，与神仙们动辄以万计数的寿命相比，这又算什么，为何区区几十年她也无法求得？若这是天意，为何天意要对她如此狠？

恨意如藤蔓蔓延疯长，她恨亲手虐杀她的那橙衣的恶魔似的仙，恨天，亦恨这命。浓烈的恨意驱使她不甘地悲呼出声："啊——！"

悲鸣被静音之术所阻拦，不能为八方神灵听闻，然那悲呼中的怨恨之意却为天地灵息所感，一时间原本明朗的天柜山阴风大作，乌云自天边滚滚而来，齐齐压在天柜七峰之上，潮鸣电掣，雷动如山倾。

昭曦竖耳静听天顶的动向："这是……"

朱槿神色晦暗，一言不发。

一山之隔，守在寒潭旁的两位天将且惊且疑地望向峰顶："这风雷……似乎并不是流刃之刑的前奏……这是怎么回事？"

寒瀑中已近力竭的青年也从半昏迷中醒过了神来，仰望向山顶之处，眼中疑窦丛生。

天柜七峰之上浓云压顶，雷嗔电怒，但造成这一切的成玉却并不关心外界发生了什么。恨意如火，在身体中冲撞灼烧，令她难受极了，但她也明白，全凭着这股不甘的恨意强撑，她才能留得一分清醒。

她其实离死亡已经很近很近了。

听说人死之时，或许会看到自己的前世。

当身体里最后一点血液也流失殆尽，忽然有许多不属于自己的记忆蓦地涌进她的脑中。

似乎是她的前世。

她看到了。

第一世里，她是个痴儿，不会说话，也不能动，像个木头人一般，更别提普通人类的情感,更是一概不懂。族人视她不祥,要将她烧死,寡母疯了一般将她从火刑架上救下,带着她东躲西藏。母女俩相依为命,日子虽然艰难,但也还过得去。但有一日,母亲却病了。那个冬天,寡母自知熬不过去,将仅有的银钱换了面粉,为她做了一大锅饼,放在了她的身边,抚着痴呆的她流泪:"能多活一天,也要多活一天啊!"两日后,母亲死去了,她守着母亲的尸体,有生以来第一次流了泪,在那眼泪中,她学会了作为人类最重要的一种情感:舐犊情深,昊天罔极。

第二世里,她依然有些痴呆,自小被遗弃,被一个好心的佃农捡去抚养。她十岁时,老佃农拿刀划坏了她的脸,说这样的世道,一个贫家女儿生得这稀世容貌,必然遭祸,不如毁掉。痴呆的孩子又懂得什么,只记得了刀刃划过皮肉的疼痛,以此判断出老人不喜她。可十四岁那年,家乡遭大洪水,漂过的浮木只能救一人之命,老人毫无犹疑地将生还之机给了她这个痴儿,拼命将她推上了浮木,自己却被洪流卷走了。她怔怔望着老祖父消失在洪水里的身影,又一次落了泪,在那眼泪中,她明白了这世间情感的复杂,学会了什么是善意的伤害和孺慕之爱。

第三世里,她终于不再是个痴儿,有了基本的情绪,是个大面上看着还算正常的孩子,寻常地长大,也有了朋友。那是个女子亦能从军的时代。她同朋友一起参了军,在一次侦察敌营的任务中,两人不慎被发现,朋友为了护住她,先行一步做了诱饵引开了追击的敌军,最后惨死于敌手。她们分别之时朋友对她说,若她能活下来,一定要代替她,活得更有意义和价值。那一世,她学会了什么是背负,并且终其一生都在学习什么是为人的意义和为人的价值。

第四世⋯⋯

第五世⋯⋯

第六世⋯⋯

她一共经历了十七世。

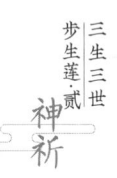

这一世正是她的第十七世。

亦是她的最后一世。

十七世苦修，她终于习得了凡人应具有的全部情感，获得了一个完整的人格。

成玉蓦地睁开了眼睛。

就在她睁开眼睛的一刹那，挂在长刀上的凡躯化作一道金光，那金光与寻常金光大不相同，似乎涵了千万种色彩，耀眼至极。

金光迅速蔓延，顷刻之间覆盖万里冰原，光芒所及之处，浓云尽退，惊雷立止，万物难生的天柩七峰竟于瞬刹之间盛开了万盏雪莲。

天地正中之处，乃是中泽大地，中泽乃古神消逝沉睡之境，八荒神灵皆不可涉足。然此时，静谧了数十万年的中泽大地，却突然传出了洪亮悠扬的钟声。

中泽境内，仅有一处地界，坐落了一顶敲响之后八荒便都能闻得其音的仙钟。那地界是中泽正中的姑媱山，那仙钟是姑媱山顶的慈悲钟。

姑媱洪钟钟声不止，响彻八荒，金光也随着那钟声延向远方，很快便覆盖住了整个天地。

正当八荒生灵都为这异象而惊异不已之时，不灭的金光之中，传出了缥缈的法音："姑媱祖媞，以光神之名，为天地立下法咒：万物仰光而生，光存，则世间万物不灭。姑媱祖媞，以人神之名，为八荒立下法咒：十亿凡世，由姑媱所护，八荒生灵，若有对人族心存恶意者，皆不得通过若木之门。"

法音缈缈，为众生所闻。

上至天君，下至地仙，聆得法音者，齐齐跪拜。

众生皆震惊不能自持。

消逝了二十一万年的光神，竟复归了！

# 第十六章

东华帝君是个好清净的神，常住的两个地方——九重天太晨宫以及天之尽头的碧海苍灵，都不怎么待客。天君慈正帝知道帝君的规矩，即位以来从未去太晨宫叨扰过帝君。

但今日，慈正帝却出现在了太晨宫门口。

平心而论慈正帝是个勤政的明君，处理八荒事务一向能干，即位两万年从没让帝君替他收拾过烂摊子，算是比较好带的一届天君了。但眼下这桩事对慈正帝来说，却也有些棘手。

事情是这样的。

光神祖媞复归，八荒震动，慈正帝以观火镜探查光神复归降临之处，发现是北极天柜山。光神乃洪荒古神，在神族中享有尊位，光神复归，自是应当以最隆重的尊礼相迎，为此，慈正帝特派了日星、月星、岁星、荧惑星、镇星、太白星、辰星这七曜星君领了四十九位仙伯前去北极天柜山恭迎光神。

七曜星君领得此命，也很激动，带着仪仗队心潮澎湃地赶到天柜山，本以为能见到传说中那位古神的真容，但把天柜山上上下下都翻遍了，也没有寻到光神的踪迹。

星君们傻眼了。就这样空手回去交差，那是肯定不行的。一筹莫展之时，太白星君想起来三殿下就在天柜第二峰服刑，应当见到了光

神的神迹，说不定知道光神的去向。

星君们如同抓到了救命稻草，瞬息间便杀到了第二峰底，向三殿下打探消息。孰料殿下却道，在那两道法咒之后，姑媱钟声和象征着祖媞归来的金光很快便从天柜上空消失了，他从始至终都没有见到过祖媞的身影，也不知她离开天柜后，是去了何地。

三殿下对这事好像并不太关心，和他们说了两句，便走神地去问一旁的镇守天将剩下的十个时辰他还有几次流刃之刑了。大家也不是没有眼色的神，都听出了这是逐客令，但实在不知还能跟谁打探，因此还是厚脸皮地守在那儿，巴巴地求殿下再想想，给他们再提供点线索。

大概实在很烦他们了，三殿下在再次受刑之前给了他们一个建议，说听闻祖媞神孤高，不爱与人打交道，他们既错过了刚刚复归的祖媞神，再刻意去寻怕也难以寻到；八荒中能同祖媞说上话的唯有一人，便是东华帝君，他们若决心非要寻到祖媞不可，那不如去一十三天找帝君出出主意。这才把他们打发走了。

七位星君觉得三殿下说得有道理，但他们当然不敢自己去找帝君，一回九重天就将此事禀给了天君。

这，便是此时天君站在帝君面前的缘由。


芬陀利池旁，帝君一边往鱼钩上挂鱼饵，一边听天君诉明了来意。

帝君并无太大的反应，只道："寻到她，又如何？"

天君肃色而答："祖媞神，她毕竟是我神族的尊神。"

帝君将鱼钩抛向远方："族别上而言，祖媞她的确是神。不过她不曾入过水沼泽，并非父神弟子，也不曾接受墨渊邀约，任新神纪花主，因此她同如今的神族，其实没有什么渊源。"看了天君一眼，"你令七曜星君前去迎她，是想借此昭告八荒，天族予她星曜之首的地位，从此后她便是天族的神，是吗？"

慈正帝的确存着这个打算，心思被如此直白地戳破，不免尴尬："帝君是觉得……这不妥？"

帝君放好鱼竿，给自己倒了一杯茶："光神的地位无须任何族类认可，无论五族如何看待她，她都是这世间的光神，九天星曜都要被她的法则所束缚。只要如今执掌星曜的星君们不倒行逆施，她便不会插手他们的运行，如此，她是不是天族的神，都碍不着天族对星曜的统领，你的确不必多此一举。"

天君沉默了片刻："可毕竟当日祖媞神同少绾神交好，少绾神乃魔族至尊，若祖媞神被魔族拉拢，恐对我们神族不利。"

天君青年时代跟着帝君读过几日书，虽然帝君从不让天君对自己执弟子礼，但一日为师终身为师，天君对帝君一直礼遵得很好，因此天君犯糊涂了帝君也不像对别人那样惜言如金，还能多说几句。"洪荒时代，"帝君道，"祖媞是唯一一位不曾介入过五族之战的重要女神。既然当初她隐居姑媱十万年也未曾被任何一族拉拢，那今日便不至于再被他族拉拢过去。少绾彼时能将她请出姑媱，也不是两人交情好，只是她看到了自己的命运。"

史书对于祖媞记载着实很少，天君对这位女神也不甚了解，此时听帝君提及洪荒时代祖媞离开姑媱的真相，不免惊讶。惊讶之余，还是有点疑心："照帝君所说，祖媞神乃是一位超然隐逸、无欲无求，且不爱管闲事的神，可为何复归后，祖媞神第一件事便是定下两条法咒，改变天地的法则呢？这却不太像不爱管闲事的样子了。"

帝君回忆了一下那两条法咒："'万物仰光而生，光存，则世间万物不灭。'"有鱼咬钩，他提起鱼竿来，一边处理咬钩的肥鲤一边道，"昔年神族与鬼族大战，鬼君擎苍祭出东皇钟欲使八荒灭噬、众生陪葬。若彼时有光神的这条法则在，那大可不必惧怕擎苍以八荒众生相胁，因光存，万物不灭。这条法咒是复归的光神对这世间的慈爱，如何就是管闲事了？"

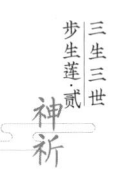

听帝君如此阐释，天君不禁为自己的狭隘感到汗颜："这……"

帝君将钓起来的鲤鱼重新放生进池中，继续道："'十亿凡世，由姑媱所护，八荒生灵，若有对人族心存恶意者，皆不得通过若木之门。'当年祖媞为人族而献祭混沌前，曾同墨渊订立新的天地秩序，说好了人族永居十亿凡世，由神族护佑。"他思索了片刻，"如今她一回来就立下这条新的法咒，大约是觉得神族这些年护佑人族护佑得不够好吧。"

听到帝君这个不负责任的猜测，一向觉得自己在统理十亿凡世上做得几近完美的天君心态有点崩："帝君也觉本君在护佑人族上做得不够妥当吗？"

帝君丝毫没意识到自己随口一句给天君造成了什么样的压力，云淡风轻地"哦"了一声："那倒没有，你做得挺好，"继续不负责任地猜测，"可能是祖媞她太严格。"话罢看了一眼中天，"好了，就这样吧，快到用膳时间了。"

帝君话题转得太快，天君心绪还在大起大落间，一时没跟上去，只本能称谢道："那就多谢帝君留饭……"

道谢之声与帝君的下一句"你差不多该回去了"一同响起。

天君："……"

天君捂着胸口走了。

天君走后，帝君远望着天边之霞，陷入了思索中。正如他方才同天君所言，祖媞的第一条法咒，乃是为八荒留下火种，即便八荒倾覆，众生依旧不灭。

这八荒四海中唯有三大创世神、四大护世神和五大自然神能为世间立下法则。

三大创世神乃盘古神、父神和少绾；四大护世神乃墨渊和墨渊那不知何时能降生的弟弟、西方梵境的悉洛，再加上一个他；五大自然神乃地母女娲、光神祖媞、火神谢冥、风之主瑟珈，以及新神纪方降生的水神、现在还在天柜第二峰下受刑的连宋那小子。

这十二位神祇中，羽化了五位，沉睡了两位，一个还太年轻，一个干脆就还没降生，活得好好的能够为这世间施加法则的也就是悉洛和自己了，哦，再加上一个刚刚复归的祖媞。

然为世间施加法则是一桩需极其慎重的事，因其耗费的灵力和修为十分巨大。法咒越是威严，耗损灵力便越厉害。似祖媞这般刚刚复归，正是虚弱之时，便为世间施加如此威严的法咒，很可能将耗尽她的全部灵力。

为何耗尽灵力也要为天地确立这条法咒，是因为……预见到了八荒会再有大劫吗？

帝君难得地揉了揉额角。此事不宜让别人掺进来添乱，但他的确是当去见一见祖媞了。


北极天柜，白雪皑皑，万盏雪莲迎风而开。

实则祖媞并没有离开天柜山，七曜星君们无法寻到她，不过是因定下法咒后，她力有不支，于是在天柜第一峰下辟开了一处小空间，前去小空间中静息罢了。

东华帝君猜得没错，光神甫一归位便立刻定下两条法咒，乃是因她预见到了宇内八荒即将迎来一个亘古未有的大劫。

祖媞归位之时，仙体自光中重聚，除了作为光神的那些记忆外，同时复苏到这具身体中的，还有她的预知之能。她预知到了那劫。睁眼的那一刹那，在无尽耀眼的光中，她看到了三万年后这个世间的模样：不知从何处烧起来的战火使得四海倾覆、诸天灭噬，八荒大地生灵涂炭、满目疮痍，十里赤地饿殍载道、哀鸿遍野，四海八荒再无一丝仙乡乐土的模样，昔年那在以盘古仙尸为食的钵头摩花花瓣上衍生而出的炼狱般的凡世，也不过如此。

光神的预知之能是一种感应天启的能力，何时能预知到何事并非她所能决定，而是天意使然。模糊的片段划过脑海，她无法确定此劫的始作俑者是谁，她只预知到了那是一场足以灭天的战事。并且，她又一次看到了自己的命运：她需要作为光神再次献祭，方能化解此劫，使这场战争终结。这才是她能够复生的原因。因天命需她再死一次。

而这，便是光神的宿命：每一次生，都是为了死。

小空间中一片漆黑。祖媞静静地坐在黑暗之中。过往似水，自她的眼前流淌而过。

她是从世间的第一道光中诞生的，睁开眼睛后第一眼所见，是姑媱长生海中的一海子红莲。万盏红莲，铺满了整个长生海，如火似焰，那样美，她真喜欢它们。而红莲们出于亲近光的本性，在她的普照之下开了智，好奇地问她："你是谁？"

她在这世间的第一句话，是说给一海子红莲听的。她抚着红莲的花瓣，天真又温和地对它们说："我是光神，是你们的庇护者，若你们有所祈求，向我道出，我将满足你们。"

光神降世，修习的第一项本领，是对花木的全知之力，而她修习这项本领的初衷，不过是为了聆听花木们对她的祈求。

从此，她在姑媱安下家来，与漫山花木为伴。

她既无七情，亦无六欲。花木们说她是世间最纯真无邪的神，她也没当回事，不以为意地想，它们扎根在姑媱，又见过几位神祇了？

花木们很调皮，见她不懂情，偏要同她说情。她虽然不明白，但从花木们的言语中，也大致知晓了这世间有许多种情，而世间生灵，皆是天生就有丰富的情感，像她这样什么都不懂的，是异数。但她不觉得这有什么要紧，况且，她自认为自己也不是什么情都不懂，或许她是懂得一点点喜欢的。

她喜欢花木们，爱同它们待在一块儿。她不仅照顾姑媱的花木，偶尔也会去姑媱之外的仙山寻访一些别的奇花异卉，若那些花草愿意，她还会将它们移种回姑媱，几万年来，乐此不疲。

那时候父神办了个学宫，叫作水沼泽，宇内八荒，有几分声名的五族生灵都在此学宫进学。父神也来姑媱邀过她许多次，她都拒绝了。花木们替她惋惜，说听闻水沼泽很有趣，她要是去到水沼泽，一定能交到许多朋友，术力也会更加精进。但她无所谓，她并不想去交朋友，也并不觉得水沼泽的夫子会比她的预知梦于修行一途上对她更有助益。

她是有预知之力的神，时而便会做一些预知梦，梦的内容很单纯，多半是教导她如何作为光神修炼；偶尔会预知未来之事，但也不是太过紧要；最重要的那个预知未来的梦境预知的是她的命运，亦是她此生的终局：十万年后，世间的最后一位创世神会打开若木之门，将人族徙往凡世；而光神将在四神使的护持下献祭混沌，使炼狱一般的凡世有山川草木、四时五行，以为人族所居。

她的内心清净无染，万物在她心中皆是平等，因此对这命运，她并无丝毫疑问。尽管世间生灵大多看不起人族，觉他们脆弱无用，但她并不觉得弱小的人族不值得一位创世神和一位自然神的倾命相护。

她淡然接受了这命运，并循着那预知梦给予的启示，离开姑媱，前往三座仙山寻到并点化了她天命注定的三位神使：少室山的槿花殷临、宣山的帝女桑雪意，和大言山的九色莲霜和。

最后一位神使是个人族，其时并未降生，但她也并不着急，一边耐心地等待着他的降生，一边继续隐在姑媱莳花弄草。

然后在她四万岁成年的前一年，发生了一件事。

自从点化了三位神使后，她已许久不再做预知梦了，但那一晚，她做了一个梦。

梦里有长夜和孤灯，还有一座小木屋。小木屋里搁置了一张简朴的木床，重重纱帐后铺了雪白的绸缎，而她躺在绸缎中间，偎在一个白衣青年的怀中。青年修眉凤目，有一张极好看的脸，待她亲密温柔。

他赠了她一套首饰：明月初照红玉影，莲心暗藏袖底香；正是两句诗。青年虽未明说，但她一眼便知，那套首饰是以银龙逆鳞制成。青年是位龙君。而她虽隐在姑媱，却也知收了龙君的逆鳞，便要做龙君的妻。

那梦境在她收下龙君的逆鳞之处戛然而止。

青年虽令她难忘，但那时她并无特别的感受，只觉这梦应是在预示她将以女子的身份嫁人，成为一位龙君的妻。

因此来年成年选择性别时，她选择成为女子。

如此，她成了一个女子。

成人礼后不久，她等待的第四位神使降生了，那孩子的部族被灭之时，她赶去救下了他。因是人族盼望了多年的光，是要带领人族走向新的征程的孩子，因此她为他取名昭曦。

至此，点化四神使的重任算是完成了。接下来她只需等待创世神知悉一切之后前来寻她，而后按照既定的天命以身合道，完成使命即可。

事情原本该是如此简单的。

可那之后，她却开始不停地做梦。那些梦境连接起来，是她作为一个名叫成玉的凡人女子的一生。在那些梦里，她既像是旁观者，又像是参与者。她看着转世成为凡人的自己，同早前在那预知梦中赠她龙鳞的青年，如何在安乐的凡世里相遇、相知、相惜、相爱。她也终于得知了青年的身份，原来是新神纪后才会降临于这世间的最后一个自然神，水神。

按照已知的命途，新神纪确立前，她便将献祭混沌归于虚无，本不该同新神纪之后降临的神祇有什么牵连才是。那梦境让她明白了献祭混沌大约并非是她生命的终结，她还会再回到这世间，只是那时她不知道天命安排她再次回到这世间，是为了什么。她其实一直有所疑问，但预知梦却再也没有告知她更多的信息。

她只是反反复复地做着关于那年轻水神的梦，在日复一日的梦境中，在与青年的一日日相处中，她逐渐体会到了欢喜、伤感、苦涩、甜蜜甚至痛苦的情绪；她从未有过这样的经历。虽然那些情绪十分微弱，却动摇了光神的无垢之心。

尤其最后一个梦。

最后一个梦里，她远嫁和亲，青年千里寻她，不惜为她裂地造海，又赠她逆鳞求亲。醒来后，她双颊湿透，良久，才发现自己居然流了泪。她从未流过泪。

她的夫婿是谁，原本是并不重要的一件事，但因为那泪，她开始想要真正地去喜欢上一个人。梦中的那些快乐、伤心、甜蜜、委屈，甚至痛苦，她想要真正地体验，而不是只能感知一点点。而青年的体贴、温柔、压抑、挣扎和痛苦，她也想要一一读懂。

或许她并非是在成玉那一世才学会了情爱究竟是何，或许早在洪荒时代的那些预知梦里，她便对它有了感知。只是当时的自己，对一切都很懵懂。

她平生第一次想要修得一个人格，像一个正常的生灵那样，去体会这世间的丰富情感。那心愿在年复一年对于那些梦境的回忆中，变得越来越强烈，最后不可抑制。

她亲自安排了自己的十七世轮回。

而后若木门开，人族徙居，少绾涅槃，她为了人族献祭。

若干年过去，当灵体自光中重生，她顺利地进入了十七世的轮回之中。

在轮回的最后一世里，并无祖媞记忆的自己，习得了凡人的所有情感，亲身经历了同青年的爱恨别离。她是完完整整的成玉，亦是完完整整的祖媞。作为神的自己和作为凡人的自己，在这最后一世里，完美地融合了。

此时，坐在这天柜第一峰之下，厘清前因后续，她通达了一切。

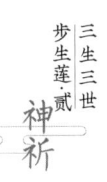

原来同水神有着天定之缘的那个神，是自己。

可这又如何呢？

原以为他们之间的唯一沟壑乃人神之别。可当此时复归为神，她才明白，即便为神，他们也无法相守。她的确同他有天定的缘分，但她的复归，并非是为了同他完成这缘，而是为了使八荒安定而再次献祭。

在许久以前的洪荒，她曾笃定地对昭曦说："我只是想再修得一个人格，届时人族安居，我也完成了使命，此后将如何修行，上天着实管不到此处。"

那时候，她是真的以为此后她当是自由的，学习人族七情，是为了更好地抓住她的心上人。没有想到上天让她学习人族七情，却是为了让她放弃她的心上人。

天命。

天命真是很磨人。

从前她为人族献祭，并未带着任何情感，不过觉得履行使命罢了，因此接受那命运也很果决。大概不满她的无心无欲，天命便让她做了那些预知梦，开启了她的好奇心，让她主动修习了七情。

如今知晓了七情的自己，在这世间有了至真的牵挂，生起了对这命运的抗争之心，但又因懂得了七情，了解了人族，而不能挣扎，无法背弃自己的使命。

真是悲哀又讽刺。

她捂住自己的心脏，一时疼痛得说不出话来。

或许天命如此，便是要让她懂得这一切吧。

上苍不欲她只充当一个实现天道的工具，而希望她真正明白爱与生的意义、守护与献祭的意义，还有死的意义。或许了解了这一切的神，才是天命所认可的神。

这真是慈悲又残忍。

她静静地坐在那里，有两行泪落下了脸颊，她并没有注意到。

她终于懂得了在若木之门打开前夕，少绾所经历的痛苦。说出"我不能遗憾，也不敢"的少绾的心，她终于能够体会。而这一次，她也需要像当初的少绾一样，即便痛，也要做出一个选择了。

天柜第四峰的雪洞中传出了一阵撕心裂肺的哀号。小陵鱼阿郁浑身是血，被荆棘锁链捆绑在岩洞洞壁上。她已经被折磨了一个时辰。一丈外的青衣男子负手背对她而立，就像他并不是折磨她的人。但对阿郁施行凌迟之刑的那两把短匕却明明听从着他的号令。

短匕并不剜肉，只是一刀一刀割在她身上，让她痛苦，却不致命。

阿郁再一次攒出力气来向男子求饶："我不知……她是神，我以为她……只是一个凡人，仙君……求您放过我……"

男子冷淡地看着她，忽地嗤笑一声："神又如何，人又如何，若她是个凡人，你便能折磨她了？"

阿郁又痛又悔，悔的却不是她虐杀了凡人，她依然觉得若对方只是个凡人，便当任由自己鱼肉；她只悔自己修行太浅，没看出那女子乃是位尊神，贸然对女子出了手，为自己引来如此弥天大祸。女子既是神，又是三殿下的妻，那日后殿下必然也会知道自己对女子的所作所为；届时殿下会如何看自己，又会如何对自己呢？阿郁不禁又嫉又怕。

可当那短匕再一次刺入身体，所有这些惊悸惶怕的情绪都被剧痛压下了，为了活命，她只能不断哀求："神君我……我知错了……我知错了，求您放过我……"

男子铁石心肠，并未在她的哀求下有所动容，反倒抬起了手，看着她就像看一个死人，在男子微微压下右手之时，腹中的匕首扎得更深。她疼痛难当，但更多是惊恐，在那一瞬间她无比真切地感到了身为弱者的无力，就在她绝望地以为自己就要命丧于此之时，雪洞中突

然走进了一位玄衣男子。

那男子将青衣男子的手按下，制住了他："昭曦，别杀她，我还有用。"

青衣男子却并没有立刻收手。

玄衣男子叹了口气："是为了尊上。"

青衣男子看了玄衣男子半晌，收回了欲逞凶的那只手，冷冷看了一眼阿郁，而后拂袖踏出了雪洞。青衣男子那最后一眼令阿郁浑身冰冷，但她也明白自己应该能够活命了。她松了口气，神思一轻，晕了过去。

昭曦在步出雪洞的那一瞬停住了脚步，他微微眯了眯眼，目光落在静止于半空的落雪上，又伸手碰触了下停在眼前的冰晶，沉默了一瞬，回头问搀着阿郁尾随出来的殷临："这里……静止了，怎么回事？"

殷临环视了一眼四周："不是静止了，是整个天柜七峰的时间停止了。"

昭曦明白过来："这是尊上所为？"他微微蹙眉，"尊上要做什么？"

天柜雪域寂静如一幅纸上画，殷临顿了会儿："她应当……是去同水神道别了。"

昭曦吃惊："道别？"他压抑住心中的苦闷，"成玉对连宋用情颇深，而她，她回来，不也是为了同水神结缘吗，你却说什么……道别？"

殷临遥望着那静静矗立于远方的第二峰："她是同水神有一段缘，但她回来，却并非是为了同水神结缘。"

昭曦怔然："你是……什么意思？"

殷临却只是静静看着远方，一贯冰冷的神色中竟罕见地含着一丝悲悯,他没有再回答昭曦的提问。

还有几次流刃之刑他的刑罚便结束了?是两次还是三次来着?刚刚自寒瀑击身的痛苦中清醒过来,便是三殿下也有些恍惚。他摇了摇头,将神思略定了定,才发现有些不大对劲。天柜七峰,山是幽山,谷是空谷,一向的确是很清净,但在这谷里,飞瀑入寒潭的淙淙水声是从不曾止歇的,可此时却一点水声也听不到。

他睁开了眼睛。

当看清眼前一切时,连宋疑心自己是在做梦:囚禁他的流瀑静止了,悬于崖壁,像一块巨大的白水精;脚下的寒潭亦静止了,飞瀑击打岩石的水花定格在了半空;整个山谷盈满了停滞的、不会坠落的、如梦似幻的飘雪;而更为梦幻的,是视线尽头的那个人。

纤丽的女子站在寒潭对面,一袭金色的长裙,长发未绾,及至脚踝,素色的脸,只右眉的眉骨处贴了金色的细小光珠,虽未作妆,却妍丽逼人,令他心惊。

他们的视线在半空中相接。

她用他最熟悉的那种天真的情态弯着眼睛朝他笑了一下,然后提着裙子涉水而来,纤手撩开凝固的寒瀑,站在了他的面前。那片静止的水流被她的素手扰乱,化成连串的小珠坠入寒潭,于静谧中发出清润的叮咚之声。

她仰头望着他,是在笑着,眼里却含着泪,伸手抚上他的脸颊,轻声唤他:"连三哥哥。"用他最偏爱的柔软带娇的语声。

这究竟是不是一个梦?

他脑子越发地昏沉,竟无法分辨。他也不想分辨。就算是一个梦,那不也很好吗?

他闭着眼笑了笑,脸在她手中轻轻靠了一下,柔声问她:"你怎么来了?"睁开眼看着她,"我是在做梦吗?"是了,他一定是在做梦,这可是天柜第二峰，若不是梦，她怎会出现在此处。

"就是在做梦呀。"她也笑了笑，泪却从眼角滑落了，颊上两条淡淡的水痕，本能地令他心痛，欲伸手为她拭泪，手一动，才想起双手都被锁住了。

她注意到了那铁链的轻响，看了它们一眼，伸手握住了他的手腕。那以雷电之精铸成的天火亦无法将其烧毁的铁链竟在一阵金光中化为了虚无，他自由了，然因被悬在此处六个日夜，体力一时不济，跌了一下，她赶紧抱住了他。

他的头昏得更甚，迷糊间看到她微一扬手，水帘后出现了一扇银色的光门。

他想自己果然是在做梦。

似乎过了很长时间。

三殿下醒来之时，感到背后那被水刃劈出的原本火辣辣的伤口处传来一阵凉意，舒适的幽凉之中，有谁在轻轻地碰触他的脊背，那碰触带给他的却并非疼痛，而是酥麻。他睁开眼，不动声色地微微偏头，发现自己置身于一个石洞之中，躺在一张软榻之上，上衣被褪去了，肩上缠了雪白的绷带。一幅金丝银线平绣莲纹的衣袖铺开在自己身侧，在微微地颤动。

是一双柔软的手，轻轻贴在自己的背部。裸露的肌肤感觉到了几滴暖热湿意，像一场注定无疾而终的雨。他怔了一瞬，才明白那是成玉的泪。

她的手移到了他未绑绷带的肩侧，温柔地覆了上去，身体贴近了他，唇覆在了他的伤处。像是怕碰疼了他，是极轻的触碰，与此同时，又有暖湿的泪，滴落在他的肩背上。

方才在昏睡中，还不觉如何，如今清醒了，感受到她的泪和触碰，身体不由得一颤。他反身握住她的手。她吓了一跳，懵懂地抬头，看到他明亮的眼，立刻坐起身来。

他放松了她的手，但仍虚虚地捏着她的手腕："在做什么？"

她顾左右而言他，空着的手帮他拉了一把旁边的云被盖上来："帮你处理伤口，有点冷，你、你盖好。"

他看了一眼身上的被子，感觉好笑，看着她："处理伤口需要亲上来吗？"

她的脸刷地红了，不太有底气地小声答："我、我就是怕你疼，给你吹吹。"

他点了点头："嗯，继续编。"

她也觉得丢脸了，捂住半张脸，小声嘀咕："吹一吹和亲、亲一亲又没有什么区别。"结果一抬眼便看到他肩上的纱布因方才的翻身和动作又渗出了血，她立刻慌了，"怎么又流血了，是不是还疼？"说着就要上手去查看，却被他捏住手腕拽倒了下来。

"不用管它，小伤罢了。"他单手搂住她使她躺进他的怀中，补充地安慰她，"也并不疼。"

她将信将疑："可你刚才都晕过去了。"

他温声："刚才我只是有点累，睡了会儿，已经好了。"吻了吻她的额头，转移她的注意力，"粟及带你来的？是寂尘失效，让你提前醒来了吗？"

这话题转移得很成功，她有好半会儿都没说话，良久才有些发哑地开口："不关寂尘的事。"她仰起头来看着他，睁着杏子般的眼，眼眸中像下了一场雾，湿润蒙眬，含着一种他不能明白的伤感。

她再次抬起了手，去抚触他的脸，一瞬不瞬地看着他，像是下一刻他们又要分离，而她要好好将他的模样深深烙印进心底："从很久以前，"她轻声，"我就一直在等你，期待着我们相遇，我等了你好久，好久。"她闭上了眼，抱住了他的手臂，轻轻叹了口气，"实在太想你了，所以就来找你了。"

是思念他的情话，却有些奇怪，让他心动之余，又有些难以言喻的心惊和不安。说着这些话的她的模样，像是她并非只等了他七年，而是更加漫长无边的时间。他本能地觉得有什么地方不对，待要深思，脑子里却一片混乱，不能去细想。或许因为这是梦，是他对她的期许，大概他潜意识里一直希望着从很早以前开始他们就有缘分，期待着她能说出这样的话，故而她说出了这样的话吧。

他将这些思绪抛诸脑后，笑了笑，逗弄她："可我们初遇时，你连把伞都不肯卖给我。"

她的眸子依然那样水润。她依恋地看着他："那只是因为我忘了。"轻轻地重复，"我忘了一直在等着你的事。"眉骨染红，眼尾漾出了一点湿意，是悲伤的样子，却笑了一下，那笑脆弱又美丽，似芙蓉沐雨，惹人怜惜，"可即使我忘了，"她再次笑了一下，"那时候我也一眼就喜欢你，想着这个哥哥怎么这么好看，直到现在，"她的手指抚上他的颊，望着他的目光柔情似水，又含着光，像水中映了月轮，"我依然觉得，真实的三郎真是好看极了。"

他挑眉，本要提醒她明明初见后她立刻就把自己给忘了，一年后重逢，还是靠他提醒，她才想起他来，此时却为了讨他喜欢，偏说当初一眼看到他就喜欢他，真是再无赖没有了。然听到她说完最后一句话，说真实的三郎真是好看极了，他就愣住了，好半晌才找回声音："你叫我什么？"

她眨了眨眼睛："我父亲在家排行第七，我母亲唤他七郎，你在家排行第三，我唤你三郎，不是正好吗？"

她柔顺地看着他，右眉眉骨处的金色光珠在这昏暗的山洞中显得格外明亮，映得长眉之下的那双眼眸清净无染，纯澈胜过世间一切。他不自禁地伸手去碰触，低语道："是正好。三郎，"他回味了一遍这个称呼，"这不是八荒的叫法，很特别。但你不是喜欢叫我连三哥哥吗，为什么不叫了？"

她握住了他放在她眼旁的手,闭眼挨了一下:"因为连三哥哥可以是许多人的连三哥哥,但三郎只是我一个人的三郎。而且最初的最初,在我喜欢上你的时候,就想要唤你一声三郎。"她睁开眼,纯真地看着他,再次用脸颊挨了一下他的手,像是有些害羞地抿了抿唇,最后却选择大胆地告诉他:"你可能不知道,"她吐气如兰,"从很久以前开始,我就喜欢你,三郎。"说完这句话,她的脸一点一点红了,就像是一枝重瓣百合,原本是雪白的花苞,盛开后却有红色的瓣。

她的羞怯与大胆都让他喜欢,以至于差一点就被她蛊惑。要是一切果真如她所说那般就好了,可毕竟不是如此。他捏了捏她绯红的脸:"还敢说很久以前就喜欢我。很久以前,难道不是你蠢蠢的什么都不懂,任我一个人苦苦地单相思,直到将我折磨得不行了,你才大发慈悲地决定和我在一起吗?"

面对他的控诉,她像是愣住了,好一会儿才回过神,浮现出沮丧之色来:"啊……我说的不是那时候,不过那时候,我的确就是蠢蠢的。"她不好意思地笑了一下,"你不要怪我。"她抬眸看着他,纯澈的眼眸中又流露出了那种他无法读懂的伤感,"我说的很久以前,比那还要早,是在你还不认识我的时候,我就梦到过你。"

这是他从未想过的:"梦到我?梦到了我……什么?"

她主动贴近他,将脸埋进了他的肩窝:"梦到了我们……在一起。"静了一会儿,她重新抬起头来,眼尾又染上了红,瞳眸中覆着一层薄薄的泪膜,轻轻一眨,染湿了眼睫。她的神色也有些悲郁,像一只湿了翅膀的蝶,在那极清澈的眼底,藏着无法起飞的隐痛。他不禁再次去触碰她的眼:"我们在一起的梦,不好吗,怎么像是要哭了?"

她摇了摇头,握住了他的手,放在了自己的唇边,轻轻吻了一吻:"我喜欢你,"那语声缥缈,几乎显得不真实,"比喜欢这世间一切还要多,这世上最喜欢你的就是我了,所以……"她顿住了,没有将这句话说完。

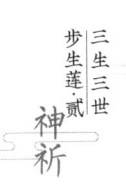

他爱她的天真、她的纯挚，爱她对他的本能亲近、全心依赖，爱她这些毫无遮掩的直白情语，听她停在了那里，不禁揽住她的腰，低声催促："所以什么？"

她深深地看着他，柔软的双臂突然圈上了他的脖子："所以，不要忘了我。"

他不明白她为何会有如此奇怪的担忧，看了她一会儿，然后在她淡红的唇角印下一吻，安慰地轻抚她的背，低声向她保证："你是我的妻，是我处心积虑才求回来的爱侣，我怎么会忘了你？"

她被他惹得失笑："处心积虑可不是个好词，谁会说自己处心积虑？"

他宠爱地吻了吻她的额角，又握了握她还戴着他的龙鳞的手腕，没有回她。

他们是贴得太近了，玉枕之上呼吸相闻，白奇楠的冷香与百花的暖香交织在一起。她微微抬起头来，在极近处与他目光相接。"你说不会忘了我，我很喜欢。不要忘了过去的我，也不要忘了今夜的我。"是一句有些莫名的话。但他来不及细想，因她闭上眼睛主动靠近了他的唇。

"不要忘了今夜的我，三郎。"她轻轻在他唇边重复，然后主动吻了上去。他脑子一昏，什么都不能再想，唯一所知是如藤蔓一般拥抱住自己的她，和她那些青涩却缠绵多情的吻。

他们在这孤寂的、安静的、无人打扰，也无人知晓的时空里交缠。

她在他的身下献祭一般地展开了身体。

夜很长。

诗一般的婉转伤感。

但也很美。

是夜，八荒正中的中泽大地忽然升起七道洪荒大阵。大阵光华熠熠，光芒裹覆住整个中泽，阻挡五族生灵靠近。天地正中之地，原本便是众神都不可涉足之处，这下更是连只蚊子也无法飞进去。

东华帝君携座下仙官重霖仙者立在第一道大阵外。帝君抬眼凝望被耀眼金光所覆盖住的中泽，神色微凝："还是来晚了一步，姑媱闭山了，回吧。"

熟谙帝君行事风格的重霖仙官试探地提出了一个建议："也许帝君可以硬闯进去？"

帝君想了一下，问他："这是不是会有点不太礼貌？"

重霖实话实说："礼貌的确是不礼貌的，可礼貌不礼貌的帝座您好像一向也不是很在乎。"

就见帝君沉思了一下："这七道大阵皆是洪荒时代少绾为姑媱所布，少绾的阵法独步天下，就算是本君闯过去也颇费力，算了。"说着果断地转了身，准备打道回去。

重霖赶紧跟上去："可帝君不是说祖娭神醒来，可能是因预知到了八荒的劫难，因此您势必得走今日这一趟吗？"

帝君没有停下脚步："她一回来就关闭姑媱，想必事情并不危急，她已有所打算了吧。"

重霖一听也是有理，可不禁还是有点担心："可万一其实只是祖娭神虑事不太周全所以才关闭了姑媱呢？"

帝君耸了耸肩："好歹是个洪荒神，同本君一辈，不至于。"

重霖见帝君如此放心，也只好放了心，随着帝君驾云而去。

天地正中之处乃是中泽，中泽正中之处乃是姑媱，姑媱正中之处乃祖娭的闭关玉室观南室。观南室隐在长生海旁的兰因洞中，是整个中泽灵气最盛之处。

自祖娭献祭混沌后，观南室已静谧了二十一万年，此刻，静谧了二十一万年的玉室中却传出了痛苦的啜泣声。

四大神使守在洞前，面色皆是肃然。祖媞归位之时，沉睡的九色莲霜和和帝女桑雪意亦被普照于世间的明光唤醒，醒来后第一时间赶回了姑媱。但彼时祖媞已入了石室，殷临也潜入了长生海，只留昭曦守在洞府门口。两人从昭曦的口中打听出了尊上这是要将最后一世作为凡人的记忆剥离出仙体，因此入了石室闭关。但为何尊上要将最后一世的记忆剥离，连昭曦亦不知。待殷临从长生海中出来后，两人欲相询殷临，石室中却突然传出了尊上的哭泣呻吟之声。

　　从前尊上若有危难，冲在最前的一定是昭曦，然此时昭曦却背对着他们靠在洞口的巨岩旁，一动也未动。一向八面莹澈洞幽察微的雪意见此微微一顿，停下了急向洞内的脚步，唯急脾气的霜和不改暴躁冒失，直直地往里冲，果不其然被殷临闪身于洞门前提剑拦住。

　　霜和被剑气撞得后退三丈，赶紧出刀定住自己，便听殷临冷冷道："将记忆剥离出仙体，本就是一桩不易之事，记忆若是融入骨血魂魄，那剥离的过程更是无异于剥皮抽筋、剜肉剔骨。尊上她只是在忍受这些必须经历的痛苦罢了，只有熬过这些痛苦方能成功将那些记忆剥离，你此时进去非但无助于她，反会打扰她，若使尊上功亏一篑了，你当如何？"

　　霜和虽是个小暴脾气，但自洪荒时代起就畏惧且崇拜四大神使之首的殷临，殷临微一沉脸，他就服服帖帖了，因此虽被殷临的剑气撞得一退三丈远，也只敢揉着胸口委屈："我、我只是听尊上好像很痛苦的样子，有些着急。"

　　雪意看着霜和这不成器的样子叹了口气，上前两步来到殷临面前，蹙眉疑惑问道："若尊上不喜最后一世的记忆，这世间有的是忘情丹、忘情水可助她忘却，我不能理解，她为何要选择如此痛苦的方式，生生将记忆剥离仙体。非要如此吗？"

　　殷临沉默了片刻："她有她自己的原因，她若能成功剥离那些记忆，我会告诉你。"

雪意看了他一阵，点了点头。

玉室中又传来一阵悲鸣，极悲伤，也极痛苦。殷临握紧了手中的剑柄，这悲呼他亦不忍听，但他不得不忍。祖媞有自己的原因，这世间只有他们两人知道那原因，那是光神为水神所安排的，关于他们这段缘分的终局。

"非要如此吗？"雪意这么问他，他其实也这么问过祖媞，就在她进入石室之前。

那时他们刚自天柜赶回姑媱，她看着远山，轻声回他："能够最后做一次道别，我已知足了，他也只会以为这一切都只是一个梦。其实一切到此为止，也没有什么不好。但我同他有过约定，结束水刑后他要来找我，然后带我离开，浪迹天涯相伴一生。我是……无法履约了，但我可以给他一个成玉，让那个成玉，去实现同他的约定。"

这就是她选择剥离记忆的理由。

的确是有那种方法的。当她习得怜悯这种情感后，有好几次转世，当她身死回归后，出于怜悯，她都剥除过记忆，且将那些剥离了的记忆炼成过忆珠，放入过同她相似的人偶躯体中。那几世里，每一个人偶都好好地代替了她，蒙蔽了深爱她却早早失去了她的家人亲朋。他们以为那人偶就是她，与那人偶安乐平和地度过了一生。

但问题是，那时候她感情残缺，记忆同仙体联系得并不紧密，将记忆剥离出仙体炼化成忆珠也并不痛苦。可这一次，深入骨髓的记忆却并不那么容易被剥离，除此外还有更棘手的一件事……

他不得不提醒她："水神不同于凡人，他定能看出你送去他身边的并非从前的成玉，只是一个人偶……"

她微微垂眸："长生海底，还存着一具我的凡躯，那是谢冥做来备用的一具。我会造出一个新魂，将……成玉……"话到此处，有些哽住，她顿了一下，平复了声线，继续说了下去，"我会将成玉的记忆放进那新魂中，凝成一颗魂珠，届时你将那魂珠放入那凡躯，将她送去凡世……他不会看出来的。"说着后面这半段话时，她的声音稳了许多，但微微侧过的脸，却滑过了泪痕。

他静了许久。他已经许久没有感情用事了，可那时，却有些冲动地同她提议："你根本割舍不下水神，离那大劫还有三万年，为何不……"

她却打断了他："我将沉睡，以修回失去的灵力和修为。"

他哑然。

是了，是他疏忽了这一点：她还有灵力和修为需要修回。若她是别的洪荒神，或许沉睡千年即可，但她是光神、预知之神，稳定的精神力是她的灵力之源，她必须用很长的时间去沉睡，以稳定精神力，储备充足的灵力，如此方能自如应付三万年后的献祭。

他一时无法言语。

"我与他的缘，只能止在成玉这一世。"他听到她这么说。

她背对着他，他无法看清她的表情，两人之间静了许久，最后，他听到她轻轻叹了一声："他爱着成玉，我便给他成玉，这是我最后，能够给他的东西。"

那是她同他说的最后一句话。


玉室中突然传出一声撕心裂肺的痛喊，震彻整座姑媱山林。

殷临猛地回过神来。

昭曦三人亦面露焦急之色。

紧随着那痛喊的，是一场饱含了血泪的痛哭，哭声沉痛绝望，天地亦为之动容，中泽灵息仿佛都感受到了那痛哭声中的悲郁和无力，整个姑媱忽然下起了泼天的大雨。

许久，那悲哭之声终于止息了。

殷临拦住了其他三位神使，独自向洞中而去。

玉室之中，一身金色长裙的少女苍白地躺倒在地，身旁滚落了一颗小小的金色珠子。

殷临将少女抱了起来，轻稳地放在了一旁的玉床之上。

他在玉床之前跪下，肃重地拜了三拜，而后捡起了那颗明珠，走出了玉室。

光神沉睡了，守护着中泽的七道大阵之光暗淡了下去。

四位神使远望着天边那黯淡的光。他们等来了她的归位，接下来，需照顾她的沉睡，这是神使们的使命。

而无论如何，她会在天道有劫之前醒来吧。

因为，这是应劫于洪荒上古的诸神的祈愿。是天道。亦是光神的宿命。

三生三世
步生莲·贰
神祈
Wherever Step Goes,
Lotus Blooms